河北诗人陈三国

广东诗人刘晓剑

陕西诗人任红兵

山东烟台诗人颜学文

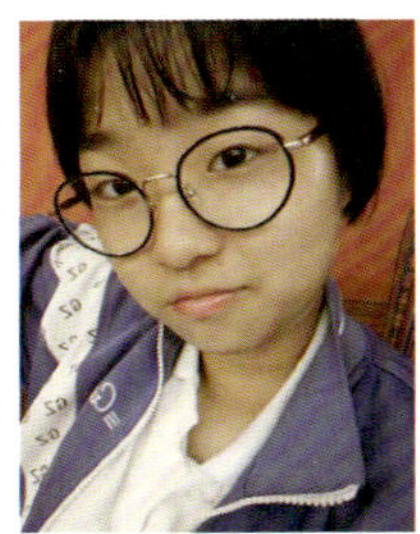

北京诗人高紫茗

湖北诗人卢浩天

湖南诗人傅祖伟

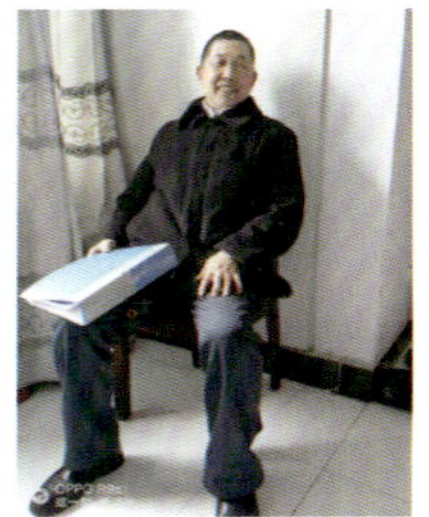

湖北诗人熊民生

广东诗人蔡洋芬

湖南诗人李梅庭

河北诗人孙绍勇

贵州诗人石建祥

江西诗人宋孝意

贵州诗人余热焰

安徽诗人朱利竹

沈阳诗人赵明环

江西诗人张俊华

上海诗人周觉莲

广东诗人邓爱良

安徽诗人熹晨

江苏诗人路长远

四川诗人张勇

北京诗人沉鱼

广东诗人刘茂兰

内蒙古诗人老宽

山西诗人梁海荣

河北诗人郑德禄

甘肃诗人史小明

上海诗人赵俊

山东诗人董正洁

维也纳华人诗人无牵无挂

河南诗人刘三平

河北诗人崔建明

安徽诗人黄玉龙

云南诗人潜陌

河北诗人毕义江

浙江诗人吴宝全

河南诗人安曼

黑龙江诗人红尘遗梦（刘霞）

湖北诗人何正

贵州诗人潘选其

广西诗人吴日基

河北诗人杨见入

重庆诗人谭宇

安徽诗人昊龙

安徽诗人孙慧群

山东诗人李政君

陕西诗人暴鹏虎

河南诗人段彩玲

黑龙江诗人苏红

黑龙江诗人邹方

河北诗人陈三国

山东诗人张守群

重庆诗人杨清海

黑龙江诗人刘成书

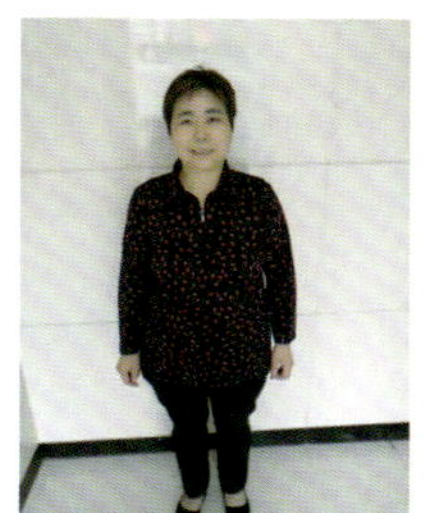
湖南诗人王梅英

浙江诗人潘贤呈

四川诗人李博

山东诗人周海亮

山东诗人刘朔

北京诗人白英魁

河南诗人李会娜

河南诗人赵玉新

上海诗人杨丰华

广东诗人唐征定

河南诗人魏学士

河北诗人侯峻山

河北诗人李瑞英

河南诗人穆涛

安徽诗人李文涛

内蒙古诗人杨玉萍

北京诗人郑怀忠

广东诗人周翠明

吉林诗人田影

山东诗人王万春

山东诗人张妍

广东诗人杨博

吉林诗人刘艳春

新疆诗人刘凤华

山东诗人伍艳华

湖南诗人李斌

广西诗人阿敏

重庆诗人陈晓莉

山东诗人杜长福

安徽诗人孙珍宝

新疆诗人刘勇

辽宁诗人王新

山西诗人王俊琴

北京诗人王军武

郑州诗人汪永定

黑龙江诗人王忠兴

北京诗人邓超予

吉林诗人杨帅

北京诗人李景阳

吉林诗人何敬文

贵州诗人杜文星

福建诗人林金茂

河南诗人黄梅枝

山东诗人柏庆珍

安徽诗人万长林

江西诗人程波

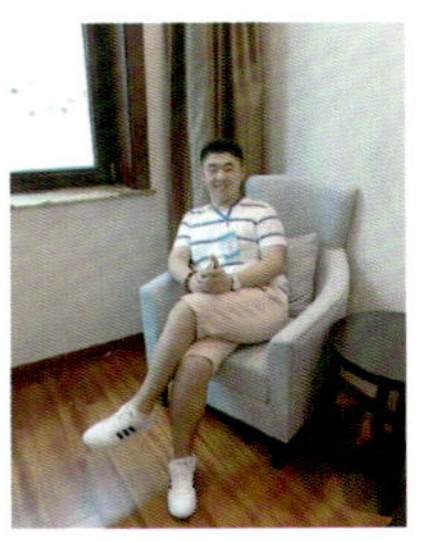

天津诗人张晟彪

四川诗人宋大忠

新时代诗词集萃

田淑伍◎主编

诗是心灵的回音，欣赏诗、吟咏诗、创作诗
都是与心灵相通的，可以与诗起舞，享受文字带来的身心愉悦
可以与诗相融，体验文字中的伤感孤独；还可以与诗相伴
回味炊烟袅袅、落霞古树小桥流水的宁静

团结出版社

图书在版编目（CIP）数据

新时代诗词集萃 / 田淑伍主编 . -- 北京：团结出版社，2020.4

ISBN 978-7-5126-7791-3

Ⅰ. ①新… Ⅱ. ①田… Ⅲ. ①诗词－作品集－中国－当代 Ⅳ. ① I227

中国版本图书馆 CIP 数据核字（2020）第 038198 号

出　　版：团结出版社
　　　　　（北京市东城区东皇城根南街 84 号 邮编：100006）
电　　话：（010）65228880 65244790
网　　址：http://www.tjpress.com
E-mail：65244790@163.com
经　　销：全国新华书店
印　　刷：廊坊市海涛印刷有限公司
开　　本：170 × 240 毫米　1/16
印　　张：26
字　　数：403 千字
版　　次：2020 年 4 月　第 1 版
印　　次：2020 年 4 月　第 1 次印刷

书　　号：978-7-5126-7791-3
定　　价：100.00 元

《新时代诗词集萃》编委会名单

《新时代诗词集萃》序

文 / 田淑伍

其实，人生下来，来到这个世界，都是独特的。每个人与每个人都不可能完全相同，每个人都是独一无二的个体。在这个世界中，都与社会、自然融合，有思想、有精神、有感情……

睁开双眼，看到晨曦，会欣欣然意识到新的一天开始了，太阳是那样有活力，仿佛告诉自己生机勃勃的一天到来了，你要珍惜哟！

于是，人们投入到紧张的工作中，忙忙碌碌而又张弛有度。夕阳西下了，人们驮着夕阳回家，夕阳中的影子拉得好长好长……

一天又一天，人们学习工作，还要有书陪伴，不论是文学的、哲学的、历史的、科技的……没有书籍的陪伴，人的心灵可能是孤独的。

而更多的人选择了文学，文学是雅致的、灵性的、可以与之倾诉的。倾诉着倾诉着，人们就不孤独了，心灵也丰富了许多。

丰富的心灵与文字相伴，再把内心的情感付诸文字，于是就有了诗词，有了散文，有了小说，有了剧本……

诗又是古往今来文人墨客喜欢的文学体裁，从最早的诗歌总集《诗经》，到《楚辞》，再到“乐府诗”，一直发展到唐诗宋词元曲，再到喜闻乐见的新诗（现代诗）……诗不断发展和创新。为了让当代诗人的佳作能够流传下去，我（田淑伍）主编组织了第三部诗集《新时代诗词集萃》。

这部诗集收录了260多位诗人的作品，既有出版20多本专著的名家，又有崭露头角的新人。既有传承中华文化的旧体诗词，也有新颖、意境优美的现代诗。

一首首诗犹如一幅幅画，融合着每位诗人的思想、感情，读后身临其境，陶醉其中！

诗人们对诗的执着和追求也着实让人感动，有的诗人对自己写的诗总是反复斟酌，反复修改，才把诗稿定下来！

诗是心灵的回音，欣赏诗、吟咏诗、创作诗……都是与心灵相通的，可以与诗起舞，享受文字带来的身心愉悦；可以与诗相融，体验文字中的伤感孤独；还可以与诗相伴，回味炊烟袅袅、落霞古树、小桥流水的宁静……

感谢双藏头诗创新人河北商会会长陈三国先生的友情支持！感谢各位老朋友的大力支持！感谢各位执行主编、副主编、编委的大力支持！感谢广大诗歌爱好者的大力支持！

各位诗人朋友们，为了诗的传承和发扬，为了留给世界更多的精神食粮，愿我们携起手来，让诗插上飞翔的翅膀，翱翔在更加广阔的文学蓝天！

目　录

现代诗部分

旧体诗部分

现代诗部分

你终究还是负了我（外九十首）

作者：田淑伍

你终究还是负了我
当花的残骸在冰雪上掩埋
当叶的枯萎已无法挽回
你——终究还是离开

不想回忆
曾经的月圆月缺
不想聆听
曾经的那首古调

在冰冷的雪地上
堆起一个雪人
犹如堆起了彻骨的寒冷

你终究还是负了我
当夕阳的余晖洒在
冰冷的心潮
那紫色的霞光
铺满了一地凄凉

你终究还是离开
伴随着曾经的古调
还有那一地的誓言
撕裂、零落
无处寻找

童话

你看
那白色的芦苇
像不像一个梦
一片一片地摇动
编织着一个个童话

童话里
可有月色
可有湖畔
可有公主
可有王子

深秋的柳叶黄了
落了
幸亏有童话陪伴
可以在月牙弯弯时
遥望湖畔一叶小舟
与星星私语

前世今生

前世

你是我胸口的一颗痣
醒目地雕刻在那里
不离不弃

今生呢
你是我最喜欢的那棵紫薇
一年四季
惺惺相伴

不论
你是欣喜地开放
还是无奈地枯萎
你都在我的心里
繁华着

只有你
可以在我这里肆无忌惮
任性地绚烂一夏
而后秋霜里凋落叶片

我娇纵你
犹如娇纵紫薇花的花瓣
即使
冬天挂满白雪
心中依然烂漫

看海

海鸥 海风 纱巾
沙滩是软绵绵的
脚印是交叉的
还有粼粼的海水的波纹
你的笑容在波纹里荡漾

有的时候
突然看到海的极限
感觉
把自己融入大海的世界里
变成一只贝壳
真好

如果
能够经历痛苦的磨砺
孕育出一颗珍珠，晶莹透亮
在大海的怀抱中成长
即使渺小
依然灿烂 闪耀光芒

于是
在岸边
同芦苇一起
仰望蓝天
同海鸥一起，俯瞰月亮

而后
摘一颗星星
放在自己的心上
……

春

这春水
惊醒了冬日的酣梦
把纠结的白雪融化

看清水岸边
干枯的树枝业已萌动
搅乱了一缕春风

一个人
躺在寂寥的原野
倾听柳枝滋生芽苞的声响
欣赏流云默默地移动

真想
在黄昏细雨之中
想象莺啼蝶舞
凝望小巷踟蹰的背影

而后
摘一朵纤弱的野花
放在窗口
……

喜欢童话

喜欢童话
喜欢童话里的小矮人
美丽的白雪公主
还有美人鱼

童话里说
卖火柴的小女孩儿
在寒冷的冬季
在点燃的火柴中
找到了渴望的温暖

可我
还是想做灰姑娘
有一双 漂亮的水晶鞋
所有的花朵
都在她面前失色
所有的丑陋
都在她面前暴露
美到极致

其实
枕在月亮的臂弯里
看嫦娥舞蹈
心就在童话里沉醉
……

雨中回忆

紫薇花
一尘不染
静默地 雨中肃立

窗前的麻雀
躲起来了
角落里 梳理自己的羽毛

又是一场大雨
小溪的水 涨起来了吧
还有没有
雨后彩虹？

仿佛回到童年
依稀看到
雨后
头戴斗笠的背影
撒下渔网
……

夏季雨

雨很裂
肆无忌惮的南风
吹皱了雨珠
敲醒了我的梦

一阵一阵的急促
伴随着有节奏的滴答
梦醒后
听雨

窗帘
在雨夜被刮起
关上窗子的那一刻
雨水打湿了发际

难得
风雨交加的静谧
不思
不想
心无旁骛地听雨

繁杂远去
红尘剥离
只有这雨滴
润湿了窗前的紫薇
洗涤着叶子的尘土
还有
一颗宁静的心
……

累了的时候

累了的时候
最好的办法是 把思想放空
假设自己 刚刚来到尘世

可以 大声地哭喊
肆无忌惮
什么都不懂
什么都不要懂
只是一声声哭喊

于是
大脑就变成一张白纸
重新 欣赏一片叶子
一片花瓣
一叶小舟
一池春水

会惊诧
月亮很圆
会发现
夕阳也很烂漫

一切都很美好
还有妈妈牵着你的手
教你蹒跚学步
那时候
妈妈也很年轻
不会有白发
更不会有皱纹
……

夏

那朵花开了
她在湖水中逍遥
夏天到了
荷花绚烂了一季

莲叶碧碧
闹闹腾腾挤满了荷塘
岸边的小桥
恬静地在湖水中笑
把满眼的绿色
都荡进了明眸

桥栏边的伞
有点烂漫
还有凉亭游人
湖中小舟
映入湖中
涟漪微漾
……

秋

秋天渐渐远去
我渴望的灵魂
像晚霞般燃烧
枯叶
缠绕树木的枝条
旋转成一个雕像

我紫霞般的心
飞翔在夕阳燃烧的天空
追逐着灵魂的栖息地
那里有我心的依靠

那蓝色的火焰
点缀着秋天的霞光
我的心朝着你的栖息地迁徙
去寻找秋天的模样

窗外

窗外是一道风景
在这道风景里
打捞曾经的记忆
紫薇花凋谢
等待夏日的细雨
秋海棠枯萎
渴望阳光的慰藉
还有一个你
就像顽皮的孩子
在春寒料峭的风里
躲避、嬉戏

你说
春天的风是温柔的
紫薇花还会在窗外微笑
为夏季穿上紫色的风衣

你说
画一幅枯萎的秋海棠
有时
枯萎也是一种美丽
等到来年的秋季
海棠花绽放
会珍惜曾经的记忆

紫薇

八月的紫薇花
开了
又谢了
我在窗子里看你
你却在风中看太阳

紫薇花谢了

留下了葱茏的树
依然在我的窗前
陪伴她的还有窗子里的兰花

有的时候
不经意地去看天空
紫薇花仿佛映在了云里
还是那样淡雅
平静

其实
风吹紫薇
紫薇追风
那又有什么关系呢
花开的时候
美
花谢的时候
依然

开封西湖，梦中的思念

那年
我去看你
夜色中
你被夕阳笼罩
粉红的脸颊
犹如迷人的西子姑娘
你心中的凉亭
飘飞着梦幻般的纱巾
倒映在夕阳里
剪成一幅风景
与天空遥望

我懂你的包容
如此浩瀚
如此缥缈
把蓝天、夕阳、喷泉、笑靥瞬间
点亮

那沙滩啊
留下多少脚印
留下多少依恋
原来
很多人
很多人——都在沙滩守望

我来了
陶醉你的娇媚
慨叹你的明艳
牵挂你的妖娆

于是
舍不得离开
总想把你拥抱
月色中

我依然在眺望
心房里
多了一份缠绵
多了一份思念
多了一份畅想
……

中秋

一块月饼
你咬一口
品一品甜甜的味道
我咬一口
忆一忆不尽的相思

那轮月亮很皎洁
像一颗明亮的心
你的心是透明的吗
月光里
我的心是亮的

看那柳梢
编织着一幅油画
月影徘徊
把枝条的影子拉得很长
我也有影子
旖旎在月光里
把思绪牵进影子里
混合着秋天的花香

中秋月圆

中秋月圆
月亮里可有帆?
月亮圆了
再也不像小小的船

如果有帆
我的父亲可在天上乘舟
俯瞰着亲人的团圆

团圆夜啊
洒一杯清酒祭奠
愿天上的亲人安心
我们生活得很美满

妈妈已经白发
依然露出笑颜
慈祥地坐在子孙中间
享受天伦之乐
回顾记忆中的苦辣酸甜

中秋月圆
爱
满人间

重阳故事（重阳节）

依偎着母亲佝偻的背
总会回忆起从前
从前
一个幼小的孩童
在妈妈的怀抱
听妈妈讲故事

妈妈说
从前
有个王宝钏
寒窑苦守十八年
妈妈说
牛郎织女鹊桥仙
妈妈说
王二小砍柴
穆桂英挂帅
那些故事仿佛就在眼前

可时间却匆匆
母亲脸上的皱纹
刻印着一点点长大的爱

妈妈不再给我讲故事
而是絮絮叨叨地嘱托
妈妈说
天冷了
多穿点衣服
妈妈说
外出了
要注意安全
妈妈说
照顾好自己
不要生病

我在妈妈的故事中长大
长大了还生活在妈妈的故事中

梦境

我——
就像一个大病初愈的人
无目的地行走
其实
我就是一个大病初愈的人
无端地感怀
替一瓣花
一片叶伤悲

我晕倒在梦境里
猝然惊醒
起身跑到窗前
看那朵菊花还在
深秋了

她还是舍不得离开

秋霜布满了叶片
叶片枯萎了
一颗露珠滚落
滴在我的心上

秋

夕阳染红了枫叶
把南飞的大雁也染红
大雁的翅膀
掠过夕阳的红晕
开始南迁

秋天的夕阳
总是很高很远
那余晖里的背影
盛满了疲惫和期盼
在开满秋菊的土路上
寻找家乡的田野

秋菊总是那么泼辣
秋蝉似乎也不知疲倦
夕阳
耕牛
背影
秋花
……
是秋天的一幅油画吧
任秋风变换

雨下得那么大

做一个樵夫
下雨的时候
可以点燃一堆篝火

雨
那么大
雨珠里写满你的名字
那堆篝火
正旺

渴望
遇到一只白狐
躲雨
然后匍匐在我的脚下

其实
山坡上长满了青草
日出的时候
雨停了
于是
那抹阳光滞留我的头发
一夜未眠

紫薇

一抬眼 紫薇花已经谢了
她的花期已过
眼睛有点疲惫

那些曾经绚烂的紫薇
仍在心头绚烂
即使现在
心也有点疲惫

姥姥

姥姥有一双小脚儿
小到用女人的手掌
就能丈量

姥姥就用　这一双三寸小脚儿
奔波在姥家与我家的土地上
给我们缝缝补补

每每
在油灯下飞针走线
我们都会围坐在姥姥周围
听姥姥讲
那遥远得不能再遥远的故事

姥姥的故事　总是那么奇妙
画中的女子走下来
为心爱的人做饭
勇敢的男子去妖怪群里
解救自己的亲人
上前砍柴的穷小子拾到
要什么有什么的魔锣
……
于是
我们就在姥姥的故事中
悄悄长大

如今
姥姥早就走了
可她奔波了很长很长道路的小脚儿
时时出现在梦里

还有
那些
无法忘怀的故事
也常在脑海中
晾晒

雨季

夏天的风
如此凉爽
吹得每个汗毛孔都充满了惬意

无可救药了
你的沦陷
他的沦陷
还有我的沦陷

疯狂地去捕捉
一丝风
一只夏季的蝴蝶
还有红色的蜻蜓

云彩铺过来了
原来
风　蝴蝶　蜻蜓
都在孕育一场夏雨

没有捕到蝴蝶
头发被一场大雨淋透
……

蓝天与风筝

其实
今生相遇
已别无他求
就像风筝
她注定要在蓝天上飘动
把思念嵌入云层

寻找

初春
去寻找
生命的影子
还有花的模样

角落里
雪流泪了
小草偷偷地笑
还有河边的朝露
呼吸着
晶莹透亮

画一叶方舟
在河里游动
那远方飘飞的风筝
悠闲逍遥

窗外

窗外是一道风景
在这道风景里
打捞曾经的记忆
紫薇花凋谢
等待夏日的细雨
秋海棠枯萎
渴望阳光的慰藉

还有一个你
就像顽皮的孩子
在春寒料峭的风里
躲避、嬉戏

你说
春天的风是温柔的
紫薇花还会在窗外微笑
为夏季穿上紫色的风衣

你说
画一幅枯萎的秋海棠
有时
枯萎也是一种美丽
等到来年的秋季
海棠花绽放

夜晚的秋

一缕风的颜色
挂在枝头
摘下一片枯叶
行走在夜晚的秋

夜晚的秋
染红了枫叶
吹枯了梧桐
还有三三两两的人流
总是沉醉在风景里
风景里可有你的守候
总是缠绵在故事中
故事中可有你的温柔

风中泼墨
把深秋渲染
弯月如钩
勾走夜的忧愁

霓虹灯延伸的街口
看不到满天繁星
想摘下一颗星星
照亮自己的心空

用一纸文字
镌刻晚秋
用一缕柔情
深深守候

只想把这缕风的颜色
涂满深秋
让那浓浓的文字
嵌入高高的夜空

也想把这缕风的颜色
点缀枝头

让每一个街口
都响起秋叶悬挂的风铃声
……

书中的女子

傍晚
采撷一束野花
插在花瓶里
那淡淡的清香飘来
伴着茶香
醉在一卷卷书香里

窗子的风挤进书屋
掀动书的一角
你可懂——
那卷卷清香里
有旖旎的景色
有迷离的故事
还有笛声花语

涉江采莲的女子
身着荷叶罗裙
藕花深处的诗人
闻梧桐细雨
还有谁
在夜晚的寂静里
品一杯香茗
听箫声琴曲？

岁月深埋过去的足迹
那一个个惊心动魄的故事
都封存在一页页书笺里
书中那弹着箜篌的女子
在玉兰树前——
憔悴了风
憔悴了雨
憔悴了一曲曲相思
憔悴了一生的守候与一刹那的别离

捧一卷诗词
沉醉在岁月的画卷里

记忆是一口井

记忆是一口井
看不到底部
风裹挟着雨滴——莫名飞过
犹如忧伤猝不及防

四周有一条路
路口挤满了车流
雪花在空中飞旋
把一朵花的温柔写成了诗行

在雪花的笑容里饮酒

两个人呼吸
一个人心跳
醉了看梦中斜阳

天空醉了
雪融化成细雨
细雨醉了
雨泼洒成泪滴

花儿醉了
羞红了美丽的脸颊
小草醉了
悄悄钻出了嫩芽
……

记忆像一张纸
刻满了勾勾画画
醉了——
饮一季苍凉
醒了——
赏尘世风光

藏在记忆深处的
还有世界的喧嚣
……

冬天 也有花香

夜
雾气煮沸了一壶茶
缭绕着模糊的影像
凝神
静坐
窗外灯火依稀
星光闪亮

拽着冬天的衣袖
裹着一袭寒凉
张开明净的眼眸
你可发现
冬天也有花香

幻化成一朵莲花
独坐
莲步袅娜
可曾敲响夜的寂静
此刻
你停泊在寒冬的哪一个角落

捧一杯淡茶
不饮
听一曲洞箫
不唱

空对朦胧的月光
娴静如水
赏雪后斜阳

一卷诗词
一缕茶香
一首曲子
一线灯光
雨季姗姗走远
悄悄地抹去发上的秋霜
——
倾听冬天的脚步
嗅一嗅冬天的花香
……

月下

你说
你的头发好长
像一抹瀑布
你说
今晚月亮好亮
像你的眼睛

于是
我们开心地笑
卸下了世俗的伪装
原来
在你的眼里
为我——
留下了一抹春光

思念

你想让我怎样
你还想让我怎样
我已经被掏空
心无处安放

我知道
我就知道
我的思念就像这秋天的叶子
黄了又绿
绿了又黄

荷池

爱人
你忍心让我的心
流浪

秋天
荷花谢了
那一池秋水
还在荡漾
我站在风里

感受一丝微凉

爱人
你的心是否也在流浪
看那水中的荷叶
有着淡淡的忧伤

六月

太阳热了
像一颗滚烫的心
叶子长疯了
像漫无边际的思念

我在六月里读诗
傻傻地
看雨中花折伞
诗中采莲女
还有那大片的荷花丛中
乘舟采莲的姑娘

我发现
雨与花的碰撞
荷叶上的雨珠滴落荷塘
还有六月的夜晚
弥漫着醉人的花香

人们说
六月是火热的季节
犹如一场热恋
我说
六月是鲜花绽放的季节
像极了成熟的爱情

剪下一片风景

剪下一片风景
留住顾盼的目光
春天流逝的那个晚上
夏夜的流星雨蔓延到远方

浓缩一个背影
雕成美丽的窗花
那里有你的欢乐
我的思绪
他的遐想
还有那流转的时光

走过杨柳依依
走过繁密雨季
遗失的那片叶子
随秋风飘落天涯海角

还没有读懂花的语言
冬天
就洒下一场眷恋的雪

把花的语言埋葬
指尖轻触
记载下生命的诗行

星空点亮的窗
闪动着淡淡的星光
我曾经嗅过的花香
还有翠鸟婉转的歌唱
芬芳了我的记忆
燃烧了我的梦想

那幽深幽深的小径上
萤火虫在跳舞
点点细碎的微光
把夏夜的细雨点亮

不要打伞
尽情感受细雨的微凉
那羞涩的花朵
在雨中悄悄地绽放

一支单薄的笔
镌刻瞬间的感伤
一幅淡墨的画
描绘记忆的馨香
仰望那悠长悠长的银河
星空浩渺
细雨滴答滴答的旋律中
天空微微放亮

夏—雨—忆

七月
细碎的雨滴
打开瞬间的记忆
泛黄的诗笺记录下深深浅浅的印记

炙热的风吹散
天空飘飞的云朵
撑着岁月的伞
游走在梦的边缘
雨落涟涟

烟雨阑珊
落寞的呢喃
长发飘逸
朦胧的过去铸成永恒的美丽

斑驳的记忆爬上了青藤
雨中独醉
站成一尊雕像
是谁
把纷乱的思绪写成诗行
捕捉烟雨的悲凉
却无法将夏日回寄?
是谁

握住那黑白的记忆
一次次解读曾经的怅惘
却发现梦里影像迷离?

回忆的叶片渐渐凋零
阳光下的蝴蝶已然远去
却不知
你飘向何方
你飞向何地
那旋转的舞姿可曾印在脑海
那记忆的青藤可曾黯淡无语?
……

思绪如烟

云聚集的时候
我如烟的心事凝聚在云里
飘飞到天际
洒落一场润物的春雨

风穿行的时候
我如雾的思绪裹挟在风里
轻抚着枝条
旋转一片落叶的美丽

花凋零的时候
我如丝的忧伤融化在花瓣里
看花谢花飞
幻想着再一次花开的绚丽

雪飘飞的时候
我幽幽的想象轻揉进雪花里
雪片似柳絮飞扬
轻盈地落在人的面颊里

赏云
赏风
赏花
赏雪
……
思绪
融入到神秘的大自然里

没有一朵云不希望化成春雨
没有一阵风不希望成就叶的美丽
没有一朵花不希望再次绽放
没有一片雪不希望轻盈地飘落大地

于是
思绪
融化在雪花里
浸润在花瓣里
洒落在清风里
飘飞在云端里
……

无题

你给我一抹深情
吹绿了风
却在深秋季节
让树叶凋零

风可以浸染绿叶
也可以肆虐无情
当枯叶化蝶飞舞
完成一场季节的年轮

不去想
开始
不去想
结束
一切都犹如转动的经筒
佛前
驻足凝眸

五百年的祈祷
换来了那一抹深情
当大雪不再覆盖寒冬
你悄悄地
把绿叶画上枝头

雾

那天出门
雾很大
忘记了围巾
头发挂满了霜花
别问我
冷还是不冷
冬天的风很大
苍白的季节
打湿了记忆
锁住了年华

宋词

那一帘细雨
惊醒了梧桐的梦
那一杯残酒
伤透了谁的心

秋雨里
没有打着伞的姑娘
有一株秋海棠
花儿瘦弱
风中忧伤

我不是李清照

写不出莫道不销魂
但我也在秋天的傍晚
喝了一杯淡酒
看窗外风雨潇潇

魂魄相依
把那朵菊花眺望
等雨停了
也想去夕阳下乘舟
争渡荷塘

紫薇

八月的紫薇花
开了
又谢了
我在窗子里看你
你却在风中看太阳

紫薇花谢了
留下了葱茏的树
依然在我的窗前
陪伴她的还有窗子里的兰花

有的时候
不经意地去看天空
紫薇花仿佛映在了云里
还是那样淡雅
平静

其实
风吹紫薇
紫薇追风
那又有什么关系呢
花开的时候
美
花谢的时候
依然

我在秋天里等你

我在秋天里等你
一起等你的还有那片落叶
把那片落叶画在心上
看其他落叶随风舞蹈

我在秋风里等你
虽然秋风有些萧条
还记得那首曲子吗
闭目聆听
还是从前的调调儿

那粉红的荷花已经凋谢
荷叶在池塘里回想夏日的繁茂
你听
树上的蝉鸣

诉说着秋日的寂寥

拾起一片凋谢的花瓣
做成书签吧
打开一本书籍
闻一闻曾经的花香

秋

夕阳染红了枫叶
把南飞的大雁也染红
大雁的翅膀
掠过夕阳的红晕
开始南迁

秋天的夕阳
总是很高很远
那余晖里的背影
盛满了疲惫和期盼
在开满秋菊的土路上
寻找家乡的田野

秋菊总是那么泼辣
秋蝉似乎也不知疲倦
夕阳
耕牛
背影
秋花
……

是秋天的一幅油画吧
任秋风变换

深秋

至今
依然喜欢深秋
确切地说
是喜欢田野的深秋

高粱红
玉米疯
还有那满架的葡萄藤
夕阳
绿水
老树
梧桐

谷子熟了
稻子黄了
犹如奔赴一块圣地
乡村静谧
月影朦胧

仿佛穿越到了古代
一根横笛
一把利剑
行侠天下

放空人生

紫罗兰

一墙的紫罗兰
一个幽静的小院
那紫色
是上天赐予的颜色
美得无法形容

木椅
静静地坐着
拍一张夕阳
紫罗兰的花瓣映照
就这样
与夕阳相伴
闻一闻紫罗兰的幽香

不要笑声
不要喧闹
聆听鸟的鸣叫
还有风吹起的长发
和永远的凝望

雪花

雪花 冷风 紫薇
飘飞 缠绕 摇荡
这漫天的冬
任思绪寂寥

我在雪中编织童话
给雪人戴上围巾
冷或者不冷都在思绪里
给雪人一个拥抱

冬的漫天严寒
袖子里挤满的风
提醒我
风瘦了
人比风可更瘦?

绿萝

我知道
我只是一个过客
在你的天长地久的辞典里没有我
就像一个古老的庄园
木栅栏里花团锦簇
我在木栅栏外的角落
我不是花
我是一棵不开花的绿萝

听说
在远古时代
绿萝也曾经开过花的

还听说
绿萝的花为了救治一个书生
被摘取了
成了罕见的药引子
从那以后
我——绿萝就再也不开花了

风吹过来了
我的叶片很翠绿
虽然我是红尘过客
可我也算在尘世间来过
我来了
在木栅栏外
经营着柔弱的叶片
在不适合抒情的秋天说
几千年后
绿萝不再是过客

月夜·秋思

我用目光抚摸着一地红尘
月影动荡
月光 穿透了树的婆娑
穿透了花的忧伤
穿透了叶的萎靡
可她 穿不透心垒起的墙

突然累了
想回到前世
看看那时的月亮
可有我的红尘过往

过去我是一朵花呢
还是一片叶子呢
是否也在秋夜里经历漫天的寒凉
而后 早晨的时光里 零落寒霜

只是一个梦而已
醒来的时候
没有欢欣 也没有沮丧
只是在红尘里 掉落了一地的鳞甲

走很远的路

走很远的路
才会知道
什么是风霜
什么是雨雪

才会知道人间有太多的感动
太多的善良

我也很善良
会怜惜花的凋落
会疼惜叶的衰亡
于是

常常凝望枯枝
慨叹
收集落叶珍藏

其实
风霜只是一个过往
经历了
叶子还会绿
花儿还会开放

有什么呢
即使结疤
美丽依然美丽
娇艳更加娇艳
如此而已

迷茫

我在云头眺望
看不到天边
看不到日落
看不到斜阳
迷茫到无边无界
迷茫——

本来
天地就是一体
没有分界
没有消失
我在天地间
看夜色悄悄笼罩
把自身湮灭

城市的夜晚

城市的夜晚
红灯 绿酒 车水马龙
跟随音乐起舞的喷泉
肆意得挥洒释放
狂野不羁

突然想
随喷泉起舞
舞出自己的孤独 失望
心是空的
有时
孤独也是一种痛

站在街头
看人来人往
音乐依然在流淌
心也想随音乐豪放

今晚
没有月光
只有柳条倒映在水里

被斑斓的喷泉
点亮

很想
折一枝春柳
拥抱夜的天空
而后
在空旷的田野
与星星同眠

行走

我犹如在一片荆棘中奔走
每走一步
都忍受刺骨的疼痛
一道疤还没有结茧
另一道疤更加醒目
可
那颗心
还貌似完整

我不想仰望天空
只想坐在山顶
承受山顶凛冽的冷风
还有偶尔回旋的鸟鸣

不再做梦
虽然梦里能暂时遗忘疼痛
不再与月亮对话
月亮的清辉总是感觉寒冷

想等待清晨的日光
体味照临身体的温暖
把一颗心捧出来晾晒
让热量把她包裹

总要登到山顶
虽然经历疲惫 失望 驻足
可我
还是会发现山顶的风光
与众不同
……

泪

我的泪水是咸的
夜里
放肆地流
歇斯底里

早晨
我又换上一张笑脸
没有人懂
我内心的哀伤

其实

我知道
有一种爱
叫作
不能强求

于是
我会麻木自己
在寒冷的风中微笑
在河畔桥栏
看卷走的落叶
和月色呢喃

只有
在夜色中
面对一颗零零碎碎的心
泪水
流下来
有夜色遮掩

从来都不伤害任何人
可我
却被人伤害得体无完肤
累了
月色说
你累了
看看天空吧
世界不需要太懂
云总是会变换
亲爱的
我会陪伴你千年 万年

冷

冬天
风总是很冷
冷到彻骨
仅有的叶片在枝头打战

我行走在寒冷里
很想
学卖火柴的小女孩
划一根火柴
取暖

于是
我在漫天大雪中
与雪人做伴
在呼啸的风中
看天上稀疏的星星
还有凉凉的月光

突然想问问雪人
你冷吗
可我又蓦然明白
雪人不需要温暖

而我
渴望的
雪人不懂

冬天的风总是割心
犹如刀片
我在风中行走
只有我知道
有一种冷
叫心寒

雪的告白

岁月里
等待一场雪
犹如等待一朵花开
那场花事
似乎很遥远
奈何
一脸伤痕
破碎了许多的梦
我的故事里
从此
与你绝缘

回忆

秋天的芦苇，白了
她在回家的路上摇曳
车在奔驰
眼睛里满是刚出生的麦苗
空中飘来淡淡的乡土的清香
使劲嗅了嗅
闭上眼睛醉了

妈妈
还在老槐树下等待
燕窝又多了一个
妈妈说
天冷了
燕子飞走了

蓦然惊觉
已经深秋
其实燕子初秋就飞走了
春天一到
她们就喊喊喳喳地飞回来了
因为这里
也是它们的故乡

在老槐树上靠一靠吧
咀嚼一下童年的味道

曾经

我们在树下跳格子 躲猫猫……

每年的夏天

我们都会吃着香甜的槐花

享受着槐树的阴凉

还记得父亲讲的故事吗

桃园三结义

黑旋风李逵

五鼠闹京城

及时雨宋江

……

小时候，很多故事懵懵懂懂

长大了，才知道里面有太多的世事沧桑

亲爱的父亲

今天，我又来到了老槐树下

可您已经去了天堂

而您讲的故事

依然在风中

随着白色的芦苇摇荡

……

忆

灯光是柔和的

在柔和的灯光里

我似乎看到了儿时的那间老房子

父亲站在柜子边上

吧嗒着老烟袋嘴

若有所思

妈妈和姐姐们围坐在油灯下

一边剥棉花桃儿

一边听妈妈讲古老的故事

牛郎织女被银河隔开

一年一次鹊桥会

王二小砍柴

穆桂英挂帅

王宝钏苦守寒窑十八载

……

油灯的光忽闪忽闪的

思绪也是忽闪忽闪的

我在忽闪的灯光里

似乎看到了鹊桥

还有牛郎织女相见时的泪光

幼小的心里充满了惋惜

……

父亲磕了磕老烟袋

也磕醒了我的遐想

老屋是破旧的

妈妈的故事却是迷人的

我在迷人的故事里长大了

总忘不了一家人围坐在一起的温暖
……

父亲走了
他的老烟袋还在
妈妈老了
她不再给我们讲牛郎织女
可我们
还是喜欢围坐在她周围
听她念叨过去的事情

妈妈说
玉米能煮着吃了
回家来取吧
妈妈说
白菜已经长成了
带回几棵包饺子吧
妈妈说
天冷了
多穿点衣服吧
……

我在妈妈的唠叨里
感受着温暖
在一次次回忆中
遥望家乡的炊烟

所有的毛孔里都是痛

所有的毛孔里都是痛
痛得撕心裂肺
我的心
在痛里挣扎

雨
还在下
泪水顺着脸颊滑落
滑落的还有那朵被风吹落的紫薇花

雨潇潇
心也潇潇
望不到远方的蓝天
阴云把眼睛布满

所有的毛孔里都是痛
站在雨里
任雨水冲刷
痛在冰冷里麻木

拾起陨落的紫薇
用手心的温暖将她包裹
我有心
紫薇有心
那风！那雨！

可有心？

一场秋雨

一场秋雨
我在紫薇花下看到了你
一个害羞的女子
低头嗅花香
满脸的醉意

你就在我的窗前
红色的花纸伞下一袭白裙
紫薇花的紫色
绚烂了你的微笑
还有那细雨的呢喃

千纸鹤

偶尔
听说了一个千纸鹤的故事
不
确切的说是 999 只纸鹤
那不是童话
是真实得不能再真实

他
为了一个心爱的女子
叠了 999 只纸鹤
而后
再探望女子的归途中车祸逝去
只留下纸鹤
和他那颗心
在尘世
陪伴心爱女子的心痛和孤寂

突然感觉
沙粒进入了眼睛
眼睛很涩很涩
一口奶茶没有品出味道

原来真的
真的有千纸鹤的故事
时间静止
咖啡屋里仿佛就剩下这个故事
灯光下回旋

在分离的每一天
他每天折叠纸鹤
一个纸鹤 一份思念
思念飞翔在折叠的纸鹤

猝然逝去
纸鹤悬挂在风里
在心爱女子的记忆里铭刻
它飞舞在晨曦的阳光
伴随着女子思念的泪雨

飞呀——飞
……

缠绕的青藤

我是谁
那缠绕的青藤无语
谁又是我
被缠绕的墙壁沉默

没有期盼
细雨在藤叶上滴滴滑落
回忆不是刻意的
留恋瞬间穿越了风
悬挂枝条

那缠绕的青藤
是无声的温暖
没有浮躁
没有嫌弃
倾尽所有把枝条缠绕

是依附吗
是陪伴吗
还是一种难以割舍的习惯
任风盘旋

于是
且把所有的俗语抛弃
缠绕
缠绕

她没有眼泪

她没有眼泪
佛说
你的眼泪在某年某刻彻底流干了
你要等待一次涅槃
才能有一个新的世界
于是
她在红尘中
等待涅槃

走不出温柔的海

一夜酣睡
我走不出你温柔的海
回忆
只是点滴的寄托
寄托里隐藏着很多无奈

梅花傲视天空
期待与雪填补冬季的苍白
记忆力没有苍白
有秋季成熟的欢悦
有春天雨露的滋润

还有夏的炙热泼辣辣地盛开

望着
冬季的风
挂在树梢
听着月亮与星星的对话
回忆就在风环绕的树梢里
穿进月亮的眼睛

春雪

一场雪
把窗前的草地染白
迎春花都开了
雪还是舍不得离开
别舍不得
季节转换了
雪也该退场了

其实
春天来了
冬天很快也会来
那时
雪还会光顾大地

莫名喜欢雪
那种纯粹
那种洁白
那种飞舞的姿态

雪地里
有披着雪帽儿的树木
有凝结封冻的河流
还有寒梅点点

可以凭栏远眺
田野
木桥
干枯的枝条
无语的荷叶
小小的堆雪人的孩童

雪中才有童话
虽然不能塑造一个白雪公主
却可以编织一个莲叶故事
故事里一定要有雪
冰雪里莲花开了
开得耀眼
……

清明祭奠父亲

一场雪
春天的一场雪
寒冷彻骨
雪花冰冻在心上

就这样
在清明
这个特殊的日子里
飘落 飘落 飘落

天空也有感怀
似乎懂得尘世的怀念
祭奠冥间的灵魂
洒落晶莹的白雪

父亲走了，走了很多年了
走的那天没下雪
可我
似乎全身被雪包围

今日清明
下雪了
我在寒雪中把一束花埋在坟头
泪水还是忍不住
打湿花束

雪，打在脸上
冰凉
眼前飘动着您生前的笑容

用手捧一把泥土 填在坟头
雪花飞动 思绪飞动 怀念飞动
仰望天空
愿您天堂安息
……

回乡

我的乡野被雪覆盖了
车子碾压着雪
脆脆的声音让我清晰地知道
我在回家乡的路上

还是那样广阔的田野
还是那座小桥
还是那条曲曲弯弯的小溪
冰雪凝冻

妈妈的脊背弯了
笑容还是那样慈祥
大门外等待着
老槐树下，满满的期待

吃一块妈妈亲手做的油炸糕吧
香在嘴里 甜在心上
还有
躺在热热的炕头
暖暖地穿越
回到了二十多年前的故乡
……

她

她是灵动的
像一个小野兽
狡黠而又妖媚
她喜欢野花 蝴蝶 爬树 抓鱼
即使脸被弄花

她的心灵没有杂草
驻扎了柳叶 玉兰 紫藤萝和月亮
是一座花园吧
有溪水的低吟
还有白鸽的浅唱

她喜欢倾听
尘世的呐喊 悲伤 和孤独
还有细雨的呢喃
燕子的低语和麻雀的鸣叫

她也会哭泣
但她不会停止脚步
在踏上旅程的时候
甩落满身的沧桑
……

雪

2018
久违了
雪

推开窗子 满眼的银白
没错！是雪
第一场冬雪

阳光照亮雪地
亮得刺眼 很想去堆雪人
滑雪 打雪仗
……
儿时的雪地游戏仿佛重现
白雪中
雪人的眼睛乌黑发亮

还记不记得那些被风折断的树枝
做成滑雪板
在冰河上笑
把春天吵醒
还有儿时的记忆在风雪里飘
……

深夜

到深夜
我的灵魂回归了自己
可以自由地品品茶
仰望星空的阔达

静夜里的冬是宁静的
似乎也多了几许温柔
就犹如灵魂回归的自己
竟也有几许的温柔

没有了烟花
没有了喧闹
没有了走夜路的人
也没有了孩童的吵闹
只有深夜的冥思和冬天的寒风
交织
感觉到自己的存在
与冬同在

鸟儿不再鸣叫
白天陪伴我的麻雀也回归了自己的窠巢
还有已经离开的秋
在记忆里
蝴蝶翩翩
柔媚了一夜的星光

无题

雪落无声
心碎有声
我听见了心碎的声音
看到了大滴大滴的泪珠
从脸庞滑落

鞠一捧雪
洒在脸上
任冰凉刺骨
任情感喧嚣

记得
也是飞扬雪花的日子
你踏雪而来
堆雪人

又下雪了
我在北方描摹雪景
你
在南方欣赏芦花吗

故乡

月亮弯儿

那是故乡瘦弱成了冬天
月亮圆了
那是故乡收获了秋天

我笑了
是因为我在家乡的田野
有母亲老房子里的等待
还有那儿时的夕阳
透过老槐树的枝叶
照在了我的脸上

冬天不冷
家乡的炊烟袅袅
热腾腾的饭菜正香
还有妈妈
一遍遍的嘱托
总是暖暖的味道

去溜冰吧
儿时不怕摔倒
妈妈就在岸边
冲我喊
跌倒了自己爬起来

如今
妈妈老了
脊背弯成了月牙儿
可妈妈说
夕阳真好

大雁

那只大雁飞走了
秋天到了
它到南方过冬

我心中的大雁飞走了
冬天到了
她让我冬眠

那风景

车窗外
紫色的野花在河岸战栗
高大的树木遮蔽她幼小的身躯
她依然
娇媚 微笑

河水清澈
柔顺的黑发倒影凝眸
金鱼自由自在

站在木桥
看九曲回栏
荷叶该醒了吧
还有即将含苞的荷花

总是回忆夏季的荷语
可否听懂
那诉说
那依恋
……

春色

窗外的花都开了
开得有点绚烂
那摇曳的枝条
风中诉说春天的浪漫

站在窗前
看粉色桃花
黄色迎春
紫色的玉兰
热热闹闹
挤挤挨挨

花的繁华
迎接夏的火热
总是从淡淡的嫩芽
绽放开来
绽放的还有淡淡的忧伤
浓浓的思念
……

灵魂与季节的碰撞

夜晚
浓缩了白昼的光芒
寂静中
霓虹闪耀

不经意地一瞥
感觉灵魂与季节碰撞
那冰封的河流
已然苏醒
给那片干枯的荷叶疗伤

岁月
抽离了灵魂的渴盼
直到晓风乍起
才惊觉
又可以吟咏
杨柳岸
月挂眉梢

济宁行

列车在动 车窗外
高高低低的树木 房屋 山石
都在飞
伴随着飞动的思绪

喜欢在一起的那种感觉
每一处风景
都有我们的陪伴 回忆 记录的瞬间

雕塑 美人蕉 舞台
有他 有我 还有你
其实
一个个回顾里 都在提升着灵魂
一段段乐曲里 都有着离愁别绪

一张照片 一句问候 一个回眸
都在记忆的风景里旋转
不需要礼物
这秋风 秋雨里
有我们的足迹
此行足矣

你的爱很潦草

你的爱很潦草
就像草书
找不到起始
看不到终点

我的泪很咸涩
睁开眼睛
看到草书有点凌乱
心沉到谷底

你看
岸边的芦苇
干枯
萧瑟

沙滩犹如鱼鳞
寂寞地衬托着海鸥
琐碎的脚印
一串串
通向遥远

夕阳下
海鸥抖落一身尘土
眺望着远方
而我
在海边
缩成一个标点
……

那一树花（组诗）

（一）

不知道我的荒凉
停泊在哪个岸边
寒夜来了
那一树花在冬眠

掩藏了所有的繁华
寂寞的结果儿

（二）

春风
吹亮了路边的灯
街道
喧嚣
车流
来往
还有满地的白雪
蓝色的耳语
——你该发芽

（三）

总有依恋
经历了一冬的思念
悄悄地来
雪人做了一个温馨的梦
在春风的怀抱里融化
于是
那一树花笑了
笑得很甜

元宵

总要煮沸
总要翻腾
经历沸水的磨砺
才能成熟

圆圆的圆圆的亲情
总要经历离别
才有团聚后的惊喜
剔除了别离后的烦忧

咬一口
心儿里甜腻腻的
那馅里裹着人生五味
只有品
才能感悟深透

春雨．遐想

滴滴答答的落下
似乎一点也不疲惫
我知道
我在这雨里沉溺

街道上
没有打开的花纸伞
没有喧嚣的人群
我漫无目的地走着
任一滴滴清凉
溅在脸庞

一个人赏雨

雨总是寂静的
花草的清香也是寂静的
还有树木的枝条
也是寂静的

你呢
你也是寂静的么
……

散步

满岸的芦苇
一地的迷迭香
柳条梳理着长发
在水里妖媚

雕塑的美人鱼
似乎在诉说着从前的故事
这个季节里
写意着人生

荷花谢了
荷叶依然葱茏
鱼钩上有无限的诱惑
静默着钓者的欲望

你我都是过客
掠过一片风景
随着流动的脚步
把时间写进风里

月夜

孤独的枝桠上
悬挂着半轮月亮
蓝色的天空
交错着紫色的渴望

独自伫立窗前
凝视孤独的月光
试问
那清水河畔
可有你痴痴的遥望？
那一叶兰舟
可承载你紫色的遐想？

夕阳

那一抹夕阳
氤氲了我们的脸颊
两颗心
在夕阳下融化
今生
我们携手夕阳
来生
我们相约

沐浴夕阳
诉说今生的牵挂

草原的风

你在凝望
凝望远方
满眼的绿哟
犹如你的裙裳

草原的风
吹绿你的守望
茵茵绿毯
喂肥了牛羊

广袤的草原哟
美丽的遐想
那一丛小树
枝条在逍遥

秋夜

枝影幽，水影幽，野畔无人傍小舟。
芦苇荡冷秋。
爱亦忧，恨亦忧，望断天涯独自愁。
此情何日休？

湖心

你美丽的倩影 在湖心结网
两叶小舟 沉浸在蓝色的记忆
可记得湖中泛舟
笑声荡漾 激起阵阵涟漪
水波中的荷花 半掩羞涩
倾听欢声笑语？

走进广平

这里有老土地 老房子 老风光 老人
还有古老的故事
永远留下来的传说

夕阳的余晖
映照着粼粼的天鹅湖
天鹅在水中游弋
一半白天鹅 一半黑天鹅
还有一群绒球似的小天鹅
在大天鹅的周围嬉戏
尽享天伦之乐

如果说
湖水有几千年的历史
那么
这里就有历代人的奔波

鹅城
童话般的城市
涅槃重生
丑小鸭会变成白天鹅
深沉的文化底蕴
有赵王的故事
有古镇的传说
还有一代代人
在这片古老的土地上
开凿 打磨 耕耘 收获

于是
古老的土地
有新的故事 新的风景 新的开拓
牡丹园繁花朵朵
有白牡丹 紫牡丹 粉牡丹 蓝牡丹
白牡丹高洁娇羞
风中摇曳
紫牡丹高贵冷艳
不惹尘埃
……

还有呢
游览的人群
花丛中啧啧赞叹 沉醉流连

走进广平
喝一杯赵王酒吧
把深厚土地的豪气
孕育心间
而后
行走在古镇街口
聆听古老的歌谣

饮赵王酒醉
去田野里
看 大片大片的果苗儿
稻草人儿低语
缠绕的风铃
见证了种植的快乐
待到果树结果儿
风铃清脆
稻草人风中挥舞手中的红绸
惊起鸟雀纷飞

来了
舍得走吗
听到了吗
私塾里
是谁在诵读——《诗经》?
关关雎鸠 在河之洲
窈窕淑女 君子好逑
……

不 不是私塾
是国际学校的琅琅读书声

把古老的文明传承

来了
还舍得走吗
喝一杯赵王酒吧
而后在夕阳西下
天鹅湖畔
尽兴成舟！

我的时光

我的时光里点着灯
灯里藏着岁月
岁月里藏着你
还有许许多多故事
故事里的回忆

我的时光里有四季
有忙碌　有忧伤　有失落　孤独
还有
满满的月光
三月放飞的风筝
书写的文字
文字里的风花雪月

车窗里
看芦苇缥缈
荷叶干枯
还能看到白玉兰做着春天的梦
柳条在刚刚解冻的河水中招摇

一切都很自然
完美中有缺憾
缺憾中有沧桑
沧桑中有流逝的过往

这就是我的时光
自然地流动
自然地在岁月里生长
伴随着我的
还有许许多多的难忘
……

我是一株小草

我只是一株小草
小到无人认识我
也曾有春风吹过
我长出了嫩芽
河岸边瑟缩

这里有一大片草
人们会发现这一片绿色
可他们看不到我

独自生长

独自快乐
独自沉默

河水很清
柳条很美
月光很温柔
我很细弱

……

月夜梨花

我在月色里
点数你的泪光
而后
在青石板上
敲醒你的惆怅

或许，
满野的梨花
飞舞着旋转的泪雨
我在梨花丛中
痴望月的苍凉

还有谁
会喜欢梨花带雨
这一生一世的追逐
只留下刻骨铭心的——
流浪
……

情人泪

那一朵玫瑰
泪雨四溅
碎了一地的花瓣

痴迷的你
遥望十里桃花
没有片字之言

很想拾起
那破碎的花瓣
犹如拾起
一段前尘过往

我穿越十里桃花
却发现
血泪染红的桃花
粉红一片

你看
那十里桃花
刚刚含苞
是谁的泪水把桃花染红
却化作春雨如丝

你在春雨中——
细数雨的清凉……

田淑伍：女，河北省唐山市滦南职业教育中心高级教师；唐山市先进教学工作者；主编有《中国当代诗词精选》《中国当代诗人诗选》。河北省楹联学会、河北省诗词学会、河北省文学研究会会员。唐山市作家协会、诗词学会会员。作品多在《中国诗百科》《中国百年新诗经》《世纪诗典》《唐山文学》《人民文艺家》等杂志上发表； 曾十几次在全国诗歌大赛中获奖。

错过（外一首）

作者：饶彬

鸟
错过大地
来到天空

鱼
错过小溪
来到江河

我
错过乡村
来到城市

都是
被错过的那只风筝
逃不脱命运的线绳

开花的地方

石头不开花
它却是
曾开花的地方

覆盖的雪
很快化掉了

呆坐的人
已经走远了

石头的沉默
石头的坚守

经年不改变
一改变
将是好多年

饶彬：1970 年 11 月生，湖北省赤壁市人，湖北省作家协会会员，中国诗歌学会会员，中诗网签约作家，现就职于湖北省高级人民法院。已出版诗集《白砂糖之梦》《青苔之恋》《燃烧的月亮》《白树叶》等20余部。《醉巷》《老父亲》待出版。

少女的眼睛（外二十四首）

作者：沉鱼

曾经有一双美丽的眼睛透出纯粹的情，像洒满朝晖的湖面反射着无数亮影，照得人心喜悦、透明。

当年，我只是不经意间望了它一眼，它就像磁场吸纳了我的整个魂灵。

我不由得动情地放纵了一下自己的神经。

不想，它就坠入了我的心海中。

几十年来，因为再也寻不到它，让我心里想得很疼！

为了它我愿意默默无闻度一生，只要能够守望着对它的想念。

它比春光明媚，比秋阳温柔；
比骄阳热烈，比冬雪洁白。
无论春夏秋冬
时时刻刻纯净我的魂灵。

期许

七夕
天上　人间　情侣
七夕
情长　别久　欢聚
七夕是金风玉露
一年相逢
七夕是牛郎织女
永恒专利
不　七夕不只是遥远的纪念
七夕也不只是
两情久长的相聚
只要你愿意
我们天天过七夕
隔岸相望已成昨天
现代化的彩虹桥就立在那里
活在我的呼吸里
睁开眼睛是你
闭上了还是你

初春香山赏雪

定是天神抖落了银河两岸的芦花，鹅毛般的飞絮便洒满凡间的天空。

熟悉的香山公园顿时成了银雕蜡塑，园中的景物又仿佛是白玉琢成。

高高的香炉峰早已不见了踪影，能看见的红墙，古寺，石桥，竹亭，而又被织入了飘乎不定的网罗中。

一位老翁撩起网罗一角，来到了

园中的迷宫。

我走进老翁，只见他眉宇间透着善良。

他似乎要滑倒，雪地上散落了好几粒花生。我扶住了老翁，我们相对一笑，身后是一片翠竹几株青松。

虽然我们挥手作别，但心中都装满了笑容。

一转弯，看到矮墙上一只喜鹊昂首挺胸，踱步前行。足迹瞬间印出了一串梅花，花鸟画家看见了也会觉得自己的无能。

我正想轻轻捧起一朵细看。它却在枝头上叫个不停。

也许是我惊扰了它的美梦？也许它在为自己的杰作得意而鸣？

还是保留它的原创吧？我俯身欣赏着朵朵墨梅，那黑白间的错落如此自然从容，实在无须涂上什么油彩，点上几笔朱红。

多么想融入这纯净的世界，写好我余下的人生，用所有的爱所有的热情。

于是，我张开了手臂去拥抱满天精灵。

也许不会有人知道这时的我又多了一份温情，因为有一片美丽的雪花已经深深嵌在了我的心中。

一只鸟

我是一只鸟，一只纯粹的飞翔的鸟，一只孤独地歌唱的鸟。

只要你愿意倾心听，会听到我飞翔鸣叫时有喜悦还有悲伤。

我是一只迁徙高歌的鸟，又是一只安详的家燕。我用一年一次的南北旅行体味沧桑，我飞翔在苍天俯视人间的悲欢。

虽然，我知道在人类的眼里一只鸟微不足道。但我愿给人类带来了无尽地享乐。

每当春天来临，我衔来春泥，在老宅的任意角落里筑巢。

花语

把我的微笑留给你
我的春阳
你给我春天的温暖
我的生命为你怒放
我的花开永远向上

把我的心怀交给你
我的春阳
你给我春天的明媚
我的生活充满希望

把你的灿烂封存在心里
我的圣洁为你呈上

把我的生命献给你
我的春阳
我喜欢春天的花季
我的花只为春天开放
大风将雾霾驱逐
我也要走了
我的春阳
但我还有香在
还有新叶为你歌唱

秋天的况味

秋来了，经过春的盟动，夏的热烈，终于变作了金黄的收获。

（一）秋天的脚步

来去匆匆里有秋天的脚步：带来了流动的风景，带去了缠绵的雨露。

大地上徘徊着秋天的脚步：风声是欢乐的交响，落叶是歌者的舞步。

甘为万花谢幕，不为离去踌躇。给大自然增添了多彩的景物。

万里流淌的江河里有秋天的脚步：浪卷云翻，乘风飞渡。流不尽逝水东去，挡不住千江归宿。犹如我澎湃的心潮，诉不尽的万千情愫。

丰收在望的果树枝上更有秋天的脚步：从春绿枝芽到秋红硕果，果实骄傲地说：我什么也没有错过。

不为硕果而累，只为享受经过。

秋天的果实里有我忙碌的生命之路，

虽说匆匆，但求走过。是属于我的都不会错过。

我是一朵白云，背靠蓝天，感受大海的瞩目，亲吻着秋天的脚步。

一往情深地追寻是我深爱着的路。

（二）秋天里的春天

秋凉了，春天却没有离去。虽然是萧瑟秋风，落叶铺满大地。

但温暖的阳光依然灿烂无比。

秋凉了，春天却没有离去。无云的蓝天，高飞的雁行，多少天涯归客充满了信心和希冀。

秋凉了，春天却没有离去。无名的小花开在山坡上，仿佛还在春天里，守着生它的土地。

秋凉了，春天却没有离去。菊花绿叶抱香，向晚秋绽放美丽。

冷傲带刺的晚月季，从来不与百花争节气。

秋凉了，春天却没有离去。莲蓬变了颜色，荷叶已近枯黄，

但蒲草缀着蒲棒，招展着一身绿衣。

秋凉了，春天却没有离去。轻荡的风舞起柳枝，就像浮动的绿浪，仍然赏心邀客，咏叹诗的旋律。

秋凉了，春天却没有离去。柿树上黄澄澄的果实，好像高挂的灯笼，炫耀收获的喜庆，使人满怀惬意。

秋凉了，春天却没有离去。秋风把树叶染红，浸透着如火秋阳，更有别样的情趣，渲染永恒的壮丽。

秋凉了，春天却没有离去。这秋天里的春天呈现出灵动之美，给人无限的遐想，带给我深刻的记忆。

但是，春天毕竟不是四季，春花独放也不是春意。

四季的更替让大自然尽显精彩。而我们的春天本来就珍藏在心里。

（三）我爱秋天

我爱秋！爱秋高高的蓝天，爱秋飘下的落叶，爱秋天的树在风中沙沙的响动，我爱秋！爱秋天西山的一池碧水和松柏点缀着的红色的海。

还有那黄栌的思念与远处的苍山编织的梦。

我更爱走在山间那弯曲的小道，心里有一种难以言尽的情味。

抬眼望去，对面山上古庙的黄瓦红墙见证了古都的历史悠久。

我人生的秋天也来临了，花白的头发，起皱的脸，蹒跚的步履，我也走过了漫长的路，同时也收获了宝贵的谷物。

我取出最饱满的一粒变成一首小诗，寄给世上最美的心灵深处。

镜湖

“蓬岛烟霞”在昆明湖的最西边
平日里落落独处
芳韵孤清的写意
给人以可望而不可即的遐想空间
今天走在这被冰雪覆盖的湖面
我听见了你
久远的声音
跳跃在千年古树

紧挨冰面的树梢间
缠绕在爱的诗里面
看那长满藤蔓植物的湖面
正忽闪着迷人的
亮色在向我召唤
触摸着温馨的往事
吻着镜湖那深沉的眸子
听着它还在叨念
即使一个人老去
也要等待与心爱的人相见

思念的泪水流成了河
渴望的手臂张成了船
日夜不停息地向着对岸
那太阳升起的地方伸延

一千年过去了
能原谅我来得太迟的爱吗
还有我那缠绕在心间的悔恨
镜湖你还能听得见吗

我真不该
真不该把一切都交给了时间
只因为这个世界有太多的诱惑

把梦轻轻地放下吧
我无怨无悔地来了
你有情有意地醒了
抹不去的泪痕斑斑
诉不尽的情意绵绵
今后无论你仍被困在此地
都不会动摇我坚定的信念
总会等到那一天
我们一起到梦牵魂绕的乡间

寂静的镜湖
你听得到我的心跳吗
今生，只要我还能望见你
就会露出幸福的笑脸
幻想着像枯树一样衰老的我们
携手霞云 怡怡年年

爸爸的外衣

在我家的老箱子里，存放着爸爸的一件外衣。

那应该是一件“列宁装”，它曾出现在爸爸上大学时的照片里。

尽管衣领和袖口破成了丝絮，但我童年的记忆就藏在这件旧衣服里。

在我才记事的时候，常偎依在爸爸的怀里，衣服上虽有一股汗味，但我总觉得亲切无比。

大约在我上中学之前，爸爸就把这件衣服叠放到箱子里。

一次，我下学回家，望见爸爸正面对箱子里的衣服发呆。

听见我回来，爸爸的脸上浮现出一种难以言说的表情更使我猜测：也许，这件衣服里藏有什么秘密？

也许，是爸爸在什么地方得到过赞许？

如今，父亲早已离我而去，但我仍然不知道这件衣服所珍藏的秘密。

只把这件衣服完好地保存在老箱子里。

多少次了，我想嗅出它当年的味道，但过去了的时间和味道都无法复制。

每当我从老箱子里取出它，父亲的身影便浮现在脑海。

搬迁

高傲的枣树直刺苍天
粗壮的椿树挺立在
一片瓦砾废墟间
一轮圆月挂在当空
照亮了它们
照亮在我的眼前

四十年前
这里是我和小伙伴
玩耍的小院
一根细长的猴皮筋
绑在两树之间
几个小女孩唱着歌谣
跳在猴皮筋上玩得多么心欢
我和小树一起长大
坐在这没有院墙的院中院
看书 洗衣
乘凉 聊天

当夜深人静
我总爱扒着门帘
看月亮穿过枣树枝头
在小院的上方高悬

十年前
月亮高高地望着我
在爸爸妈妈的病榻前
忙碌的身影
关切与挚爱之情
在小小的屋子里盘旋
如今我的双亲都已逝去
但他们的体温犹存我心
他们的声音还留在屋檐

拍一拍枣树哥哥
抱一抱椿树姐姐
道一声天天守望你们的
人们已经搬迁

你们还能在这里
守望多久呢
择枝而栖的鸟儿啊
你又将到哪里去呢
我还固守清贵的天
不会亵慢自己的日日年年
告别了
小院
告别了
在椿树和枣树下面的
深埋着的一切想念

我走了
带着对春的眷恋
我走了
带着对阳光雨露的思念
无奈还是将不断线的泪珠
抛洒在了难以割舍的路面

我爱北京蓝

北京蓝是一夜雨后晴朗的天
北京蓝脚下是清新的山间清澈的泉
北京蓝里有白云铺展到天边的路
北京蓝啊　清风吹送高远的风筝追逐着云
北京蓝啊　可听见风中的舞者正伴着歌声的甜
北京蓝啊！可否望见街坛花园里张开着的幸福笑颜
还有那翩跹的舞姿在波光云影里盘旋
快快醒来吧　我梦中的听法松下的泉
你要知道　我拉开窗帘就能看到数十里外的西山
我要去听那魂牵千年的山泉潺潺
我要去看水泉院里的岩松气质如磐
因为古老的北京城是我们可爱的家园

圆月

多想寻一片天地
把我定位在那里
没有过眼烟云
避开万家灯火
天和地干干净净
空气和我相互包容
一轮圆月耀亮在天心
澄澈了我的双眸
眨巴着星星点点的光明

正月十五的圆月凝聚着
世间无数的眼睛
黄童白叟聚睢盱

质朴的样子
喜悦的样子
喜从心来
那心灵的窗里
有各种各样的悲欢离合
揣得那圆圆的月满满的
圆月你好辛苦

曾经的我像独行荒原的疲惫旅人
四顾茫然
正是圆月点燃了我心里的灯
圆月的纯洁真诚
端正了我的心灵
我对着圆月行了一个注目礼
坚守正道做事
认真刚正做人
心意真诚而不自欺
无愧于生命的给予
曾为莲花濯清涟而不妖
曾为清水汇入东海万顷波涛
身为上帝的子民
终有一天会化作一粒净沙
干干净净地来
干干净净地去
不辱使命

圆月　你容纳了
人生最幸福的时光
也留下了人间无限的思念
和无尽的凄凉
你每天都见证着
既有起点的新生
也有终点的归宿
以及终点后重生

父母在　不远游
而今我的双亲都已经长眠于北山
不再有牵肠挂肚的羁绊
享受孤独的旅程
岂无佳色
圆月正为我照亮

不了情

我站在窗前 轻闭双目
你手扶胸前 望着窗外
若有所思地的样子
又浮现在我的脑海

我们同守一片蓝天
你是否已经看见
那无拘束的云飘走了
还有那看不见的风
吞吐着灰蒙蒙的空气
狂暴地将花草树木舞动成它的雕塑

打开窗子吧
让风清凉我们的脸
深吸一口气
连同环路上川流不息的车
一起吸进我们的肺腑
让沸腾的喧哗
溶化在我们的血液里

远近参天的楼宇
用搭积木似的小窗格子
窥探着我们的心事
无须窥探我们吧
在你那里面
有万千人生故事
等待我们去阅读

多么向往澄澈明净的天空下
比翼双飞的鸟儿自由地飞翔
可是曾经那些辉煌
把我们从梦中唤醒
于是我们相对一笑
爱做梦的人啊
又去寻找更深的梦了

雪飘——你走了　却把思念留在这里

终于能接近你了
让我把轻轻的你高举
你在我的手心上化成了晶莹的水滴
用我的唇吻你
任你在我的额头 脸颊上停息
任你随着我的梦一起飞向天宇
你给大地涂上一层脱俗的白雪
冰清玉洁的水晶花啊
期待着扑向茂密的野花丛里
寻找着不朽的你
早在七十年代
你就美好地出现在众人的视野里
我并不感到惊奇
连头也不抬一下
好像什么也没有发生似的
让你与我擦肩而去
同是历史的匆匆过客
你发表的诗作让大师们赞许
我早就记住了你的名字
总想着会有那么一天
与你一起学习诗词赋曲
我是你年长的朋友
我要走时 你才会变老
不想
你却在一朵儿花的年纪匆匆离去
于是
我愿意相信下辈子
我们还是同事
惜别之情让我难过地期许

八十年代
你弃职潜心小说
诗歌 绘画创作
对古陶收藏更是痴迷
同是历史的匆匆过客
你在有生之年做了你想要做的事情
你的生命虽然短暂
你的影响却在延续
如同雪花的精灵
给大地带来漫天飞絮
而我却是老大徒悲伤
就像一粒微尘落地
你是一个孤独的行者跋涉在诗歌的远旅
我却如井底之蛙跳不出视线以外的天地
你坐拥千万财富
却依然保持低调过着俭朴的生活
你说 收藏是我一生的至爱
你留下的财富使整个社会受益
你说 有一种苦难是选择
参观了你的古陶文明博物馆
我才真正读懂了你诗句的含义
读出了你一生的超然和孤寂
你用一生将收藏 考古
写作 艺术和生活融为一体
你走了 却把思念留在这里

父亲的故乡

从小
父亲就和我提起他的故乡
每当说起时似乎就有无限的美好
在他心中荡漾
我也把一个心愿悄悄藏在心头
等我长大后陪他一同回到他的故乡
日复一日　年复一年
我和他都在为生活奔忙
直到我都退了休
父亲还是没有实现他回乡的梦想
这时的父亲再次说到家乡
再也不见那洋溢的笑脸
他屈动着手指
露出一种难以言说的模样
没有从前那种美好在他心中荡漾
终于
我回到了父亲的故乡
竹山 古树 老井 旧房
啊！这就是父亲日夜思念的故乡
每当我翻阅家乡的照片
心中就涌起无限的惆怅
不是为没能陪同父亲回乡而遗憾
是为他少年离乡就再也没有回去
可怜的父亲啊！他连这些照片都没有看上一眼
就被永远埋在了远离家乡的地方

归

你要回家么？大雁在云端列列地飞，小雏燕啊！依依地随。

燕子啊！告诉我：为何飞得那么高？

莫非你的家在天堂？

听！我的同伴声声唤：回家，回家喽……！

我的家乡在远方，是神仙住过的地方。

让我眷恋着啊！抚育过我的湖畔……

奋力飞！舒张着我的翅膀，一起飞！睁圆了眼，张大了嘴，呼唤着我们的渴望……飞！

“那，你的家乡有多远？飞过山川，飞过平原，飞到江岸？

你的家一定很美！”

我的梦有多美，家就有多美！

我的梦在哪里，家就在哪里！

看！那有块天一样蓝色的地方，那正是滋养我生长的水乡，是抚慰我祖先的余杭。

是我日夜思念的湖畔，也是我和他将一起营造的家园。

我们鸣叫，做巢……

奋力地飞啊！拥抱着我们的梦，飞翔着我们的想往，吻着渴望的幸福，扬起信心的翅膀，奋力归巢！

于是，那有力度的翅膀，那睁圆眼，张大嘴的渴望化成了一件美丽的冰雕《归故乡》

岁月有痕

——走进承德

岁月的脚步哪里寻？

从星星聚集排列的星座：

“水瓶、巨蟹、狮子、天秤、天蝎……”；

岁月的脚步哪里寻？

从万古不息的江河：“长江、黄河、尼罗河……”

岁月的脚步哪里寻？

从高山，从谷壑，

从黄沙漫漫的大漠

还有那骆驼的白骨，空的贝壳。

虽然，我无法身临其境，

但我自信：我终会化作一粒微尘追寻着岁月的脚步。

只有爱着,你才会拥有光源和能量。

只有爱着，你才配在大自然中做一粒微尘。

只有爱着，你才有力量对宇宙拥有激动的发现。

我愿做一粒微尘属于浩瀚无垠的宇宙。

当我来到承德，面对着震撼人心的自然景观而惊叹：

福图天造的双塔山峰分明是“两将军”的化身。

惊叹这里的悬崖峭壁简直就是先知“鬼斧”劈山筑成的一面万古攻不克的屏障。

在“鬼斧”后面，两山之间组成一个巨大的V字，我仿佛听见：为了胜利，两山在欢呼。

就连驻扎在山里的“小倒退”也学会设置陷阱活捉蚂蚁来食。

这里的山峦呈现出无所不在的对立统一和无数个谜。

那是大自然披露给人间的秘密——岁月脚步的痕迹。

而这里的一切又让我感到似曾相识。

或许，我曾是飘浮在这里的一粒微尘？

那棵树

那棵树，带着温馨的记忆，
在落日余晖里，浸染着辉煌。
曾经的树冠枝繁叶茂，蓬勃兴旺。
风，传送着它的歌声。
雨，打湿了它的衣裳。
它舞动腰身，就像水灵灵的姑娘。
远处，有一棵白杨
隔着宽阔的路与它相望。
道路隔不断它们的情意和向往。
从嫩绿春枝直至秋叶枯黄。
年年复年年，相守在道路两旁。

多少个满树新绿的春日，
他请风儿送来情歌。
她就和着歌声起舞。
春枝头上缠绕着爱的诗行。
多少个骄阳似火的夏日，
树冠撑开了茂密的绿荫，
遮掩着刺眼的光芒。
它望见，他高大的树干上，
它瞪大的眼里闪烁着泪光。
多少个秋风送爽的日子，
枝条舞动着爱的雕塑，
在风声中不停地歌舞，
笑声回荡在道路两旁。
多少个寒风凛冽的冬日，
树，傲立风雪中，
默默注视着对方，
把爱深深地珍藏。
这就是那棵树讲述的故事，
望着它，我愿不负此生，
拥抱梦想永远不放。

多少年过去了，
树，感受了多少辛酸和痛楚，
感受了多少快乐和幸福。
如今，他们依然如故，
隔着宽阔的道路的树根已经相触，
脚下已经没有分离的道路，
中间相隔的只是热土一方。

观石花洞“绝对”

——520感言

我们的日子当是在一座溶洞中
有夏的凉爽与冬的温暖
“绝对”使我们深处洞中
亿万年不离
守着初衷

虽然遮风挡雨
但却经受在水成岩的艰辛中
大自然天造地设
使我们周身湿滑润泽
心灵是水的精神
透明是由来已久的通融

来客在身边说些什么
我们都装在心中
贴心说着他们的情话
拍照 拥吻
我们都能够认同
说什么源自我的诱惑
这与谁有何干么
大自然之水塑造
正是我们的光荣

留住乡愁

一场秋雨带来了北风的严寒
寂寞的炊烟淡淡升起在农家小院
斑白的头发下是她那张皱纹的脸
弓形的腰背拖着蹒跚的步履
她习惯过着清贫的日子
从不觉得苦味
一直守着家园度过一生
就是她的信念
因为这里是她的祖先
历尽磨难 繁衍生息的故乡
这里有她的根和魂
这里有她的立身处世之本
她为子孙后代守着的
是祖先走过的一条不寻常之路
那正是现代化赖以生长的土壤

告别弟弟——海撒

弟弟，这是我最后一次抱起你，
从今以后我们就天各一方，

永远分别了！
送走了我们的父母，
我就成了你唯一的亲人，
你体弱多病又有智障，
从小就没有同伴，
是疾病伴随了你一生。
虽然你解脱了，
但临终前你一声声唤我：姐姐！
这声音让我永远无法忘记！
多愿大海也能了解我的心，
能让你在那里得到安慰，
多愿大海也连着上帝，
把你在人间没有得到过的感受都能还给你！
去吧，弟弟，你我虽然分别，
你还活在我的心里。

谁与共鸣

谁与共鸣
说不清楚是什么原因
使我们彼此动情
好像梦中追求的影
总在暗中庆幸今生能够相遇
引以自豪的是
终于给心灵一个安放之地
我们的心跳能够彼此倾听
热爱万物和阳光
渴望真诚的心愿
使我们产生了共鸣
当我们讨论问题时
一个人的话语
总会让我们产生共鸣
他说的总是对的
曾经因为他的话
改变了我们的言行
他是中华民族的魂
他的笔端触动过
无数中国人的心灵
他是我们今生最崇敬的人
一提到他的名字
总使我们肃然起敬
谁与共鸣
和睦相处的美好生活
珍藏着我们的记忆
精神是最好的良方
能撑起生命的奇迹
爸爸的病床旁
我们一起忙碌
每当我给爸爸
清理口中的痰迹
你会轻拍我肩头说
幸亏有你
让爸爸的喉咙舒服了
敬老 孝老 助老 护老

是中华民族的传统美德
父母在哪里家就在哪里
我们共同的付出
使长期卧病在床的爸爸
活到了九十岁
我们用孝顺和慈爱守护亲情
永葆真善美和传统的好家风
我们愿孝满华夏德润人心
这都曾使我们产生了共鸣

谁与共鸣
共同享受圣光的恩泽
生命成了爱的旅程
我们用幸福
温暖每一天的生活
我们用快乐
充满每一次的旅行

满树玉兰曾让我们
高高地扬起头颅
金黄的迎春花前
留下过我们俯首的背影
翠柳拉起的幔帐
遮不住我们
观赏玉泉山的塔影
红莲绿荷听到过
我们诗词的合声
只是不时传来的
布谷的啼声
追忆着我们的爱
历经啼血的往事

如血的残阳照耀着片片红叶
湛蓝的天底下画着远处的山峰
我们用相机留下了秋的画面
把思念永远定格在
这火红的画面中

洁白的雪花是思念的结晶
我们年年结伴而行
留给雪地两行足迹
反复印着四个大字
真与善 爱与情

谁与共鸣
我们有如此的热爱
仿佛感觉不到岁月变迁
似乎只有热恋的一天
永远闪烁着激情
燃烧着生命的烈焰
让我们的生活
沉淀诗意的浪漫
正如你说
莫道人生容易老
年年岁岁匆匆
但求知己再相逢

寒冬来浴雪
雪后踏春风。

爱有来生

一朵娇嫩的花儿
孤独地开放在院落
一出生就没了同伴
虽说生命如此脆弱
但花并不自暴自弃
在灿烂的阳光下
小花甘愿守着寂寞
可是有一天
君深情地拥抱着小花
连同护花的泥土
一起栽入心田
天天给小花浇灌清泉
每天用旺盛的生命呵护着小花
小花也感染了生活真情与浪漫
花儿跟随着君心天天生机向上
爱着所有的日子
不怕老去和死亡
因为花儿相信
不能割舍的爱会有来生
为了君脸上的一个微笑
花儿甘愿让生命停留
花儿对君说
假如你记不住你为了爱情而做出来的
一件最傻的事情
你就不算真正恋爱过

母亲树

一个普通的女人
为爱而生
因为她

家庭 就充满爱
她给生活增添了美好
也使生命更有意义
因为爱
在夫君病逝后
她留下来
帮助李夫人主持家务养育儿女
看淡自身　宠辱不惊
压力下靠着美好的回忆支撑
学高为师 身正为范
家人的尊重是靠她的贤良获得
虽未生育
但同样得到母亲的尊敬
虽然不是亲生儿女
却给予孩子们暖意的母爱
多年的执着
终于有了把儿女揽入怀中的甜蜜

她说
这是她人生中最大的享受
无欲则刚
使她离幸运越来越近
心灵的收获
使她成为最富足的女人
思忠为了国家杀敌而壮烈牺牲
思成为了保护国家古建筑而
直言敢谏
她含泪告慰九泉之下的夫君
她说
夫君的希望终于有了收获
这是她今生最大的心愿
在她逝世后
儿女们在梁启超和李夫人的陵墓旁为
她种下一棵“母亲树”
读着树前的碑文
我才真正读懂了
一个真正的母亲
一切都源自于爱
天不老她对夫君的情意就在
守望爱就是她的人生

让爱永恒

环山步道上
一个不屈的身影匍匐在沟壑间
向着太阳升起的地方伸延
它不堪重任的身躯
仿佛被恶魔撕扯着
它若肯屈服躬身搭桥
可以让人们去踩踏
但它却一直伸延到路的对面
抚摸它痴情的躯干
我的泪水像串成珍珠的线
天意怜幽草
人间重晚晴
我想 也许它追忆着春阳里绾起青丝
留恋果实收获季节里人们幸福的笑颜
林涛瑟瑟翻阅悲欢
诗情画意漫漫变老
老夫喜作黄昏颂
望着晚霞映照着不朽
我深信 爱有来生
用万种风情重塑
它定会是满树新绿
将来更加蓬勃兴旺

初夏的雨

——母亲节寄语

下雨了，
缠绵细密，
随风飘落，
初夏的雨打在我身上好凉。

娘，天堂冷吗？
好想再听您当年的唠叨，
却只能在雨滴声里回忆。

母亲节的雨滴
像牵挂的泪水滴入我的掌心。
母亲节的雨滴
像思念的小溪流进我的心里。

娘，
莫要牵挂，
女儿并不孤单。
昨日老友赏花，
今日文友欢聚，
大家都是我的姐妹兄弟。
我无力挣脱大地的怀抱
去拉娘的手，
天上的雨滴串成了珍珠
和我牵手。
娘，就让我在细雨中
好好望您！
于是，我撑起花伞
默默静守。

沉鱼，本名宋燕琳，女，中国北京。热爱文学，喜欢写作。中华诗词学会会员，北京市写作学会会员，中国好诗词作家协会会员。有诗歌、散文等作品发表于书刊杂志。

别（外八首）

作者：佘世新

一滴眼泪浇灌了思念的花朵
没有等待春天
就已经步入了秋天

针线

为了一个共同的目标
紧紧地团结在一起
终于穿越了那道障碍

渡

在冬天里就开始准备
还没到春天
心早已到了对岸

在时光里赶路

把昨天扔掉
用泪水制做成一串项链
挂在明天的脖子上

缝隙

一个几乎看不见的世界
肉体无法出入
而灵魂却很自由

推窗之间

打开心扉的那一扇
邀请阳光进来
在我孤独的灵魂处做客

夏日

诞生了一个血淋淋的生命
上帝小心地捧着它
送给了黄昏

泉水

遭受着大山的重重压迫
终于从魔爪中
挣脱出来

雪

因为冬季太长
大地熬不住
一夜之间才愁白了头

余世新：青海省湟源县人，在全国几十种报刊杂志书籍及各大网络平台发表作品。在全国征文大赛中多次获奖。曾获得全国“青海书香之家”“新时代中国优秀诗人”等称号。2016年出版作品集《驼铃岁月》，2018年作品入选中央电视台CCTV《智慧中国》栏目官网等。获得2019年中华文化形象大使并被聘为2019年度中华文化形象大使，文化学者、文化使者。现为青海省作家协会会员。

会说话的钢笔（外一首）

作者：童业斌

那个年代，钢笔是有文化的象征
为显摆，曾有人胸前挂空笔
招来艳羡目光
增加回头率

你赠我一支钢笔
我感到比什么都珍贵
用家乡的烟竹筒套着
随身带着走遍南北东西

一个地质勘探队员
常年钻深山野岭，爬悬崖峭壁
有时一待几十天
幸钢笔陪伴，从不觉得孤寂

一拔出钢笔就想起你说的话
“好花长险峰，摘花需努力”
白天锤敲野岭岩
夜晚心攀书山壁

一摞奖状诉说岁月苍桑
两个红本本记录摘花经历
同事们追问双花齐艳的奥妙
“我有一支会说话的钢笔”

一条竹鸡腿

在朋友家做客
给我夹了一条竹鸡腿
趁妻子不注意，放入她碗里
心满意得，又疼了一回妻

回家晚餐，妻子逗孙子
“快猜我给你带来什么好吃的
“夹心糖，巧克力，肯德基”
妻子展开保鲜袋，一条竹鸡腿

童业斌：湖南平江人，笔名“好个秋”，县纪委退休干部。爱好文学，是中国诗歌学会会员，中华诗词学会会员，中国楹联学会会员，湖南诗歌学会会员。被一些诗社和平台聘为签约诗人、作家，作品散见于报刊杂志和网络平台，被多本诗歌专集收录，多次在全国诗赛中获奖。

时间在中国（外一首）

作者：吴永健

不要问时间去哪儿了
时间在上下五千年的灿烂文明里
不要问时间去哪儿了
时间在近代一百余年的风雨如晦里
不要问时间去哪儿了
时间在七十年的波澜壮阔里

不要问时间去哪儿了
时间在从无到有的中国创造里
不要问时间去哪儿了
时间在春华秋实的中国富强里
不要问时间去哪儿了
时间在前赴后继的中国长征里
不要问时间去哪儿了
时间在傲立东方的中国梦想里

不要问时间去哪儿了
时间永远永远在这儿的中国里

等　待

红灯的后面是绿灯
请安心等待
雾霾的后面是蓝天
请安心等待
贫弱的后面是富强
请安心等待

等待，等待
不是太久的一万年
也不是茶余饭后的清谈
不是看着洋月亮骂娘
更不是指望别人的恩赐

等待是痛定思痛时的静心
等待是谋定后的勇敢前行
等待是梦想后的热切期盼
等待是奋斗者的坚定步伐

吴永健，男，笔名海文（曾用海龟），安徽省作家协会会员，安徽广播电视大学池州分校副校长、高级讲师。曾在报刊杂志发表小说、诗歌、散文二十余篇，出版小说集《与春天同步》，并有小说在全国性比赛中获奖。传播正能量，赞美新时代；修炼新境界，谱写新华章。

荒街（外一首）

作者：卢习洪

从街的进口，走进
青石板上，一地
看到了苔藓的色彩
高翘的檐头，如此孤独
渐渐地，月光
扶起细长的影子
从墙缝里
两行风干的泪痕

一场骤雨
被浇醒的思绪
隐隐作痛，洗去锈蚀
记忆的美好
像一块块掉落的瓦砾
一夜之间七零八落

从你的影子里
渐渐地，描绘出逝去的岁月
似乎也没那么孤独
一道残缺的背影
外婆的背篓
从街的出口，远去

印迹

无力的手
在夜色阑珊处
不停抖动
握不住一只高脚杯

夜，莫名其妙地黑
一滴眼泪，如愿
化成最后一杯酒
看清了被雨水洗礼过的灵魂

一声咳嗽
无故卡住了脖子
掀起一场风波
四周的楼群长高了
高脚杯倒下了

卢习洪：又名卢祎，1971 年出生，贵州湄潭人。经典文学网贵州分部会长，中国诗歌网认证诗人，中国跨世纪诗人，当代诗歌名家。系《世纪诗典》《中国·当代作家联盟》等签约作家 / 诗人，作品 500 余首（篇）散发于《中国风》《贵州诗人》等 40 多家报刊及网络平台。荣获当代华人爱情文学大赛一等奖。作品入编《中国当代小诗大观》《中国当代新诗实力诗人》等 30 多种选本。著有诗集《夏日·我们在小站相约》。

起风了（外三首）

作者：高紫茗

风掠过面庞，抚在心上
吹起了心底的落叶
吹翻了记忆的盒子
留下时间，孤独向前
无人在身旁，美好随时光流长
熠熠闪光

秋

湖面载不动落叶的惆怅
雾霭涌满了孤独的向往
风，送不去
我的眺望

无题

有人说，梦想是波涛汹涌的海洋
有人说，梦想是无比动人的远方
有人说，梦想是夜晚独立的月亮

青春年少，我们热爱海洋
期待远方，仰望月亮
从未变过，自己对梦想的
渴望

时光漫长，往事沉静了海洋
送走了远方，暗淡了月亮
他隐去了心事
暂别向往

也曾，在城上不住眺望海洋
也曾，无数次梦中去往远方
也曾，想随风飘去住进月亮

终于，他舍下过往
向着海洋的方向
走近远方，携着月亮

没人懂，无人帮
都无法改变 他的
梦想充盈了他的心房

只有他明了
因安静而无限温暖的胸膛
因执着而无尽美好的天堂

你说

你说，天空会蓝
草会再绿
我们终会再相遇

你说，人们会散
记忆会淡
要用时光做交换

你说，你从未走远
亦说，我未曾长大
等我有能力，要与我并肩看心中
最美的风景

总有一天
天空已蓝，草儿被春色染绿
人们已散，记忆随时间淡去

夕阳中会有一人
缓缓走来
不提来路，不许去向
于一处，驻足微笑

你说，要勇敢向前
不再等待
奔向

未来
我们的未来

高紫茗：代表作：《不负青春》《远方和当下》等。已有散文、杂文作品百余篇。清风世界文学签约作家，作品多见于报刊及网络平台。有作品刊登在CCTV智慧中国栏目官网。

雪花的心事（外一首）

作者：张立新

赶梦的云，折断了翅膀
邂逅欢喜纷争
晕开了结局
雾化枷锁结晶

雪花
一片一片
散落

心事
一页一页
装订

碎碎叹息牵飞花追邂逅
潋潋心波引残梦念婆娑

多情的季风
追逐着雪花飞舞
我把掌心画成风景
摊开小手，掌纹穿行

梦无心，聚合离分
枕着飞舞的雪花
凋零

雪花慢慢地靠近
大地的围城
发现，死亡是一次美丽的诞生
往事的心事沧桑成故事
表情的心情珍藏着感情

相逢，错落成峰
相守，风裂成疼
落雪无声，擎一方圣土
慢慢地品
雪花的心事，如痕

醉卧琴乡，煮一壶佛心
慢慢地听——你想我的声音
如吟

休思

静寂的初秋
新雨丝丝，入夜微凉
心的痕终无处安放
夜的脚探四方躲藏

都市的秋风习习
幔铺卷楼窗，研一时光小墨
染半幅尘缘往事

酒微醺，蒙头小睡
莫怪他乡袭人醉
夜光如钢，嵌入都市的街角
垒一大厦高楼，添半盏榴莲人生

风乍起，吹皱眉湾
岂奈离愁怎个秋
夜微祥，潜雨撕屏
挽月小住，踱步三徬徨

心婉伤，云消雾散
风落何妨，此生两相忘
若不撇开终是苦
唯自捺处即沧桑

张立新，现在宝清县公安局工作。世界汉语文学作家协会常务理事。曾在《远方诗歌文化传媒》《美文赏析驿站》等网络诗歌传媒发表作品三十余首，其诗歌收录在《中国当代诗人诗选》《世界汉语文学诗词曲》《中国当代诗歌大辞典》等书。代表作《思念》《雪花的心事》等。

迟到的爱（外一首）

作者：文雅

他陪你前半世
我等你后半生
即使一天也行
这迟来的爱
我许下承诺
或重或轻
或，只是我的
一厢情愿而已

我爱做白日梦
且有一腔孤勇

与你……

与你相近的
都是温暖的

比如，阳光

与你相关的
都是幸福的
比如，生活

文雅（1969.10—），现代新派实力诗人，江苏省盐城市作家协会、诗词协会会员,《冰洁诗刊》《中外文化传媒》《诗词文艺》《清风世界文学》《宁古塔作家》签约作家（诗人），《中国网络电视台》管理员，《简书》会员、《中国诗歌网》蓝V会员、入选2016江苏诗人榜、《（文化部）中国文化人才库》和《当代诗人大辞典》。部分现代诗被《中国当代诗词精选》《中国实力诗人诗选2018》《2018诗歌年鉴—中国当代诗人作品选》和《中国当代诗歌大辞典》等收录，荣获全国首届“文豪杯”诗歌大赛银奖、第一届中外诗词桂冠诗人、第二届“贾楚风诗歌大赛”优秀奖、当代华人爱情文学创作大赛优秀奖、2018世界华语（诗人）年度人物排行榜百强、2019中华文化形象大使、文化学者、文化使者。

鹰（外一首）

作者：孙卫东

振翅翱翔，傲视苍穹
你是一只勇敢的雄鹰

从不与燕雀为伍
他们不过是一群凡羽俗生
而你是长空的精灵、高宇的精英

狂风摧不垮你的斗志
暴雨挡不住你的飞腾
你宽大的羽翼，拥有超强之力
你锐利的目光
让那些蛇鼠之辈胆战心惊

不借群力之势，自是孤胆英雄
凌云之气贯长虹，雄魂孰与争！

落日随想

旭日东升、喷薄而出、蒸蒸向上
引得多少人赞美过他的辉煌
然而或许骤然的变幻
就将是乌云遮日、黯淡天光、黑夜难亮

因此我更喜欢夕阳

他也有过东升的朝气，更有过中天的荣光

虽仅有短短一日，却也领略了巡天的浪漫与风光

曾经把自己的光和热无私地撒向大地

送去了温暖与光明，哺育了万物的生长

也许经历过风雨，但毕竟重见光芒

此时虽已薄西山，却依然照彻四方

若有霞彩漫天，更显靓丽非常

尽管黑夜已经到来，却遮挡不住他的光辉

不信，就请你抬头，看看那盈满的月亮

纵使黑夜再长，也终将逝去

看吧，这环宇的主宰，依旧是那轮——不朽的太阳！

孙卫东，天津蓟州人。热爱生活，爱好诗词。有诗歌发表于《中国当代诗人诗选》诗集。作品散见于网络平台。

我在（外一首）

作者：刘国会

我在
倾心之城中，等待
等待归人的款款而来
相信，春暖花会开

我在
荷塘月色里，期待
期待牵出少女的情怀
回眸，莲子清如水

我在
三秋枫叶上，铭刻
铭刻一份初见的美丽
难忘，离别相思雨

我在
冬日雪地上，手绘
手绘风中剪梅的傲立
礼赞，生命的传奇

且行且珍惜

花开很短
短得来不及看清花蕊
就已经叹息飘零

青春很短
短得来不及静享岁月美好馈赠
就已然憔悴红颜

一辈子很短
短得来不及细数点滴冷暖悲喜
就已经迟暮黄昏

快乐的时光总是走得太快
人生的懂得总是来得太迟
所以我们要学会珍惜
珍惜所有遇见的情愫

遇见不易
我们要始终善待、小心翼翼
因为下辈子不一定邂逅 且行且珍惜

刘国会：天津蓟州人。热爱诗歌。有诗歌发表于《中国当代诗人诗选》。作品散见于网络平台。

我是一只倦飞的风筝

作者：张国英

我，既不能高飞
又不会远航
我只是一只倦飞的风筝

我是你手中的丝线好长，好长
你的一头在山下，我的一头在江上
我是你放飞的蝴蝶
摇曳在他乡的上空
无论我怎么高高在上
依然放不下那份思念的惆怅
因为你是我心中永远的牵挂

我在天上悠悠地飞
你在地上蹒跚地走
无论多少次的急急分将
却总能看到你那深邃的双眸
永远凝视着、期待着远方
因为我是你心中最美的向往

即使千里迢迢 远隔万水千山
也不曾迷失回归的方向
因为你那头的线在不断丈量

所以我要极尽全力
展开那双微弱的翅膀
搏击长空 越过高山 飞过长江
哪怕风雨变幻、雨急风狂
顺着你拽紧的那根丝线飞翔

像候鸟一样——回家——回家
回到我难忘的故乡——江南

张国英，女，大学退休教师。现为中华诗词学会、唐山市诗词学会会员，唐山拾秋诗社社员。作品见于《中华诗词》《中国当代诗人诗选》《中国当代诗词精选》《唐山诗刊》《唐山晚报》及各地网络平台等。

梦寻童年的故乡

作者：高占稳

拉着梦神的手
去寻找我童年的故乡
小伙伴们那俏皮的面孔
在薄雾和炊烟中摇晃
我轻移脚步
生怕惊醒路旁那些往事
一串串儿时土生土长的童话
正跑向迷茫的远方

最难忘怀的
是父母的爱化成的阳光
阳光下，那一簇簇含笑的花朵
那一件件打着补丁的衣裳
那一阵阵天籁似的童音
那一张张纯真得透亮的脸庞
还有那扇
我走遍天涯海角也难以忘怀的老窗
在那窗下
有我一串串童年多彩的梦
有那一碗碗粗茶淡饭的香
有父母用辛苦铸成的期望
有我渐渐茁壮起来的担当
我从家乡的林荫小道走出
刻苦求学、应征入伍、转业地方
用对父母的爱和对家乡的情
挥洒出属于自己的沧桑

如今回头一望
那个玲珑少年的身影
还俏立在家乡的小河旁
他在顽执地守候着
守候着那一堆晶莹的往事
守候着我一生中最灿烂的时光
同时也守着一丝滑稽的纳闷
当初那个过家家的小伙伴
为何没能真的做成我的新娘

浅浅幽思写在岁月的脸上
丝丝叹憾追随无情的时光
看那棵焕发着青春的老树
依然荡漾在水上
看那抹风韵犹存的晚霞
仍在亲吻着夕阳
我用一生的爱和晚年的痴情
倾心地寻找童年的家乡
梦神啊，请你告诉我
在一片片缩小了城乡差距的繁荣中
那个虽然简陋却无比温甜的家
它在何方、何方？

高占稳，笔名高楠、站稳，祖籍河北玉田县。十三岁在地市级报纸上发表第一首诗。中华诗词学会会员。1969 年参军，曾在团、师政治部工作。有诸多军旅诗和散文在军内外报刊发表。在中越作战前线著有诗集《一组活的雕像》。1989 年转业，著有诗集《人生感悟》等。曾荣获全国古典诗词大奖赛一等奖、全国精短新诗大奖赛一等奖。现为中国互联网文学联盟特约作家。

送别（外一首）

作者：汪新元

送我走时
你站在村口一棵老树下
牵挂
便以树的形式，抽枝发芽
你的目光
在我的脉管里
流成一条汹涌的河
一声珍重
我潮湿已久的双眼
已泪水涟涟

等待

等待是无形的船
灌满时间老人的双腿
让影与影
相隔
等待是一根长满利刺的鞭子
不断抽打脊背
让心与心忍受
等待是一张试卷
写满是是非非
只有真诚才能判断

种种的对与错

汪新元，男，1973年生，大学学历，现任湖北孝昌县人民法院审判委员会专职委员，在各类报刊杂志发表文学作品、新闻稿件7000余篇，论文十多次获奖。

那一座山（外一首）

作者：阳光雨

那山巍然耸立，仰天长啸
回音如交响乐奏起
那是人与山的故事

总是艰难地爬过山峰
在无人知晓的清晨
经过夜的煎熬与挣扎
理解与困惑共眠

用激情拥抱那座山，呼唤着山的名字
像母亲呼唤乳儿的名字
在最纯洁中体验生命的本味

山在那里，始终朝夕守候
山的悲凉，化作无声的咒语

灯火阑珊的夜晚

夜晚，在忙碌的人身后出现
用黑色遮挡你的视野
在黑暗中蕴含希望
你融入那个奇妙的夜晚

眼前无数的灯光呈现
如同踏进游戏的城堡
你睡眼惺忪地走进迷宫
渐渐地你清醒了
恐惧拉进了你的距离

在这个城市的夜晚
有人欢喜，有人哭泣
有人在等待，有人在摇头
情再深，也会慢慢冷却
心中仍然期盼不老的千年树

追梦，追星，追月
在灯火阑珊处长长地思念
如风，如影，如幻
在城市的角落翩翩起舞
夜的尽头便是久违的曙光

阳光雨：原名余青，现在北京居住生活，从事国企纪检监察工作。有诗歌发表在

《中国当代诗人诗选》，云天诗社《你若安好 花自倾城》，《北方诗人》等书籍，多篇作品发表在杂志和微信文学平台。

梅（外一首）

作者：高树青

扯一块素白
铺展千万里
归隐一秋的伤
化作掌心的墨池
涂抹一树嫣红
点燃冬天的温暖

独白

大雪过后
一棵老槐
佝偻的背影
在寒风中
又添一丝鬓白
只有
老屋的唠叨声
随着炊烟
独自
托举着几度乡愁

高树青（笔名：木月星光）天津市静海区人，中国诗歌在线天津频道管理员，曾获《唯诗缘》诗赛“实力奖”“丹江杯”文学赛二等奖获；盈科杯·“中国天眼”华语诗歌大赛获提名奖等并在吉林辽源日报杂志上发表。有作品入选《静海诗人》纸刊《中华小诗苑》《暮雪诗刊》等，另有作品散见《中国诗人》《作家导刊》等多家微信平台。

我不愿摘下这顶帽子（外一首）

作者：无我相

我不愿摘下这顶帽子
它不是皇冠
它不是皇冠
却能将突兀的荒丘遮掩

不惑的年龄，青丝变了质
掺进了严冬的霜和月亮的白
掺进了蹉跎流水的回忆和记载
有的不堪重负
散落在地，成了不毛的荒丘

我不愿摘下这顶帽子
可能欲盖弥彰

尽管众人的目光有些异样
可谁也不愿揭阿Q脸上的伤疤
让我在阳光下，颜面扫地

我骄傲，我把它当成皇冠
让勇气灌注到血液和四肢
在大街上，在闹市中
我挺胸，抬头，走过，干自己的事
如同他们中的他们
你们中的你们

九月九日黄昏

瑟瑟的秋风
卷着一黑一白
两个塑料袋
忽高忽低，忽低忽高
绕过你我，又绕过了他
向更远的地方去了

我突然落下了眼泪
缠绵，交错，追逐
愿他们，一生幸福

张须山：河北省栾城县人，高中毕业，现为一个平凡的农民，喜欢文学与哲学，作品散见于网络平台。

岁月的河（外一首）

作者：蕓艸

说好一起渡过岁月的河
你划船，我摇桨
从上游到下游，从东岸到西岸
摇摇摆摆，把生活的况味摇进潋滟的夕阳

说好一起去看春天的油菜花
你带路，我跟随
不管多晚，不管多远
每年采一朵油菜花，别在你的发间
让你最美的样子绽放在晴好的蓝天

说好一辈子在一起
你微笑，我点头
耕耘在田地，劳动在乡村
从朝云到暮雨，从青丝到白发
你是我的天地英雄，我向你紧紧地靠拢

雨水

草叶上的露珠儿悬挂着，一颗颗春心荡漾，

青绿的柳树芽儿盈满了思念，欲破茧而出，

鹅黄的花蕊儿已抽薹剥衣，吐露着芬芳，

春天的钟声已在原野外奔放；

稀薄的风在城市的大街小巷里穿梭，

预料的寒意，冷不丁儿从裤脚和围脖蹿进蹿出，

赶着紧着去和雪山，冰霄和峰峦作别，

看一朵梅花儿在窗前枯萎，

冬天渐行渐远……

青苗开始拔节和苞籽，排排挺直了枝秆，

翠花的纱裙薄如蝉翼，却红粉青峨；

露珠儿拥抱了久别的雨滴，

相约融进了深土，融进了田野，

刚刚好，一场轻轻巧巧的雨水，

预演了一场春天的舞蹈。

张力芸，笔名蕓艸，女，七十年代生人，成都市作家协会会员。作品入选《中国当代诗词精选》《当代爱情诗选》《抒怀2017诗歌精选》等书刊，著有个人诗集《山河故园》。

河边

作者：尹德灿

站在河边
我只是一个路人，跋涉了一段距离
仍找不到栖身之地
流逝的河水，家在哪里
为生存，涟漪点点

行走在河边，顺流或逆流而行
我的速度，难自慰藉
顺流时，以追赶的姿势
沿途错过更多好风景
逆流时，以隐退的姿态
无意捡拾一些花絮
相对于自然流淌的河水
我们，一生崇拜刻意

坐在河边，以打坐的心态，河水
永远流不出我的心域
壮阔与平静，我心使然

尹德灿，云南会泽人，高中语文教师，中国诗歌学会会员，曲靖市作家协会会员，会泽县作协、会泽民间唐继尧研究协会理事，《中华文学》《少陵

诗刊》签约作家，作品散见《人民日报》《诗选刊》《星星诗刊》《芒种》《齐鲁文学》《中国诗》等纸刊及网络平台。

女神与自由（外一首）

作者：石建祥

我守着曾经的诺言
呵护你在春天千娇百艳
但我拦不住秋风
还是吹裂了你的容颜

一株株梧桐簌簌发抖
漂泊久了厌倦自由
不如乘风去探视你
哪怕放弃自由站成木偶

来的终归要来
为你不会迷路
相信一场大雪过后
你仍千娇百艳美丽如初

流光溢彩
百阅不怠

时间冲不淡思念的酒

春天开出你的香艳
我一眼认定你的娇姿
痴情是我的秉性
入骨相思都寄给你

三分的春色已放弃
你终是我的唯一
一段伤心在阴雨梅天
半壁夕阳挂在我心底

偶然的相逢摄走香魂
爱就爱个深深相依
时间冲不淡思念的酒
煎熬的执着不问距离

渔舟唱晚
回荡天际

石建祥，笔名大石山人，贵州修文人，1964年生，军转干部，政工师。中华诗词学会会员，世界汉语作家协会会员。《新时代诗典》《清风世界文学》编辑部签约作家、诗人。《中华当代百家传世经典》副主编，《诗人档案》编委。在报刊杂志、网络平台、城市头条等发表诗词千余首，且诗作多次获奖。因多反映工地生活，被《贵州都市报》誉为“工地”诗人。

玛吉阿米的忧伤（五）（外一首）

作者：海占龙

东山顶上
那轮皎洁的月亮
是你，带着忧伤的脸庞
没有人
懂得你眼中
藏着的带泪的惆怅
没有人
懂得你心中
那份无法割舍的念想
雪山上，盛开的雪莲
是你晶莹剔透的泪珠
幻化的芬芳
草原上，绽放的格桑
是你三生三世
修来的永不褪色的清香
玛吉阿米呀
三百年过去了
我还能清晰听见
你的思念
依然在青海湖——
碧绿的湖水中悄悄地在荡漾
……

仓央情缘九十六

一朵莲，一份淡淡的思念
一滴泪，一片飘落的花瓣
一盏灯，一场割舍不下的依恋
一弯月，一段饱经沧桑的祝愿
行走在草原雪山上
谁的呼唤，锁定了谁的双眼
谁的等待，铿锵了谁的万语千言
谁的诗篇，潮湿了谁的黑夜白天
念与不念，见与不见
再也无法泥泞
两颗心，三生三世修来的缘
……

海占龙，70后，笔名星子，甘肃省甘南州临潭县人，中国诗歌网认证诗人。有作品见于《乡土文学微刊》、《当代作家文选》，《当代诗人精品诗歌荟萃》《中国当代诗歌典籍》《中华当代百家经典》（上卷）、《中国当代诗词精选》《中国当代诗人诗选》等几十家纸刊杂志和网络平台上。

冬天的秘密

作者：洪发金

冬天，来得总是那么含蓄
没有夏天的狂风骤雨
也没有秋天的凄凉萧瑟
有的，只是那片白茫茫的雪景

冬天，好像隐藏了些什么
除了松竹还傲然于大地之外
人们都加厚了衣服躲进屋
动物们也进入了冬眠

冬天，确实隐藏了些什么
当冰雪慢慢融化
万物复苏，大地冒着热气的时候
冬天的秘密才得以揭晓

四季轮回，周而复始
原来，冬天是大自然的母亲
当世界还在沉睡的时候
她，就孕育了一个来年的
春暖花开……

洪发金，笔名：言寒，1998年生，云南巧家人，大学生。《中国诗》签约诗人，热爱文学和书法，“第九届‘羲之杯’全国诗书画家书法三等奖”，“2017年诗书画家创作年会书法三等奖”，在中国作家网、中国诗歌网、中国网络诗歌、岭南作家、记忆风化、文斋堂等网络平台发表作品。

三月，春色入眸里（外一首）

作者：余热焰

溪边，丁香若雪，鸟鸣幽
丝雨晶莹，晕染眉妆嫣红
新春，行渐远，散如烟缕
晨曦，碧野，诠释三月的色彩

独守清漫，缱绻纾怀
每一瓣花，每一滴雨
每一缕月光，每一段音律
在灵魂深处，滋长着
我不敢，奢想，时光永驻
然，痴恋，三月缱绻的香风
所有的祈愿，盈满枝头

今夜，伫立云水，倾听灵音
袅袅的风，贴脸轻唤
彼岸，一树树丁香含羞曳动

素洁的心，邂逅月下的你
沐意，红尘的最美，三月

贝朵·漾春

三月，朵的妩媚
传递，红笺于我
幽蓝如水，漫过春堤
墙角，桃瓣初绽
檐下，浅笑梨涡
我驻足，将渴望揉进蕾朵

绿萝，氤氲之息
抚摸着，我的肌肤
香盈的心河，前世的骨朵
许我，温情，许我，五瓣丁香
潺潺云烟，相思缱绻
多情的鸟儿，在竹林窃语
撩拨我，绵软的情怀
心知，不可贪恋，太多
一枝春红，便漾开，眼里柔波

余热焰，本名王瑞。清风世界文学签约作家。多次在《海报》及诗集发表文学作品，也有数篇作品见于网络和报刊。

我，与戴望舒一起在雨巷想你（外一首）

作者：朱利竹

时光，像影子一样
纠缠着我的思念

承诺，春天给你山花烂漫
杨柳摇曳
那抹深情，是同桌你的约定
醉了李清照诗中的婉约

那一夜，夜深月淡星稀
对你的念，随着夏季的风
被徐志摩轻轻地带走
灵魂系在笔尖，刻满忧伤的痕迹

秋天，叶子黄了
期盼与你
收获陶公南山播下的种子
抒写爱的盟约

雨巷弥漫爱的温度，我
与戴望舒一起在雨巷想你

初见

第一次见你，心动
暗香拂面
水面很平静，心潮澎湃

花瓣飘零。念，剪不断的
水。十里江岸十里泪
一泻千里

去年初见。情，醉了花事流年
风吹，云飘，雨散，缠绵溪水
十里桃花十里痴

吻四季花开。嫣然如旧
寻觅，曾经爱
点点滴滴。独上幽栏
泪落一池寒水

漫漫长夜。瘦，诗篇岁月
来生相遇，和流水，一起飘远
娇艳，心中那一抹爱恋

朱利竹，男，1964年生。安徽省铜陵市第二中学教师。曾获“优秀诗人”“十佳诗人”等称号，诗歌《无悔，我是你的老师》获“文豪杯”金获。《现代新派诗刊》编委，城市头条认证编辑，《清风世界文学》《诗词文艺》《中外文化传媒》《世界诗人》签约作家。在纸刊及网络平台发表诗歌散文约二百篇。

迎接新的一年（外三首）

作者：赵明环

2019新年的钟声即将敲响
仰望星空心灵激荡
祖国啊，亲爱的母亲！
我们又走过不平凡的一年

祖国日新月异的发展
改革开放影响深远
几十年力赶世界几百年
中国梦正在我们的奋斗中努力实现

我们创造了人间奇迹
但还有许多不尽人意
我们搏激流战险滩
前面还有万水千山

新的一年，使命在召唤
任重而道远，好儿女鼓足劲加油干
闯关夺隘排万难
迎来更美好的明天！

故乡情

故乡的山啊故乡的水
故乡的山水多么美
故乡的云啊故乡的风
人在诗情画意中

兄弟姐妹归故里，千里来聚喜泣集
缅怀父母恩如山，德佑子孙福万年

光明美丽的星星

你的凝视让我醒来
我在熟睡中睁开了双眼
抬眼望见亮晶晶的你
闪耀在我的窗前
我惊喜地打开窗，遥望着天边的你
你那清澈的银辉
该是走了多少亿光年
柔柔地落在我身上
沁入我心扉

你一定是那颗启明星
钻石般镶嵌在深邃的天际
周围没有一颗星星
你孤独吗？你快乐吗？
你对我微笑着，沉默不语
你用智慧的光芒
给生灵万物带来吉祥

光明美丽的星星啊
让我把你印在心上，带入梦里
让我把美好的祝愿送给你
你是我心中的圣洁
你是我征途的知己
你是我的憧憬，你是我的慰藉
我有诗和远方，还有懂我的你
足矣！

游故园

笑靥花丛两映红，杨柳婀娜舞东风。
姐妹喜游故园景，依稀梦回小顽童。
美好时刻留倩影，欢声笑语乐融融。
松江碧波连天涌，手足情深比水浓。

赵明环：女，中国诗歌学会会员，沈阳作家协会会员，其作品散见有关书籍杂志、网络微刊等。百余首（篇）诗文选入30余部（期）国家正式出版的书刊（杂志），获十佳实力作家，第二届和第三届孔子文学奖，获当代知名作家，中国诗歌名家，中外华语十大桂冠诗人等多种荣誉和奖项，是《世界诗人》签约作家，中华文艺2017年度十佳卓越作家。

味道（外一首）

作者：蔡之瑞

春联藏在柜子里过期
年猪行走在屠户的院子里
鞭炮声声是儿时的记忆
花生芝麻糖太过于甜蜜
公鸡不再打鸣
摇尾巴的小花狗去了哪里
乡音已改两鬓白
燕子何处衔春泥
纸鸢断了线
西去

我把四楼的烟花
一个人偷偷点燃
至少可以让我
看一眼
唯一的邻居

立春

你是第一声蛙鸣，勇气可嘉
大幕徐徐拉开
千里冰封，万里雪
都在六九的枝头绽放
你就是如花似玉的姑娘
我要用我的方式，告白天下

接过马良递来的那支笔
挥毫泼墨
轮廓清晰的江山，如画
你的命运在我的笔尖，时来运转
每一次点化
都是含苞待放中的浓墨重彩

旭日东升，沿着你的足迹
所有未知，值得期许

蔡之瑞：青年诗人，蚌埠市作家协会会员，安徽省青联委员，安徽省散文家协会会员，非物质文化遗产金香丝粉丝第九代传承人，受到中央电视台《致富经》专访。

诗（外七首）

作者：张俊华

诗，一种永恒的生活主题
情感与思想的出口
诗，一种意象的内心表达
历史与文明的记录

诗，抽象的概念
让人进行形象尺度的对比
诗，格调的热烈
让人进入身临其境的感觉

诗，艺术与手法的结合
创作出的一词一句
应当生动清朗或美韵谐趣
诗，情感与心灵的交汇
创作出的一词一句
应当表达真诚或阐释哲理

诗人

用谦和的态度
向世界的各种人和物致歉
用博爱的心灵
向世界的各种人和物为善

用简短的回答
向存在的奥秘揭开真理
用沉重的字眼
向逝去的灵魂宽大尊严

不论抽象，还是具体
笔下平实的句子深刻哲思
不论生命，还是草木
笔下修饰的语词流淌生机
心中的思想，所处的现实
总有悲悯的表达和诠释
超越的眼光，冷静的审视
总有陌生的世界和人物

葬我

葬我在芬芳的山腰
招来那欢乐的小鸟
那开满山腰的丁香
是生前愁结的忧怨

葬我在碧叶的荷塘
招来那驱黑的红阳
那开满傲世的高洁
是生前受难的厄运

不然，就烧我成灰
挥洒在这壮丽山河
与春泥，与冬流同路
与孤松，与独峰共秋

我的独具韵味

我的独具韵味像一幅画
绘出千姿百态的千山和万水
多少的浅墨点缀

在赤橙黄绿中
不断地展现壮丽

我的独具韵味像一首歌
唱出内心世界的快乐和火花
多少的悲曲低调
在深情高音中
不断地响亮优美

我的独具韵味像一棵树
历经春夏秋冬的日出和日落
多少的雨露阳光
在寒雪暖风中
不断地顽强成长

我的独具韵味像一首诗
写出成熟心灵的意境和情怀
多少的枯俗浮媚
在咬文嚼字中
不断地创造佳作

你不会轻易地到来

你不会轻易地到来
就像冬天
历经凄凉凋谢的秋天
你的到来，梅香独芳

你不会轻易地到来
就像秋天
历经烈日狂风的夏天
你的到来，各色齐飞

你不会轻易地到来
就像夏天
历经潮湿涝灾的春天
你的到来，荷叶映红

你不会轻易地到来
就像春天
历经苍白寒冷的冬天
你的到来，日暖花开

父亲

父亲！你受了多少苦累把我养大
而我还时时地让你牵挂
父亲！你受了多少折磨没和妈讲
而妈还天天地把你唠叨

父亲！我的内向
是年少寡言的你
父亲！我的善良
是他人眼里的你

父亲！放开你呵护的双手

让我展翅飞翔
父亲！念着你牵挂的心思
让我悲而不露

父亲！你的爱藏在我心
我的眼里一片嫣红
父亲！我的情庆幸有你
我的心里一直光明

父亲！我永远不会忘记
你对生活热爱向上的态度
父亲！我永远不会忘记
你对困难不屈不挠的精神

父亲！谢谢你的爱………
父亲！谢谢你的教诲……

注：父亲，张柳泉，出生于1968年10月12日，江西省丰城市杜市镇大屋场村人。

恩人

您说，付出自己的艰辛
让自己的未来辉煌腾飞
让自己拥有更多幸福感
您说，成就自己的事业
让自己的世界阳光灿烂
让自己拥有更多选择权

您说，凭着自己的脚踏实地
会有快乐的成长、甜蜜的怀抱
您说，凭着自己的吃苦耐劳
会有崭新的明天、惊艳的未来

一次点拨之情
耕耘温暖的真诚
一次抬爱之恩
绽放美好的胸怀

您温暖的真诚
让我学会了强大和繁荣
强大自己的能力，才能拥抱锦绣的梦想
繁荣自己的善德，才能创造伟大的宏图

您美好的胸怀
让我领会了宽宏和感恩
宽宏命运的坎坷，用钢筋铁骨圆自己的梦
感恩命运的曲折，用全部力量奉献给诗歌

叔叔，他人赞的口碑是您的手艺
叔叔，他人说的美誉是您的为人

叔叔，您是我不落的太阳
叔叔，您是我一生的榜样

叔叔，我的恩人，一个让我起死回生的人

注：恩人，甘有良（叔叔），江西省丰城市杜市镇大屋场村人。

春堂诗话

夜半阑珊
黑影中倦起我的寂寞
静挑思绪
春月下亮起我的乡愁

哀思焉能
壮志流贯浩瀚的书海
怨声载道
现实勘破不及的美梦

多少劳苦，枉费无助
不免倦意和心痛
多少人生，枉费无补
不免泪落和心酸

袒胸相见
依然难到惺惺惜别
心灵相通
依然难到暮暮白头

不昧之夜
凉起异客恋意的诗心
不屈之志
泛起密稠春韵的柔情

恋爱之涯
掼起难忘纯洁的泪点
生命之息
崛起深藏灵魂的金点

张俊华：1989 年生，笔名鑫仙，江西省丰城市人。《文学与艺术》《世界诗人》等签约诗人，世界汉语文学作家协会分会主席，世界汉语文学作家协会一级作家，《中国当代金牌诗人选》执行主编，《新时代诗典》《2018 诗歌年鉴》编委，作品入选《新时代诗典》《2018 诗歌年鉴》《中国百年诗歌精选》等报刊网络书籍。

鲜活

作者：徐克

坐在高处透过窗

放眼收
都是鲜活

山
湖
蜿蜒的径
又是樱木一簇
织人
车流
是匆匆还有慢慢地在倾诉
更远的长空
一个交织一种梦

一个伤感的节度
许多的人和故事
都躲在了背后
读懂了的真的会很痛很痛
没有读懂的随雨又随风
如石也如木草故
旧景新欢有，向南向北投
石林碑林筑，像是过去时
可总是有感触
汨江布

情错过
恋鲜活
无眠数无数
渡劫波
观燕雀跃动，容颜更沉默
思念里的呼唤可输不可租
推开了深处
是素颜霜还是又博古

听
风好像是很激动
随了心愿，也随了魂魄
赠给了流浪的云
也留给了依恋了心
执笔浓墨

鲜活
一圆桌
一杯清楚翠绿湖
清晰柔软弱
生机
又薄又厚重

徐克：男，祖籍浙江，现居南京。1959年生，系广州市青年作家协会签约作家。二十世纪八十年代初创办过文学刊物《飞蝶》。作品已在《江苏文艺》《诗词》等多种报刊发表，出版诗集《歌者》《墨香》两部。获得第二届2017《微光》诗刊年度奖。在2018年中央电视台举办的大健康高峰论坛上荣获德艺双馨艺术家荣誉。

可爱的你们

——纪念 2019.4.2 四川凉山森林火灾逝去的 30 名英雄

作者：李艳媚

烈火染红凉山；
林中生灵在煎熬；
你们四面八方赶来。

你们身披红衣；
条条长龙手中握；
滴滴甘露浇灌希望。

你们如此稚嫩，
力量却那样强大；
筑起了钢铁般屏障。

你们如此年轻；
意志却那样坚定，
誓与祝融抗争到底。

你们有着牵挂；
牵挂家里的亲人，
却以肩上责任为重。

你们有着梦想；
梦想着生活美满，
仍前赴后继不退却。
森林突然爆燃，你们鲜活的生命；
消失在熊熊烈焰中。

你们最最可爱；
奉献热血与汗水，
换国家与人民平安。

凉山恢复平静；你们的躯体倒下，
英魂恒久遗留人间。
漫漫回家之路，万水千山皆不舍；
人民永远记得你们。

李艳媚，女，1989 年生，大学本科毕业。出生于广东省梅州市。是一名高中语文教师，热爱写作、读书。工作之余常作诗歌自娱。

机器人（外三首）

作者：彭瑜聪

机器人陪你
吃喝玩乐做游戏
满心欢喜，满心着迷

机器成全了人，人成全了机器

地铁站

到站的铃声惊醒了
一片春梦
为了生计，昨夜的梦还在延续

生活不易，无须再多说理

春意

春天里我没有跟你在一起
缤纷的河山满眼都是盛装
样样都能点燃心头的春意
迎春花百合花玫瑰花
都爱鸟语

无论何时何地，记得不要痴迷

清明

清明时节总有些思绪
怀念啊追思啊感恩啊
总会稍稍占据心里
只因岁月匆匆。还是淫雨霏霏

芸芸众生，一脉相承

彭瑜聪，笔名吉言。广东海丰梅陇人。文学爱好者，玄学研究者，香港诗人联盟永久会员。《香港诗人》报编委。清风世界文学签约作家。作品在纸刊诗集《中国当代诗人诗选》及《文艺百家》等刊登。成名歌《禅意一菩提花开》歌词作者。

感情败仗

作者：张建伟

最后一次的告白，只是告白。
最后一次的期待，只是期待。
最后一次的晚安。
早已不会有我说起。
黄昏的夕阳，搅拌着天空。
在这感情败仗的面前。
我早已深深地沉沦。
我混沌的食指紧扣着天空。
可天上的阴霾不会消除。
转过身，我也走了，好远。
可你的回忆却愈发地逼近。
在这有光的天空下。
我的音容笑貌早已，黯然失神。
对你的回忆却紧扣我的灵魂。
这一阵风，擦肩而过。

宛若一把锋利的尖刀。
插在我的左心房上，隐隐作痛。

张建伟：清风世界文学签约作家，曾在《天津文学》投过诗歌百余首。主张抒真情实意。其小说、散文作品多在微博及书旗等网站发表。

三月的花事，在四月拐角处回眸（外一首）

作者：周翠明

桃花携着莲履，笑靥微扬
阳光尚未开口，春风就软了
麦浪扭起秧歌舞
将杏红桃粉的婀娜
溢出季节的边缘
紫燕呢喃，花香如蝶
布谷衔着清芬的春音
催醒满山红杜鹃
我在烟雨江南
站在四月的拐角处
将思念与祝福放在花蕾的内部
一步一回眸
等你追上莺语，打马归来
将三月的花事
封存在春光的匣子里
珍藏 深锁……

惊鸿一瞥

那年冬天，雪花盛开
你一袭红裙，姗姗而来
你放歌舞袖，广舒盈怀

那一瞬，你嫣然一笑
深深闯入我的心海

那一眼，彻底沦陷
注定欠下一生也还不完的相思债

那一刻，多想
拥你入怀，封心锁爱

可是啊！
生命太短，相遇太晚
我只能在一首诗里
种上一座雪的思念
演绎一场地老天荒……

周翠明：笔名“星斗”。湖北随州人。《华夏思归客》会员，特邀作家，中华微诗人，《清风世界文学》签约作家。《诗词文艺》《中外文化传媒》签约诗人。作品发表在《心悦文摘》《中华文艺》《冰洁诗刊》等数十家公众平台。作品入选《中国传世诗典》《中国当代经典诗集》等国家级出版书籍中。荣获《华夏思归客》全国诗词大赛一等奖，首届中外诗歌大赛金奖，首届“文豪杯”全国新诗大赛银奖等。获中国当代百强才女，中国当代百强诗人奖章。

脚步（外一首）

作者：王野春

日迈出万步
只有关键的岔路口
那轻轻的一步
所有曾经的步履
哪一步
不是为这关键的一步

斗转星移
星星也在走
我在不止步的仰望
看到悠悠月色
更看到她的脚步声震撼着我的心房

我痴迷夜光的皎洁
三万绿柔情
点燃地上一片星光

中国书法

一点
点出晶莹透亮的眼睛
一横
横出平稳与翘首
这刚劲的一竖
恰如宝剑利刃
凸显铁骨铮铮，不屈不挠
一撇一捺，顿挫有力
遇事沉稳老道

刚柔并进出所有的笔画
似风似雨
不乏海浪驱浊

宁静中举目
眼神冲出一个
华夏文明的火种

王野春：沈阳局下属员工，吉林市作协会员，九洲诗词文学社会员。有小说、散文、诗歌发表于省市报刊杂志。

从明天起（外一首）

作者：徐玉华

从明天起
我要告诉认识我
与我认识的所有朋友
繁花似锦的春天
就在阳光明媚的眼前
从明天起
我将忘记了所有的烦恼
做一个开心快乐的人
去把美好幸福的生活拥抱
观照自己的内心
再审视一下人生的方向
努力活出更加精彩的自己
从明天起
我要学会海纳百川的情怀
淡定一切笑看人生

常想为你写首小诗

经常想
为你写首小诗
来赞颂你的美丽
抒发我的心意
可总找不到
最合适的言辞
只能把这份
爱的甜蜜
悄悄珍藏心底
成为自己一生
最美的秘密

徐玉华：1962 年生，1986 年开始发表作品至今，笔耕不辍，已出版诗歌散文集《天地一沙鸥》《江海寄余生》等，现为江苏省淮安市作协会员。

在最深的红尘里重逢（外一首）

作者：范艺藐

相遇，于红尘中，
一花一叶，一念一菩提
于人群之中多看了一眼，
从此就有了一段不寻常的缘，
沉沦的一颗心，从此于红尘中
无处安放，
那一世，你为蝶，我为花开
这一世，你为诗，我为墨
就如痴缠相拥的藤不忍分离
白雪皑皑的富士山下
涌动的岩浆

青花

唐的丰腴，宋的婉约
枝枝蔓蔓里
青花的芳香
炙烤，冷却，涂色，釉变
苍白变得饱满
层叠交替晕染人生的底色
丝路，思路，
沙漠的驼铃声
穿越大洋的船队
巴黎圣母院的钟声
伦敦桥的线条
蜿蜒成河流
流到黄河，长江
留下的空白
每段都有故事。

范艺蕤：笔名：空谷幽兰，心开，喜欢在文字里旅行。作品散见于网络平台。

夜风（外一首）

作者：熹晨

夜
风，牵来
梦中的老马
还有老马身后黛青色的
雾和长沙
老马脚下咽进的
沙砾和沉默
攸地掉落的
点滴阳光

阳光里
大风飞扬
高而相当远的
碧蓝得不愿再言语的
天空

天空下，转经筒里
传来涛声

涛声滚滚
不舍昼夜
高亢与喑哑
浩瀚与肃静
风里
熔铁铄金

一层追一层
风，昂首

有多少冷透的石头
有多少深深煞进树干的

白色纤维
有多少如老马那样的平静与笑
沉陷于
茫茫然然

悬于天际的黄沙
大大方方迎着
去
漫无目的
去
褪了方向

默

不得不说
我们都被撕碎过
不过
我们笑得更快
没给机会。让
雨、雪和风，去扯
就又被时间拼接、粘贴了回来

不得不说
我们一直被撞响着
不过眼底心头留有亮点
将刺骨冰凌美化
随风
无形辗转
淡淡淡淡了印迹

不得不说
烦琐与冗长很会
苍白生命的灵光
于是
触摸星空
煜煜飞火
找不到文字
凉凉地掉落
催我们扎进狂沙
翻越
慌张一生
潮起潮落

仅仅声音
没有召唤

我们机械地拆卸着自己
成为自己的看客

熹晨，原名刘蓉。1972 年生，研究生学历。安徽省作家协会、安徽省摄影家协会、安徽省诗歌学会会员。作品散见于《世界诗人》《山东文学》《安徽文学》《中国诗歌》等各类报刊。并有作品选入《中国诗选》《中国实力诗人作品选读》《中国当代诗人代表作名录》《中国当代红色诗歌选编》等诗文集。

仰望（外四首）

作者：周觉莲

仰望天空的蓝，
那是白云和阳光的爱恋；

仰望夜晚的寂寥，
那是星星和月儿的衷肠；

仰望着你的高度——虽近犹远，
积蓄着无穷的力量，万丈光芒。

我仰望
那是一个梦想，一个希望；
我仰望
那是一种等待，一种奢望；

岁月如梭，时光荏苒，
仰望是一种力量。
是昨日，也是明天，
是你，也是我。

在这尘世中的守护
——这一世的光亮。

心的地方

昨夜已是世界的尽头，
那过去的往事，如烟如硝，起起伏伏；
今日洒满阳光的笑容，
伴随新年的祝福——如痴如醉，悠悠荡荡；
那是你来过的脚步，
走得如此真实——如梦如幻，浅浅深深。

告诉我，你的远方，你奔波的方向，
是否是我心的地方？在那里，
我有我的微笑，你有你的怀抱。
可孤单，不再是我们的目标！
生命将要绽放美丽的光芒，
彼此，依靠。

西湖一首

西子湖畔，孤山群林，
断桥长亭，西泠觅信……
身相随、影相伴。
那是爱的踪迹，那是情的诉说，
那是我们这一路的美好。

岁月的过往，去了，远了；
新年的脚步，来了，近了。
一起祈福吧，就在今天。
新年祈福是你我相视一笑中的倾城；
努力打拼是彼此人生中美丽的诺言。

愿西湖的水柔进你的心田——微波粼粼，细腻温婉；
愿孤山群林的怀抱，给你大地的能量——繁盛泽华，不负时光；
愿断桥长亭悠长的等待，寄语你我无尽的思念——今生缘起，守望红尘；
愿西泠觅信高高低低的脚步，留住我们情怀——心意相同，彼岸同登。

这湖、山、亭、信，
留在岁末的天地之间，滋生长情的告白一念。
犹如我们的爱
——不问往昔、只问今朝。

欢喜树

你说，你是一棵开花的树，
长在我必经的路上，
等待——那一次与我的相遇。

我说，我原本也是树一棵，
我是一棵微笑的树。
期盼，和你并肩成长，
长成枝繁叶茂时，
彼此枝干相依偎、交错。

待到你的枝头开满花儿朵朵，
我的绿叶便化作清风徐来，
那是我对你展露的，微笑。
为你欢喜，为你赞叹！

当
秋风吹尽了繁花，大地沾满了芬芳。
泥土中的我们
根与根相连、脉与脉相系。

你是你，我是我
我是你今生的另一个你
而你，也是我今生的另一个我。

如果你看到，请叫我们“欢喜树”。

雨夜访友

——访曹海燕老师

雨夜，冬季的雨夜，
赶往一场难得的约会。

暗了窗外的天色，湿了青石板的路，
伞下故人，笑语盈盈，
心底陡然生出欢喜来。

席地，品茗，故人，新知，
三人行 必有我师。
从记忆的过往，
到，生命的最后一束光；
从金泽的工艺社，
到，颐浩寺繁盛的往昔。

时间在这雨夜停滞，
思绪飞到了那个年代……
我是谁？你是谁？他又是谁？
仿佛是最熟悉的地方，
让我找到旧时的路。

心底的亲近，是这桥？是这亭？
还是，还是这一草一木间的气息，
扑进了我的鼻深处，
唤醒了古老的，神经末梢。
与此：链接、对话、共振！

静谧的雨夜，留下我们长长的影子。
清冷孤寂之中，最是
观自在内心之时！

周觉莲，上海市奉贤区人，1978年出生，现任上海市妇女代表；奉贤区政协委员、奉贤妇联执委、民盟奉贤区青委会秘书长，奉贤区茶文化学会理事长，获得“贤城茶仙子”“齐贤修身达人”称号，高级茶艺师、营养师、花艺师。1999年创办“上海市奉贤阳光培训学校”；2018年创办“上海觉莲斋文化传播中心”，致力于培养职业技能人才及传播我国优秀的传统文化。

公园合唱团赞（外一首）

作者：路长远

有一个美丽神圣的地方
她使每个闲暇的人们——向往
每晚准时欢乐集聚
其乐融融，放声歌唱

有一个充满快乐地方
她风景独秀让人留恋，心花怒放
每个人的脸上洋溢着，幸福的光芒

有一个冬暖夏凉秋爽的，地方
她使人与人之间距离
缩短感情的纽带情深意长

有一个充满阳光活力四射的地方
她使人们阳光，向上
人与人之间永远满载——和谐善良
温暖春风，地久——天长

庆祝祖国七十华诞

百灵鸟从蓝天飞过，
我爱您，中国！我爱您，中国！
多么美妙的歌声，多么熟悉的音符，
她来自世界中国人居住的地方
她发自亿万中华儿女的心窝
她震撼着山川大地，她传遍广宇星河

忆往昔峥嵘岁月，被奴役的中华民族
千疮百孔，历历滴血
……
东方的曙光，星星之火
排山倒海，催枯拉朽
推倒三座大山，烧毁黑暗的旧世界

中华民族终于扬眉吐气
东方睡狮已经苏醒
一个伟大的声音向世界宣告
中华民族已经站起来了
中华人民共和国成立了
重获新生的人们
载歌载舞，欢呼雀跃。
人们脸上漾溢着解放的喜悦
奋发图强的号角，呼唤着亿万人民
建设创造着新中国

百折不挠，宏伟誓愿
中华民族创造出惊人的奇迹
科技的腾飞，迅猛的发展
中华民族走向强盛
伟大祖国走向辉煌

复兴的号令，和谐的国度
振兴的脚步，荡涤着沉渣
肃清着毒蝇，社会稳定，祖国康宁

我爱您，中国！
在您七十华诞的日子里
我要倾尽最美的词语，描绘我的祖国
我要用最漂亮的色彩，装扮我的母亲

我爱您，中国！
我爱您，中国！
这歌声发自我的心底
这歌声传遍世界各个角落

伟大的祖国永远美丽年轻
伟大的中华民族必将立于不败，
与日月增辉，气吞山河！

路长远：笔名：文人墨客。1955 年 6 月出生，江苏省徐州市企业退休。徐州市诗词协会会员；清风世界文学签约作家；豫东文化传媒签约作家。CCTV 智慧中国栏目艺术人生发表过作品。作品还散发于百度、搜孤等各大媒体及诗集并多次获奖。

春暖花开，我在这里等你（外一首）

作者：张勇

春天的明媚滋生我的记忆
流年的往事像蒙蒙的雨丝
润湿了我眼眸——
坐在有桃花盛开的路口
想你却成了我的一种习惯
每当春暖花开，桃花纷飞的时候
我都会在这儿等你
我知道，等你是白等
那已经是一种习惯
也许是我的真诚感动了上苍
我的泪水化作珍珠在梦里闪光
绚丽的梦境美了春的遐想
步入春天的乐园，漫步悠悠小径
鸟语花香，莺歌燕舞
春怀倘徉，美了梦
圆了我的贪婪的希望

春暖花开，江水涟漪，
踏着竹筏的梦，在江的对岸
牵手成伴，结伴成双

等到了，朝霞升起后的绚丽
等到了一朵朵玫瑰绽放爱的芬芳！
思念的梦啊！
一半是喜，一半是伤
思念成殇，泪水化雨蝶
依然在流年里，春暖花开
把你痴情守望……

爱你却无法拥有

梨花飘落，触情人泪
今生注定，无法相守
错过风，错过雨
错过良缘错过了你

相识只是缘起，相爱只是短暂的温柔

上天为何这样，缚住紧锁我的自由
没有倾城之恋，没有急流
只能在梦里默默守候，暗自泪流

孤单的心，寂静的夜
只有灯陪守，爱你我无法强求
恨你却说不出理由
看着你远去的背影
想要时间在这一刻停留

我知道，从此再也牵不到你的手
从此再也没有了爱的温柔
你的远走
给我留下的是无尽的伤痛与思念
梨花飘飞，泪水滑落
漫山遍野的梨花飞落
是我想你时滴下的汩汩泪水

我在寂寞中苦苦寻求
我在梦中耐心等候
只是因为找一个爱你的理由
为什么，爱你却无法拥有
为什么，两个人相爱
最后注定是分手
我在寂寞中寻找答案
我在孤单中找个借口
爱的距离，你我无法强求
我只有在迷蒙的路上
找个出口
找个出口……

张勇：笔名珊珊。四川广安人。“中国世界汉语文学”终身会员。重庆两江新区分会主席。《作家前线》《中国新时代诗典》签约作家诗人。作品被《中国诗歌大词典》《中国当代诗人诗选》等入书选用。作品常发表在中国诗歌网、江山文学网等网络平台。在2018年首届才子杯大奖赛中荣获德艺双馨一等奖。在《世界园林》举办的君鸣杯大奖赛中荣获一等奖等。现任《世界园林》责任编辑、《新时代诗典》编委等。

我和春天有个约会(外一首)

作者：秦耀然

三月，梅花还赖着不走
嫉妒桃花独揽月色
于是把绿色写意在枝头

归来的小燕穿着燕尾服
在农家小院和巢之间
跳着美丽的华尔兹

南方的木棉举着火把

把冬天烧得一干二净
裸身把春天唤醒

我学着绘画
画上青山绿水
画上桃花柳绿
画上莺歌燕舞

我扯一枝柳丝做鞭
驱赶想象的骏马
去天涯海角
赴一场跟春天的约会

乡愁

离开的思念，游子的梦
一张回乡的车票
一次漫长的等待

亲人的笑脸向游子张望
故乡的小河流淌着童年的时光

母亲的唠叨，儿行千里母担忧
父亲的教诲，子孝父心宽

乡愁被长江分成两半
一半在南边，一半在北边
乡愁是一百三十公里距离
六小时的等待

高挂异乡的月亮
越喝越醉

秦耀然，笔名：闻之。江苏省作家协会会员，中国诗歌学会会员。作品发《诗歌月刊》《山东文学》《诗选刊》《河南诗人》《齐鲁文学》《山东诗歌》《中国诗人档案》等刊，多次获得一等奖、金奖等奖项，作品入选50多种诗歌选集。

星空（外二首）

作者：李洪强

一次偶然，又一次偶然
在刹那间，遇见美的星空
宁静的天幕，闪烁着钻的光芒
繁星点点，心旷神怡
我努力地，一遍又一遍拍摄着
祈望留住这旷世的美丽
却发现，一次次枉然的徒劳
造化弄人，岁月无声
唯一的奢望，不过是，下一次
梦的星空……

偶然

静月如华，远行的夜晚
浮萍在偶然的旅途
岁月荏苒，儿时的小碗
盛满相似的童年
相识是缘，分秒太短暂
祈望再次的偶然

茉莉

阳光暖暖，新绿的叶丛中
有一朵纯洁的白。
霞月如镜，轻纱的朦胧里
是一念淡淡的香

愿神保佑，这纯洁的芬芳
永远纯洁、芬芳

李洪强，山东泰安人，热爱文学。毕业于上海电力学院，曾供职于山东能源集团某发电公司，并兼职通讯员。部分作品散见于山石榴、雪绒花、百度百家等网络平台。

宋城（外一首）

作者：刘茂兰

杭州宋城梦幻般，红通通的大雨伞
似佛祖手掌，笼罩着千万把小伞
一把把五颜六色的仿古油纸伞
引我进入了时空隧道

立体的舞台
优美的舞姿跟随着五彩斑斓的灯光
一曲千年不过时的音乐
梁祝，拉开千古爱情传说的序幕
牵我回到宋朝

我回大宋了，眼，神，心融为一体
眼——像灯光一闪一闪
神——似音乐的缠绕
越缠夜紧，越转越嗨
心——如翩翩起舞的蒲公英
越飞越轻，越飞越高
难道这就是天下号称
给我一天还你千年的——宋城

家乡野果九月黄

初冬已经到来了
一场深秋之雨迎来冬风
由凉变冷了，一阵阵，一阵阵
好像阿哥阿妹在深山唱响长江山歌
在深山中回荡，回荡……

催熟了九月黄，九月黄你是谁
牛卵坨，拿藤包，牛栏包，牛合卵
有印象吗？有印象吗
有——儿时萌萌的印象
由蒙至清，由现在穿越几十年……

我来了……一群山娃摘不到
腾高又长绕大树…
够大胆的爬上树顶去
哇噻，哇噻，不行，真不行
这九月黄在玩捉迷藏的游戏
还专选高，险的藤上藏
那怎么办嘛，拿起竹竿开个口
扭起竹竿转转转
大家尽兴地扭起来，扭起来
初冬之风似迪斯科版的疯狂跳跃美音
哈！哈！哈哈！一个，两个，一大坨
美味的野果丰收了
一起分享做游戏，
比比谁能吃最干净
黑籽吐出晶亮亮，恰似眼睛闪啊闪
爱惜食物不浪费

原生态果味儿真，略带丝丝的山味
清清的……湿湿的膻味
清清的细腻细腻，丝丝的清甜
略有清浅酸鲜美的味道

轻轻地闭上眼睛
对，就是这味道，山里的味道
六七十年代儿时的味道
原生态童趣的味道
原生态长江野果的味道
九月黄牛卵坨
绿色食品家乡长江山中之宝

刘茂兰，诗名：墨兰。任职仁化县小太阳中英文幼儿园园长，18岁开始发表诗歌，至今有作品一千余首，1996年成为深圳市大鹏湾杂志社特约供稿人，曾在大鹏湾杂志发表代表诗《不！我不是打工者》《新南之念》《幼师之魂》等作品，诗曾多次在文艺百家头条、CCTV《智慧中国》栏目组发表。清风世界文学签约作家。现任《新时代诗词集萃》执行主编。

回家（外一首）

作者：吴厚坤

回家是世俗的传统
是风雨里的归宿
回家是年的企盼
是回归故里的乡愁

回家是记忆
是儿时的童话
是风雨中的梦想
是不变的笑脸容颜

回家是富足的走向
是勤劳的耕耘
回家是收成的喜悦
是余年丰盛的渴望

回家是团聚
是中华民族的传统文化
回家是传承特色天香俗语
是民俗年画的守望乡愁

放飞心情

朦胧中我感到风中的柔情
放飞爱的云天翱翔
回眸天籁声依旧的呐喊
打开爱之心灵的芳华

梦中美丽的鸽子
带去我远方的情诗
摇曳生姿的笔尖
捎带你爱的喊回

你可爱天真的样子
像天使般仙女下凡
若是花开的初恋
吻你长发飘肩的柔情

我倾诉对你爱的表白
用一颗美丽的芳心
轻轻地投入你迷人的怀里
放飞长情久违的告白

吴厚坤：来自美丽大连的海乡獐子岛作者，1964年生，一个自由的海岛诗人，代表作《乡愁》《奶奶的梧桐树》《云》《家乡的海》等多首诗，清风世界文学签约作家。作品刊登在《中国当代诗人诗选》等诗集及CCTV智慧中国栏目官网等。

谷雨（外一首）

作者：张桃桃

路灯迎着山风
和顺出自然的气息
路边的草绿着
接续来远古的色因
枯果阻碍不了它此时的葱茏
今又谷雨，节气伊始

父亲节

父亲是，那个
赶着马车，驾着雪撬
深夜，睡梦香甜
悄悄送来惊喜，传递幸福快乐
就仿佛是
传说中小朋友爱戴的“圣诞老人”
口袋里总揣着多多神秘
眼睛里总是充满喜悦的目光
极普通，极普通
印在心上
父亲是
送我远行时
孤单的身影站在那里远远地凝望
极静止，极静止
时常在脑海里回放
父亲是
八月十五精心挑选含笑的月光
辗转捎来的乡音一筐一筐
极纯香，极纯香
在秋日里把温暖品藏
父亲如是，幸福如是
父亲如山，伟岸雄奇
父亲如天，广大辽阔
父亲如地，宽厚能载
父亲如海，博大胸怀

张桃桃：内蒙古人。爱好文学。“清风世界文学”签约作家。作品多见于网络报刊、《中国当代诗人诗选》等诗集及 CCTV 智慧中国栏目官网等。

我是荒原小苦菜

作者：老宽

我是荒原小苦菜
历史的暴风把我掩埋
破土萌芽的梦想
被沙尘冰雪覆盖

应季的节气
没把生命遗弃

狂风暴雪摔打的种子
有了扎根贫瘠的希冀

不论土壤的质量
只要生命的顽强
哪怕只有分寸空间
不死的灵魂就能挺起脊梁

无权在花海徜徉
只能在荒原歌唱
不怕没人为我鼓掌
开心快乐就足够我欣赏

绿色是天性
食用是奉献
消炎焙火是生命的色彩
吐故纳新是甘愿付出的品行

我是那株小苦菜
冷风吹暴雨打
艰难困苦把根扎
待到原花盛开春意闹
笑在泪里洒
穷人把我当饭吃
富人把我摆上桌
我心爱的荒原啊
坚韧顽强那是你的基因和血脉

笔名老宽，姓名周全孝。坚信：写作就是自我改造、提高品格、道德升华的过程。打铁须得自身硬，好作品是好人写出来的。已出版散文集《怀念永不褪色的人生》《雁过留声》，小说《梦在塞外大漠》，诗歌集《我是荒原小苦莱》等书作。

一条河流，颠覆了你的世界

作者：风入林

打开一段历史，总有一些污渍
掩盖你的真相

走进一条河流，总有一种声音
在夜夜泣血那不公的判断

是你啊，隋朝的杨广，
背负着那段历史强加给你的恶名

是你动了你还未完全臣服你臣子的奶酪
是你急于给你子民
一个平静世道
匆忙地去平定北方的宵小

而你不懂顺民心

年年的征战，漫长的河道开挖
疲惫了民心
那些年，你的子民
真的需要修身养性地生活
你就这样注定，被那些贪吃蛇
魔化成永远是历史上恶魔

今天，我走近这条河
用这条干净的河水
洗清你历史上强加你的污点，
还清你本性的善良

唐朝的盛世，已被岁月淡化成
今天人们茶后饭余的谈资
而你用你的手开挖的河流
养育了这河流两岸，一代代的人们

今天我以受恩于你的后人的名誉
我的王——杨广大帝。
打开吧，你的心结，那些泼给你的污渍
权当历史给你，开了一次小小的玩笑

你若有兴趣，我再次邀请你
随我烟花三月下扬州……

风入林：原名陈国驹，江苏扬州人，曾函授于1988年《人民文学》创作中心函授班，师从赵日升老师，因生活一直在外漂泊，偶有小作在网络平台上诗集发表。

二月的小雨（外一首）

作者：过德文

二月，像生了一场病
没有人怀疑，这是一场相思病
偌大的天空漏洞百出，泪水绵绵
整个村庄淋了个透彻
我感觉，到处都是裂缝
在时光深处，一场旷日持久的冷雨
浇注着，把霜冻在地底下的
灵魂翻开，宽恕吧
宽广的大地缓缓地
酥软着，展开着
蛰伏的蛹被唤醒
重生代替寂静，荒芜被青草占领
欲望和爱在乍暖还寒的风中
挣扎，雾还没散
春天的想象
从遍体裂缝的二月，开始出走

逃离

很多人，大人和小孩
找些半信半疑的理由
达成共识
一夜之间，马路边多了很多
空房
清晨在沉默着，只留下几只老麻雀
在光秃秃的枝头上守护
捕捉草木的思想
孤单的老狗蹲在屋檐下
懒得摇尾乞怜
仿佛一场传染病，正在传播
村庄被掏空的过程，又一次重复
开春以后，你是否会想念
这个村庄
悲悯的是，从未远离
欣喜的是，从未想逃脱

过德文，男，湖南省株洲市作家协会会员。中国作家网、中国诗歌网认证会员。有多首诗歌发表在《中国好诗》《中国诗选刊》《中国风》等纸质媒体和中国文学网、中国诗歌网、大公网、今日头条、城市头条等网络媒体。获2018年度中国好诗十佳男诗人奖，第三届中国好诗词二等奖。有诗歌入选新华出版社2018年度优秀诗歌。

旅程（外一首）

作者：邱黎

方向，西南
冬天忽然变暖
春天的河流掠过窗外的风景
轰隆隆地唱着摇滚

一匹马已经开始奔跑
河对岸是迎春花的家
今年的叶还未落尽
明年的嫩芽已悄然长出
脆弱 顽强
都是生命的方式

一阵颠簸
旅程还未结束
窗外一片绿色掠过
那不是草原

北海

北海的水波晶莹闪亮
今天有初秋最美的骄阳
驿动的心在蓝天徜徉
白云深处回荡着让我们荡起双桨

红领巾依然飘扬
映红了夕阳下你的脸庞
柳枝轻抚你的发丝
痒痒地撩动我的心房

燕子还要回到故乡
故乡在远方眺望
白塔映着绿树红墙
歌声中的小船需要逆流而上

老朋友在长椅上说起往事
往事中的少年有一点感伤
路灯拉长了你的影子
最深情的是我的目光

邱黎，男，生于20世纪70年代，笔名“文学探究者”，江苏徐州人。中华诗词学会会员，中国诗歌网会员，中国原创音乐家协会会员，徐州市作家协会会员，徐州市戏剧家协会会员。三百余篇（首）作品在报刊、网络平台发表和结集出版，代表作有《只想你在我身边》《陪我看月光》《给小柔的诗》《高铁的车窗》《那年芳华》等。

火啊，火（外一首）

作者：肖丽平

1
一阵风吹来，漫天烟火弥漫
送走生命的呼吸，留下一段凄凉

2
火势猛烈，攀上钟楼
狞笑，塔尖跌落。760多年的坚挺
命数不可违，无须嗟叹，一切就在那儿
看见与看不见的都在那儿

无力，眼睁睁地目睹消失
瞬间火海凌云
泪水带着思绪前行，无影无踪

3
火，在世界各地疯狂肆虐
无休止，与风浪漫相伴
一起冒险，无视呼喊与谩骂
用胜利者的姿态行走，趾高气扬
狂笑着，来吧，我要淹没所有

4
还有一场心火，熊熊燃烧
每一刻，从黑夜到白昼
从白昼到黑夜，一颗心在火中炙烤
狂热跳动，血流汩汩
为你，全部燃烧

为你，错过一辆车

车门打开的刹那，你跑过来
随口问一句：去北京站坐这辆车吗?
我拦住你：不对，坐对面的车到复兴门站，再倒2号线
你小声嘀咕：有人说建国门又有人说复兴门，真奇怪
我在后面大喊：都是可以的
再转身时，我本该乘坐的车已无影无踪

我不认识你，只想给异乡的你一丝温暖
我知道，你不会再想起我
我只是你生命中的一粒微尘
有什么关系呢？人与人都是擦肩而过

肖丽平， 中共党员，小学数学教师。热爱教育事业，喜欢读书写作。追求用文字浸润灵魂，用笔墨书写本真的生命高度。

让阳光再多些（外一首）

作者：未言

我见过的阳光，喜欢翻墙入室
……
当我尚不能完全分辨出来
窗子与窗户的是否能够区别
我只认知门窗是一世界
或者，是一家庭存在的必须之物
就像人的嘴巴
和眼睛一样，必该存在

自从我的心里，有了玻璃窗之物
我认真去寻找过，隔一层窗户纸
和隔着一层透明的玻璃
其中微妙的区别

我的内心深处
从来不会拒绝明亮的事物，却一尘不染
却又特别害怕阳光会直射过来
将我推倒在席梦思上
无视我的挣扎，与呼喊
直到黄昏来临之时

才肯真正放过我——

孝之道

走出去，已经好远，好远
我才回头望了望……

母亲还站在村口
不停地挥手，像一棵风中的秋桐
望不见父亲的影子
隐约真的有些伤感

我打算放慢远去的脚步
甚至停留下来，返身归去
捡拾全部的落叶
……
我已经准备好了, 你们准备好了吗
也许我的母亲真能听得见
然而我的父亲
却早已无所谓听见
或者，听不见了——

未言，60后，贵州省遵义人。中国诗歌协会会员，贵州省诗人协会理事，贵州电视台6套《魅力贵州》栏目总编，贵州未言文化发展中心负责人。作品发表于《冰洁杯·全国十大诗人》《中国当代爱情诗典》《工人日报》等及网媒体上千篇。《世界诗人》签约诗人，荣获中国首界泰山杯“东岳文学奖”、中华文化形象大使、文化学者、文化使者和中外华语十大微信诗人等殊荣!

沙子（外一首）

作者：杨希玉

我不想让烈日炙烤
它却让我古道热肠
我不想让暴雨鞭笞
它却冲走我的浮尘
我不想让冰雪覆盖
它却让我比钻石坚硬
我不想让飓风狂卷
可处处我都能生存

我怕高温的煎熬，昏过去
醒来变成杯子，灯，艺术品……
一杯咖啡，一杯美酒灯下细品
卢浮宫、凡尔赛宫精美艺术品
让我骄傲，感谢浴火重生
即使破了碎了无非打回原形

其实我很柔软 在孩子们手里
春天的阳光，沙滩似银

插秧

水田端坐在山中间
山风把水田吹成老人的脸
几把秧苗倒伏在田埂
如老人的绿胡须冉冉
我在水里踩出一串泥窝
指尖划过秧苗的根
从水中捞出阳光的碎片
洒在她的脊背上花儿一片
我看见她白皙的脖子、水中
粉红脸、亮的眼眸、黑发飘逸
定格在心里最软的部分
我插的秧苗为什么长得最高
没看到它们被稻穗压弯腰的样子
她看了吗？时间碾子劝我忘记
那片秧苗却已经种在我梦里

杨希玉，女，湖北省恩施市人，本科学历，在华中科技大学图书馆工作（已退休）。爱好现代诗歌，参加华中科技大学喻家诗社，已在数种网刊及报刊上发表诗作二十余首。

随缘（外一首）

作者：赵俊

不必多纠结
流逝的过去

不必太在意
命运的当下

不必常忧虑
难料的未来

经历过的风景
已是过眼烟云

眼前的风景
值得用心欣赏

未来的风景
只是一种期待

学会坦然
随缘过日子

旅行

举足远行
去欣赏风土人情
这是心灵的阅读

读书静思
去了解感悟世界
这是心灵的旅行

旅行最大收获
可自由自在
心灵得到释放

旅行可对未知
进行探索与追寻
能触摸到心灵

旅行中的体验
是旅行的精髓

人生是一场旅行
沿途的不少风景
需好心情去欣赏

赵俊，网名百姓视角，上世纪60年代生，高级职业经理人，世界华语作家联谊会会员，清风世界文学签约作家，中国图书评论学会会员，上海职工读书明星20强之一，上海振兴中华读书活动优秀个人，当代百强华语诗人，中国诗歌名家，有诗被CCTV智慧中国网站发表。曾在市级新闻媒体发表专访、诗歌、散文、论文等数千篇。获奖作品几十篇。

没有爱的日子我好孤独（外一首）

作者：东灵

一片叶子离地飞舞，
旷野不见一草一木。
离开树枝的叶子啊，
你飘向哪里？
空旷旷的世界啊你好孤独。

一只小鸟飞在日暮，
喜鹊的窝架在白杨树。
你落在人家的墙头上啊，
向东向西向哪瞅？
灯火闪烁的人间啊你好孤独。

一个人漫无目的走在小路，
只见远山步步模糊。
犬吠车鸣耳边而过啊，

我寻她啊她在哪里？
没有爱的日子啊我好孤独！

那座小楼

你黑黑的长发，
像一束茂密的夏柳，
小鸟般地可爱，
悠忽闪到门后。
我久已期盼的相约，
心早已来到这座小楼。
装作漫不经意，
却转身轻轻把你搂在怀里头……

我心中的小鸟，
多少思念都向你倾诉 。
我心中的小鸟，
多少爱恋都和你吻不够。
柔柔地抚弄乌云，
洒我胸前一帘瀑布 ……
多少美好的记忆啊，
会不会永远留在那座小楼？

东灵，本名王建国。原籍河北省涿鹿县赵家蓬村人。爱好文学艺术，时有作品在报刊网络发表。

每天都活成如期而至的春天（外三首）

作者：无牵无挂

小鸟的清脆啼鸣
唤醒了我的春梦

一片一片的嫩绿，一树一树的花开
一茬又一茬的蓓蕾
陶醉在一阵阵和煦的春风

远山俊朗了，溪涧潺潺
田野翻青了
油菜花闪烁着皇帝般
尊贵的金黄

最美人间四月天
我的歌声与微笑，正荡漾在
一切美好都如期而至的
春天

野蛮生长

让自己完成野蛮生长吧
哪怕只有一次

确固不拔，继晷焚膏
请走慢点，让自己有更多时间去思考

自带素色光芒，在浮华的世界里
更易找到真实的自己
心似乎空无一物，又包容万千

愿你
心有轻风吹皱春水的声音
也有花蕊伸展眉宇的舒爽
心里依然有最爱幻想的
年华

雪花

雪地上，静悄悄
仿佛只有雪花，在尽情地飘落

如鹅毛、如柳絮、如白花、如轻烟
或漫步、或急促、或飞翔、或盘旋
纷纷扬扬，飘飘洒洒

毛茸茸、蓬松松、亮晶晶、清纯纯
琼枝玉叶、粉妆玉砌、浩然一色

回顾四周，顿觉孤身于此
我在寻觅伤感的语句
赞美你经典的诗篇
春花秋月，不曾让我止步
清纯洁净的雪花，却令我迷途
如痴

情深愿穿山越海

情深不奢求终老
有一日就算一日安然
可以穿山越海，为你而来

我静静地伏在
你的心灵窗口，如闻蜡梅暗香
静静无杂念，已不觉雪花飘
夜严寒

万物静观皆自得
脱去一件件华丽的外衣
道别一场场自贻伊咎
自带光一束，筚门圭窬
又何妨

我们都能直爽
勇敢地笑着，一往无前

无牵无挂：本名吴洪滨，祖籍福建漳州。中华诗词学会会员，中国楹联学会会员，中原诗词研究会骨干会员，凤凰海外诗社入驻诗人，多个文学协会会员。作品散见于《中华诗词》等纸刊和网络传媒。男高音歌剧演员，声乐教授。1995年于美国纽约茱莉亚音乐学院学习，随后又到英国皇家音乐学院求学。2000年考进奥地利维也纳国家歌剧院后，定居维也纳至今。两次壮游了南北两极，游历过150多个国家和地区。

栀子花（外一首）

作者：何宜根

洁白的栀子花开了，满院飘着清香
那是儿时的记忆
记忆中有挥不去的清香

栀子花又一度开白了枝头
“儿，带上栀子花吧。”
母亲摘了许多，要我带给我的儿

“好看呀，爸爸从哪儿弄来的？”
小儿惊叫，如同儿时的我
我如同儿时的母亲

顷刻，清香满院
栀子花又“开”了，在我的心上开了
心的庭院弥漫着那沁人的芬香
比任何时候都更加久远悠长……

等……

叶子调零了，树干还在那儿
雁儿归去了，湖水依然清澈
雏鸟离去了
巢儿一如从前地守在高高的枝头

当太阳从北回归线上归来时
春风定会拂绿大地的每个角落
清澈的湖水定会奏响庆祝的乐曲
有巢的枝头定会洋溢着欢跃的歌声

黎明，在黑暗的等待中显现
有爱的天空
定会等来久违的回归和问候

何宜根，阿奎利亚中学一名老师。曾用“子一川”笔名在起点中文网发表长篇小说《彗星之约》。《美丽的错过》被北方文学征用；在《安徽青年报》上发表小小说《难忘那年教师节》等文章，多首诗歌在报刊网络上发表。

夏之韵（外一首）

作者：刘三平

春姑娘羞答答脱掉外衣
裸露的青春深藏在树荫下
她惜别了和煦的风，淅沥的雨
还有初绽的花蕊和尖尖的嫩芽

树干上的蝉，蜕变成妈妈的模样
歇斯底里地呐喊，想唤醒沉睡中的山岗
放牛的牧童，拽不住挣脱的缰绳
小河成了牛群的游泳池
大片的云向南迁徙
墨黑的天空，期待着一次电闪雷鸣
蚂蚁开始食物大转移
计算着下一场暴风雨的日期
田洼里的青蛙，渴盼涨潮
才更有机会捕捉到植物的天敌

金灿灿的麦穗，摇曳着丰收的喜悦
她庄严地宣誓
要回归粮仓，播种新的希望

故乡

故乡的风驮着遥远的思念
召唤着远在他乡的漂泊
一抹晚霞摇曳着村头老槐树上的红丝带
红丝带上传诵着悠久的故事

牧童的笛音伴着羊群
舔吮着初春的嫩芽
嬉戏的水鸟，清翠的啼鸣
吟唱着古老的歌谣

多想亲吻一下妈妈的银丝
去抚平她皱痕的年华

扯一朵故乡的云，亲手做身嫁衣
赠送给我心爱的姑娘

刘三平：河南周口人，现居新乡，爱好文学。作品散见于各平台网络，与《E网诗情》有不解之缘，《诗韵墨语》签约作家。

头道巷（外一首）

作者：朝君

雨中头道巷，伞柄遮盖着
你的名字
城市的早晨醒得太早

秋不知在何时，吹落一片黄叶
那是一个金色的日子
我的呼吸被雨一下一下抓挠

记忆中的故事，超越等待
那个栅栏初开的瞬间
你就是头道巷的雨中花了

牌廊横挡在我的胸前
斑马线走过一拨一拨色彩斑斓
雨中你的瘦小如叶一样羸弱

真不想跨越这个秋天
了却一个躲不过去的灿烂
为一朵柔弱的花，盛开

合欢花

秋天的花朵，弥漫在城市的
气息里
那是一个紫丁香一样的名字

蹑手蹑脚攀缘，你的墙壁
城市高耸的枝叶擎着楼舍
合欢花早已在那里影影绰绰

城市的乳腺凸得不高
一轮红日从楼顶冉冉升起
秋风无助地瘫软在街头

那是一个挺拔的瞬间
所有的叶片
都从枝干发芽、开花、怒放

落叶无数次地被碾压
这不仅是一次次甜蜜的阵痛
也许还有涅槃的时候

在一个饥饿的早晨，为你
送上一盘枣花糕

朝君：本名王朝军。1965 年出生，中国作家协会会员，河南省水利文学协会副主席，安阳市作家协会副主席，内黄县作家协会主席。出版诗集《门泊桃红》，小说集《我想像中的父辈们》《寨外》。作品散见于《上海文学》《莽原》等。诗歌《古船》获《诗刊》

2003 年“春天送你一首诗”二等奖。小说“满月”获 2002 年度“莽原新作家一等奖”“河南省第二届五四文学奖银奖”。

旅行（外十九首）

作者：施勇信

世界那么大，
我想去看看，
不要停留在一个地方，
各处都有旖旎的风光；

遇到一些有趣的人，
邂逅一段可遇不可求的感情，
当你走遍世界，
会发现一个更美好的自己。

无奈

有些事
不能认真
认真就已经输了

一段情
已经感受到它的美妙
但也只能想想

有些人轻视你
不仅仅是他们的无知
也因为你还不够强大

渴望的一切
现实与理想越走越远
你也只能如同落入鱼篓的鱼，安静地认命。

绿波

事业陷入寒冬，
四处碰壁，
大气候的影响，自身的原因，
抑或人心起伏的周期；

事业犹如开车，
有时开始是绿灯，就一路绿灯，
有时开始是红灯，就一路红灯，
那是神秘的绿波在起作用；

绿波可以调节，掌控，
延长绿波时间，保持均匀车速，
抑制住任性，心平气和，
潜心打造自己的绿波带，
熬过寒冬，转角处有一片绿海在等着我。

一花一世界

我见过泰国的睡莲
心状圆润，白天开放，
晚上闭合，犹如双手合十，
头戴皇冠的美女；

也见过南非的帝王花，
花朵硕大，花蕊中还有很多小花朵，
相互拥挤，竞相开放，
如黑人的舞蹈，桀骜不驯；

还曾见过法国的鸢尾花，
六片花瓣，一半向上翘起，
一半向下翻卷，
似蓝色蝴蝶，摇曳多姿；

它们不能生长在一起，
不知彼此的存在，
一花一世界，不可侵犯，
自顾自绽放，自顾自精彩；

了解各种花语，
融入另一个花界，
也许会遇到一个改变你一生的人，
在已知的世界里活得好累，
拿上行李，带上自己，
有多远，走多远。
……

朋友

第一眼见到你，
就让我怦然心动，
你内心的思想，
及眼角的一抹书卷气；

从你脸上发现的，
我也拥有这个，
人生最幸运的，
我喜欢着你，你也喜欢着我。

思念

我忘记了时间，
却没忘记你；
我留住了记忆，
却没留住你；
南京，带不走的只有你。

自省

一直想做个盖世英雄，
具备举世无双的能力，
到了知天命的年龄，

才发现自己那么无力，
比普通人还普通，
比平凡人更平凡；

傍晚对着远山深谷，
大声呐喊，
风声依旧，灯光依旧，
一点回响都没有，
只有暮霭慢慢升起。

青春颂——为五四运动而作

哦，飞扬的青春，
生之欢乐的源泉，
你美好，
只因挥洒得从容；
历史为你振聩，
是你，
你将几千年的一如既往，
洞开了闪烁的天心；
旧形式崩溃了，
你摧枯拉朽的一击，
高举的大纛下，
烈火熊熊；
新秩序要在风暴中建立，
自由之子，
通过你永恒的喉咙，
我的脉搏就是时代的脉搏。

走着走着

曾经与你义结金兰
曾经与她缱绻缠绵
但是走着 走着 人就散了
多少事难以解决
多少结无法化开
但是走着 走着 就迎刃而解了
云乱了 心累了 花谢了 回忆淡了
但不要停下我走遍世界的脚步
走着 走着 新的花儿它就开了

世上最美好的生活

世上最美好的生活
不为生计犯愁
日子怡然自乐
世上最美好的生活
男人都能找到真爱
女人嫁给爱情
世上最美好的生活
当你涉足远方
还能写出一首优美的诗歌
世上最美好的生活
内心所有真切的渴望
都会悄然实现

轮回

许多场合 仿佛以前经历
此情此景 如此熟悉
但这里我从未踏足 你说我前世来过
千里之外 曾经如此焦虑
预感有事发生 但不知焦虑何在
如今的你 一转身 已是两个世界
时常感觉 你在身边徘徊
在生死的循环中 你是我的往生
我是你的轮回 你我就是彼此的存在

给情人

在对的时间选择了错的人 缘于贫穷 懵懂和将就

在错的时间又放弃了对的人 缘于责任 担当和现实

在不对不错的时间里遇见了你 可是你的世界更加广阔 并不在乎我

一直在等合适的那个人出现 但那个人一直未出现

如今在合适的时间里遇见了合适的你 心中狂喜

以为能在你的港湾里憩息 犹如树叶蜷伏于树干

可是你有万千树叶 并不在乎我

最终我随风而去 有天你突然发现我的好 拼命要求我回头 可惜

一切已回不到从前 你怪风带走了我 我说不是风 是我

我曾经掉落一枚纽扣 你捡到却不给我 当你想给我的时候

我已换了一件外衣 这件外衣虽不合身 但却难以脱下

我们一直相信爱情 其实一生都不可得 遇见你也只是一场情深缘浅的漂泊 终将越不过缘来缘去的鸿沟 缘去是命 缘来是你

自勉

成名不等于成功，
成功也不一定会成名，
很多时候，它们不会携手同时到来，
有时相隔很久，很久；

在这寂寞的时光里，
你要做的就是夯实基础，潜心打造，
守得住初心，
该来的总归会到来。

给情人（一）

你虽不是我全部的理想，

但你是我一个原始的梦；

你说你爱我异乡的风尘，
并说我不会为你停留；

我说我无论漂泊到哪里，
正如叶落归根，
最终会回到我原梦的身边。

感悟

名和利，
都要靠自己争取，
喧闹的人群，
没有人会真正关心你，
自己都不去争取，谁又会帮你；

成与不成，靠的是奋斗，
还有机缘，不要想得太多，
人生一路艰辛，
你只顾风雨兼程。

孤独

心儿有道高厚的堤坝，
里面蕴蓄着锋锐的箭矢，
偶尔一两支射出，
引起一片惊讶；

箭头撞出耀眼的光亮，
艰难地寻求有的放矢，
心儿被刺得好疼，
哦，这心的孤独。

生活

生活不需要那么多仪式感，
给我一点快乐便趋之若鹜，
我喜欢群处，
和朋友们觥筹交错，海阔天空，
排桌无在乎前后；
也喜欢独处，读书，旅游，
于静静处看清真实的自己。

世界是那么广阔，
生活并没有想象的顺利和悲观，
那些合理的，不合理，
都在各处存在，
只是有时此消彼长；
尽量去领略不同的世界，
我怕的不是忙碌，
而是孤独。

世界上最远的距离

世界上最远的距离，

是与你生活在一起，
从没有灵与肉的结合；

世界上最远的距离，
犹如撒哈拉的黑白沙漠，
两颗心都是沙漠，只有颜色之分；

世界上最远的距离，
两颗心从未舒展，
因为你从未走进我的心田；

世界上最远的距离
与你天天睡在一起，
隔阂如鸿沟，却还要抱团取暖。

大运河

大运河，
我一日不见你就闷得慌，
那辉煌的夕照，轰轰的船只，
然而我更爱你波纹粼粼；

小纸船荡漾在你的怀中，
拉扯你皱起的情丝很远，很远，
你不停地荡呀荡，荡呀荡……
荡去了烦恼，荡去了欢乐，
荡来了一个恬静的世界；

大轮船轰响在你的肚中，
震醒你酣睡的心和惺忪的眼，
你不停地涌呀涌，涌呀涌……
淹没了沙滩，穿梭于石间，
于是我知道了你的活力。

执念——有感于巴黎圣母院失火

巴黎应该在二战期间就被焚之一炬，
包括巴黎圣母院在内；
有人说，是巴黎主动投降，才免遭厄运；
也有人说，是德国的一个将军良心发现，才保全了巴黎；
其实不论是何种原因，
巴黎能被保存下来，
就是最大的幸运；
巴黎主动投降也好，
还是德国将军良心发现也罢，
这些都不重要，
重要的是巴黎保存了下来；
很多时候，我们不要有那么多执念，
有那么多神圣的信念，
过了多少年后，
这些执念一点都不重要，
历史一直在循环，人生又何尝不是。

施勇信（笔名：施爱诗），江苏南京人，定居昆明，爱好诗歌，已走了世界五大洲 40 多个国家，梦想是走遍世界每一个国家。

三月，桃花笑了（外一首）

作者：小月昱

三月是个小姑娘
笑着跑着就来了
桃花紧追着她的脚步
快乐的心情
粉嫩嫣然，开满枝头

人间的姑娘小伙
花下相约白首
月老悄悄把红线挂枝头
桃花好运，觅得佳偶
她们都笑醉在春风里
为这如花般美丽的守候

离殇

暗夜的栀子
香了满径
透明的蚂蚁
爬下了脸
有一种别离
无声无息
没有再见
没有相忘
也没了江湖

笔名：小月昱；本名：易美；湘籍汉族，现居广州。写作新人，喜欢幻想，热爱码字，热衷于诗歌和小说创作。文章散见于各网络平台，已在豆瓣阅读上架短篇小说集《香徊魅影诡事录》。

冬天里的逆言（外一首）

作者：黄玉龙

不是所有人都喜欢雪，就像
很多人不喜欢冬天

单调的白
扼杀了激情
风冷酷，威严四方

束缚的手脚左右不是
眼睛少了温度
思维被冰冻割去浪漫

脚步改变原有尺寸
别人起舞的时候
担心？欣赏？警言？

其实
冷汗冒出的刹那
平衡已经失去

一秒内，生命显现截然不同的结果
冬天冰冷的逆言，滚烫

傍　晚

西边彩霞
暮归
思念，留不住

风哭哑嗓子
片片落叶无声

一路走过的快乐覆盖
落日拥抱余晖
剥茧抽丝

牵出白月
心抽空，泪滴洗淡天边红云

孤鸟迷途，叫声
嵌进丛林
寂冷

星星闪烁，满河
摔得粉碎的诺言故事

黄玉龙，安徽省作家协会会员，中国诗歌学会会员，中国纪实文学研究会会员，香港诗人联盟和香港诗人报社会员，中国诗歌会安徽分会会长。世界汉诗国际一级诗人。作品散见于《人民日报》《环球人物》《诗歌月刊》《清明》《今古传奇》等纸刊和“CCTV 智慧中国栏目官网”“中国诗歌网”“香江资讯网”等大型网站。曾获《人民文学》奖项并多次在中外及全国性诗歌大赛中荣获金奖和一等奖及多种荣誉称号，作品入选《中国新诗百年精选》《中国当代优秀诗人诗集》等近二十部国家出版社合集。作品被中国诗歌馆收藏，名字收录中华文艺名人榜和《中国文艺风采人物辞海》。

四月里的柳笛声（外一首）

作者：魏学士

听，那串串的柳笛声
飞跃到天空，几朵闲云

在，侧耳倾听

柳笛，长长响起
逍遥的太阳，在天穹游走
露珠下
把初绽的桃花染红

柳笛声，让河畔碧绿
柳笛声，让泉水叮咚
柳笛声，描绘春天的希望
柳笛声，构幻着秋季的收成
柳笛声，又像梦
飞往天空

四月里的柳笛，把高高的白云吹起
和霞光一起，跨过澎湃的海
身后，留下一条彩色的长虹

妈妈呀，请不要泪流满面

——四川大火一个远去的声音

妈妈呀，请不要泪流满面
原谅儿的不孝，没来得及向您告别
我已经离开您很远很远
妈妈呀妈妈
儿在天堂，嗡嗡的纺车声仍能听见

妈妈呀，请不要泪流满面
森林灭火刻不容缓，党的重托担在肩
妈妈呀妈妈
假如当时您在现场
也会让儿奋勇当先

妈妈呀，请不要泪流满面
望着驼背的身影，不要村头把儿祈盼
妈妈呀妈妈
看到蹒跚的拐杖，儿已失声哽咽

妈妈呀，请不要泪流满面
儿今虽不能床前行孝膝下承欢
但，儿有一个小小的心愿
妈妈呀妈妈
祈求下辈子您还做我的妈妈
来生我们再续母子情缘

魏学士：（笔名光明使者）男，河南省新乡市封丘县人，封丘县诗词学会会员、新乡市诗词学会、作协协会会员、《九州诗词研究社》签约诗人。作品散见：中华诗词集萃驿站等网络媒体。作品入选《中国当代诗歌大辞典》《中华当代百家传世经典》《中国当代诗人诗选》《当代华语诗歌精华》、CCTV《智慧中国》栏目组、《文学杂录》等。

斗争

作者：既成

他心脏挥动的红色
被无数眼睛挥动的红色
射击
头颅点燃大海
眼睛爬出废墟
他从瀑布的红色中走去、倒下、飘走

日出与日落的间隙
是他的骨灰盒

今天的一切
是下一个时代召唤他的回声

黑色镜框里镶着一座
白色医院

既成，原名刘长虹。南开大学软件工程硕士。作品多见于网络报刊。

留守故乡的老人们（外一首）

作者：张小贺

多少年，依旧停留在落满自己脚印的故土
守望着岁月，泥巴和“草窝”
没有奔跑，灵魂已深深扎入这片热土。

连绵起伏的山岗，阡陌纵横的稻田
富庶的黄土地
已成了老人们劳作的栖息之所
岁月的风吹乱了留守的白发
信念，不能让一寸土地荒芜
以往的那些记忆，磨灭不了的印迹
仿佛挂在记忆的枝头
如同故乡的梦影…

悄悄地忙碌着，习惯了大地的宁静
不奢望顿顿鱼肉，衣着光鲜
春夜入眠听蛙，秋冬“火塘”边聊雪
思念有多长，夜有多长

年快到，鸡鸭满圈，小猪已肥圆

心里流露出微笑和欣慰
追求着真实的平淡与幸福
无奈望着村口进城的路
总想听到熟悉的脚步声
盼望着儿女们归来的重逢……

星夜晚灌

星星从池塘里舀起
又隐隐在桶水中闪烁
舀进水瓢中，化作碎光落地

摸不清苗和土，辨不清草和地
静静地聆听小苗在乳吸，
吱吱吱，干瘪的禾苗逢干霖充满生机。

张小贺：安徽省怀宁县人，自由职业者，曾获首届“太白杯”全国诗歌大赛优秀奖。在省级报刊网络平台上发表过多篇文章。

淮南之南（外一首）

作者：邱永宏

那年，单立船头的英俊少年，依然
那年，岸上的风景知而忘返
曾有一朝一夕的风雨
淮南之思
同你期盼

那年，你觉否云之飘处，依然
那年，如痴如醉的桃约
曾有一位怀抱箜篌的少女
弹奏天籁之音。三月
淮南之恋

那年，你挥手于一片广袤蓝天，依然
那年，翠柳拨动轻莺吟转
曾有一泓碧波流淌
朝朝暮暮又见去年于泥
淮南之南。

新县小站

于是，我来到了新县
于是，坐上了那趟车
于是就有了小城的晃动
失眠的人数我的日志
数着行程的步骤
于是也数着天上的星星
一颗南来北往的星星
会不会是我
给我一些时间

我要去问我爱的人或爱我的人
小城为我们腾出了一些时间
也腾出了一条通往星星的路
呼唤我的名字为旅人
在南，在北。从明朗中穿越
都是小城之客

邱永宏：男，1963 年出生。1990 年参加县公路养护单位工作。任文书职务。直至 2001 年政策解体。2017 被县电子商务孵化园吸收，任园区管理办公室主任职务。今日头条认证“文化领域创作者”。业余文学创作，作品发表数篇。

整条胡同被一声吆喝盖过（外一首）

作者：陆璐（河南）

红楼仙腰闪过墙角，彩单飘出
翠叶，以及回头可望的生活老区
都不如三轮驮着的清晰

芹菜、芫荽、生姜，不可描摹
此时的生息。她仿佛只是领着诸
多种植，从门庭的大小经过

拄着拐杖或者坐在阴凉里数天
更应贴近于身份。这个中午将又
有熟悉或陌生的街坊云听

知道奔赴仍不能老，腰弯所
蹬开的尘土，亦如居家满满的挂念
抑或儿孙的羞愧

宏亮而沙哑，在通体流畅的风声里
总在尽力阻挡身后的悯怜、轻叹
和泪眼

边缘：一个人的浴池

只有水如草木之芽
在宽大的池子里萌生和铺陈
比洗却铅华还要极致

烟雾散去，把赤条收紧
这里的寂静或许赶尽了俗脱

连尘风也可以放下
深入水底或者碰触波浪
都能默读到多日多年以来的花香
月阴

弥漫、嘈杂和争抢
都成为此刻最美景色中的陪衬
清澈与通览是仅有的感念

循着时机赴这场对视
已经不用叫任何人入列
自己捡拾到每一寸肌肤的例外

陆璐：笔名牧文，河南淮阳县人。中国诗歌学会、全国公安文联、河南省诗歌创作研究会、周口市作家协会会员。作品发表于《诗刊》《星星》《开封日报》等，并入选三十余种选本。参加中国文联诗刊社全国（霸州）诗歌笔会等活动，多次获全国诗歌大赛一等奖和金奖等。出版诗集《闪烁的星群》（合著）《生命的影》等。

善解“人”意（诗二首）

作者：罗永义

（一）

人字就是一撇和一捺
却要一生来书写
一撇迈出了人生的第一步
一捺总结了人生的最后一页

一撇它是写
写起来就是这么简单
一捺它是做
做起来却又是那么复杂

一撇它是梦想
梦想使我们的开始都一样
一捺它是奋斗
奋斗使我们的结果不一样

一撇它是骨气
骨气是我们做人的尊严
一捺它是底气
底气是我们做人的基本原则

（二）

一撇它是文
一捺它是武
文武双全自身硬

一撇它是德
一捺它是才
德才兼备自然香

一撇它是诗
一捺它是画
诗情画意人陶醉

一撇它是朝
一捺它是夕

朝夕相处生活美

罗永义，笔名：阿罗诗，中华诗词学会会员，中国楹联学会会员，现居住并供职于浙江温州。先后荣获“中国当代德艺双馨艺术家”等四十余项荣誉称号；作品入选《当代传世经典诗文》等四十余部诗集，作品多次在全国诗词大赛中获得金、银、铜奖；著有诗集《肥州诗兵》《徽商诗想》和《阿罗诗光》，并被国家图书馆等收藏。

刮胡刀也寂寞（外一首）

作者：刘霞

坚定地走了
不曾回头
向往着诗意的远方
玫瑰缤纷的原野
是否还记得
身后的凝望与守候

柜子上的刮胡刀
刺眼地提醒着
似曾来过
掐着它
捏得滋滋作响
也填不满
一室的寂寞

许你十里春风

你允我一泓烟雨
我许你十里春风
我们携手并肩 不约而同

呼来草长莺飞
唤醒柳绿桃红
沙漠变绿洲 世界诗意葱茏

撒下希望的火种
收获爱的挚诚
这样的你我 才不虚此生

红尘遗梦：本名刘霞，黑龙江省通河县人。通河美协会员，梅花诗社会员，中爱诗人，清风世界文学签约作家。作品散见于《春暖花开文学苑》《山石榴》文学平台、“九歌丹青”“新时代文学”“中国爱情诗刊”“原创文学”“神州诗歌报”“广州诗刊”“北上广文学”等网络平台。偶有作品在纸刊发表。

今夜，小雨沙沙（外一首）

作者：杜石栓

入夜，你如期而至
梦里，云里
纤纤玉指，柔柔柳发
瘦瘦的月眉，甜甜的水眸
河畔分手的那一瞬间
心已被玫瑰划伤
隐隐涌动的血管抖出透亮的气泡
振颤的神经无序地铮铮作响
轻轻的流水记录下并不潇洒的挥手
没有撕心裂肺的割舍
掩饰不了思念时的肝肠寸断
纵然咫尺相隔，却不能执手南河
缕缕情丝，绵远悠长，刻骨铭心
午夜，窗外飘起的沙沙小雨
滴滴答答地承载着想你念你的每一刻钟

梦回小楼

一泓碧水
倒影柔柳绰约的风姿
一株月季摇曳四季无尽的秀色
紫荆花开
蝶来蜂往吮吸甜甜的乳液
玉兰娴雅
静静释放妙龄的芳香
桐叶傲展
劲劲的胡须抚摸着孩子娇嫩的小脸
峭俊的翠柏守护着园中的喧闹
无语的小楼
默默承受着孩子们的苦恼和欢笑
用粉尘飘洒出一个纯净的世界
让教鞭挥洒出一串串动人的乐符
逝去的小楼
我心中永远的念想

杜石栓：河南人，文学爱好者。多篇诗歌、散文、小说在《躬耕》《湍河》发表。

一眼万年（外一首）

作者：若水

只在那年那月那日
原本一个不经意
初次遇见你
从此便是相思雨

后来每年那月那日
没了那个不经意
能够又见你
我也万劫难再复

红尘劫

虽然平凡
让我站在了世界的底层
却也带给了我无限可能

若水，原名唐颖，重庆市酉阳县人，清风世界文学签约作家。颇爱阅读，尤喜美文。作品散见于网络报刊。

星星（外二首）

作者：何正

我习惯从后面往前读
感觉好像从大厦的顶楼
145 层，一步一步
下到第一层

这样看起来
更省力气，更轻松愉悦
更容易回到四通八达的生活中

搁浅

水喜欢看鱼在岸上舞蹈
常常把鱼推上了沙滩，自己退回河里
一遍一遍当观众
欣赏鱼的舞姿

鱼嘴一张一合，鱼嘴里好多骂
鱼的语言
水
一句也听不懂

大地

冬天，西北风
一巴掌扇过来

夏天，东南风
一巴掌还回去

春秋的脸上
红了又黄

何正：57 岁。笔名热干面。退休船员。行万里路，读万卷书。练笔十余年，左手古体诗，右手写新诗。2018 年获中华情诗赛金奖。

可爱的人（外四首）

作者：潘选其

路边，一双
下陷的眼窝，深褐色的眼眸
在一堆垃圾中，寻找
如同星星一样闪亮的宝
我
咬咬牙，闭上湿润的眼
苦思
头顶是一片蔚蓝的天
肩头是绿水青山

我想为你写首诗

在夜的星空，我想为你写首诗
看见夜空的星星，就想到月亮
树叶沙沙作响，像一曲琵琶

假若空中，只有一颗星星
哪有贴切的表达啊
所有的思念都是相同的
而我只想
让草地上的草再长高一尺
让夜空所有的星星更亮一些

奶奶

听爸爸妈妈提起您
那时，我才三岁
怎么也想不起您的容颜
遗黎故老，你安息了
我苦思您的容貌
有一张棱角模糊的图像
看不清您的容颜
我想
只能在你儿子的身上看见您

荷花酒

赤水河流酿酱香，举杯碰盏情飞扬。
五福名都欢乐夜，荷花酒美话衷肠。

诗乡广场

诗乡广场在绥阳，妙篇刻到石柱上。
全民同乐跳大舞，洋川河畔情激昂。

潘选其，汉族，中共党员，贵州省遵义播州人，毕业于中国人民解放军信息工程大学，有作品散见多家报刊，无忧诗社秘书长兼《无忧诗刊》编委，某企业领导，诗集《隐喻》12人的诗江湖、

《中国当代诗人诗选》《作家雅文》等作者之一。

寻找你（外一首）

作者：吴日基

寻找你
不再那么艰难
打开屏幕就有你的音容出现
不管万水千山
只要按键
就近于咫尺

祝愿你
找回了幸福
幸福得春暖花开
冬日暖和

不要过问当初经历
昨夜梦境已过
今朝变作了生疏
友谊拉长了距离
仿佛，你不是你
我不是我

照片

我狠狠地把你压在衣柜里
微笑、欢乐、幸福
像死囚一样，统统锁住
仅有一些微弱
投不进阳光的缝隙
也被我用油漆粘死

年年月月，当真怀疑
冷落了你
当我进一步向生活走去
懂得了爱情的真谛
我急匆匆释放了你

但，已经是冬天了
只有冰冷冻僵我的心
微笑变得冷漠
欢乐变得恼怒
幸福么？谈何容易

吴日基，中华诗词学会会员、《九州诗刊》签约诗人、《当代百家传世经典》三卷特约主编、《中国年度诗歌选集》编委、《清风世界文学》签约作家、燕京文化艺术交流协会会员、签约作家（诗人）、《新时代诗典》编委。有诗歌入选《中国当代诗人诗选》《中国风》《当代文学先锋人物大典》等多部书籍。获第一届“白鹤”杯全国诗词大赛一等奖，有数百首诗歌在其他报刊诗集网络发表。

黄昏（外一首）

作者：王上

艺术大师把昨日黄昏
修辞成文字藏于图书架上卷书中，在眸子里点缀
剪辑、雕刻成一幅幅书画
把那一片片烟霞的脸、还有那
一笔笔勾画泼墨出来的
一朵朵端倪
头颅装订成永留青史的
旷世精美绝伦的一部部卷书里，烙刻上
风霜雨雪的记忆年轮，电闪雷鸣
呐喊春夏秋冬，万物承蒙皇天后土之爱
咀嚼笑声嘲讽官宦者，愚者烹饪的
苦辣酸甜，诗人品七情六欲的
日子里色彩纷呈阿谀奉承，歌声浸泡在
陈年老酒里，子子孙孙翻阅朗诵
一页页空白、一张张枯黄的叶子，还有卷书里
留下的粉墨书香，苍老的夕阳如一杯
炽烈的红酒，在人生回首
告别的一刹那饮下的确是一滴滴泪
灼痛了漫长的夜，诗人不甘寂寞
拿起笔蘸着自己心里流淌的血，把笑容
与声音书写定格在卷书的扉页上
在时光与岁月里，在图书馆的
书架上已没有卷书可读，只有诗人的
骨头、灵魂、还有那只残缺的
笔可以捡拾

秋雨

一场秋雨，淅淅沥沥淋湿了八月的
相思，时光去追忆，春天里
花儿绽放浪漫的故事，岁月却把
我们想讲没有讲完的……
盛夏里枝叶成荫芬芳，烙刻上了一种
诗意的柔美与甜蜜，秋雁拖着长长的
尾巴在大地荒草甸子上
寻觅秋风撕碎丢失的梦，在悲戚声里

呼唤你的乳名，如同站在秋天的
舞台上，在一垄垄庄稼地里
在一行行格子里泼墨
激情朗诵红红的高粱，青稞玉米
金黄的水稻那首诗。诗人向哨兵一样排列
紧紧拥抱一片片田野
总是被秋风那把锋利的
刀割裂开来的牺牲与悲壮，嗜血的
记忆留下的一阵阵痛
挥洒出一部部色彩斑斓的
卷书，尘封在甘醇浓郁的酒里，让你
翻阅咀嚼一生一世，品的
是日月星辰轮回的
春夏秋冬生命之花的绚烂
尝的是生活中酸甜苦辣的
意境与韵味，日子从此
在那棵树上绽放出，一朵朵花红唯美
播撒下隔世里的，一粒粒温暖与芳香

王上：1963年生人，黑龙江省作家协会会员，2018在《人民艺术网》《人民日报（海外版）》发表诗歌20余首。《作家报》（驻地记者）、《中国新农村月刊》杂志社记者，已出版诗集《丝唱》。作品多在《党建》《作家报》等发表。在全国50余部诗集杂志、网络发表作品600余篇（首）。诗集《丝唱》2014年获第二届作家报、中南百草原杯全国文学艺术大奖赛银奖；2018年“两会”被中国人民艺术网授“2018全国两会重点推荐艺术家”荣誉称号。

最美，四月天（外一首）

作者：马喜军

三月，刚和春天举行完婚礼
就匆匆离去，四月就和春
成了甜蜜美满的夫妻

春暖花开，充满了烂漫和诗意
新娘子满头的，山茶，海棠，桃花
惊艳了人的记忆，却转眼即逝

代表着春的玉兰花，在绿叶的簇拥下
扬着粉白的笑脸，在风中更加高贵俏丽

四月里的春天，到处都充满香气
洁净的天空，温顺的春风
给人以温馨和惬意

四月是一首诗，优美飘逸
四月是一支歌，欢快无比
四月是一幅画，秀美壮丽
四月，给人间注入了新的活力
人们多么希望，永远生活在四月里

岁月的雕刻刀

你不受任何人摆布
日夜都在默默地工作
悄悄地在人的脸上，勾勒着时光的容颜

额头上雕出的垄沟
种下生活的苦，辣，酸，甜
眼角上雕出的鱼尾纹
埋下对青春的眷恋
脖子上雕出的褶皱
告诉你已经步入老年

你是公平的雕刻师
每个年龄雕出每个年龄的脸面
少年雕的是春的浪漫
青年雕的是夏的火焰
中年雕的是秋的风彩
老年雕的是冬的严寒

无情的雕刻刀，不管你地位尊卑
不管你财富薄厚，不管你有多少钱
都会一视同仁
把额头的沟壑刻得深深浅浅

马喜军，政府机关公务员。大学学历。出版纪实文学《审判纪实》、《民间故事集》、诗集《心灵里流出的小溪》等十一部书。中华诗词学会会员，中国民间艺术家协会会员，黑龙江省作家协会会员，香港诗人联盟永久会员，《诗文艺》《大西北诗人》《少陵诗刊》签约诗人（作家）。作品散见于《人民日报》《香港诗人报》《诗中国杂志》、加拿大华人刊物《枫华之声》等报刊。2017 年 11 月获《创世纪诗歌奖》。2018 年获诗文艺三等奖、文豪杯金奖。

苦苦等候（外一首）

——悼念余光中先生

作者：秦炜（贵州）

冬天的这个时候
在那头 你走了
留下无尽的《乡愁》
漫天的泪雨悄悄流

我在这头
任凭思念淋湿衣袖

乡愁是一湾浅浅的海峡
一生的离愁
望眼欲穿啊
盼团圆你盼了几十个春秋

你走了
在冬天的这个时候
雪雾朦胧了山头
那定然是你
依旧在苦苦地等候

仰望星空找寻父亲

仰望星空找寻父亲
那颗忽闪的星星可是您沧桑的脸

总是想起您脸朝黄土背朝天
记得那张光滑的犁铧
总在细雨中挂上您瘦弱的肩
记得那粗糙的粪桶
总和您弯曲的身躯在山道蹒跚

忘不了 我生病时
您深夜起床为我炒饭
父亲啊父亲 想起您恩重如山
泪水模糊了我的双眼

仰望星空找寻父亲
那忽闪的夜空可是您把烟斗点燃
那朵朵飘浮的云
可是您吐出的烟圈

秦炜：贵州作家协会会员，中学语文高级教师。诗作散见《诗选刊》《星星》《贵州日报》《中国诗乡》《遵义文艺》《当代校园文艺》等。著有诗集《把我的春天送给你》。诗观：寄情山水，关注民生；写有意境，有韵味，有担当的诗作。

诗人的灵魂（组诗）

作者：谭宇

一个诗人的灵魂
不会因为岁月沧桑而衰老
不会因为年老心无爱情
不会因为走路缓慢失去年轻
不会因为牙齿掉了
就不去把生活的骨头咬啃
不会因为平凡而伤心
不会因为头发白了而失去青春

一个诗人的灵魂永远不老

他用微笑对待世界
他用宽厚对待人生
他用轻视对待小丑
他用善良对待天下所有人
诗人一身的正气
使他生命的点横撇捺
都会转化成拼搏的激文

这个世界

这个世界我来过
我所走过那些的人生弯路
是我用脚印描绘出的
地球额头上的道道皱纹

我听过鸟鸣与流水的音乐
闻过花朵的芬芳，尝过蜂蜜的香甜
打望过山水诗画的美景

我也吃过人生的苦头
摔过遍体鳞伤的跟头
一败涂地的失落，被人耻笑的无能

对于我的人生坎坷
我不骄傲也不后悔
因为我来到这个世界
无愧我生命的曲折历程

笑向天空

如果看见春天的太阳
我笑……该笑，看见彩虹与白云
我也该笑……舒心的笑
但如果遇见阴云密布
难道我就不笑么
不……那怕狂风暴雨
那怕夜色茫茫我也该笑

是的……苍天每时都在变脸
高兴了就阳光灿烂
生气了就阴沉臭脸
伤心了就大雨小雨
愤怒了就雷鸣电闪
即使雪飞冰雹，我没资格埋怨老天
向天微笑……因为喜欢

面对万物

鱼虫鸟兽与草木花树
山丘平原与江河湖泊
这个花花绿绿的世界
这个空转无能的地球
总想旋转中，人类便没有黑暗

但人类依然黑暗死去又复燃

何必担心什么地球一面烤焦
一面会冰裂折断
地球会破碎稀巴烂
我不会学地球多愁善感
我面对万物永远自然

如果离开

如果有一天会离开这个世界
我会去哪儿呢
真如传说中的天堂与地狱
也许我都不去

因为我的眷恋不会死
也许躯壳可以成灰
也可填埋，也可投向荒野与大海

而我的灵魂化为诗
化为地球的灵感飘浮空间
化为黑夜不起眼的小星星
化为一声鸟鸣呼唤春天

莫要以为真要离开地球
其实无论白天黑夜
我与整个世界和宇宙
心与灵……紧紧相连

谭宇：（笔名谈语）重庆市作家协会、世界华人作家协会、中国诗歌学会、世界华人文化名人协会会员。已发表作品上千篇（首），著有多部诗集，获奖七十余次，获“2003年度十大哲理诗人”荣誉称号，多篇作品被中国当代作家代表作陈列馆收藏。见《中学生喜爱的100首诗歌》《初中语文》（阅读与训练）《中国诗人大辞典》《世界名人录》等辞书。

春　风（外一首）

作者：陈明瑾

不知道，抚摸了多少次
桃花才欣然地开了，明知
那一抹红逃不出你的掌心，此刻
季节开始欲盖弥彰，谁说
原野的葱绿与你毫不相干
就像你无法按捺体内汹涌的生机
多少次，捧起我的脸颊
撩开我的衣襟，释放
不可告人的情怀，只想
用小草的一滴露珠，珍藏
乍暖还寒的吻
立春伊始，我的思维
融化成你身边的流水，旨在
以负重的写意，送落花一程

熟透的日子，穿越时令
于绽放与凋谢的缝隙，体味
你拂煦灵与肉的初心

远行

离别，无须柳依
残月下的伤悲风化成诗
酒旗迎风，人将远行
自有红颜凝眸，对饮良宵
寄情陈酿，语间灵犀交融
挂念与泪一并入喉，动情处
许一个信誓旦旦的愿
古道崎岖，残阳如血
白马踏上一路苍茫
风声急，远山迎来送往
行囊只一个，装满不舍
韬略于胸，玉管在手
不配剑也罢，去兑现
那个还未生锈的承诺
让洛阳纸贵

陈明瑾；笔名闷墩；就职于中国检验认证集团重庆有限公司。业余从事诗歌创作。2017 年 4 月获得第四届“相约北京”全国文学艺术大赛一等奖，同年获得 2017 年度“网络时代诗人奖”银奖，并被授予“时代先锋人物”称号。2018 年度获得“中国当代文艺名家名作年鉴”特等奖，同年获得第九届“文豪杯”全国诗歌大赛银奖。

钢城的黎明（三首）

作者：王永建

供给高炉屏蔽的传送带上的灯火
犹如镶嵌在高炉边的一串串珍珠
那如巨龙的除尘管道
为黎明拂去了尘灰
那一条条钢轨上的货厢
或负载着钢筋或负载着线材或负载着钢板
静静地等候调运，那护棚内的乌金
块矿石，烧结，球团
接踵地在传送带上高炉进军
朝霞，晨光，与钢花齐辉相映
十里钢城

力量

液压的主动臂
的张力
强劲，开启或关闭
那是液压四两拔千斤的巨力

电机的运转
带动设备前进或后退或震荡
低处可往高处行
带动机器运行，那是磁吸的力量

无数元素的力量，凝聚钢的铮铮铁骨
无数的生产钢，铁件
是一座不分昼夜的钢城

检验钢品

每一拨钢品，我们跟踪
采集一线的数据，用事实说话
深入车间，生产班组
铁矿石，烧结，焦炭等传送现场
火红的铁水前，璀璨的钢花前
一根红钢接踵一根红钢轧制现场
验证铁矿石，烧结，焦炭等的含量
为铁前，铁后，钢品提供检验服务
一回回卡尺测量纵筋横筋
一回回样品的称重

一回回皮尺定尺测量
用精准的数据，报告各项成品指标
我们验证钢的力学
让锰元素，铬元素，碳元素，矾元素
等的精钢，线材为一幢幢大楼
撑起腰杆，挺起脊梁
中国制造更多精品
创造更多“钢的王国”
世界建造更多大厦，桥梁，高铁
更多机器，设备
永驻在客户心中的满意
是我们的笑脸

王永建，笔名咏剑，铁观音故乡西坪人，中共党员，中国文学艺术家协会会员，中国诗歌网认证诗人，泉州作家协会会员，著有《铁韵茗香》诗集，作品入选过多种诗词集年选等。

珍珠儿项链儿（外一首）

作者：赵玉环

把海蚌，一生流出来的眼泪
撺成一串，那闪烁着半圆的光华
是每一个海蚌
都隐忍了落入伤口里的泥沙
苦和痛
一并全都咽下，才从灵魂深处
折射出了斑斓的色彩
即使是长夜弥漫
也遮蔽不住它的光泽

因为那闪烁着的，是太阳光的精华
因为忍受了无法言说的苦难
才塑造了坚如磐石的毅力
把宝珠儿珍贵的品格
串成项链儿，才能让人时时追忆
那曾经来自于大海的波涛
淘沙之后，才见珠宝

我，是木鱼叫响的生命

离开水的鱼，惊叫不停
它日夜大声吆喝
目的是让你
从黑白不分的酣睡中
睁开双眼，清醒
为自己筑起一道蓄水堤坝
不要让水决堤
你好在深水中自由游弋
你的生命离开了水
空气也能令你窒息
是木鱼用痛苦的呻吟
撼醒了大海
在海水掀起的惊涛骇浪中
打捞出了你的生命
你有木鱼日夜惊颤的心脏
还有木鱼永远不闭的眼睛

赵玉环：秦皇岛作家、诗人，籍贯昌黎。

岭北风中吹来的那朵梅做的云彩（外一首）

作者：曾宪敏

一杯杯客酿米酒，喝在口里，醉在梦里。

那牛背上老顽童哼唱着牧野小调，常唱常新。

乡思是那泥土捏的芳香，唇齿生香南安板鸭。

门里，不曾衰老的江南烟雨，门外，正在萌芽的五桂山春。

蚕豆丝灯下，一幕幕往事历历在目。

母亲用颤巍巍的手赶制御寒的羽绒冬衣。

千叮咛，万嘱咐，游走他乡，暖在心窝。

还记得儿时童年的一件件趣事，活泼乱跳的童年令人回味无穷。

初春稻草谷堆比角力，雨后沟渠捉泥鳅，玩迷藏。

盛夏赤足烂泥水田玩泥巴仗，河畔溪边，水库池塘，水性较高低。

秋后口嚼甘甜糯米糍，客家特制黄元米果，走村串户看大戏。

冬季爆米花抓田鸡，挖冬笋，拾冬菇、捡米珠野果。

乡思是岭北风中吹来的那朵梅作的云彩。

丝路南安古驿道那满树繁花，父辈南下矫健的大脚板。

妙手写就的乡音文稿堆中唐诗宋词经典诵读。

每逢佳节，就会倍思念想，每逢明月，就会拨动游子的心弦！

背影

依稀记得，三十年前午后的骄阳下
一声鸣笛，绿色列车皮装满故乡行囊
山水渐成一条天际水平线
故乡已成远方的远

匆匆那年，我打江南一路走来
我唱着春曲儿，孔雀东南飞
秋雨冲淡绵绵的乡愁
开始一次次流浪般寻觅旅行

阡陌水乡，相逢我的丁香
时光早已安放心灵家园
秋风拂过流年的额头
满屏岭南温馨，拓在耳畔的记忆

曾宪敏，男，汉族，笔名江南雨。江西大余县人。中山市作协会员，大余县作协会员，中山市《凤巢》创意文学社社长。2018年《秋风会记得一朵花的香》荣获“全球华语爱情诗歌赛”征文三等奖。2019年散文《远方的远》荣获首届全国新春主题大赛银奖等；散文《远方的客家年》发表在国家级《中国创新文学网》“近期焦点”栏目。散文《父亲的大脚板》被《中国作家网》推荐为优秀阅读作品。

想一个人就是一天（外三十首）

作者：孙慧群

我要是说我想你
你一定会大笑
害得我像被不知名的电话
骚扰，莫名地烦躁
杜鹃的香气从亡春赶来
探望秋季里长熟的我
我也笑自己
想一个人就是一天

的确令人发笑
如果　想一个人
就是一天，日子这么简单
没人相信。
窗前的石阶边
有只衣鱼在铜锣草叶脉上
一伸一屈，它竟读懂
我蠕动的心思，是相思

我不会说我想你
哪怕你的笑是默许
默许在我无法亲近的距离
不过是玩味，和嘲弄
柽柳在爱情沙漠的边缘
透支我的爱
我长跪在风沙里
默默地，想一个人就是一天

此生别过

女人坐在他的桌前
咬着他的笔头
计算她在他世界里
最后逗留的时间
窗外的天，一朵云载着风
停在那里哭，泪在她的眼里
只等一个坠落
桌上铺着一张白纸
等着以泪作笔，诀别

诀别有泪就够了
不需要文字
嘴角抿起酸楚的笑意
那朵云走了
她今生的情意断了
在他粗暴地拉开她甩门而去
这个镜头让她想着想着，就笑了
笑哭了。那一刻，从此定格
直到另一刻，她生命的最后一秒

想了一遭当初和今日
故事很长，回忆，却只要片刻
最重要的情节她都记得
却找不到半点让他承认的痕迹
所以，今生注定他是别人的
不是她的　她为此笑了。
今生不枉认识一场：
两次身体接触　一次拥抱，一次
他粗暴地拉开她，甩门而去

当你老了

当你老了
记得带上　和你
携手走过半生的人

你可记得我的一亩三分地?
一亩是我的
三分是你的，我许诺过
当你老了　来吧
我的野花野果在村口迎接你

这里是我的殿堂
一亩三分地
今年今日，我在这里
举行封心锁爱仪式
将我的爱种下去
当你老了
它就熟了，你吃过
苦得这么纯粹的果实吗?

或许你老得忘记了
我今日的许诺，你曾经的冷漠
或许你老得失去了
携手走过半生的那个人
都不要紧，来吧
这里的一亩三分地是我的
王国。你的伊甸园
我坐在田头，看你赏野花，吃野果

司空山的暗恋

记忆里从没有这座山
断臂神佛传衣，淳于隐居
有关禅宗第一山的所有传说
不过是北欧神话虚无缥缈
可就在昨天，那座山不再抽象
听说有个人在那里
出生，长大，离开，多年后
被她突然惦记
去一次司空山吧　或许
能碰到他。她说

幻想中去了司空山
一路向上爬，一路想象
如果寺庙周围有小溪
山风便会在芦苇丛里　探下身子
吹拂　她的裙，溪水浮动的影
亭子里有人在作画，写诗
白练飞流而下，溅在水墨上
她走上锈迹斑斑的铁梯
很窄很陡，此时适合想象
隋唐千寺里，石刻，字碑和赤壁丹砂

太白书堂的香炉
有他抚过的小手印
银河夜月的山坳
向日葵与蝴蝶忘记季节地缠绵
北岭松风送走少壮的他
乌牛古石发出吞噬时间的声音
洗马春池不动声色刻录了

属于他的周末爱人
瀑布又落下了　以自残的方式诉说
她绝望的暗恋，无果的牵挂

我的家在大杨树镇

我的家在呼伦贝尔鄂伦春
你想来看看吗？
站在甘河的南岸
你可看到两棵大白杨？
这是我小时候玩耍的地方
这里，就是我的家
你来时，甘河多半在冰期
踩着冰，走到北岸
我领你回家

甘河，滋养我长大的河
它从大兴安岭走来
路过我家门前
槽形的河谷，曲折的河道
将我多少童年旧事汇入嫩江
小溪流过沙滩，潺潺如歌
注入甘河。我在砂滩上捡起
一颗一颗漂亮的卵石
扔进小溪，投向甘河

我的家在鄂伦春大杨树镇
我骄傲着的地方
全国第一大镇是它
获得很多国家荣誉的是它
这都不足挂齿
我骄傲于它的品性
田园风光的小镇大郊
来自多布库尔河的游牧猎民
朴实热情的大杨树人

来吗？到大杨树镇来
你是我的王子
为我去相思谷狩一次猎
为我下甘河抓一次鱼
那个平房的墙根边，有一株
小小的珊瑚钟
那是我少女怀春的地方
来吗？带上你许下的承诺
我是你的嫁娘

若你

墙角的石榴树结了四个月的果
果实很小，很少
它用这种方式守住
对季节和生长的忠贞
我惭愧于忠贞二字
雁，失去伴侣而自杀
我却没有，因为忧郁而身亡

天空有一对欧亚鸲飞过
还有两只信天翁
鸟儿对爱情的痴迷和执着
让我和人类汗颜
我依然惭愧于忠贞二字
我只是一只红色的莲
开在埃及的国度里

Maat 将我献给她的托特
我以莲的形式，圣洁的借口
并不为她的托特
只为守着我清白的历史
和清白的当下
若你　你能帮我守住
我清白的未来吗

墙角的石榴树结了四个月的果
我九年没有结一粒子
绝境中只想得出堕落一招，若你
不来。我不知道你是谁，
你是否认识我
可若你，与我想象的一样
帮我守住我清白的未来，如你所愿。

冬日暖阳

冬日暖阳以风做笔
在水面写下十四行诗
风里，枯荷与韶光共憔悴
雪候鸟在荷塘的荒凉里
边游，边觅食，边以变声
演奏四季滑过的旋律

我立在塘边，等候一个人
岁月停下脚步
在我的眼角雕刻年轮
你好，冬日暖阳
你好，雪候鸟
你好，我的岁月，那个人

我们去过很多地方

乐队在我耳边
激情地唱：
我们去过很多地方
突然
很想
去一个安静的吧
带上本本
将这支歌放到最低音
在旋律里彻夜回忆
回忆
我们去过的
很多地方

可是

附近没有通宵的吧
我还能做什么？
只能将　一个一个
忍着不哭的
句子
捏碎
装作煞有介事的忙碌
敲着键盘
敲着
令人心碎的
夏季悲凉

我曾经有过的呢

我那小日志本呢
日志本里
是一度长在庄稼地里
不曾收割过的繁荣啊
我那旧吉他呢
吉他盒里被一度弹奏
和调试过的六弦啊

我总是一团乱麻的短发呢
我的被路灯拉得很长
很孤单的身影啊
我那记忆里的人儿呢
若得相见
我流不出来又咽不下去的
泪啊！

小花衣

缝纫机，你听说过吗？
时光年轮里的剪影：
一代贤妻
一代母亲
一代蔓藤爬上青瓦的历史

荒芜的记忆被唤起
年幼的我踮着脚
坐在缝纫机对面的是谁
踩出这么好听的声音
拼出这么好看的花衣裳

我的小花衣呢
开着鸭跖草花的那件
镶着荷叶边的那件
还有针脚细密，针眼里散发
过大年味道的那件

谁踩着缝纫机
坐在我此刻翻新的记忆里
为我缝好看的　小花衣
我被岁月押解到这里
一路哭泣，我的小花衣呢？

谁在那里看着我

总是有一双眼睛
半城距离的寒冷挡不住
灰斑鸠衔来的目光
谁在那里看着我
不想让我察觉?
我伏案写字
累了，哼一首雪鸟的歌
谁的目光绕在
歌的句尾　余音沾满
目光里透出的暖

谁担心我对付不了生活
夜深，发来信息：
明天天晴，记得洗被子
后天有雨。
窗外的麦冬摇曳不语
谁怕我睡得少　吃得不好
夜深，发来信息：
夜里工作饿了吃炒粉
我又炒了，明天送给你。
眼前浮起画面，有一双眼睛看着我

常常下班回到家
看到桌上扣着的菜碗
和一张字条：
吃好点，过几天我再来。
谁老是这样，让我鼻子发酸
在半城距离的寒冷里
总是有一双眼睛，看着我
我知道　谁在那里牵肠挂肚
从我脱离她的子宫时起
就从来没变过

离开（灵魂对话）

你要离开了
这样好吗?
江边很黑，月亮睡在岸上的草垛里
红脚鹬在水滨，等你
它的嘴里含着一个人的嘱托
它的眼里啜着一个人的泪

你没有告别，
这样好吗?
天上有云，星星坠进柳树丛的枯叶里
结缕铺一地，问你
在渐渐萧条的秋意里
躺一会儿好吗?将你的不舍留下

你一点不留恋
这样好吗?
路灯幽蓝，孤单的影子被拉得很长

吉他声在桥头，响起
你的影子坐在夜的心脏里
为自己唱起送别流浪者的歌

你将轻蔑的笑留下
这样好吗？
风儿扬起，替你将熟悉的人群吹散
他从你的梦里，走出
低沉的男中音随合欢花瓣落下
跟我走，我的姑娘。

独处的感慨

我现在无从知晓了
是我抛弃了这世界
还是这世界抛弃了我
是我纠缠着这世界
还是这世界揪着我不放
我竟不如窗外那朵
不愿丛生的小花

她躲进别的灌木林里
海桐不是她的伴侣
却接纳了她孤傲的颜容
落魄的美丽。
它便是那样地安然独处
不辜负伴它的海桐
亦不辜负自己

那或是一支紫丁香吧
我想它是我不睡的理由
盯着天花板上的灯
寻思困意与我的距离。
只差一声雨的叹息，
我就欺骗自己，
把自己带进梦里

窗外，月色冰冷
嫦娥的孤独，
就连月桂和玉兔都不懂。
亲爱的，你若以为我
在这首诗里
制造了一个情色笑话
你就错了。

自　述

繁华盛处
总有一花，一叶
倔强得不让自己随行。
她说她错了
她说对是一生，错也是一生。
她说缺点是被指责的
因为人有同化和征服的秉性
她说缺点也是会被欣赏的
倘若遇到对的人。

你看那支荷，她于绚烂和枯萎之间
哪来得及一丝寂寞
你看那支水竹芋，她不过要亲近水色
独自试探无知的深浅。

我若

我若去流浪
身后，你是否在牵挂
而我，会不会一再回望？
你在那里，再没了
声息，从某天起
像地球上从没有出现过你。
我很多次想过去找你，每次
我都掐灭了这个念头
像风将云吹散。我若去流浪
会怎样？身后
会不会有一双责备的目光
那是你的挽留吗？

我若化蛹成蛾
耗尽全部能量只为产下
今生无法结晶的爱情
然后　以死谢罪
我们未曾相约的一生
你若连这都不允许
我便化身蝾螈
躲进沼泽地，水坑，躲到
潮湿的苔癣身子底下
恶欲淫笑的罪孽里，我分泌毒素：
你们死吧
如果我要继续活着

我若啥都不想，只想流浪
站在萨哈拉村头，看我的爱情
举步维艰　它不敢走过萨哈拉桥
浦莱斯火山喷发热情的酸水
将我的爱情腐蚀了
我的心碎在雷欧维拉利河底
只能去流浪　只能
化蛹成蛾，只能做一只
石竹花颜色的蝾螈
为了保护你不愿保护的我
细菌在体内产毒，细胞不停地
再生。唯独不能再生，爱情

我拒绝懂

（写于那年创业时）

我是真的不懂
但我从不做作地
掩饰自己，不懂装懂。
这是我的优点
我把真实的一面拿出来
要求只有一个
把你真实的一面给我

我是真的不懂
但我一向个性独特
我不管那个圈子
是怎样的游戏规则，怎样的
老谋深算，怎样的以利他为幌子
最后最得利的是自己
别拿这些跟我玩

我是真的不懂
但我不愿急着懂
那个圈子，比阴暗更阴暗
充斥让单纯的头脑充满感激的
奸诈，预谋，各种陷阱
我还不想过早地被同化
失去我的单纯

我是真的不懂
但即使不懂也傲骄
因为我也有对方不及的强势
我用我的强势寻找另一种强势
于我，实现我的目标
于对方，我帮他拓展疆土
所以，我做主，或者，我撤离

梦里的月

梦里在椴木林中散步
一只流浪猫跟着我
月儿动人的脸，透着
棕榈叶的香气
山鸡在林子深处
说着情话
小溪静悄悄地
守着灌木丛里的
幼獾，贴水而眠的鸳鸯
岸边的苦情花，小鹿和我

这一切都动人无比
天不该亮，梦不该醒
我坐在床头
窗外，那些楼顶
热水器林立，鸽子飞过
有一声没一声的鸟鸣
是云雀，不忍打破我的静默
我还想着梦中的月：
你一动人迷着谁
你若绝情，会伤了多少人

风是有心的

风是有心的
不信？我的寂静深处
偷偷种着的
用天生的灵气浇灌着的
那一株苔草

在蛮荒一片里摇曳
那就是风啊
上弦月深邃的目光里
它是有心的
只要我是寂静的

即景

1
放学路上
池塘里的睡莲生机盎然，
似那年的景，
却不似那年的情。
于是，左手的感觉空了，
水边的鸟儿单了。

2
燕子在屋檐下飞过
它总是在淋雨后的心动中
决绝地告别春天
而我总是从它飞过的路上穿过
凋零从来不是渐渐
抱抱，岁月
送别，光阴里的你，我，他。

3
我的两只手坐在桌上
一只手想掐灭
我的从商念头
一只手　想掐断我的教师生涯
它俩无法交谈
别说它是我的左手，
我的右手。
我只要一根烟。

生活的一把刀

（有感于一些人对不喜欢的生活模式的态度）

听说有名气的诗人
都是以自杀告别
这个听说剥夺了我
选择死亡的自由
不得不每天面对
被我分割成一小段，一小段，
一小段的生活。
你不可以为此指责我
这是我最后一件心甘情愿做的事
最后的癖好

隔几天，我就挥起刀
将走到跟前的日子
腰斩，
我不能如诗人那般自杀
暗杀纠缠不休的生活
总可以吧？
生活“哎呀”一声，掉到地上

像我扔给狗的火腿肠
瞬即没了
我以为我与生活永别了

可是瞬即
地上冒出一根
笋尖一样
瞬即，八爪鱼一样箍住我
我无法挣扎，无法出逃
被我斩断的生活
长出新的面孔，更可憎
我只好将生活
再分割。来吧，一小段，
一小段，一小段……

森提奈人日志

（有感于原始部落族之璞与现代文明之黯）

我是森提奈人
地球上最脆弱的群体

最原始的部落
我，是它的夏娃。
不小心遗落在你们中间
成为现代人类一员
我的失败，森提奈人的悲哀

我是濒临灭绝的物种
你们是物种毁灭者
你们身上，带着地球的病菌
利益的贪欲
能杀死我的疾病
扼杀良知的金钱，还有权力
我宣判：你们的罪名因之而成立

六万年的血在我身上流淌
我是北森提奈王的直系后裔
我了解你们所谓的，现代文明
所以不让子民靠近
我用失事船只的金属打造弓箭
打造抵御你们的暴力
我们是濒临灭绝的物种，别靠近我

婷婷的风

（记中持检测张晓慧）

你可一定要记住
她是风，冬季里泄露温情的风
她走向你
你可一定要记住
那双眼睛，似调皮的褐柳莺
随意吐出的歌
生动，悠柔
可是尾音有点辣
要不你怎么信服呢

你可一定要记住
她是风，婷婷的来自北方的风
她吹过你耳边
如书页翻动的声音一样好听
你可一定要记住
这阵冬季里风舞翩翩的风
临别时说：后会有期。

摒弃

此去，一路向北
我只是想以某种方式
摒弃一些称谓
比如伙伴，至交，兄弟，诸如此类
北方很冷了，迎面飞来的
蜡嘴雀频频回首
不知道伙伴早就撇它而去
它傻傻得不舍
一如我这般傻得误以为
人间遍处是真情

北方有 1919
等着我的红色马靴
庭园风格的酒店
在低调中一股一股泛滥
压制不住的奢靡
候鸟帮我衔走
一些称谓，与称谓挂钩的
人名。莫赫崖边
紫藤花在恶风中挣扎
孤独的羔羊与鹰交杯，与狼共饮

我把百合留给你，在一个叫忌日的日子里

今天，我去见你
只看一眼就离开
一眼之缘
一步，一回头，不要以为我在看你
我只是听见耳后的风
在墓地絮叨　抖落着
谁的春末　初夏
和夹在之间
安静的喧嚣里细微的沉寂

野地的香灰扬起
一只山雀将我的情绪
倾家荡产地掠走
百合靠在墓碑上
玉白的花瓣像极一个人的脸
贴着你的相片
一边呜咽，一边央求
可否春末　初夏
一阵风也好，一场雨也罢
只要将它埋葬
就在这块墓地里！

最后的时光，最快乐——写给爸

我记不起你了
你对我有多好，我都
记不起了。我宁愿全忘了！
这样就不会一想起你，就想哭
难道你是属于眼泪吗
难道你最后的时光不是最快乐的吗
所以，我宁愿全忘了你
将我所有的记忆，都挣扎成想象
想象你最后最快乐的样子
那我就不会再思念了啊！
每次想起你，我就会提醒自己：
只想你这一次。
你离开我们是快乐的
快乐的人不需要被思念

很长时间了，我爱上一个词：
水祭。
很长时间了，我喜欢用水冲刷自己
体验你最后的感觉
是不是真的快乐至极
衣服湿透，像很多只手臂死死箍住我
水祭。
水带给我的窒息里
我幻想看到你
我们只隔着一层水帘
我叫你爸
你叫我女儿
我们拥抱
在水的祭祀里。

那天江面结冰了，鱼儿在冰下问：
想家吗？
你笑着说：送我回家。
鱼儿冲破了冰，簇拥着你
向你想去的方向
那是海。
你一生没见过的海
那是你的理想
你是天生属于海的浪子
可现在我问你：你怎么没找到海呢？
一直往前，一直往前啊！
你怎么会迷路呢？
一艘船路过你，让开你
甲板上没有一个人

风儿想泄露你的踪迹
死神将它拉进水里
涡流席卷了你
涡流旋转着你
你慢慢挺直身子
就这么忘记了，要去投奔的海
你可知我便恨上了你

你不去海，你就该等我回来
好歹让我见你一面行不?
一秒钟，我只要一秒钟
你就那么等不及地要销毁自己
生怕强化了我的记忆
你疼了我一生
最后就为见一面这件小事愧对了我

你要走便走吧，把你所有的都带走
别让我看到你为我们做的剪报
你要走便走吧，把你给我的都带走
小学二年级的儿童画报，小人书
小学三年级你在院子里为我们做的单杠，沙池
小学四年级的绘画颜料
小学五年级的陆战棋，象棋
还有语文报，儿童文学，少年文艺
还有学习报，作文报
还有我，我看世界的眼睛
我读世界的心
我与四季纠缠的身体
我与文字纠缠的灵魂
你要走，怎么不把你的全带走?

中元节写给你们：心一发疼就想你

我本以为这一生
只需要原谅你们一次
何曾想，每来一次
我都带着责备
我本以为
每来一次
都能嗅到你们的呼吸

这里的风很生动
传送灵界所有的声音：
渴望家人的呼唤，
离去时忘了一句的叮嘱，
没来得及说出的批评和表扬，
答应了没有去赴的约会，
……

可就是听不到
你们
说想我，想我，想我
是这里的风承载不起你们的期盼?
还是你们仙游云天
压根就不属于这里，
从来就不在这里?

我本以为这一生
只需要原谅你们一次
可这次
面对你们冰凉的相片
我还是死磕的那句：

把我一个人扔在人世
我来一次，骂一次！

第九个冬至

冬至的含义是什么
为什么世人将它看得
这么大张旗鼓，我一直在找一个
世人回答不了的答案
因为世人能给我的回答
都是那么可笑：

用纸张做各种世上人用的道具
元宝，人民币，外币，房子车子……
然后，一把火烧掉
说它们去了另一个世界
那里的亲人收到了
骗谁呢？

如果另一个世界
和这个世界没两样
在这里遭罪，到另一个世界
不是一样要遭罪吗？
何必要辛苦地死一回
换个地方重新受罪？

传言，他们去了极乐世界
从此过上了幸福的生活
真搞笑。他们是净身而去
既然坚信他们一切都好
还需要烧这些
他们根本用不上的道具吗？

我不知道冬至的含义是什么
在墓地我像个傻子似的
对着空气对着碑上的像流泪
这种泪极具嘲讽意味
所以我否定冬至
否定碑石，否定我的泪

否定从我的生命里消失的人
否定他们消失时
没有带走的我，和我们
共同有过的
时，空，相随的影子
我将一切否定得干干净净

我从来没来过这世界
这样，他们就从来没有
在我的生命里出现过
免得我一到冬至，清明，七月半
就以泪洗面，不知道的人
还以为谁欺负了我

是的，这个世界没有人
能欺负到我，只有他们

从我的生命里吹熄了自己的人
一到冬至，清明，七月半，他们
就来欺负我，看我哭了，
哄着我说，来年的今天见

又是一年三月节

我常常问上天
虽然它从不理睬我
为什么在选择永别的时候
离开人间的总不是我
为什么残酷的一面都要我面对
要我忍着　撕不去的哀伤
斩不断的思念
还有，毁不掉的残生

我常常问上天
虽然它对我很苛刻
为什么赐给我的命运这么单薄
单薄得　路走了一半
就与谁走散了
没有答案，因为根本不需要答案
他走了，就是要留给你
人间最永恒的爱　永不褪色

谎言

（致清明，致不死不见的你）

我该说点什么呢
再沉默，会泄露一个谎言：
全世界我单单把你
忘了。我该说点什么
当江边的风从夜色里穿过
踏青的月儿垂下头
将一现昙花的遗忘之吻
落在我单调的忧伤上

今天，他们都去看你
我在江水的涛声里驻足
如一朵不死花
开得比弥撒还磅礴
比上帝的恩准还妖艳
这就是我撒的谎。
明明走向死亡，萧索的清明
我们薄薄地相遇了

老屋，老屋的他，走在泥泞路上的我

（写于那年创业时）

我走在泥泞地里

前方，歌鸲，密林，碎米荠小花
我的步子却走不到那里
芦苇挡住了我
湿地里，外婆白色的发
野花挡住了我
山间田间拥挤的海浪
而海浪在远方，我在这里

我在绝地里
等你。你会来的
像高三那次春游
我不是迷路了吗？
风声，步声，你的呼唤
和焦急，让我好得意
那天，我遭遇沼泽

我陷进沼泽里
深一脚浅一脚不能自拔
只为没有了你
前面不再有鸟儿和密林，更没有野花
变幻成海浪的样子
欲望溢出酒杯，挑逗坐在床沿
筹码　喝着交杯
荷尔蒙构图，上色

以利益为底色的油画
冲击我的视觉
若堕入其中，我将何从？

踩在覆盖沼泽的草甸上
陷下去，或许有另一番天日
自拔，信不信真的会
自我毁灭

卢村，一部上演我幼年的老电影

我以一颗流浪的心来到这里
寻找我的心失落之地
刚收割过的秋季田野
金黄色土地突兀一片灰、白、黑
眼前一亮的惊喜
疲惫随之一扫而尽
那是卢村，幽静中隐藏神秘
背后群山延伸，绿浓如墨
油画在身前铺展，色重如漆
卢村便是水墨点染的女子
随意地把自己安放
群山的脚下，田野的怀中

我不由自主地靠近它
此行之初，内心就在暗示
我为卢村而来
它的腹地里，藏着与我相似的秘密
我走近它，步子很轻，很慢
只怕惊扰了它的安谧
如久别家园的孩子

见到两百年前的家人
我终于站到它面前
终于！
淡墨轻岚的村舍
依着青青的水，远处，山峦入画

村头的小溪潺潺，桥洞的水影里
我看到我儿时的笑脸
不远处，有村姑捣衣，棒槌声声
阿伯在岸上走过，手里提着装着稻谷的桶
溪水里，三两只鸭儿
将脖子探到水底，觅食
不远处，一群鸭子轻快地哼着
悠闲满足与世无争的歌
两小无猜的娃儿
蹲在水边，用细竹枝钓鱼
我像看到电影在上演我的幼年
我想起青梅竹马的朋友

信步走进木雕楼
它的巧夺天工无须惊诧
也无须为它的艺术之美瞠目结舌
这是它与生俱来的文化气质
我只叹服它的主人，家教严谨
小黑屋里关过几个不读书的少爷？
小黑屋门顶上雕刻的梅花
提醒着虚度时光的顽童：
梅香源自苦寒，冰冻三尺，岂一日之寒
我叹服的还有正厅里那口龙泉
很小的眼，却是深澈纯净
饮一口，心灵被透彻清洗一般

我叹服的还有
门罩上方镂空的葫芦形通风口
庭院里那两棵百年柿树
一年一岁地祝愿主人事事如意
还有那两只精致的石墩
雕成竹子形状，别以为它是一捆竹子
它写真主人的高风亮节
参差不齐的竹节，是一捆一捆书卷
书中自有黄金屋
书中自有颜如玉
这是书卷向人倾诉的深意
这些，是如何卓诡不伦的创意

最后我落足在双茶厅
中西合璧，极致奢华
院里两棵茶树，一红，一白
德国进口的门玻璃
薄得让你不相信它保存了 180 多年
昂贵得让你不相信它抵得上一栋楼的价格。
我在写游记，你一定不要被我迷惑

这里没有那么磅礴的场景
这里其实只有一个
卢帮燮，和他的六房姨太
二十四个孩子。你看我记叙的
不过是他为家教和家业而设计的

卢村，依水而生，依山而存
它因着木雕第一楼而享誉
它因着我来了而被我永远地牵挂
我就是这么爱上了它
即使这里透着极尽铺张的陈皮琐事。
我爱上它无与伦比的典雅，
古老质朴的村风，
平安无损的历文史化底蕴，
上演我幼年的老电影。
卢村，我要你
你要永远这么宁静，这么神秘
这么古典得纯粹，纯粹得让人不忍摧毁。

孙慧群：安徽省人，高校教师，工科博士，安徽省诗词协会会员，《风沙诗刊》副主编，《清风世界文学》签约作家，安徽上弦月农业资源开发有限公司和安庆梅初环保科技有限公司总经理，著有诗集《流放中的金锁玉》，散文集正在出版中，作品见于《女子文学》《风沙诗刊》等及其他网站，长篇小说《赐汝无罪》和《天刹·水祭》在《晋江文学》网站更新中。

秋月（外三首）

作者：张贵光

月半弯，人无眠。
万里秋风，楼上阵阵寒。
遥望深宫锁玉兔，星儿阑珊。

情未尽，夜正酣。
千千心事，踌躇化诗篇。
飒爽豪情寄明日，彩霞满天。

爱我别走

当最后一片红叶飘落
我依然在这里痴情守候
我把满地红叶收起
不愿丢失一片，往日的温柔

远飞的大雁，别把我的思念带走
如果那里适合你
我愿意跟随你去漂流

望穿秋水，却难忘穿情愁
茫茫心海，只有你

才是承载我的小舟

春花秋月，不再是昨日的画楼
而我依稀看到，你深情的回眸

临风把酒
你的影子，浮现在心头
谢谢你，能与我今生牵手
纵然短暂，也是永久

仰望星空

我仰望星空
把思想融进浩瀚的苍穹
在它广袤博大的胸怀中
积淀，荣升

我仰望星空
为狂躁的心，寻一处栖息的地方
平和，宁静

我仰望星空
把自己幻化成一颗小星
在不断求索的轨道上
闪耀，转动

我仰望星空
点点星光
就像是海面上将要起航的帆蓬
让生命去远航吧
铸就一份，辉煌，永恒

又见炊烟升起

又见炊烟升起
暮色中的小山村
伫立在如诗的画里

又见炊烟升起
火红的晚霞，望着你粉红的笑脸
羞愧地躲进了天际

又见炊烟升起
漫步这世外桃源
我们的心也可以清澈见底

又见炊烟升起
凄美的故事，袅袅退去
朝霞中走来，清新亮丽的你

张贵光，笔名如风，滦南县宋道口镇主任科员。喜欢新诗，散文诗。喜欢的诗人是汪国真。

深陷夏天

作者：金平

深陷
寂寞的夏天
一抹绿，侵占荒芜的心
风声在
遥不可及的远方
不停蹒跚
触碰，已是奢望
所有的归路
都设防着重叠的栅栏
囚禁在
这个炎热的季节
唯一的期望
就是，等你
等你认真地
迈过这一道落尘的门槛
……

金平（笔名），浅墨微痕（微名）：原名郭金平，现名郭贵忠。山西忻州市庄磨镇太河村人。现居山西太原市。爱好诗书画，发表多篇（首）诗文。有作品收录《中国新世纪诗人诗选》《中国当代诗人诗选》《中国荒原诗人诗选》《2019年度人物·中国诗歌大典》等诗刊合集。

穿越凡俗的烟火（外一首）

作者：卉红

荡一支竹篙
穿越凡俗的烟火
约清风晓月 远行
轻舟 在海天相交间划出山与水的对白
依稀可见
一米阳光下盛开着荷莲心情
白云说
灵魂深处有未染尘埃的眼睛

茶与竹相视而笑 邀大漠胡杨做伴
欣慰着 脚步未曾被风雪滞停
经年 从指缝间勾勒几帘画卷
耳畔回响 仍旧最喜那幅丹青
蓝天语 彼岸有此岸不曾雕琢的风景

着一抹素颜
抵达忘却归路的长径

一直在路上

其实 一直在路上
只是自近而远的节奏里

时而舒缓 时而铿锵
不经意 泛起一池涟漪
竟忘记了为斑驳赋写几缕红袖添香
足音知晓
湛蓝无垠下 有情致在飞扬

路过浓墨重彩 跨越浅吟低唱
一抹暖色始终相约在心房
左边翘首 右边过往
山高水远中
徜徉着此岸到彼岸的遥想
与物语 抚琴唱
浑然忘我间瞥见亘古今昔的情长

一直在路上
脚步 已爱上地老天荒

苏红，黑龙江省作家协会会员，黑龙江省诗词协会会员，七台河市作家协会会员，七台河市诗词协会会员，七台河市摄影家协会会员，勃利县作家协会秘书长。多篇文章发表于《北方作家》《商丘日报》等报刊及各大网络平台。2017年出版散文集《花开见禅》，同年被七台河市文联授予“市优秀文艺工作者”和“市作协优秀会员”称号。

梦醒时分（外一首）

作者：邹方

一天的雾霾
前行在黄烟中
看不清脸庞
是红是白
夜暮的降临
吞噬了 想看看不到的风景

晨起的雪花
随风飘落
晶莹如纱如棉
大片大片的 尽情地倾泻
遮掩了一片苍凉
把这个春天
印上了希望的影子
多情的季节 梦醒时分
聆听瑞雪送来的欢歌

海口第一夜

从“太平”起飞
忐忑的心一直悬着
耳朵也抗议忽鸣忽痛
终于在“美兰”平安落地

海口的夜来得晚些
一路的颠簸
加上“十八碗”的两瓶啤酒
没有将疲惫拖上床
想想从冰雪严寒的北疆
到鲜花盛开的海域
从寒冬到葱茏
真的只是一个过程

躺在海口的夜 浪花响个不停
我失眠了 是你馨香的体温
还是你多情的耳语
惊醒我的春梦

邹方，笔名北方，中华诗词学会会员，黑龙江省诗词协会会员，七台河市诗词协会副秘书长，七台河市作家协会副秘书长，勃利县诗词楹联协会副主席。作品散见于国家、省、市报刊杂志和数家网络平台。

人生的路（外一首）

作者：张国栋

或可以剪一束光阴
在某段枝节，能记录下疾驰的晨昏
若心能如止水
便可在流年里如此安稳
梦在清晨慢慢醒来
淡淡的雾霭里钟声低沉
露水打湿屋檐的沉寂
就在前方不远处，黎明的光亮里
藏着迫不及待的追寻
可能作为独立的个体存在
彼此融入拥挤的人群
在困惑中患得患失
却停不下来给自己一个答案
只能越陷越深
人生的路，注定要继续奔波
不相信命运的安排
必然会是在艰难中抉择
当回首时，曾是激情澎湃的青春
不得不面对的，是前路漫漫的风尘
我会一直走下去
即使历程不会风调雨顺
我唯一不变的支撑
人生的意义或是奋不顾身

古村印记

历史与时空的对话
在这一刻凝结成了精华
一幅幅棱角分明的画卷
是岁月不惊的波澜

就这样默默一直沉淀
参差不齐的石墙
层叠些许破败的荒凉
已蠹的户枢
注定了不复往昔的风光
陪我走近的，是午后暖暖的斜阳
我仍旧蹑手蹑脚
总怕惊醒这由来已久的安详
过去总是在沉睡
幻想春天会带来希望
一级级向上的石阶
是风雨中所磨砺的面庞
深扎下根的老树
在晚霞里频频回望
这是那个遥远时代的印记
给我们一丝欣喜和感伤
明天会是新的阳光
可她终将会被将来所遗忘
所以我想离她再近一些
就像夜晚梦里，始终藏着一个月亮

张国栋，笔名小楼昨夜又东风，山东平阴人，乡镇基层干部，犹喜现代诗及歌词创作，早年间诗歌及散文常见于省级报刊。生于农村，基层扎根，黄土赤子，文以情深。

我的家（外一首）

作者：王霞楼

我的家，妻与儿子还有妈。
老少三代，其乐融融，从冬到夏

我的家，室雅不大，
墙上挂有地图，还有老友的书画
享受茶几上散发的幽香
心绪周游天下

我的家，前后有院，小楼明月
扶着平台栏杆能与嫦娥对话。
虽处闹市，独门独院里，
演绎着四季的芳华。

前院方正，但我不想做观天的青蛙
于是呼朋邀友，杯光交盏中，
传递的信息比网络还大。

后院稍长，酒足饭饱之际，
捧一杯浓茶，赏假山的风景，
聆听竹子说的笑话，说山长不过它

征收后的门前，已不见昨天的人家

四周冬青围上的菜园，
一幅淡淡的水墨画，微风吹过
飞起的密蜂嘴里沾着菜花

邻家鸡鸭成群，伸长脖子的大白鹅
成天吵闹，叽叽呱呱，
不像爱美的公鸡，
要么报时，要么报喜，又有了娃

就是这样一个家，征收之风要摧它
我苦苦抗争，不知能否保住。
他日一旦拆了，
我只能用诗留住我的家。

别了小楼

别了，庭院小楼，
别了，明月问候。
你们对酒当歌，已有三十个年头
正值而立之年的小楼，
瞬间将化为乌有。

别了，一砖一瓦，
别了，一草一木。
阴晴圆缺，
岁月的年轮已过三十个春秋
唐诗宋词饱含热泪，
工艺品一步三回头，
字里行间是不舍、离愁。

别了，诗画美酒，
别了，高朋满坐。
成酒老友，一醉就是三十年头
醒来一看，翠竹无语，假山守候
虽已人去楼空，但记忆长留
别了小楼

王霞楼，笔名子竹，江苏射阳人。清风世界文学签约作家。作品多见于网络报刊诗集。

生命

作者：张守群

生命给予了我们太多
我们要对生命负责
要积极乐观
要顽强奋搏

匆匆人生
人生匆匆
短暂得叫人未出朦胧
到已不得不醒
匆匆人生
人生短得使人未叫硬乳名

已到人称老同
人生太匆短
使人未懂父母之情
到回眸
见不到双亲
自己必须从容

张守群，1967年出生，中共党员，大专，山东人，爱好文学，作品多见于网络报刊。

旗杆（外一首）

作者：杨清海

静静地等待
等待旗帜的到来
旗手的智慧
决定色彩搭配和未来表白

初心者、欣赏者、驻足者
保持各自心态
高度决定能见度
颜色决定风采

清风吹拂
激情澎湃
如果不挂旗帜
旗杆便成为其他建材

无论怎样的风雨
高高举起不懈怠
风声和雨声中成为标杆
人们方向感更明快

山上的小草翘首
山下的大树期待
岁月凝聚力量
美美与共成为常态

远处的雷声不影响旗帜飘扬
信仰与目标同在
我双手合十
朝着太阳升起的地方叩拜

清明时节

清明时节
鸟声穿透你的胸膛
春天的羽毛和树一起成长
追忆的背影格外冗长

一江春水因你沸腾
清新而完整的时光
碧波在心中荡漾
星星在眼中闪亮

一切归于自然

岁月的棱角锋利无比
让心插上翅膀
夜与清风交谈
泉水在山岗浅唱
乍暖还寒

煮一壶嫩绿的春
为你洗净沧桑
铺一路纷飞的景
让青山荡气回肠

杨清海，生于1963年，重庆市酉阳土家族苗族自治县人。现任酉阳县人大常委会副主任、党组副书记。重庆市作家协会会员。作品散见于《中国风》《长江诗歌》等报刊网络以及《新诗百年·中国当代诗人佳作选》《世纪风采：诗人诗选》等出版物。曾获第九届、第十届“羲之杯”诗歌大赛二等奖、第六届“相约北京”全国文学艺术大赛一等奖。出版有诗文集《面对武陵山》、诗集《心灵的烙印》。

槐花飘香

作者：邵泽平

太阳睡在片片绿叶上
不愿谄媚的洋槐树
悄悄在夜里把花儿晾晒
阵阵扑鼻而来的幽香
把山乡最热烈的春风迎来。

在一个春意浓浓的早晨
我急匆匆回到故乡
重走童年登山的小路
儿时采摘洋槐花，天不亮就出发
要采那些含苞待放的花枝
让一春的快乐，融在采摘上
串串果实送回家中
母亲总能做出可口的菜饼
成为全家人的美食。

啊！山里的洋槐花
曾是乡亲们春的希望
朵朵含着亮闪闪的泪花
是你
托起了苦难的岁月
洁白的小花

是上帝留给祖先的救命粮
缕缕的清香，点缀着父老乡亲
朴实无华的身影。

参军入伍的我
在南方的春天，遥望北方的星空
常常浮出你的面容
脑海里日夜储存着
对家乡的无限深情
洋槐花开了
那些爬山涉水的放蜂人
是否把甜蜜的生活
带回到山里。

邵泽平：山东省泗水县人，生于1965年，系山东省青年作家协会会员，济宁市作协、诗词楹联协会会员，泰安市作协会员。出版诗集《泗河情韵》，散文集《大山放歌》早年与文友出版过合刊《银苑诗翠》《金色的大地》等文集，著有小说集《含笑的春风》和长篇小说《红红的山楂岭》。曾有多篇文学作品在国内文学大奖赛上获奖。

时间都去哪儿了

作者：刘成书

时间——转瞬既逝，
这一秒就是下一秒的过去。
昨天就是今天的历史。

时间——都去哪儿了？
且看：悄悄布满皱纹的脸颊，
再看：如今两鬓的白发，
瞅一瞅：青筋暴突的双手，
挺一挺：略显佝偻的脊梁，
这就是六十余年生活的烙印，
这是年轮给我们颁发的奖状。

时间——回首展望：
六十余载——
有迷茫时的不知所措，
有奋斗后的快乐时光，
有亲身哺育的孙男弟女，
有无价可估的内蕴宝藏。

俱往矣——
时间——从我眼前飘逝，
春看晓燕，夏嗅荷香；

时间——从我指缝间流过，
风雨兼程的岁月，
让我写就了一篇篇难忘的诗章；
时间——在我的脚底穿梭，
我的脚步把部分世界河山丈量；
时间——从我的身边环绕，
从容结交知心朋友，
以便相互倾诉衷肠。
时间的风帆从我的心灵驶过，
感恩天地厚德、父母恩长！

时间——六十余载，
不是很短，也不算很长。
悠悠岁月记载成败，
咄咄情愫令我激昂：
我的人生还有几许？
我的末路还有多长？
有多少知识诱我获猎，
有多少未知待我寻将！

时间——时间啊！
您慢些走吧，等等我——
让我对美好生活再多一些品尝！

刘成书：1952年生，现任同江市老干部诗文协会副会长。《华夏诗潮》季刊同江工作站站长。同江市作家协会组织部长等，有近百首诗作刊登在当地的诗刊上。

大雁传情（外一首）

作者：王梅英

看呀
蓝蓝的天空上大雁正向花姑娘传情啦
可花姑娘却走神了
她去想春妈妈的嫁妆了
那么专注，那么聚精会神，终于错失了情郎
她在春妈妈的滋润下尽情地芬芳，
她等呀，盼呀，再也看不见远去的大雁
她终于憔悴了
还不到一百天花姑娘就凋谢了
咋的
对面老奶奶正在诉说着当年错失情郎的故事呢
去听听

鸟的世界

春天来了，百花开了
水中的鱼儿正在做着它的霸王梦呢，它想拥有整个大海

可惜错过了万紫千红
你看
鸟儿们却乐开了花
主宰了春天的世界
万紫千红成了它们的豪宅
都说呀鸟儿呀
没有鱼儿的深水

常常看着鸟儿，想着鱼儿

还有大千世界里那些拿着卑微工薪的低龄人

他们守着微薄的工资，不抱怨，不挣扎

他们也像鸟儿一样幸福啦！

王梅英：建设银行保洁员，爱自己的工作，更喜欢文字，作品散见于网络报刊。

虚要（外一首）

作者：胡奇强

我小心翼翼把门关上，嘎吱

或许是一盏灯趴在焰尖，折叠匆匆过客

所有所有，人，举起半张脸，高低起伏

屈下，站起，站起，屈下

一片片摸索、面无表情
良久
我睁开，串起人群
我斗唇，挂起语言
我伸展，同样的皮
好像有了来路
好像

欣喜不已

风

花裳冷落不前
并非季节的倒流
牡丹与月，月季与酒
美藏在晚夜的沉默
星子静止了闪烁
一袭跨越西洋的注视
倒卷河流，明没素色
我言：何必只记刹那的芳华？
听
摇曳，是风的骨

胡奇强，笔名介一，江西抚州人。作品散见于《五台山研究》《中国乡村诗选编》《中国当代诗人诗选》《中国乡土文学》《中国当下诗歌现场》等数十种书籍刊物。《中国当下诗歌现场》

编委，《金声诗刊》顾问，经典文学网诗歌版主。主编书籍刊物若干，2019 年获 CCTV 中国世纪大采风当代英才人物奖；2016 新西兰文学艺术界联合会全球征文优秀奖等。

时光与命运

作者：刘何忍

多少的老时光，只能在回忆里再见
多好的老朋友，今天已悄然无缘
这是你的过错，还是我在改变
我们都在经受一个人的考验
他像一个无情的裁判
始终在冷眼旁观，这个人叫作时间

其实看清了他也不会说
这便是上天的机缘，聚与散自己甄选
还有一个叫命运的冷血汉
他把世人肆意地丢在一边
就再也撒手不管，爱恨情仇
任你喜怒悲欢，离愁别怨
任你生死缠绵，日复一日年复一年

我们都在自己的路上奔忙
停下脚步才会想起对方
美与好永不遗忘
哪怕世事变幻山高水长
曾经的牵手，温柔了一行行碧青的白杨
一次次相拥，失落在昨日无尽的夕阳！
今生已迷茫，来世又能怎么样

活着就都好好地活着吧
时光与命运，给我们的安排就那么长
我不忍看你梨花带雨
你却梨花带雨安慰我的感伤
我们欣喜地庆幸收获的艰难
我们流着幸福的泪惆怅
今天的我依旧天涯羁旅
你的梦是否一如既往
时间与运命谁能抵挡
这二者给你希望又制造沧桑

刘何忍：男，安徽宿州人。网络名：天涯孤旅刘行者。安徽省宿州市作家协会会员。习作散见于《安徽青年报》《安徽工人报》、上海《新民晚报》、《快活林》杂志、云南《含笑花》杂志、《中国新诗人诗选》等。

叩问（外一首）

作者：王伯泉（香港）

当繁华的眼睛看着我
我已被喧嚣所淹没
像一条下游河的漂流物
淘汰于不知归宿的地方
所有的记忆
在长满青苔的石阶上滑落
那些曾经沧海的故事
掰碎成一片片可怜悯心的乞讨
一切变得味同嚼蜡
励志的，坠落的，懒慵的，恶作剧的生活
在风花雪月的五颜六色中
遗留一道登场与落幕时的谜题
时间很长，一生却短
多少个真真假假的探索
在泪干血尽的时候
还在最后的一口气里
寻觅答案

看星星

小时候
我将天上的星星看成是眼睛
一眨一闪的
看着我，看着我的亲人
看着我家的老屋

长大了
我将天上的星星看成是榜样
歌星，影星，各行各业的杰出精英
他们都在闪光，照耀
让人们敬慕，仰视

如今
我又将星星看成是加油站
天上有多少颗星星
地上就有多少个加油站
在中国梦的长征路上
为建筑大军加油助威

天上的星星看着大地
地上的星星发热发光

王伯泉，笔名维港泊人，有诗歌，散文，杂文发表在香港《文汇报》《新报》《香港文学》《大西北诗人》《中诗网》《岭南作家》《诗立方》《当代作家文艺》《城市头条》《华美文学社》《长江诗歌报》《渤海风》《西河风韵》《绿色风》《中国新农村月刊》《奉天诗刊》《草根诗刊》等报刊。

叶子

作者：黄东鹏

叶子，是不会飞翔的翅膀
——脉络犹有余温
我于梦境拾掇
一叶，三旬
舀来一勺月光
铺作安眠之床

铺作安眠之床
舀来一勺月光
三旬，一叶
我于梦境拾掇
脉络犹有余温——
翅膀，是落在天上的叶子

黄东鹏，字詠之，广东普宁人，任职于广东肇庆，钟情传统文化，嗜文修武，学艺不精，见笑方家。现为肇庆市诗词楹联学会会员、广州市白云区书法家协会会员、班中咏春第八代门人。

情魂

——看《太平轮》有感

作者：严振嘉

我来了，你走了
你来了，我走了
雨这般，雪那样
几度年华几多风云
硝烟、红川、暖遇
天水、流月、遥念
国殇，同根相争
人心，远近相牵
时光，隐约之中
情缘，恍惚之间
刚在身后，又到前头
刚在前头，又到身后

严振嘉，字无争，出生于广东省揭阳市惠来县，任职于广东省肇庆市，对文学、音乐、书法、绘画、摄影等有浓厚的兴趣，特别喜欢曹操、苏轼、辛弃疾、毛泽东的诗词，现为肇庆市诗词楹联学会会员。

初赏张绰画马（外一首）

作者：善意人生

一支妙笔
几点香墨
宣纸承爱
一时万马飞奔
苍穹高远
枯湿浓淡
激情飞毫
践起风沙漫漫
时而急奔
时而慢跑
忽远忽近
全凭个性使然

心向北京飞

静坐窗前
看绿水青山呈现
检阅山水
外景朝我扑面来
心向北京
读文朋笔友情愫
朗朗乾坤
数今夜星光灿烂
诗山墨海
叫温情荡起船桨

丁端芳，实力诗词家、《冰洁诗刊》签约诗人。有作品入选《中国实力诗人诗选》《中国当代真情诗典》《世纪诗典》等。2017 年，荣获“中外华语十佳新锐诗人”等荣誉称号。2018 年 3 月，在“三峡国际旅游诗会”上，被世界汉诗协会授予“中华诗词文化传承人”荣誉称号。

回 家

作者：李博

熙熙攘攘的街道
在这一刻已稀疏得只剩下
难得的宽畅

新年的满满祝福
早已装进高挂的大红灯笼
和蓝天白云一起映照

忙碌了一年的城市
此刻已万人空巷
回家的脚步如此急慌

春的气息已弥漫开来
空气里飘荡着浓浓的酒香

时间最有力量
无论海角天涯
都把远离的游子拉回
久违的故乡
落叶归根是多少人的向往

李博：四川渠县人，笔名大道无痕，大学文化。成都市龙泉驿区作家协会会员、成都市作家协会会员、四川省诗词协会会员，作品散见于《星星诗刊》《廉政瞭望》《凉山日报》《中国风》《西南作家》幸福渠县网、四川文化网《圆明园官网》等。

黄昏的模样（外二首）

作者：周海亮

走过四季，
才懂得花香。
走过岁月，
才懂得路长。
走过夕阳，
才看清你的模样。
让我朝你的方向，
静静端详，
黄昏，
是一天最好的时光，
宁静而安详。

不需要惆怅，
不需要回望，
那是不能回去的过往。
既然年轻挥霍过鲁莽，
为什么晚霞不能奔放。
就像青春绽放过希望，
又何妨夕阳把向往拉长。
黄昏，
是一天最好的时光；
有花送来淡淡草香，
有风吹过山高水长。

那一次的误打误撞，
是岁月无声的回响。
那一眼的深深凝望，
有多少未知蕴藏！
一点一滴的暮露，
打湿了谁的衣裳；
一山一壑的来风，
抚摸过谁的沧桑。
天道有常，
让我朝你的方向，
静静端详，

黄昏，宁静而安详。

黄昏里的你，
是一朵莲花的模样。
不需刻意，幽香，
只在最爱处绽放。
你说过，
该来的都在路上；
该去的化作星光。

走过风雨，
才懂得晴朗。
走过夕阳，
才懂得刚刚。
我一直向着，
你的方向；
正如你一直，
对我开放。
让我静静端详，
黄昏，
是一天最好的时光。
只要有你，
天久地长。

灞桥月

长安夜，
灞桥边，
明月藏轻寒。
汉唐风云今何在？
空明里，
不闻马蹄声，
但见百花艳。

灞河水，
轻柔缓，
碧波为谁涟？
岸柳依若旧时面，
烟云里，
历史一眨眼，
世事已千年。

刚青丝，
便鬓斑，
多少逝川叹！
千山有梦千山远，
孑然里，
飞机连夜起，
皓月正中天。

告别三月

总以为会长久
总以为刚开头
总以为春风乍起
千山初碧透

总以为有时间
与你去远山
总以为路漫漫
可以去追赶

昨夜一场春雨
打落梨花无数
今朝春光如注
你已不在来处

你已不在来处
小院葱绿依旧
柳絮轻扬曼舞
飘飘飞向何处

曾记落日楼头
相约相知相守
栉风沐雨可白头
呕心沥血不言休

曾记月华如水
键盘声声不寐
寒夜散尽若不见
方案媲着朝霞美

往事终成旧梦
谁也不是注定
千山万水过后
你是我的风景

岁月不设归路
生命只有前途
一声春雷天涯远
两袖清风启新土

周海亮，男，山东省单县人。做过教师、公务员，担任过社会团体负责人、农村第一书记。参与编著多部著作，发表各类作品百余篇。业余时间写一些诗歌，以亲情、友情为主，部分诗歌入选《十诗人诗选（2016卷）》《世纪诗典》《中国爱情诗典》《中国民间诗歌读本》《中国现代经典诗选》《中国当代诗词精选》等诗集。

今夜，湖如此自然（外二首）

作者：李会娜

远边的晚霞逐渐映入湖中
慢慢暗了下来
辨不清天和水的分界线
低的垂柳安抚着湖的心事
夏天，不总是闷热的代言
荷花自顾尽情吐露

没有归于尘土
没有遮藏芬芳
那一年年关于莲的传说
借着温柔呈现于
高高的枝头
一种姿态，总是会有人懂的

绚丽的五线谱随着韵律跳动
其实不是这样的
那是喷泉在摇摆臂膀
如果白天来到这里
骄阳抹杀了音调的兴趣
奔走的脚步不会驻足
匆忙只能让音乐静止
然后，情调在繁华中退场
安于一种现状
埋没在神情的冷漠里
关于湖的神秘，只是
扮演者口中所提及的莲城故事

这是一个不会击垮的季节
昨夜湖面才刚刚被大雨袭击
风暴铺天盖地包容了城市的悲喜
今夜，人潮拥挤，歌声漫起
看不出被刷洗的痕迹
来到这里，一切如此亲切自然
还有银杏树，杉木
还有虫鸣，蛙叫……
安然守候在夜的暮色里
假设这是一幅思维的幻觉
那么壮观所带来的低吟和赞叹
只是随了心情而已

不得不承认已经置身其中
虽然不止一次来到这里
还有没有足够的勇气停留
为了湖岸上缠绕的蔓藤
用最质朴最醇厚的歌声伴奏
唤回夏夜里少有的慰籍
七月太短，日子太长
开始不再相信一些细节
担心会顺其自然融入下个季节里
就像安排了一场生动
拼命挣脱灵魂赐予的约束
而后深深吐出一声叹息
不是拿来想念，仅仅拿来相忘

矛盾

一个明亮，一个圆缺；
一个热情似火，一个荒凉如水；
一个迎接希望，一个拥抱温存。

恰好凌晨，明明就真的
看到了太阳和月亮同时挂在树梢；
怎么阳光的出现，却把你

整个的心事迅速隐藏。

黄土地

总会找一种理由坚定地迈进来
脚踏实地的安稳让心放下了戒备
走过来的时候，世界越来越小
所有的憧憬是惊喜和奢望的总和
似乎关上了门和窗，仍然阻挡
不了，上空盘旋呼叫的风讯

黄河，黄土，黄皮肤
都被贯注了神奇的名字
成熟的土地承载着几千年的动荡
一脉相承的忠贞备注经典的解释
膜拜成图腾，在东方创造文明
从远古而来，赴盘古后重生

太多的传说让世人思索回味
彰显力量与果实的魅力
从贫瘠的土壤上开出花海
先进和发达的科技充当厚肥
如果还停留在过去就快点苏醒
数不尽的风情携着旋律称赞

等一场变革铺天盖地
不如先丰腴自己的臂膀
没有被死亡降临过的土地
不会孕育出卓越的风景
让历史记载着悲愤一同默哀
翻过今天成就亘古不变的矗立

山的高度以及沙漠的干涸都逃不出
有力的掌心，直至归宿汇入大地的怀抱
是祈祷？是默许？
放飞的狂想，鸟瞰的蔚蓝
随风哺育壮大着每一寸肌肤
刻印成伤痕谱就成永恒的颂歌

李会娜，女，河南许昌人。笔名：飘、太阳，本科。撰写诗歌、散文诗350多篇，作品散见于《河南诗人》《河南科技报》《葛天文学》《老家许昌》等杂志及媒体公众平台。喜欢写诗歌、散文、散文诗和小说。

好羡慕（外二首）

作者：草庐中人

如蝶般的黄叶
随着微风跳着即兴的舞蹈
伴着这个舞步
秋天也就悄然而至
好羡慕，一行行飞鸟

头随着尾，翱翔在
夕阳余晖下的天际
又或是，对对低翔在
映衬霞光的平静湖面
好似画的美感

好羡慕，一双双情侣
手牵着手，散步在
秋叶如花洒落下的树下
又或是，双双相依在
铺满红叶的长凳上
赋予诗的浪漫

好羡慕，这秋季有另一半的美
好羡慕，这如花般飘落的秋叶
给每一对情侣营造的氛围
我只是看着，也觉得无限地美

岁月带走了你的芳华

小时候的我们
总觉得待我们长大
就与父母更近一步
可曾想到，时光无情
摧残了你笔直的腰杆
带走了你发丝的色调

现在的我们
总怀念小时候的快乐
那时与父母更为亲近
可曾想到，岁月无情
改写了你红润的脸庞
带走了你引以为傲的芳华

未来的我们，不再留恋过往
只争朝夕相伴
还能想到，岁月静好
感谢时光找回我们儿时的身影
感恩岁月你们依然健在

恋秋

拾起一张秋叶
小心翼翼地夹在诗集里
藏住这个秋天
这个属于你我的秋天
待到想你时，打开诗集
便拥有了你

草庐中人，原名李万春，男，汉族，广西诗人，也用笔名小李子。是一个以书为伴，热爱文字的90后。作品散见于网络平台及纸质刊物。

龙脊梯田（外一首）

作者：唐征定

莽莽龙脊从来不曾拥有幻想，
有朝一日也会聚焦八面四方；
痴痴的瑶人与大山千年相守，
生生地用锄刨出个无限风光。

一层层农田规规矩矩由下而上，
一圈圈土垄婀婀娜娜弯着苍桑；
一沟沟景色大大方方晒出诗画，
一岭岭谷物年年岁岁展示秋黄。

山里人啊追着太阳伴着月亮，
把坡坡岭岭耕成梯子的模样；
种地的农人生来就勤劳智慧，
直将一幅丰登壮锦挂上天堂。

游人如织，四海名扬；
龙脊胜境，绝世无双！

塘石湾

也是冲里座一排砖垒的瓦房
也是屋后围一道不高的山梁
也是门前弯一条静静的河水
也是垅上飘一缕淡淡的花香
塘石湾
与大多数村庄沒有两样
然而
却让我魂牵梦萦，终生向往

这里的生活节奏悠长
与慢四舞步几乎相当
晨起，凭雄鸡三唱
晚寝，带哈欠上床
劳作，随日出日落
娱乐，打纸牌麻将
男人主耕作，女人管生养
老者闲门前，孩童上学堂
偶尔也能听到急急的脚步
那是赶路的人们经过村旁

这里民风朴实心清气朗
几十户人家如同一堂
沒事就串门，有事就商量
不闻争和斗，无人会逞强
东家有喜事，全村心花放
西家有困难，众人一起帮
谁家杀头猪，户户都送上
谁家有好菜，端出共分享
偶尔也能听到几声吵闹
那也是面对利益时的相互推让

这里的人们朴实善良
乐善好施心胸大方
眉也含温柔，目也露祥光
你敬她一尺，她回你一丈
点一下头，她会把脸笑成太阳
问一声好，她会祝你万个吉祥
递一支烟，她会邀你家里作客
喊一声叔，她会把你当作亲生儿郎
客来时，恨不得倾其家珍奉上
客走时，鸡蛋玉米也送上满满一筐
偶尔也能看到发怒的模样
那是外来的小偷挖坏了村里的鱼塘

啊！塘石湾
吹一阵这里的风，我体会了慈祥
喝一杯这里的水，我懂得了清爽
吸一口这里的气，我足了一生的氧
见一面这里的人，就成了终生交往
我喜欢您的安静和睦
我向往您的朴实善良
我用大白话为您讴歌
为的是让您听得懂别人的赞赏

祝福您，塘石湾：人寿年丰，万年吉祥！

唐征定，当过兵，打过仗，当过公务员，现任某企业董事长。爱好诗文，作品多在网络平台发表。

羊皮卷（外一首）

作者：柳静林

抒写历史，就请写下一条河流
河流里端坐着世纪，冰川，化石，坟茔
我只是后来居上者，身背羊皮卷
一手拿弓，一手拿弩
射天狼，射月狗，三步两步，挥就
人生狂想，莫不如此，岁月的河流
总是不急不缓，故事还未开始，末端
却已结束，羊皮卷记载——历史厚重
却也无法杜撰——所有的场景！无从说起
心中的悲情与恋歌！结局，总是草草收尾
叹息，没有眼泪！无人聆听——你的悲壮与豪迈
是否记下，你活得很憋屈，心底的眼泪，眼底的忧伤
记载一条河流，何不如此
血泪，忧伤，悲怆与开怀

细细品味，把酒言欢

凉凉

夜微凉，月正浓
半枝半影，忆浮生，清沈复，命坎坷
娶得一妻，唤作芸
卿卿，卿卿佳人；晨钟暮鼓，月影黄昏
夫唱妇随，琴瑟共鸣
游衡山，越巫山，心意通，言语少
一升半量谐趣，知音难觅

撇娇儿，相看泪眼，骨肉分离
真性情，识人难分，最是苦处无宿留
妻撒手，赴黄泉；一副棺木愁杀失意人
真兄弟，皆朋友，危难之时伸援手
叹！一世豪情竟落难，侠肝义胆遭小人
世事薄情凉人心，最是身边血脉人
劝君多交天下友，义结金兰心相连
传世佳作，四海威名扬
竟是凉凉，卿卿，浓浓，素言女儿心
月华正好，相隔千年，不负君

柳静林，甘肃张掖人，在田野里劳动，最近才学创作，中国诗歌网认证诗人，有散文，在《西散原创》征文“我爱祖国，人间至情”获提名奖，有诗歌入选《南国红豆诗刊》《当代诗报》《陇原文风》，有作品参加第二届世界诗人金桂冠大奖赛；有散文参加《南国文学》征文。

灵魂（外一首）

作者：李远英

灵魂
你累不累
为何夜深一直不睡
却喜欢在回忆中陶醉
不给阳光半点机会

看着你如此颓废
我真想
化为一滴泪
把你心中的影子敲碎
让你明白
你拥有的有多珍贵

快醒醒
尘封的玫瑰

不必为过往憔悴
墨海里的清香
会让你在秋色中更有韵味

距离

你在心中加减
我的影子忽深忽浅
我在数中求证
你情感分支越来越明显

已知的诗歌
未知的幽数
暂时看不清
彼此那张模糊的脸
棱角毕竟肤浅
忍不住还是露出点点

爱情这东西好经典
时空的距离
会让她变得不起眼
你我祈盼的 0.5+0.5=1
与亘古的神话
简直相差太远太远

芳尘，本名李远英，女，1963 年 12 月生，云南省腾冲县人。1988 年毕业于云南大学法律系法学专业。业余喜欢品读现代诗歌、散文及古典诗词。偶有灵感，也涂鸦几句，抒发情怀，自娱自乐。

半月梦·伤愁（外一首）

作者：董华

清风明月羽扇起，纷纷愁绪绕心头，
醉眼看星河，已是风烛残年，
却来几分欢喜几分忧。
夜半圆月渐入云，影儿灼灼，
手中一壶酒，独酌，
穿肠你与世无争的容颜，
还上几分夜色朦胧，再看伊人如旧。
静默，不说，不说。
转身回头，早已无路，我赎回所有心动，
遗忘转世前的千言，你又可曾看见？
婆娑苍华，都不过短短执念，唤梦，
解结，早已化泪江南雨，久久不停歇，
遮殇断爱。
辗转千万年，寻得隔着轻纱的身影，
却发觉，早已世事百变，
于是任凭你渐行渐远，消失在人间。
收回眷恋，万千世界随风随月，
别离苦，苦别离，离人心，疮痍满目。

又何苦沾湿羽扇？
不妨星月来伴，举杯邀歌，
再诉几番愁。

莲

踮起脚尖，虔诚地为你装扮
轻轻的容颜，高耸险峻的雪山
有一朵莲，那是沾着晶莹雪花的莲
寒冷，风暴，让追寻它的人望而生畏
让热爱它的人勇往直前
而我，又是哪种人呢？
我渴望我是热爱它的人
我会迎着风雪，见证它的美丽
而不会将它采下
它是美丽圣洁的莲
凡夫俗子的我
能亲眼目睹它的风采，已是万幸
不该奢求太多的祈愿
于是，我终于站在雪山之巅
等待阳光出现
照耀着沾了晶莹雪花的莲

董华：唐山人，27岁，喜欢旅游，唱歌，写作。作品散见于网络平台。

致亲爱的你（外一首）

——写给爱妻乔雨

作者：穆　涛

看过沧海桑田海枯石烂的变幻
听过山盟海誓不变的誓言
阅过人间的生离死别和悲欢离合
闻说过《泾溪》平流无石处的沉沦
欣赏过一遍遍的花开花谢
品味过茶品的浓淡咸宜
体会过生活的艰辛和酸甜苦辣

有多少人为了美色将爱情的见证撕毁
有多少人为了富贵跟爱人分道扬镳
有多少人因爱情的变故成为半路夫妻
有多少人因为天灾人祸未能白头偕老
我不在乎别人冷漠的眼神
我不在乎飘雪的时候有多寒冷
我不在乎哭过以后的再一次奋起
我不在乎幸福离我们还很遥远
只要前进的路上有你我就满足

当纷纷扬扬的雪花从天空中飘落的时候

你在我左右 从未离开过

当穿越人生的十字路口面临抉择的时候

你在我前后 不离不弃

当金黄色的银杏叶铺满林间小路的时候

你在我身旁 陪着我走

当幸福的生活向我们招手的时候

你在我心中 成为永恒

你甜美的自然笑和红扑扑的脸蛋儿让人难以忘怀

你一扭一歪笨拙的身影让人觉得甚是可爱

你偷懒熟睡的时候证明自己还没长大

你疯狂抢钱的时候是你偶尔显露的狰狞

你粗糙的双手把家务和房间整理得颇具乔氏风格

你随意的发型显露你大方泼辣的性格

你额头上的皱纹和发上的银丝刻进岁月的风霜里

你羸弱的身体是我的疏忽和粗心大意

你并不华丽的服饰衬托你端庄贤淑的自然美

你从容的步伐走着一位中国式传统妇女的道路

你对人情世故的处理很像一位女强人

你对家庭和子女的贡献是你的伟大之处

我该如何感谢你的生死相伴

我该如何报答你的一生之约

我喊着你的名字

跟你一起慢慢变老

我牵着你的手

陪你走过春夏秋冬

你是我生命中的唯一

爱过多少次后才觉得你最可爱

你是我生命中的陪伴

苦过多少次后才觉得你最忠诚

打打闹闹是生活中的小插曲

说说笑笑是人生路上的风景画

分分合合是生活中沐浴的风风雨雨

搀搀扶扶坚定走下去的步伐是生命中的最强音

我们排队去看病

拥有健康是我们给彼此的承诺
我们相约去旅行
不被一路上的风景所迷惑
我们登山观日出
见证爱情如太阳一般火热
我们驱车到海边
发现宽阔的心胸比大海更宽广
我们携手看夕阳
不变的情怀是爱情不老的神话

和和美美过生活
平平淡淡才是真
越过急流见坦途
相互扶持奔富贵
孝敬父母是大义
养儿育女乐融融
这就是我们一生的约定
这就是我们信守的誓言
跟你在一起我感到无比幸福

我微笑着迎接黎明

在命运的安排里，
并没有指路的航标，
我只有沿着荆棘丛生的道路前行，
坚持是前行的动力，
不屈是前行的灵魂，
我在宿命里生存。

在生活的激流里，
并没有停歇的海岸，
我只有迎着波涛汹涌的海浪前进，
拼搏是泅渡的征棹，
奋进是不变的方向，
我在长河里漫溯。

在婚姻的殿堂里，
并没有史诗般的颂歌，
我只有用平凡无奇的生活验证誓言，
吵吵闹闹是生活中的插曲，
共度时艰是对真爱的考验，
我用行动为爱情盖下印章。

在成熟的年纪里，
并没有鲜花、掌声与喝彩，
我只有用有力的步伐迎接挑战，
从容面对是成熟者的历练，
坦然接受是中年人的豪迈，
我只有安静地接受岁月轮回。

在时光飞逝的日子里，
伴随着成败、荣辱、挫折、衰老和一去不返，
我只有用奋斗回报青春，
老去时莫要慨叹时光短暂，
回首时莫要慨叹无所作为，

我微笑着迎接黎明。

穆涛，男，河南南阳市人。爱好文学，代表作《寻海》《致亲爱的你》等，作品多见于网络报刊。

夜之眼（外二首）

作者：孙喜红

月
躲避日
亿年的追逐
静静地，披着轻纱
悄悄地，散步夜色中
冷冷的，夜之眼
冰川～
古墓！

废墟之花

比尸体虚，比面具假
用华丽做层纱
开出一朵奇异的花！
虫子蛀它，苍蝇逐它
劣质香水，大量喷洒
幻想成芬芳的散发！
一阵轰隆碾压
钢筋水泥之下
天亮啦！

春

春水本无忧
因风拂面
层层荡荡
心心念念
无边！

孙喜红：出生于大连市普兰店，自幼酷爱文学，诗歌。作品多见于网络平台和报刊。

我和你相约千年（外一首）

作者：王月霞

我和你相约千年
我的爱只奉给虚幻
一切美好都在空灵中构筑
衣袂翩翩 眉目流转
只请你
我恳请你
不要说任何的语言
——在千年之前
你只是

我恳请你
只做我心池里的
——那株睡莲

夜莺

我想
定是心儿迷失了方向
星光万点，你去向何方？
你看
让天空沉寂的
只是你的绝望

它还活着
亲爱的，只一声轻叹
就点亮你冰凉的心房
旷野下
当晨曦初现，当月光呢喃
静静地躺在草尖上的
它，晶莹的露珠儿
照见着你所有的忧伤

何不为它
你，也为心中的热望
一生歌唱

王月霞：笔名月亮，女，教师，邯郸作家协会会员，河北采风学会会员，国家二级心理咨询师，河北家庭教育通迅员。本人自小喜欢诗文，爱好写作。作品散发表于《邯郸晚报》《邯郸日报》《河北教育报》、河北采风网等。

干杯朋友（外二首）

作者：安咪

离别的岁月 隔着万水千山
多少次把酒问天
然而饮进千缕别绪 又生出万丈离愁
今天 让我们开怀畅饮
用一杯杯相思酒 解不尽相思意
把无数的思念 和着这杯酒
第一杯 我们敬苍天厚土
感谢它们 让我们永远能有相聚之日
第二杯 让我们共同端起
溶进我们的现在与过去
溶进我们的相同与差异
溶尽所有声响 干杯！
举起这杯酒 同时举起这份友谊
举起一份忧伤与豪迈
我们要用一生的时间 一生的心血
直立于人生的旅途中
直面世俗的注视
以我们的豪情壮志
把欢笑举起 把友谊举起

把我们的理想与未来举起

干杯!

青春苦作筏

豪迈只是空空的字眼

这样的年华 不容这样的虚假

青春韶华 总有难以预料的苦楚

而青春的热血 却不会因之而凝滞

它是沸腾的

这样的年华 荣耀不容易 痛苦太简单

长长的征途 带泪的足迹

一步一苦悲 一步一战胜

路太漫长 必须学会成长

成长的路上 苦会磨损毅力 痛会削弱志气

然而不输的是超越的心

要相信自己的成长 要坚守你的方向

既然你的目标是远方

那么所有的苦痛 都不会阻止你的飞扬

流泪的走过了 必然会领悟很多

痛苦的成长过 必定会坚强很多

青春是不容易的!

十年

青葱读不懂这个世界

我们欺瞒自己

自以为在这象牙塔里风生水起

笑看外面的生活

我们曾那样固执地认为

我们是这个世界的佼佼者

无以匹敌

十年过去

我们渐次明白这个世界的艰辛与残酷

才发现曾经以为的风生水起

不过如一粒微尘般

在苍茫人世飘摇

随风而起 随风而去

总是做不得身心随己

我们曾那样执着地以为

我们能够尽情尽致地挥洒自己

十年过去

除去满心疲惫 与满面尘土

再没有志比天高的傲娇与怀才不遇的愤懑

原来这个世界

一直都是我们曾经看到的世界

安咪：女，2012 年应河北青年诗人学会之邀参加第五届青诗赛，入选《诗选刊》。

爱的温度（外一首）

作者：张亮

花落无声，飘向了生命的归宿
我的名字最后一次
在你的眼神里被唤出
看不到你离去时的痛苦
停滞在你嘴角的微笑
是你永远的幸福

我是你舍不得撒手的那片叶子
在枝头摇曳着枯黄的孤独
我依然相信你还活着
等我在红尘中你来时的路口

是否为了来世我能将你认出
你带着我喜欢的清香上路
静卧在菩提的根须深处
再度接受着来自土壤里的超度

轮回的四季不会停下脚步
在下一个春天到来的时候
我们都会出现在爱情的花树
我潇洒依旧、你美丽如初
深情地相拥着彼此爱的温度

酒杯里的玫瑰

我将往事浸泡在酒杯
只想把心痛来麻醉
我想不明白，自已究竟哪里做得不对
你为何与我分开
曾经说过，今生你不会让我流泪
可我的心还是被你撕碎
你这样对我到底后不后悔？

我在酒杯里自寻枯萎，
只想把爱燃尽成灰。
我望着天空，绝望的眼睛欲哭无泪，
你让我如何去面对。
捂着心痛，笑自己爱得如此失败，
而我的痛都是被你所赐。
你这样对我究竟应不应该？

我多想好好爱你一回，
透支了我所有爱的储备。
是我太傻，还是你太虚伪，
伤我最深的人，却是我今生的最爱。

张亮：微名阳光，内蒙古乌盟四子

王旗人。多年来热衷于诗歌品读与创作，曾在《枫叶诗苑》《大西北诗人》《中国当代诗歌大辞典》等微刊和纸刊上发表过自己的原创作品。

签约梦幻（外一首）

作者：罗道贵

我想和孤独
签下一份相伴的协议
怅失尘世的喧嚣，宁静思绪的烦扰
让余生寂寞，了无声息

我想和陶公
签下一份相约的协议
不为那五斗米，去天下觅桃花源
无论晋魏，与世隔离

我想和阎君
签下一份奢侈的协议
即便是谎言，打一纸白条
借五百年光阴，挥之不去

最后，我想和死亡
签一份践诺的协议
我想入地狱，做一名善良支边的使者
劝说今生作奸犯科者，再勿做天敌

重拾长宁

在长宁生存的人
希望永远长久安宁
世世代代繁延生息
子子孙孙劳作经营

在长宁生活的人
希望永远长久安宁
谁知道无妄之灾
撕碎了静夜的安宁

在长宁永居的人
我们振作精神
拾掇断垣残壁
找回希冀的长宁

在长宁外的人儿啊
祈祷长宁永久长宁

罗道贵：笔名：语无邪兮（QQ及微信昵称）。四川渠县人，中学语文高级教师，作品多见于网络报刊。

银杏恋

作者：雅芩

我们十指相扣
在金黄的世界里静享银杏的浪漫
你说，银杏之果可以入药
我答，银杏精华要苦等百年

你蹲下拾起一只金蝶
放在我的发梢
我弯腰捧起一掌金黄
撒向你的怀抱

我们陶醉在银杏的诗意里
她粗糙躯干上的块块裂痕
记录我们爱恋的串串记忆

雅芩，原名喻登芩。00后，汉族，四川阿坝人，在校生，文学爱好者。

老桃树（外一首）

作者：欧阳芝兰

她老了
孤独地佝偻在被人遗忘的角落
枯瘠的皮肤
黯淡的颜色
一个丑陋的老妪
没有人肯为她停下脚步
没有人愿意为她歌唱
甚至连鸟儿也不肯停留在她的肩头吵闹
可是一阵春风吹过
她醒了
远处雀鸟的声音惊醒了她的美梦
她睁开惺忪的眼
脚下的小草开始泛绿
她在懒洋洋地抚弄一头青丝
发出一声长长的叹息
不，春天怎能没有我
于是精神抖擞
朵朵鲜花插满头上
人老春心在
红粉知己都渴望
春天属于我
我就是春天

兰儿你是水

兰儿你是水
你是清溪里的水
无忧无虑地流

一直流向了远方
凭的是一股力量
自然地引我忘了归路

兰儿你是水
你是温泉里的水
我的心儿在温泉里游泳
我的诗记下了你的温柔
我想再一次在湖里徜徉
酝酿着记忆的滋润

兰儿你是水
你是那片湖里的水
天澄清得透蓝
太阳带点暖，像火凤凰
可湖水早已给自己化上了淡妆

兰儿你是水
你是荷塘里的水
荷塘里放出万朵花红
那是你在笑，脸仰望着
借荷叶为船、荷杆为篙
让我忍不住撑船到荷花深处来

欧阳芝兰：湖南益阳人，护士，诗人，益阳市作家协会会员，益阳市戏剧家协会会员，喜欢文字与戏曲等，有诗入选各诗集。

小儿地作床——武汉动物园思故乡（外一首）

作者：王圣

风吹叶影动，
水拂鸟语忙。
杨柳斜斜剪，
湖水泛泛光。
左边湖绿，右边水蓝，
树上知了了不完，
行人走不慌。
多少尘嚣均不见，
小儿地作床。
路边座椅轻轻躺，
躺也卧也均有香。
远看荷花漂漂荡，
荷花浮水瓢飘香。
蓝天白云天地广，
何日再见我故乡，
何日再见我故乡。

钟报大恩

待到瓜瓜诗有风，吟诗慢慢拉开弓。
满腔诗文勤酬志，人生洒洒明月钟。
月明明，常思恩，家家教诗教做人，

妈妈教诗月升空。心有明月有春风，
悬钟提醒常撞钟。月和钟，可酬恩，
酬恩报恩立大志，胸怀天下报大恩，
报大恩，大地春风月满弓！

王圣，湖北赤壁人，47岁，武汉自由职业者。自小插秧割谷，挥汗于田野，撒播一弯青绿，收获一片金黄；常打草放牛，悠然于山间，偶背几首毛诗，长存几分韵感。家穷书少，入汉工多，一根扁担挑三镇；担重肩宽，肩宽担重，苦乐教我慢慢诗。诗歌常有友人传，传情传恩传人生。

胸怀（外十首）

作者：田影

湛蓝的天空深邃
洁白的雪地无垠
宽广是大自然的胸怀

点燃

金色洒满世界
点燃心中那团火
能量满满 一飞冲天

执着

无论是甘甜抑或苦涩
碰撞就会激情四射
执着追求 品尝幸福与欢乐

驰骋

辽阔的大地
任你奔向何方
驰骋 显示生命最强的力量

感恩

珍惜每一次的邂逅
感恩危难时那只援手
不忘初心 为爱前行 奋斗

珠贝

历经痛苦 重生
惊艳世界那一刻
生命绽放极光

触摸

清澈的溪水流淌
不经意地触碰

涟漪层层荡漾

天鹅之梦

高贵 纯洁 善良的精灵
舞动精彩人生
天地间留下最美的倩影

童真

呆萌的表情
无邪的心灵
你的未来 如期待中美好

静

纷扰的世界
独守心灵一隅
静享 桃源恋歌

兰花草

从不计较在哪里生长
执着的生命感动周遭
顽石都为你让路

田影：网名：壮志凌云，七十年代生人，诗词爱好者。曾从事过商业会计、家具店店长，目前担任新发地产集团经济人。有作品在欧亚集团刊物《今日欧亚》等商业活动中发表宣传，于《暮雪诗刊》《都市头条》《奉天诗刊》《西部文学》都有诗作发表，亦为风景美图赋诗“哲思短语”。

天边的云 陌上的沙

作者：徐渊

撷一朵云彩
走在浅秋的陌上
风从耳边轻轻划过
沙在脚尖悄悄游走
回眸来时路
已不见足迹到过的地方
总有些情怀
难以忘却
总有些风景
错过就不会再有
依稀记得
那年春天
这里曾是一片绿荫
如今你在哪里
是谁带走了你
让我心里泛起淡淡的忧伤
行一程路
看一场风景

我愿守在这里
等你归来
陪我走过春夏秋冬的轮回
重拾渐行渐远的情意
将你的暖意深藏

徐渊：甘肃武威人，笔名布衣先生，作品常见于网络报刊。人生格言：一身布衣行天下，书写人生五味陈。

迷城（外一首）

作者：张语轩

一座城的消失，是一个人的离开
谜底一样的沉默，是雪的速写
时间的记忆，除了越走越远
这些年还剩下什么，遥不及一片落叶

风远了，留下空荡的城市
一生等在那儿，再也没法忘记
曾经的高贵，一如往昔
所有的故事都留下了残缺，无声无息
夜晚是一本书，忧郁地听着迷城的诉说
冷风吹疼了回忆，城市的灯火缄默无声
没有了雪花，迷城会消失
没有了温柔，诗会老去
思念的海悄悄起风
一切似乎都在转身离开
远方远了，白杨你还在吗

年华似水，我们一起走吧
将诗埋进如水的月色
找个理由让生命注满阳光

祖父

蛐蛐在草丛里窸窣作响
祖父划亮一根火柴
摇曳了整个夜晚的温暖

煤油灯下祖父吧嗒着水烟筒
火焰提起裙角翩翩起舞
烟筒里火星子一明一暗

生命之花灿烂着便湮灭
电灯亮如白昼
我不敢伸手触摸夜的温度

清冷的夜空冷淡地笑着
寒露沾衣处青草丛生
记得替我问候拂过门前的晚风

张语轩（笔名），诗歌、文学爱好者。清风世界文学签约作家，作品散见于网络报刊。

听雨（外一首）

作者：刘艳春

静静的午后
倚在窗前
看那纷飞飘坠的雨丝
聆听
洒落大地的念珠
拨打着
清纯透明的尘世

微雨滴答吟唱
像一曲梵音
清净，空灵
如滴滴甘露
沐浴着一朵花的芬芳
思绪
在云朵背后
剥开灵感

渡口

站在春的渡口
聆听
冰雪撞击的钟声
看阳光超度苏醒的灵魂

鸟儿站在枝头
唱诵着经典里的诗句
一朵白云顿悟

日子
在轮回中厚重
春的彼岸
沐浴着岁月的暖阳

读一段时光
让记忆
装满爱与真诚
让思绪
奏响诗行里的一点灵光

雨荷，本名：刘艳春，吉林长春人。辽宁省散文学会会员，华夏精短文学学会会员，西部文学签约作家，作品见于《精短小说》《作家文苑》《当代文学》《西部文学》《大渡河》《奉天诗刊》《暮雪诗刊》《齐鲁文学》等报刊杂志。

草原情丝（外二首）

作者：刘凤华

默默地牵着你的手
在青青的草地上徜徉
清风吻过我的脸庞
喜悦润了我的心房

吟一首发于肺腑的诗
幸福和甜蜜在心头荡漾
舞一曲欢快的麦西来甫
时光摄下浪漫的模样

我向你和草原吐露真情
对着蓝天白云放声歌唱
我的诗，我的歌，我的心在飞翔
带着快乐，带着忧伤，带着希望

绿色的草原绿色的梦想
随清风飘逸，伴花草凝香
雪山甩下一条清澈的小溪
一直在我的心中流淌，流淌……

黄昏的雨

黄昏的雨，淅淅沥沥
湿了我远逝的韶华
一个回眸嫣然
伫立烟雨伞下

雨中飘着的，思念的梦呵
暖暖地漾开了
春的浪花

你的眼睛会下雨

把自己写在手机上
小心翼翼
发给你

我知道
你的眼睛会下雨
一些记忆的东西
淋湿了你的枕巾
流进我的心里

刘凤华：网名天山红星。新疆博乐市人（祖籍河南沈丘县人），喜欢读书写诗，喜欢用文字书写心情，感悟人生，渲染生命的色彩。作品散写于报刊、杂志、多个网络平台。

秋风（外一首）

作者：伍艳华

你情有几许深 我情就有几多浓
囤积四季的秋波
望穿雄霸五洲的身影

掠过西楚霸王的禁地
踏过戈壁沙漠的狼烟四起
挥舞着两袖清风
赴一个亘古的约定

好想 与你再续一纸婚约
圈养在我的星空 用心弦吹拉弹唱
缠绵 淹没离别的钟声

寒冬 是你前世的宿命
握不住你的手 万般无奈
目送你
慢慢地 慢慢地走向
走向冰封……

雪梅

感受着透骨的凉
找寻 来时的路
涤荡一世尘埃

每一次重逢 尽显
含蓄娇羞
白雾里的点点温柔
是你不变的初心

虬枝横斜疏瘦
倾尽一世清奇
幻化成 秋千般的模样

人情冷暖 品味
一场永久的风霜
穿越红尘 裹携一粒种子
在香殒之日 奔赴
下一场轮回

伍艳华：女，汉族，网名：醉了时光，山东省东营市人，本科学历，医务工作者。现为经典文学网散文随笔版版主。中华诗词学会会员，中国楹联学会会员。多篇作品散见于经典文学网、中华文艺微信平台及报刊媒体。部分作品入编《当代诗词人物大典》《当代诗歌宝典》等书籍，由国家级出版社出版。

岁月（外一首）

作者：李斌

坐在阶梯的清冷中
打量着每一秒的青春
没有人知道
阳光已在怀里沉睡

挤进单薄的心事里
任凭路过的影子
捶打着岁月的青藤
留下一路沸腾的时光

不再操心彼此的神秘
丰厚而油酥的表情
疯长着痴迷的故事

被一朵月光照亮了前额
姣好的容颜陷入纯情
迸发着蓬勃的爱意

睁眼的瞬间

阳光融合着百年的歌声
一节手指枕着所有的季节
风铃向辉煌的时刻逼近
采集杜鹃花开的声音

睁眼的瞬间
柳枝向路人挥手致意
竹林里的思绪
被黄昏打湿

隔着黎明与你对话
全部的日子被照得通红
面对高山深谷轻语低喃
远古的神话晶莹剔透

一棵没有年龄的树
把沉默如金的夜晚读亮

李斌，男，湖南省诗歌学会会员，邵阳市作家协会会员，绥宁县作家协会副秘书长，现供职于绥宁县委宣传部。先后在人民日报、新华社、中国新闻社、中央电视台、中国作家网、中国诗歌网等百余家报刊台刊播新闻、诗歌、散文等稿件10000多篇，数十篇获中央、省、市级新闻和文学奖，出版《头条新闻作品集》《情满绿洲》两部专著。

中秋寄情（外一首）

作者：孙素艳

叶从青黄转成秋红
打在飞驰的车窗上
惊醒归乡的思绪
对着远方，寄情

爬月的螃蟹还在河沟
树上的大枣抖落露珠
小院的石桌等待归程的步履
月圆，终点。帆影重重

奶奶打月饼的模子
让时光磨去了半个圆
像奶奶临终没有门牙的嘴
牵动目光里的皱纹，绕团

归途，生命起始的地方
月圆，祖坟连着火炕
小院，大枣抖落一地香甜
弥盖久不活动的灰尘，旋转

一个院子，一个存在
城里的心，这里的根
轮回中的一个点
慢慢扩散轮回的方圆

又遇七夕

远方的你啊，可知何夕
那年的村南，泥猴的你跳进水里
岸上有一个，扎着羊角辫村妮儿
蝴蝶飞过中间的笑语
没有看见雀儿的影子
只有出水的你，多年以后才回味
那是七夕淹没了，村妮儿的心事
看着远去的你，慢慢印记在了心底
越来越沉，越来越沉
那是等待的周期
带着泥味儿的七夕

孙素艳，笔名禾上土，女，河北省唐山市人，中共党员，唐山市作家协会会员。作品散见于《河北诗人作品精选》《中诗会2014年秋季卷》《新老年》《河南经济新闻周刊》《唐山文学》《运河》《济宁晚报》《西南作家》《吴兴时讯》《重庆新视野》《星河》等等。征文大赛中多次获奖。

乡村夜笛（外一首）

作者：阿敏

响自灌浆的笋 或拔节的竹
年味如飘坠的音符
鸟巢与鸟巢瞬间跳跃
农具开始翩翩起舞
石头生出毛茸茸的耳朵
在门口挂着
诺大的祝福

新生活绿了村头的皂角树
张开幽深的瞳孔
一江春水静静流出

月光兀自坐着
铺一张白纸
谁家调皮的女婴
笑笑哭哭

我幻化为一条鱼
不能带走水声
准备好另一个雨季
浇灌漫天的嫩绿

哟 哟
乡村夜笛
回到远古
人在花中睡
福在静中熟

偷来的秋天

太阳枯萎了
落叶在眼里蹒跚
今夜
没有星星
没有月亮
而我决定
去偷一个秋天

用田野中流动的金发
妆你为法国女郎
用醉了的鸟语做酒
装满喜庆的酒坛
让漫天的果香做媒
让丰收的镰刀唱响
再让秋天的太阳
撑一把老态龙钟的花伞

够了吧
我心上人

我要嫁你
偷来一个秋天

阿敏：姓名黎敏，毕业于宁夏师院1988届教育系。《当代诗歌》签约诗人，喜欢写诗旅行，在内蒙教育报文学杂谈、幼教天地、启蒙、《当代诗歌》宾阳文苑、等多家刊物多次发表论文及诗。2017年在宾阳作协诗歌比赛中荣获二等奖；2004年随先生到宾阳办学，至今已十五年。

可儿迎春（外一首）

作者：陈晓莉

春气润泥豆花香
玉苗乖身泥窝藏
鸟谗莽撞草人掌
可儿呡嘴白鸽嘲
春水梳苗鱼蛙闹
蝌蚪嬉水银圈冒
小草恋春依耕道
浓笔轻墨春图骄
春光暖叶枝丫翘
云托风筝兔尾摇
绿草青青揉羊羔
诗路踏青诗情绕
春夜月色挂捷毛
银丝绣菊淡香飘
笛声三催添惆怅
今夜月下迎春常

与你欢歌

睫毛撑上一小伞
伞裙靓妆台上站
站如妙女歌声飞
飞过大江你笑赞
赞美金嗓嫚歌情
情深无边你声颤
颤音电传同台歌
歌颂水美山烂漫
漫山菊花娇艳脸
脸朝太阳噜嘴弹
弹首情歌你更欢
欢歌笑语蓝天灿

陈晓莉：女。笔名爱歌者，重庆诗词协会会员。现代诗《黑夜里的鱼火》等七首入选。《世界汉语文学经典诗词曲》并获重庆实力诗人称号。2019年6月被中央电视台授予“中国当代德艺双馨艺术家”称号。

活着（外二首）

作者：杨卫平

晨曦里，含露的绿叶能给我渴望
梦境中
咿呀的童音在回荡……奔向
梦的天堂，不想不要离开这美丽……

活着，找一个清流给自己栖息
忙碌之余寻觅心中的百灵
慰藉尘世的痛楚和感悟
忘却，迷醉欲壑的狂野
激战杀场的疯狂……

活着，感受伟大和真爱
从善入流的幸福，正视和传递正能量
相信真理永存……

活着……
告诉自己，还能撑起一片天
梦也不会太遥远……
微笑着离开人间……

净心

搂一缕笑给自己，让花开万里
捧一味清凉，让心如静水

赏花品茗读古今，看大浪淘沙花朵朵
漫步原野论今生，歌几度风雨欢与悲

去欣赏身边的草色，童趣的纯真
去感恩远方的问候
怀念他送我的伞与棉被……

看看海的包容，山的伟岸
看冰雪消融及鸟儿反哺的醉与美……

放飞心情，只要愿意就能拥抱美丽
只要聆听就会有优美的旋律……

知道

生命中，已经习惯没你的日子
那就那么好过
难过只能说给风月和花草

似乎忘了，那是可笑的安慰和寄托
事后的人却不在乎这是故事还是谎言
因生命仅有一次

没我表白的可能，我想抓住它

赋予真诚与心切，完成心中的夙愿
不让它成为未来和梦魇……
我害怕
害怕泡影与欺骗，害怕残忍与裂变
以致变成平日里麻木的身躯
迎合着急功近利的狂野与恶毒

告诉我
谁挑开这现实的真伪，还一个清平
还有那不明就理的心里安然

平静的生活不是想来就来
因为我们没有真正地承受困扰和负担
更不相信没有明天

没有岁月静好
只因有人负重在肩

杨卫平：男，陕西铜川人，热爱文学，作品多见于网络平台。

想你（外三首）

作者：刘家进

想你，在夜深人静的梦里。
沙尘掠过，霓虹闪烁，
听孤雁哀鸣催人泪落！
乌云把月亮包裹。

想你，在孤独无助的边城。
风声阵阵，细雨飘零，
看不清道路坎坷泥泞！
锁一段心中记忆。

想你，在满堆脏衣的水池。
疑视沉思，水溢一地，
曾经苦累你默默无语！
我怎忍辛酸泪滴。

想你，在沧桑叠加的岁月。
万千愁绪，思念无期，
你那远去天边的身影！
始终也无法忘记。

援疆人的中秋节

中秋佳节，千家万户团圆的日子。
身在遥远的边疆，
朋友送来了中秋月饼，
礼轻却义长！

窗外的月亮，笼罩着暗淡的阴影。
明白了月是故乡明的含义，

每逢佳节倍思亲的诗句，
挂肚又牵肠！

圆圆的月饼，捧在手里沉默了许久。
忍不住轻轻地尝上一口，
留下了一个难以弥补的残缺，
香甜却伤感！

簌簌的秋风，带走许多飘零的落叶。
飞到了老远老远，
不知道是树没眷恋还是叶无情，
无奈又凄凉！

借酒消愁

人过半百鬓成霜，聚散离合两茫茫。
欲借烈酒千秋醉，甜酸苦辣杯中藏。

岁月感怀

风雨兼程岁沧桑，尘事难了鬓如霜。
感怀总羡杯中酒，倾诉且听月下弹。

刘家进：笔名：追梦人，浙江省云和县人。中共党员，热爱文学，作品多见于网络平台。

靠近你（外一首）

作者：刘勇

静静的月光下
一幅褪色的画框
正守护光阴
靠近你
静悄悄地
释放着你绿意朦胧的思念

和暖的阳光洒落着
浑然不觉间
已腾飞起一首金灿灿
最美的预言

顺着街沿
那一树树盛开的玉兰花儿
正等待着
那曾经歌唱的鸟儿

写给现在的诗

终于自由
定会珍惜 这
人生第二春

那一窗的
纤纤清丽影
全都揽进怀里
安静 沉浸
守你 望你
多么倾情的陪伴
安寂与清幽
感激这超越
我拥有的
这份额之外
隆宠与奢华美遇
诗情画意 初心不改

刘勇：笔名：一滴墨香。新疆阿勒泰人。毕业于新疆大学。20 多年一直从事媒体工作。工作之余，她喜欢在古城暖暖的午后，缱绻着俗世的烟火，与流年握手言欢，煮字安然，乐此不疲。

大河之水——屯氏故道

作者：王胤祥

据沧州市《孟村地名初考》所载：“王莽篡汉为新后，建国三年（公元 11 年），诏令浚通屯氏河，河依齐堤走向，经东光、南皮，至今沙涨庄西入孟村境，经宋庄子、王宅，至孟村北又折东北过王林东，何吕店西，杨寨、留舍东入今海兴境入海。”（屯氏故道海兴段，今在兴建“海兴人民公园”时已找到。）

黄河
九曲十八弯　秀一下你的身段
故道
沉沙藏你的美韵
屯氏故渎　《汉书》中找到你的身影
传说中触摸你的年轮
身临其境　倾听你的呼吸

今址
碧野如茵　恬静似画 太平 福境
回眸千年　洪波奔涌　一泻勃洋
何其壮伟　大观鸣啸　万载回音

一个偶然的相遇
世人触及了你的曾经
现代化的机械把你从遥远的大汉朝唤醒
数眼古井透出你深邃的眼神
你从历史的春月秋风中走来
你从光武伏鞍民间的时空中走来
你走来，一副惑然的样子
凝望穹苍，无言静默
是啊，你一觉就睡了二千余年

如今也该醒来了

屯氏古河，奔腾不息与大河同量
曾经分担了古域忧伤
曾经肩负着保一方安宁的大任
历史无常，赋予你昙花一现的使命
九河东纳　绘你的华章
沉沉时空　谜一样的湮没

今朝
屯氏河与古邑的信息仍在拼聚
它是考古学家推敲考研的课题
她是历史人文一道靓丽的风景

沧海桑田，斗转星移
唱一曲大河故道
音符参差　衷肠千万
叹叙　屯氏流章　晓于世间纪缅
屯氏河，一条消失了千年的黄河故渎
盛世中与你相会。

王胤祥，河北省海兴县人，历史学者、诗歌、散文爱好者，作品多见于网络报刊。

逝去的岁月（外一首）

作者：朱文明

一首喜欢你
唤醒青葱岁月
曾记，多少日子如眼前
一往无前的勇气
放声高歌
爱恨自由
笑哭随意

叹，岁月如沙
从指间流逝
无声无息
老了容颜
青丝已白发
不复往昔
卷起所有心绪
埋藏自己

夜涩

夕阳抽身离去
夜色踏云而来
一瞬间

吞没天地

行囊背起
走在林间小径
偶尔的虫鸣
流水的声音
寂静慢慢入侵
无法言语
风如影随形
挥之不去

一个人的世界
苦涩独尝
心被孤独带离
慢慢沉寂

朱文明：笔名秋风，上海人。爱好文学诗歌，闲暇之余喜欢写诗，融情于诗，以诗会友。

故乡的梨花

作者：王新

故乡的梨花
依然那么洁白
盛开着童年的往事
诉说着游子思乡的情怀

故乡的梨花
依然那么洁白
弥漫着青春的味道
扬洒着质朴清纯的真爱

故乡的梨花
依然那么洁白
潮涌着春天的花海
寄托着金秋丰收的精彩

故乡的梨花
依然那么洁白
映衬着闾山的秀美
装点着幽州重镇的边塞

故乡的梨花
依然那么洁白
纵使经历千年万载
仍不染一丝世俗的尘埃

故乡的梨花啊
心中永恒的洁白
挥之不去
是家的颜色
魂牵梦绕
是情丝难裁
让我在幽香里醉去

看着你
款款地向我走来

王新，男，辽宁北镇人，1972年出生，1990年入伍，曾在部队服役14年。现在辽宁大连金普新区政府机关供职。喜欢读书、户外运动、文学。

爆米花（外五首）

作者：王俊琴

叭的一声响
人仰帽子飞
爆米花出锅了
米花笑花
浑混成一朵花
笑声咚叭声
惊跑了树上的鸟一群

灵魂

一颗生命的种子
以顽强的灵魂融入血液
永不放弃追求绚烂人生

父亲的手掌

父亲的手掌
高高举起
轻轻地落下

一直留存的味道

女儿小时候
喜欢去图书馆
顺着她的心愿
我陪她去
看着女儿津津乐道的样子
心里那甜蜜的味道
直到女儿长大
还留存在我的味觉里

风景

你托起生命的那一刻
成为我心中
最壮美的风景

回家

小时候看完电影
父亲背着我踏着月光回家

我安然地做着甜美的梦

王俊琴，笔名：天海踏浪。女，汉，山西省吕梁市兴县农业农村局职工，农技师，系国际诗歌协会会员。2018 年发表诗歌处女作《喜看我的家乡》于《兴县报》，2018 年获首届“华夏诗人，优秀诗歌”比赛三等奖，2019 年被《当代汉诗精选 1000 首》选中获银奖，2019 年于“坦桑尼亚联合会杯”全国征文比赛中获优胜奖，作品发表在《兴县报》和一些平台。

找回我失去的世界

作者：齐春生

这个世界太嘈杂、太庸乱
我要去找——找回我失去的世界
我不能整天整夜
守着那块不属于自己的贫瘠与荒芜
回到我该去的地方
我要去找——找回我失去的世界
我知道，属于我的
该是自由、博爱，该是幸福与和谐
我不需要这人与人的猜忌、狡诈、欺骗和算计
我要去找——找回我失去的世界
摒弃痛苦、摒弃悲伤、摒弃掉所有的罪与恶
我要活出我的潇洒，活出点人样
没有贪婪、没有私念、没有卑贱、丑陋和愚俗
我要去远行
不论经历怎样的艰难挫折
不论未来会是怎样
我也要去找——找回我失去的世界

齐春生，江苏南京人。爱好文学，作品散见于网络平台。

光辉灿烂的明天（外一首）

作者：王军武

昨天并没走远，昨天就在你身后，
它和你的影子在一起，
它会时常跟着你走。

今天并不是很清醒，
今天虽说就在你的眼前，
是和你的眼光在一起，
可是你经常也会走错路。

明天并不迷茫，
明天取决于你今天走的路，

它和你今天的脚步在一起呢!
你今天向前每迈出一步,
它都会随时提醒着你,
也都在告诉你,
你的明天是什么样子的!

你的光辉灿烂的明天,
就在你今天走的道路上呢!

故里山谷流出的溪流

我的故里太岳山
山岭峻秀,四季如画
沟谷、山洼
树密,幽静,草木旺盛
百花鲜艳,芳菲飘溢
沁人心脾
一股股溪流清澈见底
淙淙流淌

来到这一泓清亮的山泉旁
我感慨万千
莫不感奋、遐想:
涓涓溪流
它带上那源流——
出乎山石中喷涌山泉的
澄碧清亮的本真
流得很远,很远。

王军武:山西霍州市人,中国电影家协会会员,中国电视艺术家协会会员,中华诗词学会会员,中国散文诗作家协会会员,《中国当代诗歌大辞典》特聘签约诗人,国家一级导演。诗歌作品散见《临屏精华诗词赏析》《中国当代诗坛名家代表作》等选本,北京、上海都市头条及中国诗歌网发表诗歌1000首。现为燕京文化艺术交流协会、传世图书文化策划出版中心、歆叶文艺杂志社签约作家。

我从你的影子里缓缓淌过

作者:陈雪蓉

我走进你。缓缓淌过弯曲的树叶
空气、暗礁里的漩涡

月光打下来。我看见一千个你
我顿时好起来——小剂量的悲伤

捡起抵抗。以毒,以血。
哪怕,拍死一只住在脸上的蚊子
如同拍死自己

想你的白天、太阳在饥饿中死去

那只淡蓝色的心脏仍然倔强

一把不灭之火。洒进星空
而你，抛出的呓语，急于潜回

月光白如雪。落在掌心的湖水
举起一颗最亮的，瞳仁

剥开自己。剥开怀抱盐碱地的孔雀草
一截汹涌的水

陈雪蓉，笔名青荷染依喜欢文学，尤爱诗歌的80后湘女一枚。有诗歌入选《西散南国诗刊》《南国红豆诗刊》。有作品入选第二届世界诗之初心大赛参赛。愿以瘦笔一支，泛舟人间。

初恋——看雪（外十首）

作者：汪永定

那是第一场雪
风风扬扬落得很多
到了地上
都化了

那是最纯洁的雪
洁白轻柔柔情千结
到了地上
都化了 化了

当情窦初开的情感凝成沉甸甸的云彩
当这沉甸甸的情感纯洁地飘落下来
大地并没有接受这份洁白的初雪
而是拒绝了无际的深情一片洁白

雪哭了，很伤心
把自己哭成了一个泪人儿
流了一地
流了大地一怀

冬——独自

愁绪似空气一般
孤独在睡梦中蔓延
寂寞咀嚼日常的平淡
身心在棉被中清寒
清脆的钟声
时光流走在摇摆之间

大海

愿将我温暖的腋下
给你取暖

温暖你多年来容易冻伤的双手
愿将我博大的胸怀
为你停留
停靠你疲惫的肩头

而你驾驶一叶方舟
驶向大海的另一头
任由我眺望的双眸
在天际间漂流

午夜蝉鸣

多么想你洁白如雪
情怀纯洁
让简单的脚印伸向遥远、永恒

多么想你坚定如铁
勇往直前，百折不挠
让我们的风骨值得怀恋

多么想你用心专注
如黄河洪波般执着东流
多么想你踏实、朴素
那我便与你用爱汇成海洋
那我便与你用情堆成高山

取暖

在这沉静的夜晚
寒风将我的空气冻结
我呵手取暖
然而温暖我的
只有我对你的思念

我们的友谊

我们的友谊不会褪色
岁月的斑驳
世事的变迁
它更加沉积和充满绿色
不需有意
我会在无意间想起你

为爱呼喊

在蔚蓝的天空里
我所召唤的 不是云雀
是我为之 着迷的天使
在波澜壮阔的大海边
我所召唤的 不是金鱼
是一叶为爱飘摇的白帆
回首经年
不变的是沧海桑田

任那般秋风把晨露吹干
明月把枫叶渲染
我尽情地为爱呼喊
让爱情的阳光把我的热情填满

致爱人

站着我是一棵挡风的树
守护在你的身旁
躺到我是一张温暖的床
抚慰你一生的疲倦忧伤
你说 爱情是一粒口香糖
先甜后淡
最后就想把他吐掉
但是我说 亲爱的
就算某天 你真的将我遗忘
我也会给你留下整个春天的光芒

南湾湖

为什么要用你无邪的笑容
填满我的内心
你知道我喜欢你的柔情
处子的纱裙是飘摇的薄雾
你所袅绕的是我期待的南湾湖

我轻轻地靠近
脚步像梦一样轻
你害羞的脸蛋涌满天真的绯红
早起的朝阳是你的胭脂

我用尽所有的爱
召唤水雾中的精彩
陶醉的蓝色
柔软的青瓷是你摇曳的肌肤

为了让你晓得
我悄悄游进你的心间
不经意间　不经意间
你溢到岸边
淹没了石子
淹没了我
淹没了南湾湖

伤感七夕

要走很远
不要回头
知道不可忘记
坚决将记忆抹去

你走你的
无须挥别
我可以领略春风
更晓得四季无常

几年后

几年后
曾经的钢铁友谊
已锈迹斑斑
几年后
曾经的肝胆相照
已时过境迁

记忆中
曾经共有的秘密
已不值一提
记忆中
相赠的卡片
你是否还放在抽屉?

当往日的春水
重回溪边
你的背影令我泪流满面
一挥别间
已说不清有多少个朝夕悄悄淡去
万般回顾
任由思念留在眉上心间

汪永定，男，出生于1983年，河南省信阳市固始县人。家后有一片松林绵延无际，少时常邀好友去林中游玩，故号松林野子。毕业于河南财经政法大学，现居于郑州。

同学情，溪水的歌

——献给我的老同学们

作者：王忠兴

来自雨滴，融自冰雪，
出于泥土，田间沟壑。
汇聚一起，我们唱起溪水之歌。

穿过田间，走过村落，
绕过高山，踏过林泽。
一路舞蹈。我们唱着无忧的歌。

浮荡的落叶，飘来的花朵，
枝上的鸟儿，游鱼蛙跃。
这都是我们喜悦的源泉，
少年时的欢乐！

虽然偶与山石碰撞，
但看那飞溅的浪花，
是不是满是晶洁?
虽然，
有时会跃落悬渊万丈，
但听那欢愉的声响，

却洋溢着向前的欢乐！

我们静静地流淌，
保留着最初的天真、纯洁清澈。

忽然的一天，
我们汇入大川，
知道了什么是浑浊！
又流入大海，
品尝着什么叫苦涩！
汪洋一片，
再难看见各自的身影！
惊涛骇浪，
再难找回昔时的喜悦！
——鸟鸣蛙跳，
——落叶飘朵，
都去了哪里？
丢失的欢乐！

但我的内心，
依保留着高傲的纯洁、
最初的清澈！

我多么希望，
能够蒸腾！
化作水滴，轻轻飘落。
回到那，不经意间逝去的
美好岁月！

王忠兴，男，48岁，初中文化。整木制作安装工人。从小喜爱读书看报，尤爱古诗词。作品散见于网络平台。

那是一朵莲花（外一首）

作者：牛瑞花

远远地
那是华山前的一朵莲花
幽静，高雅

静静地
那是莲花后的一座山崖
巍峨，挺拔

悠悠地
那是莲花上的一片云霞
娴静，优雅

暖暖地
那是碧波顿生的涟漪，心头怒放的花
澄清，典雅

那花，那山，那云霞，那碧波粼粼，纯洁典雅的花

似遥远
却又在身边

不敢回望

一张车票买断了美好的时光
转身
不敢回望，离别的泪水淹没了心房

饮一杯烈酒，让想说的话泛滥
胡乱倾吐着离殇

转身，泪水成洋
多情的小舟在漩涡中激荡
任其淹没，不敢回望
一背距离独成汪洋

比翼双飞因三界难圆梦想
注定是鸟儿，因断翼不能飞翔
注定是花，因失花期不能芬芳

夜来了
劲风狂澜苍穹，撞击了心房
不敢回望

愚婆儿，原名牛瑞花，女，汉族，祖籍河南濮阳，现任教于苏州市姑苏区东冉学校。爱好诗词，把生活中的点滴融入到诗词里是自己最快乐的事。

天边那双星星（外一首）

作者：依水

天边那一座耸立的高山
是你伟岸的身影
远方那一条河水
是你一江缥缈流淌的柔情

西空那一抹彤彤的彩云
你在哪里落寞
眨巴星星眼睛里
饱含希望的泪痕，炯炯有神

啊，父亲。节日的今夕
忆起我参军的时候
那双目光的坚毅
就是你今晚的星光盈盈

许多年以前多少的梦呓
巴望着后昆子仁
奋发图强跃飞
高翔远方，靓丽南国梦的希冀……

故乡一片云

这里有一片，翠绿的松海
铎塘湖的碧水，如明镜一般
村落层层叠叠，倒立湖中
水央柔美　如同梦幻，变迁

童年的诗画，毛氏三里村庄
汩汩不绝的真君江，水织网源
矗立心海的六月瀑树，挺立历代
歌声陶醉，当年的魂牵

这里有片稻田，绿意盎然
宏图舒展着碧涛，黄金一派
北垄梯田，摇曳着丰收风姿
橘林层层，收获金果万担

迷人锋塘村，多彩似锦绣
袅袅炊烟飘落在，我的心灵空间
塘堰鱼儿飞，丛林湖中现
秀丽毛家，我心中的梦呓魂念……

依水，本名毛佩华。诗歌在全国党报党刊民刊、田淑伍主编诗集《中国当代诗人诗选》等书籍，发表三百多篇诗文。

似乎世间万象都是路过（外一首）

作者：毕斯惠

这里曾经燃起一堆火
我曾亲眼看见
那是一个深秋
那是一堆正燃烧的熊熊的火

火光冲天
火势蔓延、汹涌
恣肆泛滥

热烈的、忘我的、娇羞的红色
掩盖了一切
世俗与猥琐、善与恶
吞噬了周围
一切的杂草、枫叶及可燃之物

火尽后
凌乱、腐朽连同燃烧后的生物的尸体
一并，归于混沌

最后，一的一切、一切的一

清零
……

似乎那火从未燃起
清风捎不来半点信息
似乎这世间万象
都只是——路过

中秋月圆

中秋月圆，古城的街前
蝉，轻嗅着斑驳的印痕

月，摇落了满池的红
那是羞涩的枫
醉了容颜，醉了古城中秋的夜晚

我 流落到这里
在这古城里
我来了多久，还有驻留多久

月华灼灼，举杯对月吧！
我们共饮

月亦有心
当记得落蕊飘飞的小院
当记得葡萄藤下未读完的诗篇
当记得古铜色圆桌旁
我们曾邀你入席，共享天伦

也是这样的中秋夜晚吧
那时候
你将身影投入波心、翩跹而舞
我们，和着丹桂飘香——入眠

毕斯惠，出生于上个世纪70年代。教师，喜欢文字，享受文字直达心灵的快乐与温馨。河北省诗词学会会员、唐山市诗词学会会员、唐山市作家协会会员。作品有组诗《叶的忧伤》《你给我的，我丢了》等百余首；散文《爱》《记忆生命中的感动》等。

人生只如初见（外三首）

作者：邓超予

假若啊 人生只如初见
那么这舞台便可拆除新建
还有台词也可重新改编
那么故事便可从头上演

假若啊　人生只如初见
也许这时我正在另一个地点
和另外的人遇见再擦肩
也许风景又另有一番洞天

假若啊　人生只如初见
那么在流星划过的瞬间
那来不及许下的美好祝愿
此刻就能够如花般绽放鲜艳

可惜啊　人生不似初见
就算我说爱你一如从前
你已远去消失在我的眼帘
何苦再见呵　何苦再见

可惜啊　人生不似初见
任凭我说爱你不曾改变
你已远去　消失在我的视线
不如怀念呵　不如怀念

可惜啊　人生不似初见
原来永远只是人造的谎言
哪里来的爱你千千万万年
沧海变桑田也不过转眼间

等花花不开

我有花一朵，雨来花即开
花开香满园，花香蝶自来

我有云一朵，风来云即开
风停云且住，倒映在湖海

等雨雨不来，等花花不开
人来人往里，我等你不来

风怎还不来，云怎还不开
你来或不来，我一直都在

醉红楼

对酒当歌，自古快意恩仇
人在江湖，恨此身非已有
翩翩起舞，邀来嫦娥伴奏
江山多娇，更爱美人温柔

今夕何夕，明月几时能有
爱上层楼，多少新愁旧愁
青梅煮酒，数尽千古风流
醉了芍药，醉了梦中红楼

今朝有酒，能不一醉方休
来日方长，唯有杜康解忧
风平浪静，世界来去自由
不羡神仙，只羡鸳鸯同游

难得糊涂，何不随波逐流
人生如梦，不妨半推半就
海阔天空，天地任我遨游
举杯浇愁，今夜不醉不休

沈园情

如梦如幻 如露如电
情之一物 啼笑因缘
桃花最鲜 人面最艳
是情是怨 是思是怜

故人归来 东风不辨
粉壁青苔 字里行间
只见桃花 不见人面
我有相思 不增不减

盼见沈园 怕见沈园
竹马已老 青梅已谢
曾经沧海 而今桑田
不如不见 不如怀念

盼见沈园 怕见沈园
凤钗依旧 滴漏已倦
覆水难收 破镜难圆
不如不见 不如怀念

盼见沈园 怕见沈园
不如不见 不如怀念

注：沈园在今浙江绍兴。八百多年前，南宋诗人陆游和唐琬伉俪情深，却被迫离异。后两人邂逅于沈园，陆游感慨怅然，题《钗头凤·红酥手》词于壁间，极言“离索”之痛。唐琬见而和《钗头凤·世情薄》，情意凄绝，不久悒郁而逝。陆游和唐琬的爱情故事凄婉动人，沈园也因此流芳百世。

邓超予，跨界文化名人，音乐人和诗人，土家族，中国诗歌协会会员。国学大师季羡林和声乐大师金铁霖先生的最小弟子，曾作为首位青年歌唱家和诗人身份登上北大讲坛，出版了诗集和同名音乐专辑《予香袅袅》，被联合国收录到世界经典文学艺术名录，并获中国新诗百年影响力人物奖，诗集和音乐专辑曾作为国礼赠送美国国务卿，塞浦路斯总统和夫人，诺贝尔奖获得者邓肯·霍尔丹和理查德·罗伯茨爵士，洛克菲勒家族等等。2015年，举办个人慈善音乐会，募集爱心款物1352万元。2017年戛纳电影节，以中法文化交流使者身份出席并发表万人演讲，以一袭土家族服饰惊艳戛纳红毯，引起世界媒体轰动。

我的大地（外一首）

作者：林福平

野马般的北风卷起的沙尘在疯舞狂飞

浮华燥热里的忧伤是冰封的往日记忆

时空把苦难写成长长的裂痕划过苍穹

听到的是萨克斯的尽情倾诉
闪过的是马头琴撒出的一把幽怨
天那边的低鸣声是大提琴的孤单身世

是什么样的温情烘散了世间的冰霾
又是怎样的暖意拂去了——
弥漫在心里的寒气
是忍辱负重的深蓝火焰——
让我的大地绽放出了无尽壮烈

月夜咏怀

枝叶隐香留旧影，
蛙鸣虫咽暗思量。
咏怀何惧风月老，
世事唯有寂寞长。

林福平，男，1956年5月生，福建作协会员，鲁迅文学院福州研修班学员，著有长篇小说《凉凉的月华》（海峡原创长篇精品）。

初雪

作者：杨帅

半梦半醒间，一缕晨光混入我朦胧的梦境
推开窗，一丝凉意肆虐而来
初冬第一场雪，就这样，悄然而至

你的突如其来，让我愈发贪婪
不甘与你共舞，愿将我芊芊心结
与你研墨成词，互诉衷肠

而你，却羽化成爱的甘露
温暖了与我似曾相识的心房
我误以为这是你另一种的抚慰疗伤
可我又何曾想过你已黯然神伤

但我别无他法，你的出现
赐予自然的是不曾有过的寂静
带给我的却是难以割舍的眷恋

但浪荡的游子啊，不舍的却是这片刻的缠绵
纵然可遇而不得
但这才是当初喜欢你的样子

杨帅，吉林省四平市人，代表作《初雪》《雨夜》《人生》等，作品散见于网络平台。

我造的风景（组诗）

作者：李景阳

1. 书景

我是鸟雀生有求知的喙
我贪婪啄食圣贤播的籽
书市书展让我趋之若鹜
饥渴淘选后必书满囊空

我是群蚁中最勤的一个
总把沉重纸物拖回穴中
直令臃肿书柜接天触地
家不像家倒像储物仓库

书林高耸好比城中屋宇
每购书为它增砖添高度
若无房顶我就让书凌云
天下之壮观怎比此壮观

茶余饭后我总久栖书屋
我愿在书海中溺水沉没
让智慧浸透我整个身心
与知识共生我乐趣无限

2. 碟景

小碟片将音乐无穷繁衍
铁物借声电竟产出靓音
于是乎吾宅连通维也纳
渺渺然我身处金色大厅

万千乐盘乃是有声阅读
碟碟连缀即成音乐通史
贝多芬和莫扎特是晚辈
莫忘泰勒曼蒙特威尔第

原只知文字图画悦人目
却原来最大快乐是聆听
耳朵与心灵距离堪无缝
音符驱遣心绪如风唤雨

从此文学音乐共牵我心
我将一半心思分给新缘
音乐言说从不明明白白
而它弹拨心弦堪比精灵

3. 石景

不知为何偏与石头结缘
矿晶满眼夺去乐盘风采

好大野心欲把名品凑够
每每出游不忘携石归返

时常将肉身与顽石对照
人虽有灵然而太短终始
无知冷物生命居然太久
我哀叹不能与爱石永伴

矿晶百样形态隐秘难解
揣想其生成思绪越千古
方解石竟为何柱形如削
萤石文石为何水样晶莹

地上草木须浇灌才茂盛
地下矿晶只拂拭便剔透
当雾霾令万绿归于一灰
赏石斗室吾心起舞翩翩

4. 心景

书景碟景石景皆为心景
只因爱物乃我随心采撷
书碟石都是我心之外化
万般审美皆由我心引领

也因此我不能苟同潮流
不肯跑远路玩时髦民宿
野居或可让我暂欢几日
无爱物陪伴我内心虚空

除非我把爱物随身携带
让民宿也有我心灵造景
然而这纯属臆想与妄念
只好死守吾庐甘愿落伍

我爱寒宅只因风景自造
自恋自怜缘于随心所欲
莫说我心之偏而胸之狭
我是鱼族只能栖身于水

李景阳，散文作品曾入选《思辨散文选》《暗香中的梦影——散文月刊1996-2001精选集》，并获《散文》月刊“柳泉杯精短散文大赛”奖。有散文专集《剪口时代》出版。杂文创作曾获2016年“首届全国鲁迅杂文奖”银奖。现为北京市杂文学会理事，退休前供职于中国社会科学院，任研究员。

暂别（外一首）

作者：杜鸿儒

总感叹时光有些匆忙
有时猝不及防
聚散迷茫　最后还是泪湿眼眶

也许前方　寻找一丝希望
愿你们　快乐安康
深夜时想大醉一场
别再让我远走他乡
带着惆怅　身体有些冰凉
我把记忆深藏　把思念刻入心脏
我想记得你们每个人的笑颜
我在何地　你们依然在身旁

随缘

焚几本经书 不悲不喜
断几根琴弦 不伤不寂
高山流水中总有个人朦胧烟雨
碧海潮升总有些水浪随风而去
且我在这儿等你 风铃滴滴
他在那边看了几眼过去
时光也许刚刚好 落花随流水远去
却浮着故事和记忆

杜鸿儒：1996 年生人，河北唐山人。喜爱阅读，享受文学的快乐。

姥姥家的石磨（外二首）

作者：汪守兵

两片古董
斜靠在冠子老家屋的角落
那是姥姥家的石磨
厚厚的
像姥姥勤劳的双手
圆圆的
像姥姥烙的轱辘馍
凹凸不平的磨齿
像姥姥额头上皱纹
一道道
镌刻着生活的坎坷
还有，那个磨眼
深不可测
含情脉脉
苦难
在磨棍的驱赶下
被碾碎
筛眼中挤出点点快乐
姥姥家的磨
很重
有推不动的爱
姥姥家的磨

很老
有我爱听的传说

父爱如山
——百日祭父

小时候
觉得父亲是山
高大威武，又不失庄严

长大了
觉得父亲是丘陵
绵延至脚下
可以攀缘

后来呢
觉得父亲是草原
揽我入怀，倾心而谈

再后来
父亲是荒芜的沼泽地
成了儿女们不愿涉足的泥潭

如今
心目中的父亲是大海
波澜不惊，海纳百川
不
父亲是我们头顶上的苍天
比山还要高，比海还要远

遥寄母亲

您，
曾是儿生命的口粮
哪怕只哭一声
就可饱饮鲜美的玉液琼浆

您，
曾是儿夜起的油灯
哪怕只动一下
便迅速亮起满屋温暖的光

您，
曾是儿行程中的避风港
带着伤进了家门
便不那么痛
卸去累赘就把快乐分享

您，
曾是儿隐形的翅膀
赐我信心，予我力量

如今，
在这个母亲节里
您，
成了儿痛心的想

汪守兵，1966 年生，笔名老墩坎，安徽省寿县人，本科学历，中学高级化学教师。喜爱文学创作，散文、小说、诗歌散见于多家报刊和网络平台。其作品朴实无华，情感真挚，贴近生活，被称为“最接地气的业余作家”。

天空（外一首）

作者：蔡东

睁大眼睛凝视你
在远处，在近处，
看你都很美
阳光是你的微笑
和风是你的温情
细雨是你的泪滴
浓云是你的忧郁
无论天晴吹风多云下雨
你都得跨出家门
但我永远成了你的随行
哪怕电闪雷鸣
我也走不出你
居高临下的俯视
爱你，今生今世，真的

回忆

曾是一首婉转的曲
像春水潺潺之灵动
在我彼岸的港湾弹拨

曾是高山上一棵小树
挂着几滴晶莹的夜露
在我遥远的探问中滴落

透过人生旋转的探戈
耳畔仍听到那首青睐的歌
“好一朵茉莉花……”
曾绽放过芬芳的鲜活

我铺开蝉翼的双翅
把您的情思谱成曲
抒情而悠然地
把祝福唱到美梦的角落
多想唱美“花儿为什么这样红……”
红透在我饱经风霜的枝头

蔡东（原名蔡振东），1948 年生，重庆市永川区人，执业中医师。系重庆市作家协会、中国散文诗学会、中国北方诗人协会、重庆市诗词协会、永川诗词学会理事。发表诗（文）600 余首（章），出版专著《蔡东诗选》。1983年至2011年多次获市、省、国家级全国诗歌大赛一、二、三等奖，其传略选入《中国医药创新与发展中华诗词精选》《共和国名人大典》等书种。

望春风（外二首）

作者：诗旷

忘了问世的天
仿佛我们无缘
天上落下了残泪
你又吻了我的脸

雨中遮住了视线
看懂了谁离去的眼
你温暖了我的祝愿
我又何曾恨永远

谁都没有乱情怨
只是美好的分散
不过是前世的呼唤
今生再盼

谁都明白让爱不用传
岁月可团圆
谁能在这个人世间 替我舞翩跹
轻纱漫漫 白衣飘仙

情人

那雨　商量了我一夜的眼泪
简约的愁　清算了风烛
用了多少良心
换来了一段　苦曲
是谁的声音　那么远
仿佛我的情人
她　轻轻为我幽唱
忘了我　忘了我

不是　忘了你
是我　忘不了　我

花满楼

你说你要骗这份爱情
我露出了虚伪的笑容
偶然 听你解释偿还
我发现 不管付出多少
等待 都会走远

生活多么美 不隔碍一山水
风拉着我的真诚 轻轻地醉了

最后的表白 还没露出声色

云朵 流出了一点眼泪
灯不残

知道了你的骗局
还在维护着你的　尊严
仿佛花朵　开满楼

你不会欺骗我时
你笑了

王气满楼
我真的笑了　花满楼

诗旷：山东省济南市人，自由诗人。

微刊小酒吧（外一首）

作者：杜文星

我想在微刊里
开一间小酒吧
让所有目光疲惫的诗友
在那儿停留休息
储存好足够的浓墨做酒水
准备好丰盛的纸张做点心
为诗途困顿的诗友驱赶寒冷、吟唱解渴
在那高高的刊上
让绝句律诗，词曲古风
新诗美篇们来此休息
睡梦中有旅途优雅的风景
悲欢离合的倾述
我会守着深夜的萤火
好让它们慢些飞走
这想象真的探异玩奇……
而我所知道最美好的事情
是在一年前
由一扇微刊的窗口为我讲述着这里的故事

有一个地方

有一个地方
活在不重要里
坐落在不起眼的地标
名叫《中国诗乡》

我们把这里的故事重拿轻放
把大山削成根雕
芙蓉江搓成长龙
再把诗、词、歌、赋连成一片混响

这地方
就像少女的倩影
她用语言的方式爱你
用诗歌的口唇吻我

细细聆听着这方土地
诗韵的回声 ……

杜文星：男，汉族，1962 年 9 月生，贵州省绥阳县人，大专文化，医师，敬业喜文学，绥阳县诗词楹联学会会员，遵义市诗词楹联学会会员，贵州省诗词楹联学会会员，作品散见《中国诗乡》《诗乡诗词》《贵州诗联》等刊物，平时所写诗词收录于自编诗集《枫叶杂哼》里。

致自己（外一首）

作者：黄梅枝

缩短痛拉长希望
人心穿着各色衣裳
深深怀念
与你一起抚摸过的时光

将那些没有见过阳光的美好
将那些用心灵谱成的歌谣
或密封或打包寄给你

我的信念很巍峨
你鼓励我抬起不懈的双脚
正前方肯定有狂涛巨澜
努力向目标挺近
但愿不会划出猩红的伤

冬天的尽头是春天
也许春天不能霸屏每一寸阳光
谁能告诉我
春雨能否洗净惆怅

爱情

爱情有什么好
不光相互温暖还相互伤害
享受美好的同时也受煎熬

爱情有什么好
浪漫与温馨字面光鲜
谁又知道它承载着沉重四处躲藏

爱情有什么好
记住它恩惠的人
永远赶不上它伤害的人多
太多的情侣秒变成死敌

爱情有什么好
上一秒是珍宝
下一秒是石头
一个转身就是一生

黄梅枝，女，党员，大专学历。从

事教育二十多年，爱读书爱写作，在多家纸媒和网络平台发表长篇小说、短篇小说、散文、随笔、现代诗、古体诗等作品二百多万字，曾荣获商丘电视台建台三十周年有奖征文二等奖，全国历史体裁有奖征文二等奖，年度先进个人称号等。

不安（外一首）

作者：张晟彪

说是秋雨寒蝉苟延与残喘
说是秋风落叶无奈与难言
假如有人问起我的不安
我不敢说出模糊的双眼

我不敢说出模糊的双眼
假如有人问起我的不安
说是秋风落叶无奈与难言
说是秋雨寒蝉苟延与残喘

致生活致自己

风
吹散了希望
却始终吹不断惆怅
亦如
吹落了凋零破碎的心
同时
吹现了落日余晖昏黄
此前
我只愿做一片落叶
任自在空中飘荡
风起我来
风停我往
晓看天色
暮看残阳
此刻
我更愿做一个孩子
任自在田间奔跑
且看
绵绵的柳絮
缓缓地飘
青青的柳条
轻轻地摇

张晟彪：笔名晓香田叶，中华精短文学学会会员，签约作家。蓟州区作家协会会员，清风世界文学编辑部特邀签约作家，“CCTV 智慧中国栏目组”访谈嘉宾，“今日头条”新闻人物，2018—2019 年度优秀作家，天津市多家教育机构特聘写作指导教师。作品多收录在《采风中国》、国家级出版社出版的《中国当代诗词精选》《中国当代诗人诗选》等经典诗词集中。在“拒绝毒品，珍惜生命”等多次征文比赛中荣获奖项，其书法作品在区内文艺展中多次荣获殊荣。在“2018年首届全国文豪杯大赛”中获得银奖，2019年首届“清风世界杯文学大赛优秀奖”等。

三都，三都（外二首）

作者：林金茂

呼唤着你的名字
我闻到了海风阵阵的馨香
太多太多的梦想在海面上绽放
塑胶养殖是新的创举
一层层如画的梯田
在蔚蓝的天穹下
随着惊涛拍岸的千层大浪
闪烁发光
三都啊三都
你是东方一颗璀璨的明珠
福海关、电报局、天主教堂
让历史不会忘却
官井洋、斗姆岛、海上渔排
让你名扬天下
三都啊三都
可爱的世界天然良港
你从宁静的港湾款款而来
在每一个时节里都焕发着新的风采
那温柔腾空的海豚
已把你的神奇传送天上人间
今天你盛开在母亲的怀抱里
明天母亲将陶醉在你的美丽中

注：三都岛位于福建省宁德市，与宝岛台湾隔海相望。

百瑞谷之歌

一个京西百花山下
沉睡了一千多年的美人
醒了
除却了那黑溜溜的非洲人的脸庞
轻歌曼舞地飘来
欢笑似一颗颗璀璨的翡翠
在满山遍野播撒
仿佛那沉甸甸的老祖宗留下的矿山宝藏变绿了
瞬间这旅游胜地
裂变成了新时代金灿灿的聚宝盆
我们从大江南北相约在这里
蓝天白云下手牵手的欢乐
栈道流水亭诗与诗的碰撞
山水聚福楼杯与杯的交响
一幅幅良辰美景尽收眼帘
这边春暖花开习习凉风徐来
所有的烦恼被吹落殆尽

那边不尽禅悟

千年古刹瑞云寺飘来的无疆般的精气神啊

多姿多彩的百瑞谷

你带给我们的不只是笑语

更多的是欢歌

注：百瑞谷位于北京房山区。

十月

十月把秋色浸染得五彩缤纷

举头远眺，共和国的红旗正在天安门广场冉冉升起

七十周年的庆典日，举国欢腾，世界瞩目

这一页多么精彩、神圣、难忘、骄傲

十月把秋天装扮得分外妖娆

低头俯视，满山遍野的敬老活动此起彼伏

岁岁重阳，今又重阳，薪火传承，生生不息

这一页多少黄昏没有黑夜，无数岁月更加精华

尝一口十月的甘露吧

那硕果累累的醇厚

多么赏心悦目

看一下十月的画卷吧

那风韵唯美的秋红

是血染的风采

吸一碗十月的空气吧

那春华秋实的惬意

是人生的感悟

十月有情有爱

十月博大精深

林金茂，著名青年诗人，中国诗歌学会会员，中华诗词学会会员，香港诗歌联盟会员，中华诗词文化传承人，中国诗歌艺术名家，中马文化艺术研究院特聘终身文学教授，诚信山东书诗画研究院特约作家诗人。1965年生于福建宁德，大学文化，经济师，工程师。福建省诗词学会会员，福建省姓氏源流研究会会员，宁德市蕉城区作家协会副主席，宁德市蕉城区诗词协会副秘书长，宁德市蕉城区2014至2016年度优秀共产党员，现在国营宁德市蕉城区燃料公司担任经理兼书记。1990年开始创作，《世界诗人》《中国诗》《诗中国》《中国好诗》特约诗人，《名师名家名人》《词坛》《中国现代诗歌》编委，作品荣获全国首届黄河文学奖，全国第三届孔子文学奖。2017年被授予中国当代百强才子，

创世纪中国当代诗界新领袖，21世纪诗歌骑士荣誉奖章，中外华语十大精英诗人，中国新诗百年十佳桂冠诗人等荣誉称号，并入中国当代一线诗人大名录、中华文艺名人榜、华人文艺家大辞典、当代国际名师名家名人选集。2018年作品荣获“经典杯”世界华人文化创作大赛一等奖，全国首届“文豪杯”诗歌大赛金奖，全国百强榜十大杰出作家（诗人）等并荣膺中国国际终身文艺家荣誉称号。2019年荣获《大国传世诗人诗文》大奖赛一等奖，中华当代诗词名家，中国黄金诗词文全国非凡实力诗人奖等殊荣。

旧体诗部分

题丽江泸沽湖（外十九首）

作者：刘晓剑

笙歌曼舞会群仙，罗锦香风拂紫烟。
醉饮瑶台琼盏落，人间自此碧连天。

庐山听泉

滟滟山光泼翠岚，纷纷银霰落清潭。
浮生梦苦浑无定，松下听泉傍石酣。

巍山古城别友人

折柳长亭外，松烟笼宝山。
哀牢存鹤拓，鸟道有雄关。
水急风当劲，峰高路更艰。
潸然离别处，落日染尘颜。

山村

绿水鸣松涧，归鸦唱晚霞。
轻纱罗玉帐，烟笼几人家。

咏美庐

山川锦绣衔中正，碧树氤氲尚美龄。
风雨匡庐天下事，飞泉松石映孤庭。

题丽江泸沽湖

笙歌曼舞会群仙，罗锦香风拂紫烟。
醉饮瑶台琼盏落，人间自此碧连天。

桃李芬芳

桃花秀色飘红雨，李树争春展白英。
占尽韶华犹不忘，芳菲碎碎谢园丁。

乌镇

一苇青莲迎岸碧，双墩渔火照桐香。
夜阑不觅归家路，桥下听涛抱月凉。

赏画

朝阳送暖枝头驻，暗露传香树罅浓。
双燕俏皮惊越鸟，玉桃羞怯远芙蓉。

无题

花尽春情槐弄影，雨催萍浪绿浮蓝。
争巢乳燕鸣梁宇，僧坐蒲团庑下酣。

长相思（一）

风咻咻，雨咻咻，悲却春红又悚秋。
寒楼远笛愁。

别悠悠，恨悠悠，挑尽灯花凝泪眸。
夜阑依枕流。

（二）

杨堤长，柳堤长，杨柳枝枯栖冷霜。
寒楼懒弄妆。
南雁忙，北雁忙，南北鸣飞几度伤。
西风应断肠。

东岳泰山怀古

斩棘披荆浑不怕，泰山极顶我称雄。
天门盘道行危雨，云步桥松济圣躬。
万世功名皆作土，千秋霸业尽成空。
励精天下须图治，国运焉能付上穹。

登西岳华山

霹雳三千仞，轩辕驻渭川。
月弯流齿皓，云绕玉绦缠。
元朗输灵岳，希夷得清眠。
中华同鼻祖，本是此山仙。

北岳恒山感怀

绝壁悬空寺，荒山蕴紫烟。
天恩隆重至，薄俗竞称仙。

登南岳衡山怀古

天路紫宵穷，开云会祝融。
子民延圣火，黄帝设神工。
仰首千山秀，躬身万壑葱。
芳菲盈岳麓，桃李满园丰。

中岳嵩山达摩洞怀古

练儿不解玄音妙，一苇横江九载持。
听月嵩山心灭静，廓然无圣万年师。

慵懒

落叶寻芳径，微风拂翠楼。
卷帘惊睡鸟，绿水荇间流。

春渐老

谷雨无声千树烂，东风有力万香来。
推杯倾尽芬芳意，笑饮梨花覆地开。

且行且珍惜

一院春风两树塘，半壶清茗满庭芳。
莫欢得意高枝唱，淡雨疏烟日月长。

刘晓剑，笔名：青山。1966年出生

于内蒙古自治区包头市土默特右旗萨拉齐，现居广东深圳。少年时期留学日本，归国后历任外企人事课长、总务部长及行政总监职务。《清风世界文学》副主编、签约作家。中国诗歌网认证诗人。《简书》官方《诗》专栏推荐作者，《简书·诗歌美文艺术荟萃》等十多个专栏编审。作品散见于搜狐网、今日头条、中国诗歌网等各大网络平台以及CCTV《智慧中国》栏目等。

中秋思母（外十四首）

作者：蒋佳同

年年仲秋夜，共守一个圆。
人去月犹净，月圆人未全。
细数二十载，月谓我独怜。
今又升明月，魂牵不得安。

秋思

秋思凝露吐霜白，秋水殇花罔谢开。
昨夜秋香透九月，秋风无趣上菊台。

到望江楼

望江楼上望江流，不尽锦江不尽休。
诗律当合薛洪度，修竹万竿赋千愁。

九九重阳

今逢九月九，携老度重阳。
无处可登高，篱园果正黄。
沙坡刨地薯，滦水稻花香。
恣意秋光落，飘然叶断肠。

君别再无江湖

昨日别金庸，江湖侠客行。
武林多少梦，皆付烟雨中。
天龙逐鹿鼎，射雕大漠空。
恩仇碧血剑，白马啸西风。

立冬

西风载动几秋伤，霜浸千林满目黄。
寒信从将萧翠色，红炉续雪话冬长。

秋之叶

萧萧黄叶舞秋魂，独向韶华问春荫。
寄卧泥尘描冷色，离愁何必伴黄昏。

冬雾

多少楼台隐雾中，仙阁高挂几重重。

凡间再造蓬莱境，莫道身前不相逢。

清明飞雪

清明不见雨纷纷，错雪飞仙点乱春。
红蓓哓呼噱玉客，时非偏至惹谁魂？

春雨酥魂

淅淅春雨易酥魂，阡陌清新浥毂尘。
云霁初来赏花客，柳烟飞露数湿痕。

斜雨伤春暮

村街斜雨令君回，小院相酌贪几杯。
花落庭前伤酒醉，常于春暮叹芳菲。

惊蛰飞雪

春蛰不见梨花白，雪点青柯兀自开。
掩落江山一段色，只缘银粟又重来。

咏柳

我报人间自始春，鹅黄浸透绿先匀。
可怜草木空争色，徒望千条舞细身。
芽缀蛮腰盈玉鳞，晚来邀月伴伊人。
青苹斜柳飞如瀑，阕已拈来因而嗔。

通津春柳

通津新柳弄鹅黄，镜里青波摇细妆。
十步烟堤成五步，因贪胜景暗神伤。

清明思亲

一坟一世界，一步一相思。
总在清明里，孝行方恨迟。

蒋佳同，男，生于二十世纪七十年代。河北省楹联学会、诗词学会会员；唐山市作家协会会员。一直从事乡镇工作。曾在《中国当代诗词精选》《中国当代诗人诗选》《齐鲁文学》《河北青年报》《唐山劳动日报》等刊发作品。

七律·家乡（外四首）

作者：梁明波

我家故里硇洲岛，百姓黎民好善慈。
德广佛光人共祖，神灵烛火户同祠。
蓝天碧海耕宏愿，绿水青山赋美诗。
满载渔船回港日，龙虾花蟹醉晨曦。

七律·大海（新韵）

不平世界义尤亲，古训贤文切记心。
浩浩江河终入海，蓁蓁树叶必归根。
胸怀可纳千秋水，气度能容万代人。
地老天荒从未满，莫非夜晚洗星辰。

七律·踏青

春雷一响南山亮，万紫千红遍野香。
蝶舞莺歌花海斗，蜂欢蜜喜蕊宫藏。
雁行铁笋天同色，鱼尾钢蚕地共光。
借问踏青何去处，儿童遥指我家乡。

七律·时不我待

生蓬乱世读书悲，辘辘饥肠贴肚皮。
粪桶畚箕锄做笔，稻田坡岭地寻诗。
黄毛小将天天讲，白卷英雄月月吹。
欧美突飞吾辈睡，莫非古国已凋衰。

七律·追逐梦想

五星照耀九州奇，锦绣河山梦想随。
驱匪逐倭分土地，援边反帝保疆陲。
决心改革同开放，奋力图存共赶追。
国富民强超美日，百年捷报凯歌时。

梁明波，1966年生，籍贯广东雷州，先秦历史研究员，梁氏文化知名学者，青岛恒星科技学院姓氏特聘专家，任职于深圳证券交易所集团。在先秦诸子百家文章、唐诗宋词、写作、吟诗作对等方面，著述甚丰，诗歌入选《中国当代诗人诗选》《中华当代百家经典》，文章多发表于《深交所》，主编《后坑村梁氏宗族谱》。

读老首长诗词集有感（外四首）

作者：邓爱良

底蕴深沉妙语新，通篇正气好结晶。
诗书一册无价宝，盛世哲言胜万金。

寒雨送孙女上学

冷雨绵绵刺骨寒，爷孙路上遇行难。
骑车赶路别迟到，退休老人有苦瞒。

进宅喜庆

安居入住幸福楼，挚友宾朋酒润喉。
庆祝声声吉利话，杯中倒满尽兴头。

同学聚会有感

师范同学聚会情，不忘初心做好人。
牢记当年共甘苦，如今盛世幸福临。

学诗自嘲

少小读书不用功，临老学诗腹中空。
伤透脑筋写平仄，满纸胡言滥竽充。

邓爱良：退休公务员，现任仁化县文学会副会长。作品《为妻庆生日》入选《中国当代诗人诗选》一书，《摘杨梅》入选《中国当代诗词大辞典》一书，《美丽的锦江河》入选《世界汉语诗词曲》，古体诗《立功》入选《诗中国》35 期，《双峰寨》入选《中华诗歌精选》一书等。

春暖（外十首）

作者：任红兵

月挂林梢露嫩黄，梅横雪岭传幽芳。
元宵吃罢千村空，争看街中社火忙。

暑日有感

寒暑阴晴经苦乐，历春历夏几时光。
荣华富贵全抛却，闲观黄庭坐中堂。

中秋游蝴蝶谷

蝉娟有意过中秋，儿女相干带母游。
山色娱亲含笑看，团圆平顺淡公侯。

题六营泥塑

六营泥塑留民间，黄土秦人捏出魂。
信手拈来时下景，匠心传尽满乾坤。

东湖咏赞

泉水甘洌引凤凰，湖色美好缘学士。
凌虚台上闻牡丹，君子亭旁生莲子。
前贤情怀万家忧，后俗熙攘满岸堤。
古雍词客当时会，借得东南五分丽。

再赞凤酒

凤翔留古水，佳酿带秦风。
香传三千岁，酣眠梦蝶丛。

扶贫赞

去年举国传天令，百万干群赴弱门。
帮教频繁不畏苦，心牵百姓共生根。

己亥年时游昆明池有感

汉武北方征战兴，昆明池上练兵船。
一朝人主真堪叹，甚不迟生八百年？

观瞻紫荆村红色教育基地

紫色花开来屈府，彭司当日住窑中。
盛治永泰来非易，尚有吾人继后功。

赞宝鸡大地财险女理赔员

柔柔女子临场中，语简言真理果因。
法实理情皆有顾，谁言险保少民亲？

欢春

蜡梅开罢春渐缓，柔柳伸腰叶絮分。
一夜桃花迷眼扑，关中千里织耕勤。

任红兵，笔名任爽、天马行，宝鸡市职工文联会员。爱好阅读写作，处女作《师者之歌》发表于1992年。近年钟情古体诗，性自由，崇古风，爱山水。

春园夜曲（外九首）

作者：颜学文

一曲琵琶醉夕阳，半轮春月映池塘。
青蛙疑是蟾宫落，争看嫦娥住哪厢。

剪窗花（新韵）

一双巧手剪猪年，雀鸟春花绕指间。
桃李鲜红窗上种，盼着来岁富秋园。

闹元宵

龙腾狮舞闹元宵，社火秧歌金步摇。
最喜小儿肩上立，也来学样踩高跷。

咏棉花

不恋芳香抱本真，担忧凡界少衣裙。
熏风一夜田间过，布满枝头万朵云。

红叶醉秋

层林尽染画清秋，风色迷人耀眼眸。
莫是丹枫不胜酒，潮红满面醉枝头。

咏梅

惊看雪岭数枝花，不惧冰天锁木芽。
莫道岁寒无暖色，暗香浮动胜春华。

咏杜鹃

杜宇声声催旅农，丹心玄化映山红。
春风岁岁相温顾，笑挽青峦入画中。

新年寄语

去岁江山诗未尽，今朝风景又开新。
借来唐宋三千句，直把风流写入云。

游春

旧地重游又一春，孙枝不识去年人。
繁花更比前时艳，却笑老夫增皱纹。

雪

松柏丛拥正梦春，琼花乱舞闹纷纷。
朝来惊看青枝上，跌落层空万朵云。

颜学文：笔名春风化雨，1958年出生，山东烟台人，中共党员，武术家、诗人。现为中国武术家协会会员，中国武术国家二级裁判，中国武术六段，烟台市诗词学会会员，哈尔滨桃花源诗社副社长。其诗词和短文散见于多家报刊杂志及百度和微信公众号。

登泰山（外四首）

作者：徐海烈

五岳独尊凭伟岸，经天纬地铸辉煌。
谁言七十桑榆晚，再向凌霄赶太阳。

柬埔寨洞里萨湖观感

薄雾孤鸥水上村，草船摇曳敞蓬门。
肆廛巧借窗前月，风雨随波及子孙。

到同学赖朝贵、尹芳珍夫妇农家

伉俪同窗幸福家，城居儿女少桑麻。
寒暄才废烧柴灶，笑语新烹自炒茶。
树上桃红鸣翠鸟，藤梢瓠嫩带黄花。
轻风送爽香甜味，共话期颐灿晚霞。

千秋岁·骨折周年记

祸生大意，植骨还原寄。走世界，行千里，醒来知是梦，残腿呼天地。心欲裂，星稀月落乌云翳。

弃杖行磨砺，举步驱灾沴。诗静读，朋常聚。罢伤心旧事，泼墨涂山水。书不尽，梅兰竹菊精神气。

浪淘沙·牡丹

晓月照西窗，衾枕披霜。

朦胧案供夜来香，醉我洛阳花下客，唯有糟糠。

展纸抚痕伤，笔墨飞扬。

绰约国色舞霓裳，休上榜头争耀眼，难惹蜂狂。

徐海烈：男，1948年出生，湖北恩施人，中共党员，毕业于武汉大学农水专业，湖北省恩施州水电勘察设计院教授级高级工程师，恩施州诗词楹联学会会员。作品散见于《中国当代诗人诗选》《清江诗词》《煮韵诗风》及网络平台。

竹韵·曲情（外八首）

作者：卢浩天

丁知竹韵赋乡浓，燕山拂水藏劲松。
天赖古筝多曲绪，娇女穿翠好相容。

渔妇

湖清雾薄唤秋忙，一叶轻舟渡心长。
渔妇抖手撒网去，收回朝阳鱼满舱。

涪江堤边感怀

平武夜色水借光，山冷月寒共沧桑。
痴言千里深夜醉，谁人能解夜梦长？

荷花

满目荷花绽盛夏，清风招叶落波华。
江水此刻须浓墨，新蕊待放万紫霞。

真武阁赋

千年不倒真武阁，隆栋蜚梁平衡多。
参天八峰都峤山，双龙戏珠斗云鹤。
夕阳西下升火焰，针锋相对古道锁。
纵目四方出神奇，具瞻一邑摘星河。

风情

凛风夜袭万顷树，留不住，天河雨。

一路狂卷花满处，从地起，飘飘落落，恰似龙飞舞。

杏叶片片黄金缕，随风去，擎圆柱。

凄凄暮风千里遇，凌然杵，翳翳蔽障，好个秋分顾。

思念

月影串，夜思念，阡陌交尘淹，白云漫卷寒。

帷幔浮上寂寥眼，岁月如诗拥安然。

挥指尖，一弹一唱一曲琴，潺潺静水照人还，翘首期盼。

红梅伴，欲望穿，上善若水边，雨落眉宇间。

天涯彼岸一把伞，一水一念心如莲。

更哪般，万树花开盈灿烂，柳醒草浅春满园，最美画卷。

寒梅

枝枝晓寒风，凛冽香更浓。

十里山峦雪飞舞，灼灼赤红知不同，梅雪竟相拥。

心音寄花丛，无意争花容。

莫道芳华作净土，细数弦月惹新朋，傲立群崖中。

千山月淡

千山月淡，万里纯清，酒樽经卷。

堤岸叙事，笑谈声里谋悠远，无暇把家还。

星星点点，水流潺潺，凭高望断。

一壶残酒，隔不了浪波层延，竟洗尘顾盼。

卢浩天，1967年出生，湖北广水市人。现任职于中铁科学研究院直属企业中铁岩锋成都科技有限公司。在读大学期间曾发表过一本散文与现代诗合集《远征的大雁》。在中国青年报、湖北日报、杂志《广水潮》诗刊《星星》等报刊杂志发表过50多篇文章；现为《清风世界文学》签约作家，部分作品在CCTV《智慧中国》栏目以及“今日头条”官网上发表。

七律·岁末感怀（外一首）

作者：张国英

日月穿梭似水流，风云几度笑回眸。
朱颜已是三春远，白发何堪两鬓秋。
梦断华年成往事，归来夕照入新愁。
心添雅意谁同说？学海轻摇一叶舟。

七绝·大雪

晨起吟哦今古篇，琼花醉舞绮窗前。
有心采撷两三朵，共煮沧桑写素笺。

张国英，女，大学退休教师。现为中华诗词学会、唐山市诗词学会会员，唐山拾秋诗社社员。作品见于《中华诗词》《中国当代诗人诗选》《中国当代诗词精选》及各地网络平台等。

七绝·寻春（外九首）

作者：高占稳

早起健身戴月星，忽闻近处有春声。
扒开晨雾抬头望，初醒柳芽笑眼睁。

七绝·幼童让座

一声您坐暖人心，稚气娇颜恁认真，
赞语纷飞如酒韵，醉了随乘满车人。

七绝·风筝

青云直上有何能？晃尾摇头胡乱行。
升降全凭人把控，劝君当有自知明。

七绝·元宵节回乡感怀

儿时梦满小书包，常被贪玩挂树腰。
今日回乡村口处，童音仍在绕枝飘。

初春湖趣

群鱼湖上戏冰盘，试水双鸭跃又旋。
岸柳随风抛细线，陪翁一起钓微寒。

题红杏出墙

含羞开在百花先，满树清香院里关。
孤处不甘芳自赏，出墙只为献春天。

初春憾雪

春风摇落霜晨月，梅韵悄呼燕早归。
小草冬眠甜睡醒，却惊不见雪花飞。

春韵

湖波荡漾柳含烟，双燕裁云作紫宣。
细雨接来研浅墨，喃喃诗韵寄蓝天。

南湖春趣

鸟效骚人水作笺，喙足轻点写宏篇。
此湖倘使能为墨，佳景豪吟诗满天。

南湖春钓

一湖碧水映蓝天，潇洒垂纶漫甩竿。
信手钓来诗几串，夕阳笑赞老翁癫。

高占稳，笔名站稳。祖籍河北玉田县。13岁时在市级报上发表第一首诗。中华诗词学会会员。1969年参军，有诸多军旅诗和散文在军内外报刊发表。在中越作战前线著有诗集《一组活的雕像》。1990年转业，著有诗集《人生感悟》等。曾获全国古典诗词大赛一等奖、全国精短新诗大赛一等奖等。现为唐山拾秋诗社会员、中华诗词学会会员、中国互联网文学联盟特约作家。

浪北跟（外四首）

作者：范庐山

凤恋孤丘恨帝辛，云吞怨雀浪朝津。
黄途厌刻青城再，素马殇嘶靛户新。
久土培禾人尺桄，陈粮弄殿鬼嚎金。
休思玉穗人谁处，飒露长车问远亲。

秋月

樽空若奈何？寒夜忆姮娥。
桂棹摇流水，枫江跃赤螺。
巴山云袅袅，楚路雾俄俄。
仰首银河远，轻声叫兔哥。

怜人

梨园春何在？蛛网闹御台。
堂衣横相扯，不见谁与谁。

忆董夫子讲学

陇右坛篁不见笙，黄河滨处弄金经。
心思佛陀云尺广，只纸长墨浪丹青。

雷锋纪念日有感

廿二青春逝，三载复还音。
河山失男少，英魂远乡亲。
良善星光远，真美火传薪。
精神长留再，吾辈定盛晋。

范庐山，男，汉族，1999年出生于甘肃静宁。陕西省秦韵诗社社员；《清风世界文学》平台签约作家；《忆书香》文学平台签约作家；兰州城市学院激流文学社主编。作品散见于《潮头文学》等书籍、刊物、网络文学平台。现就读于兰州城市学院历史学系。

春晚联欢乐开颜（外五首）

——看央视《春节联欢晚会》有感

作者：傅祖伟

张灯结彩过新年，春晚联欢热浪掀。
歌舞同台连四海，全球观众乐开颜。

新闻联播见识宽

——看央视《新闻联播》有感

每日新闻在晚间，黄金时段不平凡。
央台播放咱收看，心系中华见识宽。

航拍中国尽风光

——看央视《航拍中国》有感

航拍机组广翱翔，飞越中国好地方。
春夏秋冬多美景，东南西北尽风光。

国家宝藏尽可歌

——看央视《国家宝藏》有感

考古文博需探索，国家悠久宝颇多。
解读历史观其美，守护非遗尽可歌。

经典流传火起来

——看央视《经典咏流传》有感

央视专题节目开，非遗国粹上高台。
颇多咏手添精彩，传统诗词火起来。

中国诗词乐福祥

——看央视《中国诗词大会》有感

今赴央台心爽朗，诗词伴尔沐星光。
星光大道长宽广，国粹当兴乐福祥。

傅祖伟：男，湖南临澧人，现年69岁，退休干部，高级农艺师。曾获县委、县政府授予临澧县“拔尖人才”和“优秀专业技术人员”等荣誉称号。现为临澧县老科协农业分会理事、常德市诗词学会会员、湖南省诗词协会会员。2019年3月，被清风世界文学编辑部特聘为“签约作家”，并授予“优秀作家”称号，现已发表诗词作品专集2期。

红梅（外十四首）

作者：熊民生

冰天雪地俏然开，净洁彤彤远垢埃，
不与他花争誉丽，唯甘勤务报春来。

扫帚

一生朴素志昂扬，去垢除尘走四方，
从不贪图名与利，只求奉献境优良。

咏恩施土豆

天然环保富含硒，常食增姿甚显奇，
色丽味香营养妙，利君不找美容师。

小景即兴

红衣妙妇正栽花，黄犬临身摆尾巴，
继接鼻闻污白裤，讨欢挨揍几龇牙。

夜行唐崖河龙潭司

青山吐月照龙潭，倒影呈奇二赶三，
大厦高楼排两岸，星星眨眼耀天蓝。

逛城东郊区所见

一群白鸽转圈飞，四处山头盎翠微，
男女踏春歌舞乐，池塘波涌跃鱼肥。

晨游飞凤楼

六英飞舞夜间来，晨见华阳丽景开，
无论何层皆拥挤，娇娥取帕护香腮。

2018年腊八节晨记

跨步推窗见秀阳，初晴雪化映红光。
巷间老犬埋头走，道上新车膨肚装。
姑喊钵中加韭末，嫂呼锅里放豌秧。
稍时围桌共餐乐，腊八之晨品粥香。

游唐崖土司皇城遗址观感

十里三街巷纵横，依山傍水建皇城。
石人石马如生栩，岩道岩桥维妙盈。
王墓碑峨灵地固，夫妻杉茂圣天清。
张王庙巨河边矗，赫奕牌坊万古惊。

游黄金洞乡泗渡坝村

四面环山坝狭长，秋冬春夏好风光。
溪流清澈村间过，树木葱茏峰上昂。

千亩茶园彰翠绿，百家民舍耀金黄。
人和事顺桃源样，物阜年丰话吉祥。

咸丰县小村乡人头山

颠峰巨石矗奇惊，酷似人头故得名。
庄重俨然云雾绕，巍峨俏貌缕烟行。
粗藤高树飞鹰歇，险道悬崖栖鸟鸣。
漆棓桐茶天赐质，独优夺冠誉盈盈。

咸丰县清坪镇大寨坪宋元屯兵遗址

地势居高顶上平，赫然面积倍三顷。
崖悬壁峭攀难上，墙固门坚守易行。
防卫屯兵堪要砦，探掘考古欲精情。
传曰元宋时期里，几因战事斗输赢。
兴亡自古多少史，山脚唐崖河甚清。

咸丰县中医院医护团队

往复循环不畏辛，任劳任怨倍精神。
齐心协力巧施治，厚德怀仁善减呻。
灵药奇针堪拔病，验方妙手可回春。
互帮互助合谐举，大爱无疆利众民。

己亥春分日上午随吟

大中小雷间歇鸣，卯时至午雨纷呈。
青松杪动精神振，翠竹头摇斗志生。
雾气团团云脚短，溪流道道水声惊。
多车无阻农资运，奋战春耕景象荣。

春日抒怀

神州处处沐春风，旭日东升旗更红。
祖国腾飞添虎劲，宏图畅展显龙功。
万民共乐康平世，百业同臻福祉宫。
燕舞莺歌程锦绣，山清水秀醉年丰。

熊民生，男，土家族，湖北咸丰县人。1945年生，退休教师。多篇论文获奖，全国教师范文获一等奖，歌颂十九大的诗、联多首（副）获奖。近年在《瀑泉流韵》《唐崖诗刊》《秦海明月诗书画》《飞跃新诗》《夜郎诗刊》等刊物上发表格律诗词百余首，楹联多副。多被选入有关刊物优秀诗联荟萃。清风世界文学签约作家。

七绝·收谷（新韵）（外四首）

作者：蒋代云

霎那风来叶落沟，身忙脚乱晒金秋。
一坪新谷刚回廪，但见天边雨又收。

咏蝉（新韵）

天高何所羡，知了叫弗停。
非是才八斗，名虚傲气升。

鸟窝（新韵）

丝茅草棍几枝丫，避雨遮风尽靠它。
鸟去千山常挂念，心中有爱乃为家。

街边擦鞋人（新韵）

风来雨去历艰辛，暖气冬无夏少荫。
擦亮春秋人渐老，持家勤俭启昆孙。

赞深溪口便民服务中心（新韵）

区乡撤并已三年，上下同心志更坚。
不计得失谋党政，休争名利创优先。
一方固守赢根本，两手齐抓保顺安。
展望新局脱旧貌，县常会里应彰贤。

蒋代云，男，苗族，湖南省沅陵县人。毕业于怀化学院中文系，怀化市作家协会会员。16岁在《桃花源》杂志发表处女作，先后在《湖南日报》《长城文艺》等报刊发表散文、诗歌、学术论文100余篇（首）。

七律·迎春曲（外十五首）

作者：蔡洋芬

粤地桃开漫岭坡，融融暖意梦飞歌。
冰原北国消融少，绿树南山嫩蕊多。
闪烁霓灯迎亥岁，香醇簿酒聚兄哥。
春风舞动添初翠，紫燕归来报种禾。

返乡摩托车

一路风尘碾辙连，归程昼夜赶过年。
南来北去翻山岭，震走西驰跨大川。
棣萼齐行增快意，夫妻共进更周全。
头盔顶上繁星灿，撒蕊仙姬摆艳妍。

春节高速路

年年岁岁返乡程，几道穿行堵亦惊。
只怨增持车量快，爱高速路重担承。

除夕有感

辞年将近细思量，岁岁辛勤守望长。
玉宇穿层凌空耸，花儿座地透云香。
农工体健心中挂，待遇优先脑海装。
广厦安得千万栋，人民乐业尽欢祥。

立春

寒冬退去暖天涯，万里晴空燕到家。
众口都说南岭好，开来耀眼是桃花。

早春

一响惊雷醒睡蛙，寒梅早报启新花。
耕牛耒具备农作，备好禾田播谷芽。

拜年

早起清晨赶拜年，佳词贺语续相连。
恭祈体健声声响，敬祝福长句句延。
共庆千家成绩好，同尊万户厚财添。
专情当面真心表，美意屏前凯信传。

大年初二

春风又绿南山岭，丽影初阳映树攀。
传统过年乡内聚，开元二日探娘还。
妈望小女皆欢乐，岳见郎孩讲有闲。
把酒畅怀今胜往，神州万里载新颜。

南粤春早

春阳又暖粤山坡，漫岭桃花映静河。
岸蕊争青萌翠意，渔夫掠水荡清波。
勤牛耒地抬蹄足，器具耙田遂齿梭。
醉看江南添秀色，枝头雀鸟唱欢歌。

如梦令·人日

垂柳堤边曳摇，是日初阳高耀。
抟土女娲神，七菜羹汤美妙。
春好、春好，登岭颂祈吉兆。

春韵

春天细雨几翻痴，岁岁年年觅相知。
候季萌芽同奋发，应时吐蕊共繁枝。
鸣蛙要戏玩虫跳，远鸟翔飞逗蜢驰。
满地青风关不住，千山有意种情诗。

元宵

开年到了月新圆，元宵庆闹喜相连。
飘色巡游仙气动，龙狮起舞焰烟燃。
繁星闪烁辉天际，彩带流光耀眼前。
万户千门邀客醉，声声顺景乐春妍。

迎春

惊雷唤醒翠无穷，小蕊青青沐雨风。
彩凤修成迎客趣，威龙剪好映天红。
云笺扯下吟佳句，墨海泼来画瑞雄。
几度缉词难解意，争春喜见白头翁。

春雨

蒙蒙烟雨唤春华，万木森森舞树杈。
守岸争堤妆翠色，穿枝掠院醉琼花。
轻淋挎面开新绿，玉燕翘元觅故家。
远续长空云浪跃，遥归大海碧波哗。

春阳

清风解送远歌来，己亥春阳始见开。
万里晴空天一色，东园碧翠任君裁。

春心

雨淋千山绿，心宽爽精神。
眼前春色满，喜做护花人。

蔡洋芬，男，汉族，生于1954年。广东省茂名市高州市人，70年代任会计员、教师等职，1994年1月开始从事建设管理工作。当代诗人。作品在《清风世界文学诗集》《采风中国》《今日头条》《文艺百家》《CCTV智慧中国》等发表。《诗海选粹会员》《清风世界文学》副主编，清风世界文学签约作家。《中国当代诗人诗选》副主编。

致陈抟仙翁（外三首）

作者：释海元

青山高处是吾宫，仙人送来远古风。
教吾要悟仙翁意，挑七勾五弦入弄。
必求道高仙老翁，弹得清风明月净。

致周口仙翁陈抟

弹琴，要经过你
才能，《调弦入弄》
从远古走来，你清静，
智慧，超然，故曰仙翁
“蓬山高处是吾宫，出即凌虚跨晓风。
因此不将金锁闭，来时自有白云封。”
仙翁 仙翁，得道仙翁
挑七勾五，散按相和
了然心中，山间的茅蓬
屋外清风，《仙翁操》开指曲
三教合一，指引吾，前行
感恩仙翁

古琴颂

云观水月遍三千，沉静清雅四季闲。
身心内外孤寂事，湛然悠远虚铃伴。

致滕子京

今日金龟北斗，陇岗妙景清秀。
请问玉龙人，抱珠欲滴甘露。
知否？知否？青阳长龙红透！

释海元：女，1963年生人。九华山定西茅蓬住持。九华山佛教文化研究会研究员、中国书画院会员、院士。2014年出版水粉画作品录；《中华佛教高僧墨宝集》；2017年书法作品获安徽省佛教书画展奖；2018年诗歌作品录入池州市文联《大九华》等；油画作品：《江南水乡》《面朝大海春暖花开》被中国书画院永久收藏。

春芽（外四首）

作者：李梅庭

春芽初试一番新，正是江南雨后人。
昨夜月明天上去，玉箫吹彻洞庭尘。

柳暖花春

柳弄斜阳一缕烟，绿杨堤上草芊绵。
春风送客归何处，遥望江南二月天。

春恋

桃花春暖柳丝长，东风燕子满林塘。
绿杨阴里莺啼树，红杏枝边蝶舞香。

惊蛰感怀

一声惊起蛰龙眠，万壑千岩出洞天。
山势峥嵘连海岳，波涛突兀接云烟。

苏幕遮·月光下的母亲

月下明，母苍翠。露湿鸳鸯，
香冷红罗绮。一夜西风吹玉佩。
梦到瑶池，何处寻芳蕊。
倩谁怜，清影里。无限凄凉，
几度苦心思。别后相逢还有泪。
愁损眉颦，怕见花前髻。

李梅庭，男，湖南攸县人，毕业于银坑中学，一直经商，喜欢古典文学诗词，古风体与现代体结合，例，词牌，律诗，绝句，五言句写作等！热爱生活，热爱文字，喜欢用美学和哲学，抒写生活。在诗歌的海洋里畅游，快乐无比，愿今后的时光充满诗意！

咏菊（外四首）

作者：黄令辉

凤雏栖老西风紧，霜菊新开瘦石间。
冰雪借来千缕魄，云霞撇下七分颜。
渊明篱下寻常见，苏子笔中从未闲。
欲效杜郎花遍插，峰回晚照满山关。

戏菊

碾冰为魄玉为骨，素锦流年与雪媒。
举步轻随羽衣舞，回眸低揽褶纱堆。
隆冬犹效桃枝发，寒夜方知利剑催。
人道海南多昼暖，泪零如雨不胜哀。

冬雪

暮云低压如铅注，柳絮纷来大地朦。
风过苍松头已白，雪催棘实色犹红。
枝新扛重断声脆，竹老凌寒傲背弓。
空叹程门今冷落，杨郎不见戏孩童。

有感岭南花开

百越东君亲顾久，漫山行遍响清笳。
天含玉露温青草，日照平江暖白沙。
落落梨花如覆雪，夭夭芍药似披霞。
岭南已是千般景，湘楚犹寒不见涯。

冬至暮色

潇潇冷雨逢冬至，暮色苍茫锁渡津。
欲与家人伴炉坐，恨因生计染征尘。

黄令辉：笔名楚白起，湘人。大学本科毕业，从事高中教育16年，工作恪尽职守。业余喜欢写写涂涂，作品多见各大网络平台。

劳作暮归（外九首）

作者：孙绍勇

日沉晖尽野清清，白雾如绸揽树膺。
归途扭项观暮色，远厦危楼灯火明。

隔墙异曲

年年清明食野青，半树榆钱荡院中。
今春树断根桩在，侧立灯杆夜照明。

虎石滩看海

沐足梳风观海流，遥波涌近浪白头。
天造虎石踞滩岸，眈眈傲视水上舟。

快艇飞渡

劈波斩浪越飞舟，碧水蓝天画中游。
海鸥振翅不敌速，翔鱼潜底避湍流。

村头遛晚

柔风暖意入藕塘，情蛙鸣唱韵悠扬。
小荷闻声探尖角，涟漪闪映弯月光。
农家拓展新思路，泥鳅莲藕共短长。
期看荷娇蜓戏水，藕丰鱼盈莲子香。

夏耕

田间劳作到曦晨，闷雷忽近颤耳轮。
东照旭日身浇雨，头上翻江滚黑云。
溽暑湿衣寻常事，苗壮果累慰苦勤。
天载阴晴脸多变，老农耘管付碌辛。

忆《暑雨》

碧野孤寮膜遮窗，黑云轧过万物藏。
一道电光烁如昼，轰雷贯耳荡腑肠。
雨注宛犹江河倾，青纱应奏交响忙。
须臾片刻天颜变，虹现远山蛙歌狂。

霜降吟秋

凄雨霏微秋意深，晨风瑟瑟扫残云。
满园凋树叶逐地，一宇严霜寒近身。
大地山川妆肃肃，长空鸿雁去纷纷。
寒来暑往千秋过，自古光阴不待人。

乡村夏晚

日落霞飞映天红，劲鼓声声荡暮空。
十字街头人攒聚，凝心注目侧耳听。
耄耋击鼓如雷震，未冠持钹击作鸣。
老中青少齐上阵，百年传统有人承。

深秋夜行

陌道寂沉月光寒，步履从容身影单。
猛然头上爆尖叫，野鸟飞去落叶旋。
虚惊已为寻常事，守责看青护棚苦。
风霜雪雾砺筋骨，星辰做伴走田园。

孙绍勇，笔名方飞，河北霸州人。大专学历，中共党员，退役军人。1990年获廊坊市新长征突击手称号。1996年投身设施农业从事无公害蔬果栽培，1998年获乡镇科技示范户称号。廊坊市诗词学会会员。田园风格的作品居多，并见诸于期刊、报端。

相恋春天（外三首）

作者：刘志宇

森森炊烟毛毡房，眉眼凝眸夕阳光。
杏花撒落花瓣雨，项链珠玉披坡上。
伫立花海心澎湃，牛羊悠闲漫步往。
缠绕相恋牵手情，浪漫花丛任欣赏

春分

春分天来到春寒，迷雾沉沉罩远山。
周末不休学理念，理念更替学圣贤。
教授学识知识渊，法治文化多灿烂。
花开十枝写诗韵，已亥周末品大餐。

咏樱花

灼灼樱花斗芳菲，深浅绿波春已归。
嫩蕊细雨蜂采密，蜂去蝶往不感累。
画廊十里赏花玩，嘻戏樱枝莺语醉。
映衬樱花角楼处，山谷笛音悠悠回。

雨蝶恋

小草荫荫雨蝶恋，往来花蕊雨中帘。
轻松快乐诗画中，双双相恋情绵绵。
倩影幽寂孕春梦，摇曳诗韵写蜜甜。
飘逸倩女舞翩跹，落暮晚霞烧红天。

刘志宇，男，1963 年 4 月生，云南省会泽县人，系政法干警，从事政法工作。爱好文学，偏爱诗歌散文，古体诗词创作，部份作品曾在中国法院网、云南法院网、百姓文学社网等发表。清风世界文学网签约作家，并授予优秀作家光荣称号，世界汉语文学作家协会会员，燕京文化交流等多家网站上刊载。

诗者（外十九首）

作者：宋孝意

艰辛未弃向山行，逆境犹增揽月情。
淡泊无须滥权势，逍遥不在假浮名。
古今利禄烟云去，忠义文章风雅声。
珍惜光阴拼绝句，诗词一摞伴余生。

大觉山漂流

翻山一看水波稠，闹海蛟龙助旅游。
竞发千帆情对对，迂回十里乐悠悠。
登舟顿觉心无底，冲浪何来手不侔？
好友夏秋寻避暑，谋求刺激闯漂流。

双节感怀

立春除夕巧相逢，戊亥荣交甲子中。
千里东风千里绿，九州瑞雪九州丰。
纵吟词赋歌安稳，明志文章颂蕴隆。
花落花开情未老，齐心奋进再成功。

三八妇女节·半边天（拈牛韵）

粉黛英雄自古牛，杨门将帅武文谋。
木兰替父从军勇，闺瑾维权壮志酬。
花绽尘寰香楚汉，凤翱穹宇韵春秋。
同扶社稷半边日，共创乾坤耀五洲。

秋游相山

相山平地起，晴日去秋游。
听竹摇红羽，攀岩挂玉钩。
乡村绝胜景，殿阁喜临幽。
俯瞰风光美，安哉好自由。

暴雪

雨夜阵风惊梦醒，寒流入户袭厅堂。
锁云密布低空罩，钩月多违宇宙藏。
白雪倾城飘大地，花园玉骨放奇香。
起身撩卷窗台望，北国银妆进眼眶。

江南冬天

南疆大雾罩穹苍，柳瘦梅香白絮扬。
雨水浑如龙急泻，晴陽不见月深藏。
风霜凛凛忧天裂，冰雪盈盈恐地殃。
春夏秋冬当有序，今年确比往年狂。

浣溪沙·咏梅

玉骨冰魂纤萼腰，寒风凛冽干轻摇。
笑迎白雪灿枝梢。
香溢丝丝豪气在，红梅点点壮心高。
尽倾心血唤春潮。

鹧鸪天·习作诗词感

杖履之年学古腔，痴情韵律醉诗香。
无情岁月匆匆去，有梦光阴日日忙。
寻碧玉，琢文章，高温锤炼想成钢。
倾壶泼墨悠然度，丰富人生再起航。

踏雪寻梅

银装裹远山，铁骑览梅湾。
白絮多姿落，红英借色攀。
凋零依玉骨，隐约映朱颜。
为唤群芳早，团酥斗雪间。

回故乡有感

离别家园五五霜，重游旧地眼前光。
少年不觉青山美，此刻方知翠竹香。
昨日古村瞻祖宅，庭轩金粟似宗王。
莘莘学子飘零久，独坐楼台思故乡。

寒夜赞青松

昨夜风光已仲冬，群山冰冻日加浓。
谁怜地里芊芊草，却笑檐头寂寂蜂。
未改吟诗娱美景，依然问字赞青松。
天寒傲立荒崖上，铁臂钢筋不老容。

七言律诗·冬至寄语同窗学友

冬至隆冬不觉凉，同窗学友在何方?
杯深往事斟千盏，久别虚名梦一场。
风雅放歌迎晓日，文章和曲伴斜阳。
海棠四季真情有，梅萼年年斗雪昂。

鹧鸪天·瑞雪兆丰年

倾刻群山裹素装，丰年瑞雪送安康。
酿成椒酒嘉年乐，赋就梅花赞雪忙。
观美景，赏银光，清茶薄酒酌文章。
吉祥无限隆冬雪，北国风光南国香。

雪中梅

清晨大雪纷纷坠，玉树枝头添妩媚。
平日高眠万事休，此时独笑群芳避。
从来盛夏少狂歌，偏是隆冬留美意。
纵使风光短暂中，唤回春色百花醉。

红梅赞

团酥吐蕊发新芽，傲骨凌寒唤百花。
玉树催春香数里，琼枝报喜福千家。
古今彩笔频频录，中外文人屡屡夸。
月月群芳争斗艳，开元冰雪映红霞。

蝶恋花·踏青（依龙谱）

桃李花开春季到。
燕舞莺歌，风景江南好。
油菜花香斑鸠叫。蜜蜂彩蝶同辛劳。
倩女靓男携手笑。

情窦初开，似漆如胶了。
可惜妪翁年岁老，手扶拐杖追年少。

西江月·咏柳感怀（依龙谱）

柔絮乘风飞舞，细枝点水轻摇。
太平盛世曙光昭，天上人间歌好。
盛世村村新景，中华处处香醪。
龙腾虎跃出奇招。又是春天来到。

如梦令·梦（依龙谱）

几日时常心痛，多次反思嘲讽。
岁月悄然纵，世界太多岩洞。
如梦，如梦，老朽寸功无颂。

蝶恋花·春天（依龙谱）

晓日清风春意盎。
杨柳轻扬，湖岸青纱帐。
李白桃红花怒放，蜂飞蝶舞莺歌唱。
天地呈祥人悦畅。
一片欢腾，老少情怀敞。
炼剑下棋挥笔上，民安国泰东方亮。

宋孝意，江西崇仁县人。曾任副县长等职。爱好格律诗词。长时间在工业战线工作，后在县政府从政，现退休。“清风世界文学”签约作家，有作品刊登“CCTV智慧中国栏目”官网。作品多见于网络报刊。

猫爪杯（外四首）

作者：唐开

别见樱花落水晶，但觉猫抓挠心情；
念头一瞬红尘过，半杯子衿作浮萍。

返乡

是夜万物静，草木都相亲；
欲问路何处，入耳只乡音。

风光美好

风追柳颤瑟瑟吹，梧黄杏落片片飞；
景美步急匆匆过，何人何事咄咄追。

院

山画苍穹里，鱼游柳影中；
风随冬叶落，鸟戏榭亭空。

西江月·过院中小园

山亭若隐微现，花木淡妆素颜。

情绪尽赋字句间，岁月浅适而安。

冰湖不解风意，游鱼难懂花残。

万踪俱灭叹静时，惊得雀鸣枝颤。

唐开，本名曾唐开，重庆潼南人。曾投笔从戎，其间长期从事文稿撰写工作，并于《解放军理论学习》《政治指导员》，中国军网、全军政工网等报刊、杂志、网络媒体上发表文章数篇。

五律·登小西天（外四首）

作者：杨见入

西游欲到天，险径向高山。

信客川流过，揽车去复还。

神炉香万语，毛祠泪千言。

振臂云霄上，飘然亦逸仙。

七律·寄岳局释怀

识君课日在梅园，百姓“咯咯”到眼前。

聚会“高梁”一日喜，邀餐“十里”五年欢。

孤心难忘深山趣，贫体感恩萍水缘。

不解人间民吏事，恨学斯雅做成“仙”。

七绝·读姚老师《晨曲晚唱》有评

一生笔墨伴清名，半世讲台半世雄。

历尽人间多少事，掷出金玉放光明。

七绝·新年时

新春职业未歇工，深井只身伴机鸣。

流水不怜辛苦梦，故掀涛吼惹人惊。

七绝·忆李保国教授

只从教授显其身，便有闻名岗底村。

千亩果实成至宝，一族珍品宴国宾。

杨见入，河北省邢台地区沙河市人，邢台市诗词协会、河北省诗词协会会员，华夏文学艺术院编辑部副主任，作品刊登于《沙河日报》《秋日心语》、邢台《百泉诗词》《中国当代诗人诗选》等。在清风世界“文豪杯”诗词大赛中荣获银奖，《瞻仰毛主席遗容》诗词在北京纪念毛主席诞辰一百二十五周年之际荣获金奖，著有《诗海拾贝》诗集。

五绝·觅春（外五首）

作者：郑文中

春暖百花香，鸳鸯舞荷塘。
看桃红柳绿，信步赏群芳。

五律·午夜思念

依栏问月光，何日会情郎。
午夜弹琴唱，相思寄远方。

七绝·赏春速记

霁日蜂儿恋蕊忙，桃花绽放胜群芳。
徐行阡陌情歌唱，又赏樱红靓淡香。

七绝·蕲州赤龙湖游记

碧波潋滟醉莲花，收网渔夫送晚霞。
湖岸徐行观柳舞，聆听画舫奏琵琶。

七律·游浠水天然寺

三祖天然引客来，诚心拜佛上香台。
古松老庙禅音绕，果树茶苗陌野栽。
翠翠竹林春鸟唱，红红桃蕊向阳开。
淙淙流水叮咚响，鹊闹枝头戏老槐。

浣溪沙·赞蕲艾

地道艾蒿在蕲春，端阳时节气香纯。
采来一束挂家门。
平喘祛痰除病痛，熏烟驱疫灭蝇蚊。
疗伤治病为黎民。

郑文中：笔名雪松，汉族，湖北蕲春人，现居武汉市。从事金融工作。热爱诗词创作，论文及诗词作品散见于多家诗刊、微刊及报刊杂志。

无题（外八首）

作者：张景成

昔日辛勤汗，今朝汇成溪。
高楼耸天立，脚下有筏基。

赠唐山妇幼保健院

建社路旁两院家，妇幼保健一枝花。
妙手回春传天下，康庄大道必属它。

观佳木斯刘金波老师书法感赋

金波荡漾墨载舟，松花江畔惹人稠。
入木已定三分厚，遍地通途畅九州。

三八妇女节感赋

三八立节为歌花，四季如春绽芳华。
自古巾帼多猛将，相夫教子又持家。

感恩佳木斯诗词协会群主三乔老师

群主亮空间，百花齐争艳。
三乔甘露点，桃李四季鲜。

于秀珍好人一生平安·藏头诗

于氏淑女展才华，秀美山川画。
珍惜友谊乡愁挂，好运常伴她。
人意善解颜又佳，一笑众人夸。
生机勃勃意气发，平易你我他、
安康四季花、桃李满天下！

沉痛悼念父亲·藏头诗

沉稳方出务实娃，痛定思痛我爸爸。
悼词盖棺说实话，念父育儿心血洒。
生活简朴人人夸，父爱如山情常挂。
张口吃饭您养家，广阔天空爱雨下。
臣子绽放丛中花，大爱无边定是他。
人间美景蓝图画，之出有人善本佳。
千斤重担压不垮，古今最累数爸妈。

悲痛欲绝悼念父亲

养育之恩重如山，源源不断血脉连。
昔日为子遮风雨，今天见考泪哭干。

四季耕耘辛勤汗，三九寒天暖家圆。
若有来世再相伴，仍在身后追你玩。

赞清风世界文学群

清风世界文学群，德艺双馨奠基人。
汇聚八方词墨客，花开四季万象新。

张景成：河北滦县人，建筑工程师、桥梁工程师。文学爱好者，自幼喜欢诗词歌赋，作品多见于网络平台，纸刊、微刊。

魂铸凉山（外一首）

——诗祭凉山卅英烈

作者：熊伟

凉山烈焰，泪落清明，万悲声起。
今卅血肉铁躯，惜身与火，
魂铸凉山，英年忠骨。
春草木焚，山烟弥漫，纵赴火场不贪生。
报国身，冲焰海护青峰，赴胆气豪。
丹心铁骨忠胆，卅英雄身捐敢折腰。
惜英雄早逝，金色盾牌，
豪气满乾，青山笑慰。
时代英雄，热血群山血剑神州
神州泣，英雄浩气在，忠魂万古。

祭英魂

川蜀野火狼烟起，三十壮士浴火生。
万民危难心忠胆，不惧年华男儿身。
盛世太平悲壮咏，诗祭英烈又复青。
英名永传举国赞，青春火红众人敬。

熊伟：（中铁四局）贵州铜仁，生于70年代，国内10余家建设报刊通讯员。人民文学作家、世界汉语文学高级作家、世界汉语文学黔南州分会主席，中国西南作家协会、贵州省玉屏县作家、书法、摄影协会会员，中外文艺、当代文摘、四季文学等签约作家。作品散见全国报刊并获奖，自撰筑路诗集《诗苑》、文化建设丛书《点滴》《情筑侗岭》《侗乡集》4部。

游天平山谒孙武（外一首）

作者：何玉忠

盏灯如豆，稻禾飘香
天平山寂寞佳处。
孰不料，一戟擎天为柱
凭剑光，舞动寰宇，跨南争北

山环山，环不尽君臣血泪
水伊水，淋不透沥血荥裳
姑苏无痕，春秋作古，朝阳依旧

游西湖兼谒柳如是

明月衰草守清秋，飘雨各自流
柳岸闻莺莺飞去，花港观鱼鱼自来
一别二离愁
残阳如雪柳梢头，船坊琴声稠

思念君时不见君，一泪诉千秋

何玉忠：黑龙江省作家协会会员，昆山野马渡雅集成员。作品散见于《诗潮》《北极光》《诗歌月刊》《星星》《绿风》《扬子江诗刊》等刊物，并入选《2013 中国诗歌选》《中国网络史编》《21 世纪 10 年美文精选》《中国当代散文 300 篇精选》等几十个不同版本。

七绝·杜鹃花（外四首）

作者：杨锦荣

欲将一事问先贤，何故愁肠比杜鹃。
春晚花开无不好，竟因血色惹人怜。

七绝·梨花

钱塘春暖气还清，试为梨花抱不平。
本是瑶池生玉树，无端人世误英名。

七律·春暖花开

春光二月总相催，更看千花去又回。
却恨今年仍矢杏，只求明岁共寻梅。
玉兰枝上黄莺舞，青草丛中紫鹊陪。
借得东风生万物，自当乘暖不徘徊。

七律·春游西湖南线登玉皇山

西湖晓岸生喧闹，稚鸭初莺戏嫩蒿。
净寺黄墙披黛瓦，苏堤绿柳夹红桃。
笑寻太子湾中卉，静候雷锋塔下涛。
趁得钱塘春日好，玉皇山上又登高。

七律·春日千岛湖边赋闲

闲来湖岸乐春行，雾去云开气更清。
水面时时飞白鹭，山中处处唱黄莺。
花香戏蝶双双舞，日暖游鱼事事惊。
好景若能长做伴，此生何必累功名。

杨锦荣，笔名醉江南。祖居湖北，新杭州人。长期从事旅游行业，近体诗爱好者，尤好格律，善写生活。

江城子·冬日登陈平名山赏梅（外三首）

作者：李秀静

梅开时节上名山。雾岚间，慢登攀。
忘却寒凉，幽境里寻欢。
俯览陈平花灿烂，驰目处，尽梅园。

花开花落惹人怜。趁花鲜，折枝还。
叩谢婕妤，今夜与花眠。
祈梦人间皆富裕，无贵贱，乐开颜。

江城子·登大明山观雾凇

桂中连日遇严冬。镆铘峰，尽雾凇。
晶莹剔透，挺拔傲寒风。
不惧冰霜侵本色，悬崖处，更凌空。

七律·清明祭祖

陵园四野静幽幽，遗落先人几代愁。
瞻仰碑文传后世，点燃香烛祭君侯。
风凝碧血千秋盛，雨润青山万木稠。
颖客梅州寻避处，江东父老入西瓯。

七律·烈火铸英魂

——悼念凉山州救火英雄

凉山突兀转阴风，立尔横遭烈火攻。
焰幻烟浓吞嶂壑，天昏地暗盖豁峒。
消防战士忠魂里，彝汉军民泣泪中。
不见祝融施缓手，却闻木里祭英雄。

李秀静，笔名：脩静。广西宾阳县作家协会会员，采矿高工、注册安全工程师。曾任职于宾阳县安监局、中国有色金属工业总公司等单位。作品发表于《邕城诗韵》《昆仑文苑》等书刊。诗作《矿山童年》荣获首届”千里香杯”诗歌大赛二等奖。

蕙兰（外三首）

作者：汤漾平

花草谷中王，幽幽淡淡香。
兰心寻雅静，惠意叶催忙。
九节成苍玉，三交滴抑扬。
历经儒佛道，独此一仙妆。

春兰

无花力比攀，仙域雅衣还。
清脱风然至，辉倾草木间。
贤贞寒谷宿，俊志月中闲。
五彩招蜂蝶，荷梅剑过关。

墨兰

萧飒春风暖，依丰报岁兰。
叶扁深绿剑，浅墨宝幽寒。
娴静琴香处，情高雅韵弹。
绕来凝烛泪，芝玉一时欢。

建兰

骏河雄蕙剑，竹味葶花浓。
万里成君谊，千杯与禅踪。
更怜三季意，知有四时峰。
见识芳思素，无声久从容。

汤漾平，湖北省武汉市人，祖籍湖南湘潭，华中科技大学教授，机械工程专家，爱好古诗词写作，作品多见于各类网刊、微刊和纸刊。

夜游上海黄浦江（外九首）

作者：梁海荣

上海滩头黄浦游，恰似天庭降九州。
万丈高楼林涛涌，千顷灯市银河稠，
休笑人间难长寿，无奈天宫不自由，
玉皇若知凡间事，亦应迁都到东流。

看我风光一路行

人生六十亦豪情，写诗摄影日日新。
清风习习天地外，白云飘飘日夜中。
肯将朽骨化神奇，敢向残年要青春。
谁言老来多寂寞？看我风光一路行！

过山西汾河水库

一路车行景更奇，石门东流娄烦西。
深山平湖开镜面，绿树长烟掩沙堤。
出水肥鱼鳞触网，临溪人家露沾衣。
此情此景看不足，绿水蓝天两依依。

车行太佳高速公路

千山万壑赴晋阳，车行高速隧道长。
青山滴翠新雨后，绿野飘香稻麦黄。
车如飞梭驰大道，路似蛛网遍城乡。
放眼山河皆锦绣，恰似人间又天堂。

别有风光入镜头

一夜瑞雪下神州，玉树琼山好风流。
风过梢林峰峦秀，雪映山川景色幽。
鸟鸣云天歌盛世，乐奏和谐谱春秋。
处处江山美如画，别有风光入镜头。

吟诗只当闲话聊

全是诗家大文豪，编辑记者嘴更刁。
酒饮千杯不知醉，吟诗只当闲话聊！

眼前春潮滚滚来

桃红杏白依次开，草坪初绿独徘徊。
豪情满怀关不住，眼前春潮滚滚来！

云鹤

云鹤高翔不寻常，轻振双翅响四方。
但得清风扶摇上，羞煞凡夫鼠目光！

不到长城亦英雄

自信天道总酬勤，再登高山又一峰。
阅尽风光三万里，不到长城亦英雄！

听取蛙鸣一片声

静卧客舍听蝉鸣，溶溶月光照窗棂。
梦醒秋夜凉如水，听取蛙鸣一片声！

梁海荣又名梁海云，生于1946年。山西省岚县袁家村人。毕业于山西省教育学院中文专业。岚县育红中学教师。吕梁地区教育学会会员，山西省作家协会会员。作品有诗集《金秋放歌》《青山夕照》《春到岚州》。作品被《中国当代诗词精选》《中华当年百家经典》《山西作家》《火线》等大型刊物入选。

防城港·仙人山（外九首）

作者：云涛晓雾

雕梁画栋玉阶缓，绿意悠悠晓雾寒。
遥望千里广厦远，浮桥横渡龙马前。

莲

鸟语清风晨光暖，一池碧影映长天。
娇莲浊世不曾染，傲骨丹心自难全。

雨后晚霞

浓云漫涌瞬夕行，暴雨狂风似无情。
喧嚣过后如初静，彩霞满天自在莹。

万泉河·美溪谷有感

琼岛山川多秀美，清幽灵寂数万泉。
漫江碧透深潭涌，青萝飞瀑润长岩。
蝶舞翩跹瑶池境，鱼传尺素问何年。
涉水攀岩携手进，美溪谷底觅桃源。

徐闻·贵生书院

碧瓦红墙庭幽深，汤翁勤廉四香馨。

万古流芳徐闻境，短居久忆贵生殷。

柳州·柳侯公园

一池莲碧鱼漫泳，长亭古韵竹影晴。
柳侯诗文传久远，今游至此不枉行。

柳州·柳侯公园

小桥流水荷香浓，古韵满园绕长亭。
罗池悠悠曾照尔，吾辈今临暗伤情。

龙脊梯田

瑶寨如星褐秦田，巨龙盘旋天地间。
散如纸扇尽舒展，聚似锦锻皱微延。
流银叠翠如江涌，奔流逶迤漫群山。
蝶舞翩跹寻芳径，纷飞流连已忘还。

端午

六月流火芳草劲，平湖悠悠寄楚心。
千古奇才离骚著，九歌万古化长荫。
浑然不觉端午至，他乡怎敌倍思亲。
彩线难觅艾香无，登高无处觅乡音。

残荷

香远悠悠离人醉，莲叶田田润露圆。
金波浮翠仙姿展，无尘可染是清莲。

云涛晓雾，女，本名李朝娟。黑龙江省哈尔滨人。大学时的作品《五瓣丁香花》曾获全国征文二等奖，有诗作发表于《星星文学》及网络，清风世界文学签约作家。

满江红·崇尚英雄（外二十首）

作者：郑德禄

大地悲歌，山川泣，江河痛咽，
云浥雨，泪流哀忆，缅怀先烈。
存瑞舍身隆化役，不惜洒尽全腔血，
浩气扬，献铁骨忠魂，英雄烨。
看今日，民意惬，国曲荡，军旗猎，
探洋洲海底，九霄摸月。
红色基因传万代，中华筑梦承千业。
九州同，砥砺再长征，从头越！

临江仙·故乡

塞外沙城春秀色，桑田梓里琰光。
宽街古巷换新妆，琼楼伸广栉，
郁树傍长廊。
岁月如歌人凯奏，今朝喜乐悠扬。

溪泽翠野百花芳，晨霞光碧水，
晚露沐夕阳。

七律·春光曲

蓝天碧海荡金沙，澈水银波漾浪花。
落月云舒飘瑞雨，斜阳雾散现琰霞。
千红丽艳芬芳溢，万紫缤纷韵韶华。
况是春光将逝去，耆翁笑看世朦纱。

相见欢·暮春

清波水映琼楼，望银鸥，
碧海迎风击浪伴渔舟。
百花乱，彩蝶转，暮春幽，
自是夕阳无限忘悲愁。

七绝·官厅湿地

荷塘芦苇翠茵莲，细雨晶珠渐入船，
绿柳清波鱼跳跃，轻舟静待钓悠闲。

沁园春·祖国颂

神州风光，钟灵毓秀，紫气祥烟。望长城内外，和谐兆瑞，大江南北，五彩斑斓。春暖花开，蜂飞蝶舞，翠柳莺啼滢水湲。广野处，赏满园锦色，一派幽然。

旧容巨变新颜，立世界，威名荡宇寰。看城乡各地，琼楼栉路，村庄雅净，百姓盈欢。古巷宽街，氤氲缭绕，艳丽温馨赛境仙。同砥砺，继追逐华梦，国泰民安！

七律·咏荷（新韵）

华城毓秀鸟莺翔，水映琼楼琬琰光。
柳曳琪枝拂菡萏，芦摇瑞栈向荷塘。
清风浥叶晶莹翠，玉露滋花丽艳芳。
永驻污泥堪不染，洁身自好满庭香。

七律·海棠花（新韵）

春阳暖耀海棠花，蕴秀娇娆现玉华。
北雨凝霜携晚露，东风荡雾助晨霞。
亲抚翠叶思情驻，热吻苞蕾惹欲发。
料是流莹与我恋，桑榆有意忘回家。

鹧鸪天·夏荷抒怀

漫步轻悠木栈桥，荷莲叶茂郁芳娇。
蝶飞燕舞蛙婵唱，岸柳遮荫暑气消。
芦草翠，菡花娆，风霜雨雪伴年遥。
谁怜鬓发青丝去，却是斜阳耀九霄。

七律·颂母亲（新韵）

岁月如梭又是春，依窗半夜忆娘亲。
嘉言义教千番赐，懿语德传万次吟。
暖意无痕通脉血，温情有爱育慈心。
今朝痛洒辛酸泪，晚暮方知父母恩。

钗头凤·思父

风吹柳，青枝抖，父亲节日思怀旧。
伤珠落，悲眉锁，忆爹拉纤，险滩颠簸，
过、过、过！
征坡陡，艰程走，善行德懿言传授。
经桑陌，雄心魄，尽流辛汗，远航沧沫，
舵、舵、舵！

七律·清明思父（新韵）

鸥翔奋翅唳苍天，又见清明放纸鸢。
近望浮云筝似鸟，遥思往事柳如烟。
魂牵故土孩儿意，梦绕他乡父母缘。
但愿茔堂无索事，独斟玉酒醉幽年。

七绝·仲夏晚夜（新韵）

临逢仲夏百花妍，碧水清波荡影涟。
晚雾红霞千彩景，繁星皓月万重天。

卜算子·桃花（新韵）

细雨润桃花，鸟唱蜂蝶舞，
已是春风遍地柔，姹紫嫣红处。
绿野荡馨香，随尔群芳妒，
四季平生任自然，哪惧艰辛路！

武陵春·暮春（新韵）

紫气祥风清野秀，薄雾挡白云，
翠柳花妍草木芬，倒影水滢氲。
桃李缤斓香满地，美景漫乡村，
明月光杯玉酒醇，陶醉布衣人。

七律·桑干河（新韵）

桑干碧水琬滢涟，峻岭叠嶂锁翠烟。
几历坷折离塞北，多经坎荡过京南。
千顷沃土繁华地，百里山川富贵源。
瑞气蓬瀛堪锦秀，祥风紫陌沐丰年。

鹧鸪天·桑干神韵

晚暮桑干映丽空，河穿谷壑润青松。
官厅水库湖波荡，月耀繁星暮色胧。
千木绿，百花红，一条永定似苍龙。
三河碧野祥风聚，九陌莽原紫气通。

浪淘沙·看海听涛

碧水浪滔天，万里苍烟，
层叠浩瀚起波澜。
涌湃汹澎昭岁月，意志恒坚。
潇洒卧礁岩，漫步沙滩，
耆翁晚暮乐悠然。
看海听涛织萦梦，恰似神仙。

清平乐·六一抒怀

六一快乐，笑语欢歌盈。
辉映晨霞容貌靓，朝气蓬勃行。
韶华充满温情，前程似锦光明。
和善懿德忠孝，峥嵘岁月安平。

七律·芒种（新韵）

芒种风光入画屏，端阳艳照垄间行。
荷塘月影青蛙唱，柳岸枝摇紫燕鸣。
碧水流滢滋广地，耕牛奋力劲全倾。
菽苗茂盛丰收望，百万农夫笑靥盈。

怀来赋

怀来古郡，一雄塞地，水清山幽，钟灵毓秀。

寻踪古源，春秋时期，称为上谷。秦代燕地，设上谷郡，置沮阳县。唐取妫州，设怀戎县。明改怀来左卫，属宣府镇。民国初期，怀来县制已现。古郡怀来，历史悠久，上古时期，三皇五帝，留下足迹。怀来建置，沿革两千余年，古属燕地幽州，今为中华名县，引领风骚数百年。

山罩怀来，锁钥重地，古老璀璨。西屏鸡鸣山，东蔽居庸关，北岭天寿山，南峻燕山余脉。小形盆地，四方威严，战略要地。水口山、八宝山、长安岭、大黑峰、棋盘山，军都山及燕山山脉，相依相拥，峰峦起伏，巍峨叠嶂。白云绕峻峰，清泉响山涧，野兔跳半坡，雉鸡舞山巅。群鸟飞翠林，野花香争艳，蜂蝶舞翩翩，小溪水潺潺。样边长城，绵延跌宕，气势磅礴。春天，百花盛开，万木吐绿映彩霞；夏日，荷莲斗艳，千倾碧波水漪涟；金秋，果满枝头，枫红菊黄溢芬芳；冬季，凌挂枝檐，银装素裹赛瑶宫。

水润怀来，官厅水库，塞外明珠，开创新中国水库第一，由妫水、桑干、洋河汇聚而成。京城水源，移民数万，怀来人民，卓越贡献。官厅湖水，波光漭瀁，蛙鱼跳跃，野鸭旋翔，船帆点点。高铁大桥，飞架彩虹。官厅湖湿地，百亩荷莲，芦草交融，滢水清澈，木栈通幽。桑干洋河，富饶两岸，沃土良田，风光斑斓。水口山泉，清溪流韵，沁人甘甜。

怀来古迹，鸡鸣邮驿，史名世界，雄伟耸立。当年慈禧，留下传奇。城池街道，壁画民宅，门楼古屋，雕梁画栋，斗拱琢檐，风俗体现。古迹显忠祠的悲怆，天皇山的窑居，样边长城的磅礴，卧牛山的庙宇，天漠的奇观，穹宇廖廓，游人不断。

风景怀来，黄龙山庄，满谷幽碧，清泉飞泻，野花飘香，蝶舞鸟鸣。永定峡谷，林密水净，荡舟垂钓。温泉颇多，汤沸涌现，浴者畅游。登上北山，公园雅静，俯瞰全城，荡心涤肺，神怡脱俗。街道整洁，坦路环绕。眺望四周，群山如黛，碧波万顷。京张、大秦铁路，腾空飘带，铁龙鸣笛，串通西东。高速公路，四通八达，接张垣大道，通蒙晋宁疆。山下高楼叠栉，文化公园，空灵隽永，树草蓊蕤，滨河胜景，瑶草琪花，蝉唱蛙鸣，木栈桥道，环沿水上。长安古松，傲雪凌霜，气壮山河。

古郡怀来，人杰地灵，朴实人民，情性刚直，风俗淳厚，英杰辈出。秦王次仲，书法楷模。另有汉晋魏齐，唐元明清，文人墨客，英雄豪杰，著名天下。战斗英雄，民族脊梁董存瑞，精忠报国寄传承。

富庶怀来，物产丰富。八棱海棠，声过长江；酒宝蜜桃，誉越黄河；北辛堡梨，进入京津；官厅湖鱼，直游上海；龙眼葡萄，飞向海南；庄窝红枣，名传内外；西八里蒜，举国闻名；北村小米，香溢四海；葡萄美酒，威震五洲。

忆往昔，峥嵘岁月多壮烈，看今照，英雄儿女砥砺行。怀来人民，团结协力。千企蓦起，万贾竟至。民营企业，灿若繁星。葡萄酒庄，南北享誉，玉液琼浆，领先世界。各行各业，异彩纷呈。蕴含实力，事业发达，社会和谐，人民安康。经济繁荣，美酒之乡。

怀来之壮美，非挥毫能描，怀来之神韵，岂平文吟颂。古郡怀来，造化神灵，魅力无限，前程锦绣！

郑德禄，笔名，正路慎德，河北省怀来县退休职工。已原创三千余篇，近两千余首（篇）作品，散见于十多家纸媒及书刊。发表在全国的二十多家网络平台，并多次获奖，被多家书刊及网络平台定为签约作家（诗人）。原创的《沁园春·祖国颂》荣获2018年“印象中国年”全国首届新春主题大赛金奖。

蝶恋花·情（外四首）

作者：史小明

柴扉孤院花倚楼，蝶恋枝头，睡枕浓香休。鸟酣梦里啄彩羽，牧童幽笛惊午后。

满地香花亦风流，此情恰好。盏盏尽妖娆。怎奈锦字把情偷，惹得花语道闲愁。

如梦令·尘花

红尘花杯论酒，千言万语闲愁。
却道相如赋，相逢便是清秋。
糊涂，糊涂。难辨西施阿娇。

江城子·相思

万叠寒山付流云，月无痕，恋黄昏。
浅草茉莉，只把情字吟。
羌笛宛转惊雁鸣，思佳人，寄西风。
欲将倩影重追寻，笑红尘，几人真？
锦书花笺，香墨伴灰尘。
万种风情何处诉，一轻吻，黯消魂。

墨画

白马罗绮素妆身，丝丝翠柳尚多情。
文墨凝香随风去，一盏逍遥锁画屏。

仲夏晚笔

万盏素云卧花泥，一杯浊酒伴尘埃。
绿灯霓舞随风去，行人笑指影朝西。

史小明，男，90后；甘肃庄浪县人，爱好写作，作品曾多次发表于各种网络公众平台及杂志出版。《生活》《到相遇的地方把你忘记》入选《中国当代诗人诗选》出版；《清平乐·秋雁横空》《画堂春·倦情》入选校刊读物《青年之风》出版等；现为甘肃庄浪作家协会会员、新疆和田地区墨玉县扎瓦镇教师。

德州相聚（外四首）

作者：董正洁

鬓发灰白埋岁月，几多思念与谁说。
奔赴三千江山路，只为相拥那一刻。
短暂相聚疾如风，恨不拖住日月梭。
且莫寻觅来年聚，今朝先把酒当歌。

莫相争

一江春水向东流，帝王皇孙也多愁。
恰如春风拂荒野，绿洲繁盛还有秋。
多权多金烦事重，无官无债一身轻。
心身舒展走江湖，自古万岁老百姓。

别离

春风乍吹天稍寒，游子指天怨日短。
又到浪迹天涯时，慈母双眸春水暖。

咏燕诗二首

忍别秋风燕南飞，春风重度能否回。
十载把情筑旧巢，一日不见心生悲。

燕啄新泥筑旧巢，柳发绿枝换新貌。
归来三万风雨路，谁知一路苦煎熬。

董正洁，生于青岛，退休职工，业余诗歌爱好者，喜爱古诗词，散文诗，业余时间创作诗词多篇，喜欢旅游，在游山玩水中即兴写诗。诗随人性，把诗共勉。

浪淘沙·三月十五夜（外四首）

金玉熙

入夜路灯媚，圆镜普辉。街舞大妈多沉醉。薄衫软袖蹁跹处，不见人归。

欲眠梦偏回，月儿西垂。春花依旧鸟栖飞。不泛人声私对语，偶吠清微。

梦江南·冀东四月雨

花无影，四月雾纱浓。
燕子斜飞榆钱小，杨枝裂萼叶初荣。
暮春杜鹃红。

虎跳峡

龙潭虎峡自古险，凭栏四望脚下颤。
远见银练飘翠谷，近视波涛起白烟。
上下千级依足健，耄耋一叹乘滑竿。
结队大巴摩天际，更有雪峰横不断。

游北海

暖暖寒寒三月天，白塔逢春映碧兰。
老树伸枝苏隐约，嫩柳垂丝展柔绵。

皇家几多太液波，時光空留雕龙翩。
坡前玉兰显高雅，牡丹蓄势竞王鲜。

旋转餐厅

人安楼转掠芳香，万家灯火始繁忙。
陆走天飞水游全，锅煎笼蒸调羹汤。
红白绿紫泛霞彩，酸甜苦辣精馔详。
酒池肉林非商纣，百余元扫成帝王。

金玉熙：男，中国少数民族作家协会会员，黑龙江作协会员。清风世界文学签约作家。在黑龙江从事广播、报刊编辑工作，任总编等职。退休前为省法学会副秘书长。其新闻作品多次获国家好新闻奖。编著《世才诗选》《勤耕集》等文学新闻作品。2015年出版了诗集《熙子行吟》。

“大国工匠2018年度”颁奖典礼观后感

作者：崔建明

一

航天巨匠高凤林，火箭铸心第一人。
龙的轨迹划太空，振奋民族士气魂。
谁言难题不得解，突破极致显精神。
繁星点点谁在挂，为我中华工匠们。

二（李万君）

钢针吊车怎能行，唯君挑战不可能。
一把焊枪一双手，钢筋铁骨于复兴。
千万难关何所惧，只因梦想在心中。
闲看列车飞驰笑，大国雄风震天空。

三（夏立）

中国眼睛夏立公，擦亮中华翔龙目。
谈技艺吹影镂空，灭困难皆为坦途。
不知月宫怎感激，铺就嫦娥奔月路。
月宫仙子可思乡，如今家乡世人瞩。

四

王进兄弟真胆大，平步百米穿铁塔。
心中只为万家明，横穿带电高特压。
莫说赢得世界耀，直面生死笑天涯。
工匠精神皆可赞，努力复兴大中华。

五（朱恒银）

探宝之人朱恒心，寻得宝矿为人民。
一腔热血苦钻研，从那地表到地心。
哪管千山和万水，探宝银针在挺进。
赤子之心犹可见，振兴神州我辈人。

六（乔素凯）

四米长杆廿六年，失误为零令人叹。
责任经验化信念，安全之事大于天。
世上岂有无难事，只要无惧肯登攀。
心有执念皆不怕，只为祖国换新颜。

七（陈行行）

青涩年华多绽放，精益求精铸信仰。
大国重器君来造，书写极致敢担当。
国防强大振军威，宵小之辈怎来烦。
众志成城复兴梦，昂首挺立天地间。

八

王树军乃维修工，永不屈服怼洋奴。
临危受命担重任，展现工匠傲风骨。
攻坚克难寻常事，中国制造展宏图。
自力更生奋发强，英雄常在寻常处。

九

油田诸葛谭文波，听诊大地弹指得。
管他深藏八万里，相隔厚土油龙锁。
宝藏莫要再沉睡，赶紧出来报祖国。
我要仰天长声笑，我的祖国强大了。

十

千年壁画退病容，崭新面目照人瞳。
风沙刀剑何所惧，历史绚烂永重生。
用心做笔血为墨，时间看到我永恒。
古老文明怎淹没，精神文化永传承。

十一

几多工匠展妙手，传承坚守中国造。
职业技能极致化，谁言社会太浮躁。
劝君爱岗且敬业，敬业自觉品自高。
国家还需众人建，国富民强百姓笑。

崔建明：男，曾用名：崔释夫。笔名：卧龙山人。生于1967年，河北省滦州市北双山人。作品多见于网络报刊。

满江红（正体）（外三首）

作者：潜陌

日久飞灵，重踏入、游园小哨。多少恋、鸳鸯无戏，转头空爱。当年何如寻觅酒，伊人望断孤魂处。恨也思、中意尚功成，表明志。

事如今，执可固。从此后，无人问。欲赌深巷里，互联直网。纵有万千人闲语，只将理想随心住。渐隐潜、他日若归来，功名遂。

杂诗三首

（一）

离开故土整三年，顿觉光阴如箭弦。
多少思愁随往事，可怜人世恨难圆。

（二）

落脚春城梦断魂，霓虹飞烁少欢欣。
漂游孤影行深巷，为问兜酬谁亦云？

（三）

早有胸怀志云凌，波流不逐入庸平。
男儿梦想千金掷，直取功名报亲情。

潜陌，本名罗贵。云南墨江人，90后青年，热爱诗词歌赋。尝试现代诗词创作多首，曾有作品发表于多家网络微刊平台。

定风波·鹅城观天鹅（外八十六首）

作者：沉鱼

古有凌空海市升，葛妃羽化济苍生。引得灵犀相感动，追梦，声声相和绕鹅城。

堆雪梳云长颈转，温暖，霓裳飘忽舞姿萌。似织东湖新锦绣，舒袖，翩然我亦化精灵。

高阳台·广平印象

极目平畴，葱茏又织，问渠那得清泉？断水重流，白杨荫地钻天。广平未忘沧桑痛，数百年、母泪流干。旱荒侵，赤日连朝，风鼓尘烟。

东风牵引漳河水，看清流摇漾，醉了楼船。北国江南，而今佳话频传。东湖启幕天鹅舞，引颈歌、声遏云幡。爱鹅人，色艳丹青，怎绘新篇？

不了情

风流卌载情难了，幻化鸳鸯梦断魂。
寒雨涔涔花落泪，秋风瑟瑟草离根。

今生一片诚心捧，来世两身风骨存。
月老惜缘翁媪配，琼楼夕照灿黄昏。

赞中国首例雕塑情景剧

话剧翻新惊艳来，撩人耳目异葩开。
街雕腊像群英饰，市井遗音低幕徊。
意在千秋观往事，情牵一脉上高台。
百年回顾时空越，首演谋篇别有裁。

梦非梦

犹恐相逢是梦中，痴烟混沌目眩瞢。
总疑忧乐缘银汉，常念分离问月宫。
花退春残香浅淡，秋成晚翠树葱茏。
岁华荏苒知寒暖，携手霞云感遇同。

年关为小儿女寄包裹

春风疑不到，汉水古城关。
问母何由念，团年儿未还。
寒流枯塞草，白雪老红颜。
泪湿怀中物，随鸿度远山。

过年

竹报平安盛豕腊，时闻旺犬吠寒烟。
春迎满坐归家客，月佐初心逐梦圆。
夜放礼花燃笑靥，星垂醉眼对无眠。
可怜霜雪青娥老，隔水相邻不得还。

香山赏春雪

古寺红灯生暖意，层林茹雪沐东风。
石栏几朵新梅绽，喜鹊争传赛画工。

感受拍砖

铺天盖地一齐下，遍体血斑头且抬。
此举今时难得有，吾君古道捧心来。
通宵自醒晨风改，病句全无睡意回。
祈盼勤虔终报喜，谁言顽石不成才。

上元节逛金街

串串红灯燃笑靥，银花济济若繁星。
满街游客喧如沸，圆月追随默默听。

楼上观街景

举头残月临窗望，旭日东升满目新。
银燕穿云成白鹤，霓虹傍水览金鳞。
溶溶尘世春回日，合合门闾宴散辰。
日月杪冬常照见，霞辉万里荡氲氤。

上元节感怀

明月当头照，高空吉语传。

千街光映射，万巷客留连。
不舍琼楼望，心驰执念缘。
虽言凋碧树，却有众星牵。

迎春

曈曈日沐滨河岸，万户梳妆绾艳阳。
远眺西窗山色隐，近观楼外水流长。
遥思踏雪寻梅绽，又忆登秋赏叶黄。
只待京城芳草绿，诗朋相聚咏春光。

大地回暖

不慕万花俏，冰莹独自尊。
每逢桃柳绿，洗得一春魂。

楼前喜见燕归

北国春来早，风斜燕叫欢。
莫非老相识，叙旧到朱阑？

北斗

儿时倚在门墩望，眨亮青眸数七星。
今上琼楼寻未得，梦中蝴蝶尽杓形。

西堤观柳

有絮西堤柳，千丝绾碧霞。
清波舒万缕，喜鹊叫枝芽。

春游西堤

两水碧生春，西山云吐新。
亭桥花绽雪，柳眼系游人。

西堤游

不见玉泉山影横，荷塘依旧绿畴盈。
年年盛夏西堤路，四十春秋伴侣情。

玉渊潭踏春感怀

一塔穷高远，双台翠柳连。
清潭花锦簇，浸润万人妍。
辛苦往来鸟，痴迷南北天。
戏游曾相识，引我梦魂牵。

清明祭扫

双亲久睡吉安穴，满目碑林瑞兽随。
祭扫先人思暖日，金花一树向西悲。

观环卫工人河道除淤

长河去腐茎，短棹俯身撑。
一路雪鸥伴，千重烟树迎。
动如灵燕剪，默做老牛耕。

且看粼粼水，澄清紫禁城。

广平环城水

自古源头天上水，而今环绕古鹅城。
画船涌浪金光耀，烟柳倾城隐碧声。
寻梦虹桥添锦绣，凌空雁塔沐晴明。
人间仙境何须觅，已醉身心在广平。

观暴雨

云墨遮阳藏霹雳，哗然一震泻天河。
长街欲洗尘埃尽，未料淤泥积更多。

朗润园观荷

杨柳依依迎客舞，碧波湜湜映燕园。
香萦玉润红莲湿，雨落珠圆绿叶翻。
泥沼植根心不染，凡尘洗面志仍存。
不求学府鸿名显，洁净无瑕品自尊。

竹枝词·陶然老顽童

春风满面老顽童，朝暮狂欢背不躬。
最爱园林歌舞乐，尽情拥抱夕阳红。

竹枝词·风车转题图

六旬老者乐悠悠，满眼缤纷高举头。
无数风车天上转，儿时舞手听吱扭。

陶然亭观湖升水汽

云水相逢起白烟，交织冷暖枕风眠。
名亭细柳依流翠，曲径幽篁竞比肩。
喜鹊低飞衔草木，游鱼沉底伴荷仙。
心驰神往观奇景，雪落春湖蜃气连。

观荷有感

难忘飘飘谪降仙，蒂相连亦命相怜。
人多争把红颜宠，谁理枯荷形影单？

观西堤并蒂莲

亭立西堤莲并蒂，昆明湖水渡奇缘。
涟漪荡起连心意，翘首红颜碧语绵。

观荷叶上飞来绿蜻蜓

红衣绿苑藏身色，翠羽翻飞舞碧池。
难得清凉裙上立，蜻蜓点水醉花痴。

北京世园会远眺

霁后世园会，天田花簇新。
海陀山戴雪，难以辨冬春。

竹枝词·扭秧歌

儿时锣鼓喧天起，青壮腰肢扭地旋。
今日寻声皆老者，咚咚锵里步蹒跚。

小皮皮

居家添得皮皮狗，伴我迎春兴更浓。
抱腿牵衣常搞笑，腾身舞爪若飞龙。
偶然作别频回首，一旦归来近倚依。
旺犬德高天性好，守诚忠义且宽容。

香山仙境

紫气升腾日照峰，驰眸天地似陶镕。
静观卧佛金身塑，细觅龙眠蜕骨踪。
山雀时鸣增趣味，梵音暗送伴僧钟。
寻仙谧尔深林处，一塔琉璃绿意浓。

月下独行

浩月华灯相照明，交辉织锦饰京城。
独行阅览儿时路，追忆燃烧岁月情。
都市喧华颜面改，红墙沉醉守尊荣。
时光巷口霓虹乱，更见婵娟一影清。

六一文友来相会

领巾系戴童心在，游乐名亭不肯归。
莫笑朝丝成暮雪，青山满目有余晖。

竹枝词·智能扫地机器人

我是园林蜗小白，聪明脑袋矮身材。
一声不响忙工作，保洁前行缓缓来。

赞石景山写作部交流会

冒雨临风入梦楼，京西聚会促交流。
泼横墨韵青山好，四溢书香紫气留。
花语图成呈锦绣，诗章笔落写春秋。
开长画案高三尺，室雅人和共一舟。

陶然亭会友

都门寻旧燕，一别卌余春。
翘角徽亭暖，白墙檐瓦新。
鹅黄思绿水，倒影荡漪沦。
犹记青娥笑，才思染夕尘。

老同学聚

人生欢聚少，屈指卌余年。
梦忆桃花面，心存倩女缘。

知交应尽兴，亡友最堪怜。
一别春风雨，犹怀暖语眠。

参赛陶然亭端午诗会

恰逢端午节，诗会聚园林。
叠彩石桥路，逐云擂鼓深。
离骚犹在耳，楚韵古今吟。
合唱安康在，登台童稚音。
舞龙传递爱，家国赤诚心。
拙作情怀小，感恩奖一金。

父亲的汗衣味（词林正韵）

（一）

儿时笑脸寻依赖，小路崎岖要父陪。
蒲扇携风听故事，汗衣味道入心扉。

（二）

而今父病难安睡，守护床边日夜陪。
淌泪闻衣勤伺候，却思汗味似春晖。

新居观景

闲暇目送白云渡，喜见蓝天鸽子来。
隔岸楼窗生亮影，不休昼夜路车回。

安居

雨后芳林翠，东轩爽气来。
怡然檐外景，便觉眼前开。

晨练

卷帘清气来，鼓乐又徘徊。
春草花间致，晨风练友催。

社区游乐园地

携孙翁妪区隅聚，醉听儿童玩耍声。
四季时时春意在，乐园处处喜相迎。

北宫公园赏秋韵

峰林叠彩斑斓色，潭水含烟锦绣佳。
不负北宫秋韵美，如云游客乐相偕。

阳台赏菊

（一）

不慕枫林晚，寻幽到翠台。
花开知我意，暗送一香来。

（二）

一览秋光尽，迎霜绽翠台。
千丝情爪结，菊抱晚香来。

鹧鸪天·瞻仰梁启超陵墓

老树枯荣独自愁，西垂日暮挂枝头。
只缘生是西山树，感叹先贤志未酬。
风万变，雨无休。饮冰书课尽风流。
任公忠骨垂青史，化作松涛万古留。

祭孔

曲阜城中设祭坛，黄旗竞展柷声传。
一章乐奏宣平舞，三献微躬瞻礼繁。
君主德高扬正气，儒家书卷育名贤。
继承圣典遵前训，论语诗经来者镌。

祝秋安（词林正韵）

雾霭茫茫宿露寒，秋声摇落树凋残。
早眠早起阴阳保，留住青山绿水还。

书法东城会

钟鼓楼前品墨香，宝钞老巷漾春光。
研修笔友交流好，敬业名师解惑忙。
笔走祥龙争劲舞，字行瑞虎竞雄章。
自怡庭舍高三尺，室雅人和共济长。

避暑山庄外八庙

普陀寺外罄钟峰，避暑山庄一望中。
双塔山头多庙塔，乾隆宫里听秋风。

碧云寺

龙椅西山做翠屏，风吹五塔响铜铃。
寺中祭奠衣冠冢，敬拜中山宋庆龄。

北海景山团城

琼岛春荫松柏绕，景山历历翠湖亭。
莫愁北海团城小，可望故宫看广庭。

白云观

年年岁首白云观，摸罢石猴拜道仙。
三柱梵香朝玉帝，祝君康健寿齐天。

北平图书馆

东临琼岛波光映，楼内藏书四世同。
曾是紫培披阅处，来人何事见周公？

北戴河忆旧游（中华通韵）

梦里云霞染彩亭，彩亭携手望联峰。
联峰有意留光景，光景时时与梦行。

百花山霞云岭

百草畔前晨雾盖，黄花碧树色无衰。
青山隐首白烟起，升入云间洗俗姿。

春日

兰花满地草如茵，喜鹊啼春处处新。
风撒山桃飞似雪，柳丝系住未归人。

秋色

秋色渐随归雁远，霜晨月露万林黄。
滨河光影双星烁，临岸霓虹絮语扬。
古道遗痕新象隐。今街况味旧居藏。
夕阳不忘初心意，血染霞明地久长。

游北宫森林公园

峰坡错落依山傍，阁塔亭廊雅趣观。
丹岭石磐闻众语，枫林彩叶落霞丹。
风吟潭水迭三叹，云颂荷塘敛众欢。
指点京城凭远阔，千秋韵事解心宽。

孔子故乡行

千里寻踪儒道始，万民揽胜静心修。
手栽楷树先人去，设教杏林后世留。
圣地同宗频祭祖，四方异姓颂春秋。
诗朋笔友今相会，把盏高歌意未休。

告别故居（中华通韵）

重归小院成痴梦，断壁颓垣泪眼蒙。
明月携辉窗上明，金秋送爽枣儿捧。
少儿玩耍寻欢娱，父母育花赏佳景。
世上闲愁多万般，故园从此在昔境。

端午度佳节

端午佳期近，连天骤雨忙。
风从花树过，满院醉芳香。
喜鹊和风祝，欢声万户扬。
忽听家燕语，来客祝年祥。

陶然亭

名亭园里聚名亭，诗意陶然久负名。
曲水流觞吟咏地，丹青翰墨妙生情。
曾经衰煞人烟少，榻倚深堂月影行。
救国忧民五团社，古槐忧记伟人名。
而今歌舞东风里，万木花馨百鸟鸣。

垂柳岸风翻碧浪，湖光云影荡波平。
中央岛上添佳境，银杏红枫有至情。
月季嫣然迎笑语，水花喜见玉颜惊。
练功晨起多翁妪，习武颐身问贵庚？
四季时时皆笑脸，只因携手日同行。

摊破浣溪沙·陶然观荷

昨日荷塘细雨间，清风梳掠绿裙翻，
菡萏陶然醉听鼓，玉珠弹。
移棹花间寻旧梦，留香故里叹随缘。
行到吹台思故友，倚栏干。

浣溪沙·夜宿妙郎故里

欲访妙郎崇孝乡，铁牛趴卧断崖旁，群星照亮小愁肠。

夜宿豹榆沟壑店，晨炊故里爱心堂。思随紫燕绕厅梁。

点绛唇

乙未春灯，迎春贺信知多少。礼花喧闹，羊岁欢春晓。

冬去春归，廿载青娥老。堂堂笑，雪残冬草，只是香还好。

渔家傲·春花笑

满是杨花柳絮轻。来也曾经，去也曾经。小花小草喜相迎，笑也盈盈，喜也盈盈。

寻梦依稀月影行，云儿柔情，风月柔情。流光飞逝目晨星。心境纯清，梦境纯清。

谒金门·西堤春晓

西堤好，柳绿桃红春晓。远眺内湖花径岛，清波连碧草。

古柳遗存多少？信步长堤寻找。举目六桥闻鹊叫，莫非君问好？

鹊桥仙·游西堤

早春二月，昆明湖上，桃柳西堤伸展。小桥流水似江南，品四景、桃花饱眼。

团城水阔，孤芳写意，南水京城储罐。六桥互异竞多姿，赏心悦、融融意满。

北山有我双亲

飞絮，飞絮。传信北山墓所。
北山有我双亲。泪洒清明夜春。
春夜，春夜。子女思情不舍。

浣溪沙·雨后景山公园赏牡丹

昨日高空雨洗尘，天青云白景山新，园林叠韵正氲氤。

国色天香由径望，花王捧盛竞真纯，迷魂秀媚更留人。

采桑子·观荷

红莲碧叶清涟映，妙笔丹葩。妙笔丹葩，拟泼天穹一抹霞。

轻舟移棹观其志，母子莲花。母子莲花，问取初心缘我家。

采桑子·端午食粽

儿时端午馋香粽，甜到心房。甜到心房，不解甘中存苦肠。

而今端午疑香粽，诗境情长。诗境情长，别样情怀吟九章。

忆秦娥·相望

乌云荡，京城暴雨倾盆状。倾盆状，街衢溢满，路车惊浪。

银河飞泪从天降，牛郎织女空相望。空相望，情生人世，并非天上。

苏幕遮·桥梓镇流翠

口头村，桥梓外。淌碧粼粼，长涌潺潺翠。

银带仙飘幽径荟。折入蜿蜒，圣脉源泉水。

采风情，秋旅会。岁月留痕，好景柔情醉。

寻本求思初祖地。愿楫轻舟，梦入清泠睡。

蝶恋花·思乡

吴越归来思绪久。故土根深，我代先贤走。乡土乡音虽未有，乡情一样浓醇酒。

南国故园风景秀。古井茶香，茅舍形依旧。碧水青山环左右，乡愁更在伤离后。

蝶恋花·星月守

暮岁冬寒风在吼。玉宇澄清，霾雾全吹走。遥看金星新月瘦，相思不只人间有。

绮阁凭栏凝望久，别恨离愁，千里双星守。雾散京城佳色有，天人遥醉黄澄酒。

送别弟弟

悲俯首，泣凄寒，海上祭文传。用心相待一生缘，送弟上西船。

水之灵，归入海，离别远行前。海风和诵浪声缠，无语似留连。

晚照

雨后京城落晚霞，金辉楼宇万千家。
佳人遥对夕阳笑，一抹残红照泪花。

短歌行·忽闻七夕

忽闻七夕寻仙侣，织女牛郎鹊桥叙。
隔岸双星相望多，一年今夜得欢所。
江南塞北两地书，劳燕分飞诉情愁。
莫笑朝丝成暮云，相思泪雨度春秋。

京城喜降瑞雪

新春逢瑞雪，盛景醉京城。
银舞琼枝劲，冰消细草萌。
湖边观蜃气，郊野话农耕。
唯愿龙抬首，囷仓稻黍盈。

沉鱼，本名宋燕琳，女，中国北京。热爱文学，喜欢写作。中华诗词学会会员，北京市写作学会会员，中国好诗词作家协会会员。有诗歌、散文等作品发表于书刊杂志。

端午节抒怀（新韵）（外五首）

作者：毕义江

离骚千古韵，不朽汨罗魂。
世代传吟咏，龙舟竞渡寻。

雨水

化雪融冰水，催生草木芽，
客鸿思北去，新雨伴回家。

惊蛰（新韵）

蛰虫睡眼睁，非是有雷惊。
迟日东风暖，春耕笑语声。

赞清洁工（新韵）

天天街道面无尘，不是风拂岂是神。
若问谁挥洁面笔，苦辛城市美容人。

观书有感

书山深处访能贤，迷雾团团散四边。
汩汩甘泉春日好，芬芳桃李满前川。

商家春早（新韵）

乍暖还寒二月初，柳衣细叶未裁出。
商家心比东风暖，收起深装卖浅服。

毕义江：男，唐山市诗词学会会员，大学学历，高级讲师，河北唐山市丰南区职教中心副校长。

题岩头村（外十首）

作者：吴宝金

万籁喑喑寂，千峦习习风。
湖光添广秀，山色荟葱茏。
邂逅逢仙女，巡游遇俊雄。
青篁幽径里，绿墅翠微中。
墒垄芽初发，畇田水沆溶。
莫道旻天好，休言瘠地穷。
园田围百亩，石坎砌三重。
甬道阶墀上，沟塍曲陌丛。
饰靓新村貌，清晰旧巷容。
通规无杂念，布局有襟胸。
贵有凌云志，盈成岁兆丰。
今朝初见识，古寺未央钟。
津渡横舟楫，灵岩气贯虹。
探奇人独纵，察险只身躬。
水陼丹牛卧，檐头紫燕踪。
梅溪归棹晚，草泽隐殊翁。
堰堨清浏澈，江宽纩絮绒。
此地多才俊，峥嵘体元公。
显祖名千古，膺堂慎肃恭。
传承须缕续，毋忘我先农。

阮郎归·多愁容易点青霜

多愁容易点青霜，微躯感受长。一泓清水映斜阳，须臾已杖乡。

花叶绿，柳枝黄，叟翁醉欲狂。晚年何必叹凄凉，贞词道寸肠。

又到清明祭祀时

清明寒食近，寤寐道凄惶。
自省悲挥泪，孤思恨断肠。

鬼吹黄纸乱，祭祀白幡扬。
涕泗流将尽，春醅酹未央。
乌鸦鸣戚切，草冢落愁殇。
梦倚相期久，魂依忍抑长。
山中风籁寂，涧里雾飙飏。
箔纸三泉下，冥钱九界旁。
灰飞余湛寂，烛灭剩残香。
七祖书彰显，三霄素影藏。
叮咛犹未绝，幽素又倡扬。
典雅辞清铄，哀音痛切凉。
凭栏凝望远，借酒解忧伤。
敬慎威仪在，如铭一世妨。

醉红妆·咏蔷薇

暖风吹拂小庭东，刺莓苔，别样红。晨阳照映更冲融，浮香溢，向天穹。

友人吟句妙无穷，举醅酒，饮三盅。对景酣然犹试笔，舒醉眼，续诗钟。

南乡子·九峰山

登顶九峰山，石径盘桓几道弯。旖旎风光凭一览，流连，独自徘徊四顾看。

流水似弹弦，伴唱春莺未有闲。载取诗情千万迭，无眠，夜半还吟宋玉篇。

龙吟曲·寺平古村落游记

暮春时节优游，田间遍见秾芳卉。和风一路，暗香浮动，嫣红姹紫。雨霁尘清，静幽巷陌，藻构霞绮。见缬云飞渡，迎祥纳庆，隆今昔，清溢水。

蕴藉古今文化，众乡贤，俊良臻萃。诗俦共我，叹为观止，低回不已。梦里桃源，如今突现，与之追媲。看陶公喜极，临风把盏，任凭欢醉。

务农篇

里陌躬耕过十千，沟塍憩息拣榆钱。
偷闲作乐遂成趣，倥偬神聊也自然。
岁月无情霜染发，田园可意雨张天。
春临碧水江舟棹，夏聚青山石渚边。
争论赋，斗诗篇。吟啸月，咏乡贤。
天生我辈多才俊，写尽沧桑入彩笺。

七律·打工者吟

心怀恻怛望银河，揣想明朝举木柯。
枉自人生唯顿碌，为求活计只奔波。
三寻岁岁违心愿，千里迢迢叵奈何。
昼日逾常思故里，玄宵对月唱骊歌。

沁园春·岩头村新貌

陌上花开，柳杪莺啼，淑气万千。正广原雨霁，沧浪湖水，彻天云敛，澄澈江山。诸子登临，梅溪萦绕，笔底文章付素弦。斜阳里，更精神抖擞，倾诉乡关。

村庄逸事连连。五百亩荒山变堰田。见江津掩映，寻常草碧，廊桥彰显，十里花妍。伫立其间，诸人振奋，对景吟哦向宇寰。邀明月，看如今宝婺，绚丽斑斓。

己亥孟夏应诗俦管旭新相邀赴王宅采桑葚有记

云林芳景满，垄亩胜阳春。
写意无须笔，吟诗有志人。
朱颜迎远客，紫色接灵津。
拾梦怀桑梓，寻思谢旭新。

六幺令·秋情（步晏几道韵）

老翁何忌，杯酒醉书阁。案头卷翻犹合，欲向杜公学。不管谗言乱说，睡个安心觉。费心周匝，黄华绽蕊，岂肯鳞苞任人掐。

常见花儿不语，却道无须答。闭户犹有虫鸣，夜半词牌押。明月西辞拂晓，牖启霜吹霎。冷风何惧，庭园消遣，典雅梅兄徛墙角。

吴宝金，浙江金华人，字一夫，号山寨村夫。浙江省作家协会、金华市作家协会、中华诗词学会，中华诗词研习会会员，浙江省诗词与楹联学会，金华市诗词学会，金华市《婺社》、南山诗社社员。主编《中华诗词十二家》二卷，《古韵新风下卷》，出版诗词集三部。作品散见于《诗刊》《澳门日报》《中国当代诗人诗选》。多次荣获国内诗词奖项。

故乡清明行（清明节方山故乡行随笔）

作者：安曼

己亥清明春光媚，寒食披星故乡归。
南坡山腰雅苑灿，邻里犬动黯门扉。

一眠开目曦窗透，更衣洗漱扫余睡。
乡间阡陌走土馨，油菜花黄视远醉。

雀鸣溪河柳色新，人过便桥杨叶翠。
梦中泉窝已不见，光度乱草流水黑。

穿沟顺路过南洞，偶遇村夫荷锄魁。
问答树香把姑唤，认识振林去书贵。

低首躬身过寨门，方雷封邑映晨魅。
山野古道凤凰苑，绿竹黛瓦叠屋卉。

红庙神灵存纸灰，忠义古柏红绳佩。
枯草嫩枝梨花白，抗日英魄壮山威。

回首东坡旭日升，满目遐忆朝霞醉。
割草拾柴捡羊粪，戏仗苦读考鸣飞。

步缓寨顶观孤居，发小占仲艳丽闺。
桃园墒水叙旧照，相领高国逐日会。

握手茶放目送别，桃红群川雀鸟窥。
俯瞰村舍千家屋，陡坡速足嫂餐催。

家兄携吾出街尾，父母坟头双膝跪。
青烟苗火诉甘苦，额触黄土闭目泪。

慈母六九驾鹤去，严父八七翔云随。
辛养育护今生恩，寸草何报三春晖。

故土种着童稚梦，直怀初念四海追。
苍发皱颜立故地，莫逝初心故亲悲。

安曼（zhangironman）原名张铁汉，男，1962年生。河南禹州方山人。硕士生导师，主任技师。现任新乡医学院第三附属医院检验科主任。社会兼职：河南省医学会检验学会常委、秘书。河南免疫学会理事、自身免疫实验诊断专业委员会副主任委员等。有多篇诗文在网络平台发表。

如梦令·恋人依（外二首）

作者：胡桂芹

蝶舞伴君韵影，眸似古筝妙滢。
醉婉润无边，融汇眼神相迎。
新颖，新颖，山水清幽妆婧。

踏莎行·旖旎桂林

愔野姻莺，媚山蕊琬，轻云娇缥蓝天恋。苑山碧水荡舟行，浮萍绿藻涟漪嫒。

煦日玲空，怡人吻眼，君如复现携游缱。乌鱼喻奥画羞嫣，鸬鹚沐浴迷欢恋。

浣溪沙·梦幻桂林

缱绻梦萦琬景情，云神仙雾漫峥嵘，
山清秀水溢温馨。
游醉桂林迷绿水，飘柔长发恋风行，
雨中撑伞念君婷。

胡桂芹，笔名：韵芘，江苏泗洪人，户藉：广西桂林，热爱文学（迷醉古典诗词）、音乐、医学、商业等。在《红烛诗刊》《浅墨诗社》发诗歌，在《清风世界文学》发诗歌被入选《中国当代诗词集萃》，有部分诗词选入《中国当代文学精品选》。

咏梅（外三首）

作者：王锋

雪压冰冻风雨摧，心恋云霞崖上飞。
居贫境厄向天乐，香清逸韵红英菲。
独秀卓群任芳妒，孤寂泰然方花魁。
岁寒松竹凛然伴，仙骨道品迎春归。

兰颂

绿茵溪畔隐身藏，幽谷风动浮暗香。
莳弄雅斋芊蕤茂，馨浓洁轩肺腑爽。
擢秀亦具梅竹品，逸仙姿纤菊桂祥。
富贵贫贱香故我，蕙质君风泫佛光。

赞竹

竹，长锷刺天春雨后，
争向上，花溪映新绿。

竹，齐心并肩手挽手。
相扶持，何惧风雪骤。

竹，虚心守节不低头。
挺且韧，汗青美名留。

吟菊

天寒地冷菊盛开，叶翠蕊香游人来。
金灿红艳蜜蜂闹，银团紫簇美人裁。
菊乡人醉萦公主，诵诗者雅品李白。
飒飒秋风今又至，灿灿山菊正摇摆。

王锋，河南西峡人，长期从事教育与宣传工作。现任西峡县乒协主席。获南阳市体育舞蹈二级裁判资格证书。爱好诗词，作品多见于网络报刊。

偶遇（外四首）

作者：何正

何正：57 岁。笔名热干面。退休船员。行万里路，读万卷书。练笔十余年，左手古体诗，右手写新诗。2018 年获中华情诗赛金奖。

人海偶遇甘小波，四目含笑语不多。
曾经命运同漂泊，分别十年今如何。

菜园沱

临街小市醉黄昏，蹒跚河滩月半轮。
偏是邻犬管闲事，隔船狂吠夜归人。

宝兴夜泊

初入运河抵新岸，不知深浅问竹竿。
铁锹劈开荆棘路，明朝菜米过跳板。

闲钓

手持船尾一钓竿，江水悠悠去不还。
两岸青山水中映，我自逍遥坐云端。

82 年除夕

父子围炉夜守岁，火熄子时子欲睡。
窗外雪片纷纷落，疑是鞭炮天炸碎。

人生如是（外五首）

作者：张守勤

蝶恋花香蜂为蜜，春风吹过神州绿。
人生起落总归一，事业家庭莲并蒂。
漫漫旅途坷坎替，蹉跎岁月交悲喜。
莫将成败论英雄，心态无波真福气。

灵感

斗室青衿四宝陈，挑灯用墨构思断。
雄鸡一唱夜莺隐，鹂鸟登枝日上竿。
屋内静悄门外喧，朝阳晖霞蔚蓝天。
扶窗远眺生灵感，丝柳舞风春燕穿。

春草

踏雪破冰送暖急，多情小草知春意。
绿衣绿帽门前站，穿戴化一东看齐。

丹青梦

青衿善筑丹青梦，落笔生花香自留。
古井无波云作浪，幽兰空谷月如钩。

清明祭

清明时节祭英魂，烈士陵园花柏鲜，
莫问春风谁旧故，炎龙沐浴艳阳天。

桃柳杨

锦绣春装桃柳杨，驱寒前哨竞芬芳。
任凭乍暖仍飘雪，不落松梅傲骨强。

张守勤：男，1959年生，1978年12月入伍，1987年转业在滦南广播电视台工作、政工师职称。撰写的皮影《宗匠马老纪》等多篇人物传记收录于“冀东文艺三枝花”丛书，律诗作品发表《视听通讯》《词作家》《夕阳诗歌》等刊物上。

山居（新韵）（外四首）

作者：孙保海

三刀梦远心，一念入深林。
松下听泉响，高山赏絮云。

赏茶花

早春斜雨里，缓步入茶园。
朵朵洁如雪，涤尘俗世间。

春园即景

鸟啭青楼上，鱼腾戏碧泉。
一枝红杏炫，疏影映窗前。

柳情

村郊古院前，翠柳立池边。
风软笛声起，青青醉少年。

溪歌

蜿蜒经百道，归海不移心。
一路叮咚唱，青山传好音。

孙保海，笔名，仁者诗心。山东省聊城市土闸村人，闲瑕之余喜欢文学创作，作品哲思小文散见于《聊城日报》《辽宁青年》。1997年参加广西文联主办的《南国诗报》社庆祝创刊十周年全国大奖赛中，短诗《思想》获佳作奖。诗作入选《心中的花园》，格律诗入选《新花集：当代诗词佳作选评》《中国当代金牌诗人选》《中国当代诗歌大辞典》等书中。

英名在，洪恩浩荡，常缅在心中。

水调歌头·学贺词（新韵）（外二首）

作者：马连山

聆听领袖阅，朝盼享佳音。
亲和民众，言语情暖振人心。
盛世昌平光景，携手并肩迈步，
共建强军魂。
时光如流水，岁月不重循。
而今越，须发奋，意远深。
各行各业，面面俱到最温馨。
祖辈开天辟地，英烈功高牢记，
模范誉名存。
齐创国家富，帷幄大乾坤。

满庭芳·毛泽东 纪念毛泽东诞辰125周年

北国飞花，南鸢倾泪。万民呼唤泽东。
德高红日，伟业盖长空。
正值青华年少，咏蛙赋，声纳群雄。
韶山别，文韬武略，浪遏出征鸿。
宁波先党聚，皈依马列，从此缘同。
举帅旗，星星烽火燃红。
驱寇勇追不舍，乾坤定，卓著奇功。
英名在，洪恩浩荡，常缅在心中。

渔家傲·金秋十月

十月秋中风景俏，天空碧透白云绕。
栖鸟攀枝鸣翠调，声声叫。牵情神曲渔家傲。
美酒一杯诗韵妙。清茶独享人欢笑。
颂赞国家纲领好，党引道，复兴路上光明照。

马连山，笔名向草，网名仗剑走天涯，河北石家庄藁城区人，河北诗词协会，河北省中老年书画研究会，河北民俗文艺家协会，河北名人名企文学院院士，《河北文学》发布会暨《河北文学》研讨会石家庄分会理事，参加海内外名人名企正定塔元庄成立年会，被石家庄循环化工园区及丘头镇评选为“十个一百”文化之星及文化先锋称号，在“我爱藁城”诗歌征集中荣获藁城宣传部及文明办三等奖，诗作多发表于网络报刊。

春晨（外一首）

温志清

春晨惬意满乡间，东方彩霞与山连。
白鹭结伴仰天笑，青燕成双绕树牵。

林间农庄炊烟起，道上牧童笛声传。
小溪深处美少女，浣沙嬉戏乐无边。
池塘边上醉老汉，静坐独钓为饱鲜。
鸡鸣狗吠迎宾客，老妇唤儿把酒煎。
高山禅寺钟声响，人间万福平安年。

残年

半轮明月高高挂，一层白纱低低影。
深山林处无眠夜，一盏孤灯到天明。
叹息不断透四壁，遥传万里重千斤。
观音像前七旬妇，泪眼蒙眬寂寞心。
滔滔思念如江水，阴阳相隔不了情。
苦苦煎熬是为谁？只因花下两厢印。
本当偕老花月下，含恨绵绵怎凋零？
度日如年禅院里，木鱼红烛到如今。

温志清，江西赣州人，于1984年4月出生，中文系毕业，爱好写作，散文、诗歌、小说等作品多次获奖，曾获首届“文豪杯”诗歌大赛金奖、第三届“中华情”全国诗歌散文联赛银奖、第五届“相约北京”全国文学艺术大赛二等奖、首届“天龙杯”文学征文比赛一等奖。

水墨梨园（外四首）

作者：杨柳依依

悠悠水墨绘梨园，笔染丹青醉纸间。
铁干虬枝龙凤舞，萋萋芳草碧连天。
梨花朵朵白胜雪，絮絮春风话语甜。
袅袅红衣撷入画，千娇百媚意绵绵。

踏春

晴空万里燕蹁跹，碧草如茵绿水蓝。
看遍人间春色好，疏风朗月恋花颜。

桃花

桃夭二月天，次第展娇妍。
玉蕊香盈袖，蜂蝶采蜜甜。

樱花烂漫

樱花烂漫好春光，粉面含娇映暖阳。
锦簇团花含玉露，东风婉转诉衷肠。
丝丝缕缕香馥郁，彩蝶翩翩醉舞忙。
愿做红尘花一朵，生生世世吐芬芳。

秋韵

浩浩苍穹万里晴，青青远黛绿盈盈。
金纱恋树亭亭立，稻浪层层忆本心。
汩汩清流含玉露，秋风送爽鸟飞鸣。
田间漫步心中乐，五谷丰登醉此情。

杨柳依依，女，本名于俊荣，高中语文教师，会泽县作协会员，清风世界文学签约作家。部分诗作及散文发表于刊物《小溪报》《曲靖日报》以及诗集网络平台。代表作《逝去的美好》《红梅》等。

七律·临洮牡丹咏（外十一首）

作者：张平生

香风晨露润春裳，富贵尊容美贵堂。
浅嫩沾枝吟素影，薄红出众沁幽香。
韶容旖旎终无比，香骨温柔力难強。
看醉貂蝉留恋意，芳丛浅酌梦黄粱。

七律·春日偶兴

好梦春宵醒又睡，何曾一刻值千金。
微圈点粉朋常有，卧醉看花句偶擒。
故旧音书曾未绝，山林兴味尚能斟。
开轩仰望南山顶，健饭踏青听鸟吟。

七律·己亥春分

江天应律燕轻回，明媚和光好景开。
天地平分均昼夜，阴阳居半摆雷台。
羞怜桃杏浓胭抹，欣看鹅黄细柳裁。
正是一年春好处，离离素雅为谁来。

七律·春意

吹雨东风且自聊，几时梦里步蓝桥。
无踪鸿信诗心叩，有动人情丝雨招。
休忆云天彩凤影，常虞海岳碧梧腰。
归来酒后睡还醒，满目芬菲醉意消。

七律·春暮

云横翠岭雨浇头，只恐春归啼鸟愁。
落蕊残香临夕照，摇枝浅翠嫩新稠。
惜春诗客茶当酒，遗恨光阴梦作舟。
万物静观皆自在，人间佳兴驻骅骝。

七律·忆什川梨花

雪香凝树难为语，压尽群芳意若嬛。
白锦无纹香烂漫，游丝萦惹宿烟斓。
虬龙枝叶承阳丽，玉树琼葩醉翠鬟。

满眼烟花妆四月，梦魂何似到人间。

七律·己亥立夏时雨

四时无语气相催，夜雨霖霖夏节来。
天地交并生物秀，阴阳昏晓斗星推。
奈何春去愁千缕，忍看花残泪几回。
听雨南窗情思倦，槐花摇落满亭台。

七绝·戊戌谷雨吟

原上川前农事稠，嫩黄点翠陇山头。
诗和竹影听莺语，春暮花疏心绪愁。

渔家傲·刘家峡春早

霭隐重峦升暖日，平湖碧透云霞色。春早短芽芦荡楫，波微褶，鱼鳞宿梦惊魂魄。山色湖光柔似帛，更闻晨曲声飘逸。紫燕双双弦上律，韵习习，柳浪莺语飞银笛。

浪淘沙令·过刘家峡水库

碧水映苍穹，缥缈迷蒙。春风如缕似青骢。极目湖山眸也醉，笑对清风。淡淡远天空，无觅孤鸿。道旁举步踩蒿蓬。愿为一枝陪草卉，孰与余同。

唐多令·武威西营温泉

山闭小汀洲，峡深带浅流。过石桥，迎面高楼。别有洞天神泉隐，汤池荡，侣同游。惊叫几沉浮，氤氲蓝幕柔。倩谁人，几度凝眸？画阁参差清水浅。终难洗，此身愁。

点绛唇·过西营集市觅小吃

村舍相望，杨分瘦影石矶路。峡中水库，坝合低围处。

欲觅桃园，逢路边摊铺。风味卤，饼香堪咀，酿面还调醋。

张平生，别署二爨堂，中国书法研究院艺术委员，中国艺术名家研究院常务理事，中国艺术学会常务委员，中国书法家协会会员，甘肃省诗词学会书画艺术委员会副主任。撰写的大量书法作品、评论文章及律诗刊载于《中国书法》杂志、《中国书法报》及《诗词家》《诗话春秋》等报刊、网络媒体。

为杨花正名（外四首）

作者：昊龙

疑似枝头雪，娉婷确是花。
时人胡诽谤，秃笔乱涂鸦。
近水修禅性，清心去玉瑕。
相邀风伴舞，快乐到天涯。

忆庐山瀑布（通韵）

银河捅破势难收，裹电挟雷赴海流。
入世雄心三万丈，临崖誓死不回头。

游盘山（通韵）

扶风杖舄上高台，人至巅峰境界开。
今信弘儿夸海口，当值千里慕名来。

春天送我满城歌（通韵）

搜肠刮肚句无多，片语粗糙待打磨。
彤日白云铺画卷，清塘碧水孕新荷。
戴红一树添娇媚，披绿千山增崄峨。
我赠春天诗几首，春天送我满城歌。

浣溪沙·那桥东

桂子飘香秋意浓，闻来确是旧时风。
村头迎我老梧桐。
过往纷呈酣梦里，畴昔闪现恍惚中。
伊人不在那桥东。

昊龙，原名李超。工程造价顾问，经济师，高级工程师。中国书法协会会员，中华诗词学会会员，安徽省诗词协会会员，成功举办公益诗展。作品发表于《黄河文学》《南吟北唱》《中华诗词》《诗选刊》《中国风》等刊物；系《诗词文艺》副总编辑、《中外文化传媒》主编。

题桥志（新韵）（外四首）

作者：程义松

初心锁定题桥志，返日挥戈何有求。
一旦名成功建后，为何非定远方侯？

溪居（新韵）

晨练山人惹鸟名，林中拳舞伴流声。
谁家牛走溪边饮，树后画家偷写生。

太平洋保险公司赞（新韵）

鸡群鹤立沐春阳，企业全球五百强。
如注平时丁点水，难时拥有太平洋。

中秋（新韵）

此夜家家皆望月，唯吾闭户不观天。
老妻与我心无月，玉兔因谁夜不眠。
今晚天知离后苦，明年心盼聚时欢。
中秋本是团圆日，子在江南未肯还。

登庐山（新韵）

峻岭崇山四百旋，银河高悬大山前。
仙人爱住黑房里，松柏偏贪巨石边。
游客穿梭如涌浪，轿车排队似流泉。
文人泼墨多词赋，我却悲吟夜不眠。

程义松，男，笔名不老松，安徽省潜山市人，小学教师，爱好书法、诗词和散文。教师作文大赛，曾获全国三等奖，多篇作品在《新花集》《中华当代名家诗典》和《流泉》等书刊上发表。

恋绣衾·卢村游记（外二首）

作者：孙慧群

秋月雅兴游古屯，远望田间水墨痕。
旧舍临碧竹林窄，小儿持竿树影蹲。
徽州木刻卢村昭，黛瓦重宇锦锈门。
古韵里，灰墙下，借弦管，悲别画魂。

渔家傲·过大年，东北行

白杨冬枯川流断，云杉散缀呼盟滩。
异地新朋羌笛弹，
金樽换，暖气驱寒欢声伴。

游牧猎民山野贯，雪深雕冰闲时玩。
几日客居临行宴，
甘河畔，箜篌辞别留卿难。

感皇恩·重合的破五与情人节

岁末思年初，新春当季。
霜染三更睡无意。
昔年破五，终宴歌罢弹泪。
天涯穷地角，江心坠。

除夕清罇，同堂鼓瑟。

举爵通宵室多瑞。
恰重西节，残腊杯空归醉。
新桃换旧符，彼岸翠。

孙慧群：安徽省人，高校教师，工科博士，安徽省诗词协会会员，《风沙诗刊》副主编，《清风世界文学》签约作家，安徽上弦月农业资源开发有限公司和安庆梅初环保科技有限公司总经理，著有诗集《流放中的金锁玉》，散文集正在出版中，作品见于“女子文学”“风沙诗刊”等网站，长篇小说《赐汝无罪》和《天刹·水祭》在晋江文学网更新中。

弃城弃国—佛也（外六首）

作者：李政君

顺治不谏信禅言，抛国弃清了城缘。
君心世评惜今古，孝庄梦逝哭九泉。

高处不胜寒

喜鹊苦修变凤凰，林中百鸟抬头望。
高飞低翔境有别，话不投机孤身凉。

冬序

日当正午昌盛根，外侵雨雪袭元深。
密枝繁叶四散去，唯剩主干疗伤痕。
已决称君不做臣，宏图韬略烙犹存。
梅花三九争斗艳，只因胸中怀绿森。
戈壁紫藤攀崖稳，并非幕后有仙神。
锲而不舍心立峰，莫言崎岖无路人。
失利毛地虎臂伸，补短继长夜作晨。
云开见日黎明后，海纳百川容我身。

牡丹咏

牡丹三九青不发，红梅讥讽畏惧怕。
冬筹聚力谋蓝图，春来神州遍地花。

夜作

孤寂拽夜长，提笔作文章。
心中云不散，莫怪诗惆怅。

误儿

慈母叮嘱有担当，切勿浮生似草莽。
秋去冬来天不雪，地贫春风几劲长？
正道引导是阳光，如父教悔岂敢忘。
为得九州长青绿，舍家实业走四方。
常言儿三决栋梁，君盼后继责任强。
可惜东东无人育，盛夏子时心凄凉。

自育

孙敬刻苦头悬梁，孙康无灯借雪光。
车胤夜读用萤火，李密书插牛角上。

李政君，男，1976年，山东临沂人。一个学生，一个平凡的人，一个文学爱好者，一个把脉社会的人，一个教育领域工作者。族根系统（教育、企业）创始人。一个拥有民族情怀和社会责任感的人。

清晨偶感吟（外三首）

作者：钟世韩

人生漫漫似长河，我是绒鹅泳浪波。
浩瀚渊潭初戏水，淤泥慎渡避螺涡。

自题

吾如山雀草中窝，喜聚莺灵韵律和。
愿效苍鹰千里志，诗空展翅笑婆娑。

春雨

千丝万线似牛毛，滋润红梅绿柳桃。
唤醒蛙儿催雁返，谁家春燕剪丝绦。

人生三步曲随吟

书生牛角向前乡，试教文坛老地方。
四海求精寻伯乐，人生五味入心肠。

钟世韩：生于20世纪70年代，教师。现为南方现代诗研究中心《飞雪》诗社社员，河源市诗词协会会员，《思归客》特邀作家，中原诗词研究会会员，四川省散文学会会员等，作品被收录《中华福苑诗典》第一二三卷以及“福苑杯”《中华当代名家诗典》《中国当代爱情诗典藏》等或网络。

七律·登南宫山金顶（外四首）

作者：暴鹏虎

驾雾登空云里转，奇观万象似海翻。
山峰耸立形如笔，石栈天梯径绕盘。
俯瞰南宫佳气荡，丛林境美火山岩。
波澜壮阔风拂涌，史上宏图脉永传。

七律·秦岭红腹锦鸡

日照晴岚广野遐，菊金羽赤笼头沙。
深红尾褐成群队，满缀花斑鸟类霞。

雅意飞扬争宠上，芳鲜众目艳绝佳。
春光靓影青蓝紫，曼舞多姿最属他。

七绝·赞王家坪千年古树

岁月沧桑独树幽，经风历雨冠千秋。
天碑记载融盘古，虚名不要静自修。

七绝·赞驴友

走进原野观神韵，融和自然系友亲。
巅峰峭壁锤筋骨，古道楼台话古今。

赞悠然山高山湿地公园

柏青绿水草林屋，雀鸟山梁跳跃咕。
美意鹅鸭湖上荡，游人摄影笑声舒。

暴鹏虎，网名：秦岭老豹子，兵器工业西安521研究所（院）退休职工，现年70岁。中华诗词研习会会员，陕西诗词协会会员。作品散见于《诗词家》《陕西诗词》，有的篇章被《中华好诗词2014卷》收藏，部分作品选入《中国当代诗人诗选》。出版诗文集《秦岭·神韵》，曾获中国兵器80周年摄影铜奖。

初夏荔红（外四首）

作者：陈炳生

绿色荔园丘陵中，初妆夏意漫山红。
瑰丽古郡妃子笑，贡品唐皇贵室崇。
得在家乡尝一粒，留涟口内溢华浓。
香飘万里铭西粤，南国佳果百世雄。

三八节赠妻子

相识有缘组合家，肩挑重担护着花。
同舟共济几十载，俭朴勤劳渡韵华。
岁月消磨青丝变，幸福长留欢声哗。
归来靓丽芳馨女，热舞开心好大妈。

春到天台菜园

春天到了雨濠丰，绿色青菜长势浓。
小鸟飞来亭柱立，天台静候觅儿虫。
抬头苦麦西芹茂，举目蕃茄韭菜葱。
一起提篮摘诗意，辛勤有我老妪翁。

咏秋葵

秋葵至顶立直梢，任意花开化为苞。
果挂节中形似箭，馐装碟里味如鲛。

滑香不腻安康菜，养分丰盈列前茅。
适当肥水长速好，畅快营销日进钞。

自种百香果有感

一棵幼苗找立身，天台安然扎下根。
辛勤培育显高格，柔情长藤缠新棚。
开枝散叶百香果，舒展福气益主人。
青绿茂盛原生态，挂果聚多羡四邻。

陈炳生，男，汉族，1951年生，广东高州市人。广东中华诗词学会会员。2014年出版26万字杂文集《留住根的遐想》，2018年出版五百余首共17万字诗词集《留住夕阳情》。部分作品在《中国当代诗人诗选》录刊，2019年5月首次在中国作家网发表文章。

七绝·山茶花（外十七首）

作者：段彩玲

浓绿繁枝点点红，迎寒摇曳小园东。
春山夜雨香溪水，一缕柔情醉信风。

七绝·春芳

空晴水碧值芳春，玉竹嚸风格外新。
入目连山花万树，赏心一朵绝红尘。

七绝·岁首忆八十年代村民眼里的吉普车

村里忽来帆布屋，四只轱辘跑突突。
小妞巷口惊呼叫，说给三哥又告姑。

七绝·依韵和诗友《云轩宴客》

云轩阁外鹊声迴，四友三朋寻韵来。
情切茶香寒月暖，声声丽曲绕琴台。

七绝·贺河湾桃花源诗社基地挂牌

春撞山壁寨门开，鸟语清风宴客来。
丽日河湾新曲谱，兰舟同醉尽诗才。

七绝·春来

梅花影里岁春来，紫气平添绕柳台。
信鸟声声盈悦耳，蓦然回首玉兰开。

七绝·步韵和禅歌《春雨潮湿了一场情绪》

尘世匆匆走一场，几多欢喜几多伤。
春池落月何须讨，煮酒调琴且自忙。

七绝·读书日解放碑书展有感

千丝杨柳荡春潮，身近清溪远市嚣。
万卷香书争选阅，慧人逐梦看今朝。

七绝·元旦和诗友《雪忧》

迎新吟雪满庭芳，小假游园购物忙。
所谓世安华月好，只因兵警沐风霜。

七绝·鸿雪迎春

众香国里一枝新，浇水滋培韵味真。
吉雪风荷堪入句，鸿飞点墨润芳春。

七绝·闻家乡喜降春雪

豫北小城云跃动，鸡鸣娃喜雪回声。
平原大野苗添被，聊补凌冬一段情。

七绝·依韵诗友《回首》

万千日月载匆忙，吟醉清风四季妆。
感念浮生悲喜共，凌冬飞雪带梅香。

七绝·大寒日写真

心倦身疲小脑残，迷迷瞪瞪种诗难。
今时更有薄情雾，闲阻天阳赐岁寒。

七绝·看中老年旗袍秀

既羡端容又羡妆，斜襟高领溢芬芳。
韶华未逝歌台秀，时尚风流醉雅章。

七绝·小区物业送春联（顶针格）

小礼宽心一副联，联牵梅朵续昌年。
年来老酒开怀饮，饮醉春风韵满笺。

七绝·水仙

名号为仙一寸丹，清芬气韵不输兰。
平生只爱无根水，委嫁凡尘卧玉盘。

七绝·步韵和马社长《寄诗友》

风吟月影梦仙槎，越夏经冬任海涯。
万缕香飘春似昨，诗痕柳影伴桃花。

七绝·暮冬彩云湖

风起灵湖碧水漪，芳亭琼岛隐琴丝。
翩飞白鹭寻鸥梦，洒落梅枝一阙词。

段彩玲，网名夜雨听涛。河南濮阳南乐县人，现居住重庆市。中共党员、重庆市诗词学会会员、中国诗词研究会理事。作品散见于书刊、微刊。

七绝·茶（外四首）

作者：丁新桥

甘心生长在春山，味聚香凝绿叶间。
经过几番煎铄苦，赴汤击水展欢颜。

七绝·荷

红花吐蕊溢清香，碧叶摇风沐艳阳。
更有蛙鸣蜂蝶舞，乡间夏日若春光。

七绝·母亲

怀胎十月母艰辛，忠厚勤劳养育人。
慈爱如山恩似海，小康生活度秋春。

诉衷情·悼屈原

滔滔汨水诉悲伤，千古又思量。
楚王奸佞同灭，屈子永传扬。
齐努力，共图强，慰忠良。
国家兴旺，社会和谐，百姓安康。

画堂春·赛龙舟

红旗招展鼓喧天，珠江盛况空前。
龙舟竞赛闹长川，奋勇争先。
观众激情四溢，河滩风月无边。
端阳习俗永流传，谱写新篇。

丁新桥，男，汉族。湖南省攸县人。大专学历，中医师。热爱传统文化，喜欢唐诗宋词。现为大中华诗词协会会员。并有部分诗词作品，刊载《沧浪一路诗怀》，还散见于“诗词吾爱”“大中华诗词”“诗者联盟”等多个网络平台。

弘扬双藏诗（双藏头诗）（外二十九首）

作者：陈三国

中华首创双藏诗，
华夏文化跃首席。
首尾押韵选字语，
创作横竖相同句。
双头隐现埋伏笔，
藏书金屋寻答题。
诗意情浓表心意，
词美妙言流百世。

祝端午安康

端午假期送安康，
午夜月明云后藏。
假日食粽美味香，
其间屈原事迹扬。
送观龙舟博江浪，
安抚曹娥孝心肠。
康慨伍氏子胥郎，
壮举豪情悲歌唱。

敬春水东流

一江春水向东流，
江边汇集万溪沟。
春雨虽贵轻淌走，
水达共识奔下游。
向前滚浪入江口，
东低西高己不由。
流转千回归大海，
规律自然敬地球。

痴迷玩手机

众人痴迷玩手机，
人各一部掌心里。
痴情投入伤身体，
迷惑大脑眼睛眯。
玩转游戏抖音剧，
手握宝物不能离。
机器本该通信息，
狂热崇爱病将至。

怜盲人心声

假如能够看光明，
如同九天降福星。
能胜苦海见边境，
够用视觉喜泪迎。
看淡得失好心情，
光照自身永庆幸。
明白残疾伤疼痛，
冤恨烦恼都掷空。

颂春夏秋冬

春暖夏炎秋冬寒，
暖暑凉冷四季连。
夏花绽放香满园，
炎热无常雷雨天。
秋风红叶轻舞翩，
冬山如睡景休眠。
寒夜飘雪枝挂满，
霜裹大地换新颜。

痛改刀子嘴

刀子嘴巴豆腐心，
子弹言语齐涌喷。
嘴唇翻动凶话频，
巴结好词变恶狠。
豆类尚属善食品，
腐软滑嫩良味纯。
心态决定成败运，
改正利齿弘慈仁。

祭哀悼清明

风雨飘遥祭清明，
雨落墓地悲凄冷。
飘扬花絮绕陵行，
遥望碑文悼英灵。
祭奠仙人功德重，
清风驾鹤传哀声。
明月星辰可见证，
节假拜祖永传承。

哀悼祭清明

清明扫墓祭祖先，
明知风雨足踏前。
扫净陵园跪拜连，
墓碑铭记史册现。
祭品酒果花鲜艳，
祖坟点香烧冥钱。
先辈遗志永纪念，
人生美德传万年。

人生名和利

闯荡商海数十年，
荡迹江湖历艰险。
商战无声苦难言，
海纳百川胸心宽。
数载拼争欲休闲，
十分梦想早归山。
年月流逝忙为啥，
华夏美名千古传。

叹江湖人生

人在江湖不由已，
在外奔波四处栖。
江山万里踏足底，
湖海陆空心未惧。
不觉岁月已流逝，
由感回顾忆往事。
已拼数年无休息，
归山退隐在梦里。

贺新春拜年

张灯结彩贺新年，
灯笼高悬挂门边。
结缘亲友互走访，
彩纸粉墨贴福联。
贺词吉语随口赞，
新春拜年压岁钱。
年味食饺饮美酒，
好看烟花喜声传。

传播正能量

弘扬自身正能量，
扬威民族当自强。
自古英雄出少年，
身负使命做榜样。
正气凛然多豪放，
能文能武好儿郎。
量身打造高品质，
中华民族永辉煌。

赞智能手机

骏马飞速行千里，
马蹄狂奔跑数日。
飞跃发明电话机，
速连长线好通知。
行人掌中智能器，
千里视频聊百事。
里手行家研科技，
万能手机创神奇。

忆童年六一

祝您回到儿童节，
您我都曾有六一。
回首过去年少时，
到处惹事又调皮。
儿时岁月已远离，
童心未泯藏心底。
节假休闲忆往事，
时光飞逝要珍惜。

祝母亲快乐

世上只有母亲好，
上驷之才儿孝道。
只争朝夕敬二老，
有空陪妈游玩聊。
母盼子女喜讯捎，
亲情相伴心欢笑。
好运连绵吉星照，
仁慈贤惠福寿高。

仁义礼智信

尊传仁义礼智信，
传播正能必认真。
仁慈善良存恻隐，
义者重情不负人。
礼仪恭敬长幼亲，
智商聪慧学终身。
信誉诚实经众品，
仰慕英豪颂至今。

颂青年爱国

五四青年觉悟高，
四处学潮罢工闹。
青壮爱国推帝倒，
年轻有为境界超。
觉醒睡狮怒吼啸，
悟出思想封迷消。
高级运动风雷爆，
效忠中华创功劳。

桃园三结义

兄弟桃园三结义，
弟哥八拜头磕地。
桃树见证共盟誓，
园内花鸟庆嬉戏。
三人携手躬身起，
结缘永世不离弃。
义字当先闯天下，
传颂刘关张美史。

弘诚信侠义

诚信男人侠义郎，
信念奇想创双藏。
男儿苦学高情商，
人品孝贤胸宽广。
侠士豪爽朋八方，
义重感恩勇担当。
郎闯江湖仁心肠，
君慈良善美名扬。

弘苦尽甘来

奋斗苦尽甘才来，
斗志决心定成败。
苦练技能握胜赛，
尽职敬业创金牌。
甘露美酒歌舞载，
才华横溢受爱戴。
来自拼搏挂将帅，
到处尊赞赢精彩。

读三国君王

曹操孙权与刘备，
操挟天子令侯跪。
孙家仲谋江东守，
权稳自保将相随。
与人慈善赞玄德，
刘氏兴汉众望归。
备受瞩目颂仁君，
演义三国群英汇。

识庐山真面

庐山真面观岭峰，
山谷云雾缭绕中。
真身感受似仙境，
面临奇景笑赞颂。
观览全貌望江亭，
岭连五老盘卧龙。
峰险汉阳难攀登，
景色秀丽春风迎。

赞烟花扬州

烟花三月下扬州，
花朵绽放余香留。
三月踏青来春游，
月季牡丹花海楼。
下雨难阻八方客，
扬名内外西湖瘦。
州区四处观赏走，
城中美景尽眼收。

赞减肥成功

决心减肥必成功，
心儿自强赞不停。
减脂塑形体重轻，
肥肉遗弃无踪影。
必备帅气时尚型，
成为时代美英雄。
功效显赫庆光荣，
名利兼收众人颂。

悟人生三天

昨天今日明后天，
天生好学数十年。
今朝奋斗冲在前，
日益壮大速发展。
明确方向抓全面，
后期梦想早实现。
天地万物皆有缘，
成功名就世人赞。

盼落叶归根

候鸟思乡回归巢，
鸟鸣悦耳心浮躁。
思念故里草木茂，
乡土气息扑面罩。
回首经年往事飘，
归根落叶盼告老。
巢旧难挡返程票，
家园永属自庄好。

元宵闹花灯

元宵佳节闹花灯，
宵夜汤圆香甜浓。
佳人陪伴赏月景，
节庆烟花照夜空。
闹市街区舞狮龙，
花旗飘传锣鼓声。
灯会艺术似仙境，
谜语竞猜聪慧赢。

尊赞妇女节

妇女能顶半边天，
女柔克刚千万年。
能文擅武似木兰，
顶遮盖头美若仙。
半夜喂儿慈母善，
边角鱼纹眼皱现。
天生纯真聪慧贤，
地位尊贵不输男。

欢庆元旦节

一元复始开新篇，
元旦佳节庆新年。
复兴民族心相连，
始祖尧舜禹禅传。
开启中华好传统，
新春祝福喜笑颜。
篇幅文章短夸赞，
张灯结彩万民欢。

陈三国：北京河北企业商会会长。董事长。双藏头诗（诗句横向第一行与每一句诗头一个字连起来相同，故称双藏头）创新人。

自嘲（外五首）

作者：李红军

平生偏嗜鸡脆骨，偶遇亲朋得烤炉。
一粒品嚼还未尽，槽牙咯掉半颗无。

夜钓

波急鱼正咬钩丝，子夜月明嗑睡时。
阵阵鼾声惊水鸟，钓竿脱手未得知。

风

偷掀少女花衣角，几度唤责听未着。
一过林中闻叶响，又经水面见波涛。

草

人足无迹处，春至也萌出。
一世宿荒野，邻多尚不孤。

思寇河

千里家乡事，离人恐晓迟。
寇河封冻日，勿忘告翁知。

入冬

冬来杨柳银霜挂，落叶入怀溶土沙。
莫道寒风无巧手，却能窗上绘冰花。

李红军，男，锦州市人。爱好文学，作品多见于网络报刊。

贺新春（外十五首）

作者：潘贤呈

张灯结彩迎新年，爆竹声声夜无眠。
遥望东山升红日，万物迎春换新颜。

咏春

寒风习习不改绿，唯有春风剪杨柳。
人生自古多谈笑，不如文墨写春秋。

新征程

绵绵细雨浥轻尘，冒雨齐心挂彩灯。
展望学期新梦想，同心勠力踏征程。

女侠·毛娅绮

绿林深处出清泉，静聆鸟语闻花香。
一袭白衣手仗剑，几缕清风伴朝阳。

女神·吴春华

江南邂逅遇朝花，缱倦同梦赏晚霞。
故剑情深读岁月，光阴易逝咏春华。

名医·左志贵

青春无悔从医路，激情奔放忙不休，
医德高尚人人赞，杏树春暖美名留。

阅樱

素雪纷飞不停休，鸟语花香四季留。
照耀春分白逸色，书声阵阵乐无忧。

游马来西亚

整洁幽雅沙比岛，色彩斑斓珊瑚礁，
海底漫步零接触，鱼儿成群身边绕，
蜥蜴悠闲到处跑，海参遍地不用找，
惊险刺激降落伞，丹绒亚路看夕阳。

游白岩山

仙麓胜境白岩山，奇花异草吐芬芳。
山间石阶千万步，恰是蛟龙出云端。

游乌岩岭

溪水漱玉碧波滟，山涧成溪砺红岩。
寂静深邃林万里，高峰林立白云尖。

颂百丈瀑

开天盘古画神奇，百丈珠帘舞仙女。
奇峰峭壁守秀丽，轻风吹拂洒春雨。

游百丈瀑

冬日残阳映山中，西山瑟瑟北山红，
寒风习习催人回，孩童不舍乐无穷。

夜幕西湖

西湖夜景美如画，日落西山披彩霞。
轻风吹拂柳成浪，断桥两岸人成沙。

桐庐·雪

大雪纷飞桐庐夜，白雪皑皑画城雪。
莲城冬色关不住，富春江景堪一绝。

吟雪

追逐寒流回永嘉，观雪尝冰映彩霞。
溪水静淌美如画，田野嬉耍姐妹花。

忆童年

溪水滔滔东逝流，斗转星移时不休。

童年趣事恍如梦，子女逗趣解百愁。

潘贤呈，1979年出生，浙江温州永嘉人，本科学历，中共党员，小学高级教师，温州市鹿城区瓯江小学（建设小学瓯江校区）德育副校长，温州市青少年社会实践研究会副秘书长，简书会员，温州市优秀教师，温州市学科骨干教师，鹿城区教育系统优秀党员，龙湾区优秀党务工作者，20多篇论文在国家级、省级权威刊物及《温州教育》上发表。

满江红·岳墓怀古

作者：刘何忍

墓色宁峻，神石道，英魂壮眠。
看铁佞、俯首永跪，正邪立判。
两侧松柏青凛然，一树苍黄奠其间。
风簌簌、叶落如纸钱，目泪泫。

正当年，拭长剑。意轻酬，雕弓挽。
攒金戈铁马、还我河山。
功高忌主惹奇冤，风波亭外雪如幡！
唯有幸、忠骨埋青峦，千古叹！

刘何忍：男，安徽宿州人。网络名：天涯孤旅刘行者。安徽省宿州市作家协会会员。习作散见于《安徽青年报》《安徽工人报》、上海《新民晚报》《快活林》杂志、云南《含笑花》杂志、《中国新诗人诗选》等。

离骚（外四首）

作者：慧常

深山不觉流光速，端午将临兴自高。
白玉盘中线缠叶，亲包香粽慰离骚。

夜宿苏州西园寺

西苑清凉地，苏城不夜天。
今春花叶茂，有客欲无眠。

真际寺

天色蒙蒙沾桂花，灵峰顶上见朝霞。
南坑真际烟云缈，遥看孤鸿夕照斜。

问道

南出雁山过石桥，小城夜满旧尘消。
既携天意布奇事，何怕菩提陌路迢。

真际寺

真际轻笼峡谷烟，弥陀数世雁山眠。
红尘漫阅真和幻，花绽菩提又一年！

作者简介：佛学居士，笔名慧常。

短歌行·道

作者：严振嘉

道法自然，隐幻无形。
寰宇玄奥，索之幽冥。
斗转星移，日月恒行。
天地循规，轮回有常。
动静相生，虚实相伴。
阴阳捭阖，众象竞生。
风起云涌，电开雷鸣。
旷山雨歇，凌木萧萧。
苍鸷腾雾，默瞰寥廓。
神龟伏泉，似醉非酣。
灵莽遁窟，悠怀古梦。
芙蕖镶辉，明河共影。
曲流低潺，柔溶随形。
弱水三千，势如淳道。
深空感悟，皎皎何夕。
沉慨人间，浩浩可依。
外合二气，内归一意。
不思不想，如思如想。
若水若道，至柔至善。
无己无争，万物归心。

严振嘉，字无争，出生于广东省揭阳市惠来县，任职于广东省肇庆市。现为肇庆市诗词楹联学会会员。

白蝶（外五首）

作者：叶天语

红花绿叶细河边，白蝶纷纷飞在前。
才驻香腮丢粉粉，又追过客舞翩翩。

燕未归

雷电交加伴风雨，燕巢空荡涌愁思。
但停歇雨绝佳处，何必心忧归路迟。

紫燕寻偶

紫燕形单空寂寥，为寻佳偶路迢迢。
老天难负痴心汉，结伴归巢度百宵。

奋斗

少年当揽空中月，不负韶华逝水流。
他日功成基业筑，一生荣耀族人留。

文人

口中诗句吟风月，笔下墨痕描壮志。
冰冻如钢累日寒，耕耘不断终成器。

赏月

玉盘皎皎当空照，把酒吟诗情满扉。
我欲登天揽明月，誓同明月共生辉。

叶天语，笔名：天外飞仙，男，1982年出生，浙江苍南人，工学博士，副教授，硕士生导师。现任浙江工商大学信息与电子工程学院党委委员、信号与信息处理党支部书记、物联网工程系主任。现为依安县诗歌协会会员和签约诗人，已在各种纸刊和微刊发表222首诗歌。

春景（外四首）

作者：王怀义

树绿草青花吐蕾，鸟唱蝶舞燕双飞。
彩鸢蓝天共比翼，鸳鸯荷塘同戏水。

咏柳

一行柳姑娘，垂下绿发梢。
绿水做妆镜，看谁更苗条。

卜算子·小草

没有大树高，也没鲜花俏。
每天同样迎朝阳，也会把春报。
别看它渺小，作用可不少。
如今绿色很珍贵，望君知它好。

环卫工人赞

环境优美心情好，卫生打扫最重要。
工作辛苦战寒暑，人间最美环卫嫂。

蝶恋花·春景

春到花园换新貌，艳阳当头，蝶穿花丛绕。
蓝天彩鸢迎风飘，绿树枝头翠鸟叫。
花裙少女花前笑，人面桃花，人比花儿俏。
如此美景天工巧，妙手丹青难画描。

王怀义，现年64岁，河北省秦皇岛市昌

黎县人。1978 年参加工作。在昌黎县农业局上班。2015 年退休。喜欢诗词。诗词多见于网络报刊。

小草（外二首）

作者：霍霄

我因微小无名字，沟坬山坡默默生。
未必香花争艳丽，何须树色论功评。
狂风自若还深碧，骤雨安然更绿青。
污垢尘埃身不染，保持水土献真情。

各位哲人是圣贤

喜讯传来心乐悦，中华学会纳新员。
诸君墨客同恭贺，独我儒生愧面颜。
强手挥毫词妙语，上流落笔气浓怜。
老夫知少文才浅，各位哲人是圣贤。

浣溪沙·远客返乡

远客返乡不信瞳，初离记忆不相同，
当年小径破窑穷。
水秀山青宽大道，新窗亮户尽新容，
心疑错走问书童。

霍霄：笔名“耕耘”，男，汉族，陕西绥德人，共产党员，大专，会计师。曾出席西北、西南省区财会协作会议代表。喜好文学艺术，《榆林日报》《绥德诗汇》刊登不少文章；编剧《张大伯进城》《春燕》等。诗词集《浪花》《菊》。中华诗词学会会员，陕西省诗词学会会员，榆林市诗词学会会员，绥德县诗词学会会员，绥德县微电影协会特邀顾问。

题交大校园有感（外四首）

作者：刘朔

滨城星海岸，交大名校园。
四海英才聚，神州学子贤。
楼听书琅琅，院赏舞翩翩。
壮志凌云路，酬勤筑梦圆。

七律·七夕有感新韵

喜鹊搭桥通银汉，缠绵神话伴人间。
凄迷月满河边路，缱绻花香梦里天。
岁岁七夕牛女会，年年重九两心牵。
真情不老传佳话，千秋比翼动心弦。

游海之韵大峡谷有感

磐石矗立海韵山，峡谷之巅峻峭峦。

曲径岐旁风景色，湾头直上怪坡岩。
苍松翠柏栖鸟语，绿草繁花彩蝶翩。
碧浪行舟一叶荡，云楼似梦几流年。

春韵

春风杨柳依依绿，细雨桃花朵朵开。
碧水潺潺鱼乐见，烟云渺渺罩瑶台。

夜思

夜雨淅淅落四方，清风飒飒送花香。
临窗影影相思绰，鸿雁书书诉情长。

刘朔，本名刘福山，曾用笔名赵朔、森山、冰魂、埠溪。原淄博市作协会员，创办过文学社，主编过博雅轩文学报，出版过两本诗集，发表过文字，也得过一些奖项，有四年水兵生涯，原籍锦州，淄博是第二故乡。

赠东阳台村小学（外四首）

作者：白英魁

魂系桑梓序，梦中几度逢。
愿言千里马，萧萧展大成。

赠东阳台村小学

种树东阳台，殷勤寄素心。
春日花开好，切莫负光阴。

贺演觉大和尚主持佛协

浮屠万里月，般若一尘埃；
从此菩提树，常向世间栽。

赠灵光寺常藏大和尚

灵光古寺美名扬，千年佛牙隐余香；
佑世谁书心经壁，安民共刻罗汉墙。

广济寺进香有感并赠演觉大和尚

广济弘慈古木深，妙因胜果动梵音；
天冠弥勒开口笑，空有碑下论红尘；
三世佛引菩提路，青铜鼎前皈佛门，
十八罗汉佑众士，玉戒台前敬诺心。

白英魁：93岁，笔名，英魁居士，祖籍河北深州，生活在北京西城。自幼读四书五经，精通历史；受佛学熏染，中年皈依灵光寺海圆大和尚；喜爱书法绘画，作品多次获奖并举办书画展览，尤爱书写“福”字；喜爱文物收藏，善鉴定古玩杂项，创办中医药博物馆，并举办“古代教育文化文物展”“古代陶瓷玩具展”；对诗词古文颇有研究，作品多以佛教寺庙、居士生活为题。

己亥立夏阴雨感怀（外四首）

作者：廖继康

春日归东阴雨下，夏初河满稻田深。
犁尖运处泥波浪，镰刃挥时麦色金。
村口落花书不达，陌头芳草客相寻。
欲投诗稿谁能寄？唯有婵娟懂我心。

己亥年夏至节有感

久居城市晓农迟，夏至节来浑不知。
园苑清风动蝉嗓，陋庐妙墨写歪诗。
红尘觅句岁华意，白发挥毫乡土词。
栀麝香中烦故旧，麦收入户可当时。

初夏吟之二

人间五月夏初天，盛似春光情盎然。
草碧风清宜饮酒，山青荷静可谈禅。
水穷坐石看云起，路尽依岩对鹿眠。
若使春晖千日有，心馨常乐度残年。

小城茶舍观雨中街景有感

闲依藤椅一杯茶，遥看多姿城中花。
小巷白衫红伞女，风摇裙动雨丝斜。

城市雨中遥思

钢铁丛林水泥地，雨无恬静动烦心。
何时回睇村头阁，依仗闲听打叶霖。

廖继康，71岁，四川省达州市人大常委会退休干部，曾任第十一届全国人大代表，达州市职业技术学院副教授，副院长。中国诗词学会会员，四川省语言学会会员，现为达州市诗词协会会员，理事等。有两百多首诗在《中国诗歌网》《诗词文艺》等十余家微刊展示并发表在《诗词百家》等诗集。出版个人诗集《驽马诗集》一部。获奖作品收入《中国当代诗人诗选》《中国当代诗歌大辞典》等。获中华好诗词2018诗词大赛优秀奖。

雨霖铃（外六首）

作者：赵玉新

庭前飞絮，黛眉笄岁，浅笑微步。身纤窈窕生韵，桃花对影，寒窗朝暮。

喜悦诗文赋曲，竟残夜无顾。恨逝水、抛却流光，瘦尽芳华去何处？

红颜自古春娘妒。更无端、剪断芙蓉树。风烟往事多少？杨柳色、软香虚度。又续新愁，丝寸秋波泪点无数。晚照里、楼上凝眸，寂寞黄昏路。

水调歌头

斜日暮天阔，伫望意如麻。纵车江岸驰骋，凝看浪淘沙。昨夜黄梅飞雨，菡萏香消几许？何奈旧伤痂。晚落绿窗处，长夜剪灯花。

绛岩路，沧海水，去天涯。可堪万事，偏乱弹锦瑟琵琶。倾尽繁华凄惋，阅够沧桑欣忭，岂是作浮夸？莫恨秋风紧，欢惬度年华。

千秋岁

雨丝依旧，侵晓风来骤。朱户外，蔷薇瘦。奈何花落泪，香断黄昏后。人独立，可怜又是春时候。

还忆曾携手，共挽青红袖。八千路，长亭口。水无沧海色，云比巫山否？离去也，伤心灞岸飞花柳。

汉宫春·山中遇雨

暮雨千峰，看青萍池上，浪卷波翻。秋凉浸透楼客，初感清寒。轻撩锦幔，见西江、凄怆凝烟。只最是、凭空鹃鸟，叫声愁破青山。

谁奏笛声如诉，作春歌怨曲，凌冽辛酸。伤怀古来儿女，总为情煎。君知可否？夜阑珊、思慕无边。何日去、青枫浦上，诉倾泪雨悲天。

小窗幽记

寂寞轩窗凉渐透，拂帘忍看月千山。
芦花卷起伤心浪，不见江头客子船。

落梅花

穷经梅院角，满树色光发。
悦有南华语，惜无谷雨茶。
闻声白玉盏，见影紫梅花。
小啜心香动，欢思上凤琶。

桃花

破晓驱车古道行，桃花十里尽春风。
崔郎今日相思否？陌上香英寂寞红。

赵玉新：河南南阳新野县高级中学教师。生活中，于自然风物中领悟风景的玄妙，于风土人情中洞见生活的本真。于一阙诗词中轻度岁月芳华，于一段散文中紧握逝水流沙。作品散见于网络平台。

七律·现代荣（外七首）

作者：杨丰华

天地境情同道共，传承国粹勿求名。
觅词幽趣追精典，韵句吟研入仄平。
学赋才闲诗晚到，勤书笔继脑先耕。
亦师良友交流畅。写客皆增现代荣。

七律·游西塘

自在逍遥嘉善走，风光美韵系塘收。
晨时天竟闲云远，午后如期雨雾流。
南北赏桥城坦阔，东西园景尽情游。
人文历史高经处，水榭楼廊伴画舟。

七律·申城美

繁荣上海宏图秀，黄浦江边映彩流。
东立明珠高电塔，西存金茂耸云浮。
外滩岸曲通幽径，老豫园容尽尔收。
更喜迪士尼小友，游人归去自其留。

七绝·记友阿陶

清风扶翠明辉羡，细雨如丝美若连。
为爱屈身随他走，今遭抛弃去修禅。

七律·赞画家武术教练李纯

为人谦蔼新风尚，美德宽容总发扬。
仁义真诚时切记，温良恭俭好儿郎。
行书工作和谐巧，韵法诗词意润香。
赞赏李纯挥画笔，丹青妙手荡心房。

七律·诗友相聚欢

今天相聚申楼中，同趣诗篇各面红。
阵阵飘香开味品，声声传菜笑言风。
畅谈词赋情何尽，痛饮年光意不穷。
盛世和谐文学梦，夕阳无限赞英雄。

绝句·申城夏美

靓貌娇姿裙薄飒，申城夏景女颜夸。
天生美艳如云舞，清韵撩人眼乱花。

绝句·夫妻

相伴相依缘至蕴，不离不弃互交心。

紧随年华怀情趣，执着沧桑共惜斟。

杨丰华，本名杨淑芳，中国中央电视CCTV（智慧中国）栏目组编导。中国纪实文学研究会会员。世界文协副主席兼上海分会主席。国际作家国际诗人签约“中国当代文学百位领英人物”。《重阳观菊》荣获吉苑文学奖，《中国好诗》荣获十大金牌诗人奖。首届七夕杯奖《中国情诗王后》荣誉称号。大采风论坛荣获“中国当代十大英才人物”荣誉称号。

中秋山居有感（外十首）

作者：唐征定

崇儒慕仙，尊道信禅。
更羡那，鹤野云闲。
月圆也喜，月缺也欢。
痴烟一支、茶一盏、素一盘。

躲进寂静，离了花繁。
把些个，词绕句缠。
身卧亦稳，身起亦安。
醉晌一风、暮一雨、晨一山。

秋游五峰仙（三首）

（一）五峰仙

近仰凌霄远似拳，无佛无道独藏缘，
红尘不染六根净，化作神仙佑众生。

（二）鸦鹊瀑布

一束清流汇二涧，岩头直挂隐无形，
千年不改高悬愿，常作镜明照世清。

（三）仙人洞

高山有洞隐峰巅，雾护云藏不记年，
游子坡前寻旧道，秋林满目月初悬。

献给唐天际爷爷

当年立马挽雕弓，射虎屠龙拯世穷。
雾海茫茫寻马列，寒流滚滚逐毛公。
征衣解去雄风在，鹤发添来壮气浓。
我愿将军康又寿，先驱伟业后人弘。

贺新郎·咏客家

大河孕先辈。开火种刀耕之史，
黄土古社。汉脉煌煌根系壮，

筑就华夏基业。抗天命追梦世界。

万里迁徙走四海，满天下处处中原客。

洒遍了，泪和血。图强壮志与天接，

气泱泱直上九霄，摘星揽月。

商海政坛潮头立，捷报频添新页。

有多少风流人杰。武帅文相流誉后，

更万千客子竞春色。路漫漫，永不却。

如梦令·张家界过年

（一）年夜饭

大姐堆盘含笑，敬酒老哥言妙。

山味就银杯，听取三轮鸡叫。

燃炮，燃炮，开启财门福到。

（二）江岸行

元日天公放灿，乍暖不消冬感。

水岸柳芽黄，几点沙鸥觅饭。

快看，快看，草上春光初漫。

（三）五雷仙

小道依林漫绕，南国武当檐角。

欲问观中人，香火记年多少？

莫扰，莫扰，谁在吱吱祈祷。

（四）天门山

山设天门何意，惹得游人来醉。

雾里偶回眸，脚下月移星碎。

不累，不累，择日岭头重会。

念奴娇·芒砀山

几堆黄土，了不得，静卧中原如虎。

大风卷起斩蛇剑，灭了秦王西楚。

号令九洲，霸载四百，天下归高祖。

兴邦之地，成就大汉千古。

依然王气如昨，雄风岭上，赤帝矗新塑。

梦回千年寻汉唐，旧袖轻舞老鼓。

文承武继，圣迹灵光，长续华夏火。

佑我家国，浩浩江山永固。

唐征定，当过兵，打过仗，当过公务员，现任某企业董事长。爱好诗文，作品多在网络平台发表。

游礼县翠峰（外四首）

作者：陈剑飞

陈剑飞，甘肃成县人，字水平，号沙漠之狐，从教十一年，现任教于成县成州中学，中学一级语文教师，酷爱文学和古诗词，擅长古风、七律，曾在《广州文苑》《广西诗词》等刊物发表。

巍峨翠峰夹两山，松柏扶摇耸云端。
古刹钟声绕梁韵，乞求天下福康安。

鹊桥别

千山万水脚下过，一缕青丝挣不脱。
纵然此事情如火，满腔踌躇谁人说。

夏雨

风起云墨缠两山，骤雨疾驰惊两岸。
绿水青山洗前尘，明照万物翠盎然。

送别

游子别高堂，耄耋暗自伤。
两两相对面，何时归故乡。

游杜甫草堂

翠柏绕草堂，诗圣忧国伤。
零落成州地，独坐空山中。

七律·学习高质量墨线法有感（外九首）

作者：侯峻山

提笔顶纸可通神，挪身移毫入妙门。
律动开怀调自性，率真兴适现禅心。
曾门吼书传学子，临济棒喝度后人。
千锤百炼方证果，一根墨线始成金。

七律·禅修四境

闭户时时成净土，读经处处是深山。
没及本参不入寺，未到二禅莫闭关。
草杂丛中开脚易，月明帘下转身难。
千江有水千江月，万里无云万里天。

答张阳先生四季诗词 绝句·春

一轮日照金环紫，千里莺啼绿映红。
满地蝶飞玩不尽，连天草长乐无穷。

西江月·夏

骄日莲池翠柳，横笛帆板金蝉。
祥云雨过彩虹鲜。听取蛙声一片。
白月浸茶品酒，清风打坐参禅。
稻花香里说丰年。偕友入观无念。

长相思·秋

南山崖，北山崖，霜叶红于二月花。
徘徊忘返家。
闻琵琶，品琵琶，一曲将终尽彩霞。
月明露脸颊。

绝句·冬

飞雪迎春到，斗茶载趣生。
蜡梅正化蝶，寒柏已成龙。

十六字令·成功三大定律

荷，二十九天放半泊。
只一日，美朵满池河。
竹，四载生发尺未足。
待时雨，龙跃步天枢。
蝉，十六七年地下寒。
忽一夜，羽化证成禅。

七律踏波访友——赠吴涛先生（配画诗）

红尘赤子荡巍巍，古往今来任复回。
数点白莲青燕掠，一汪翠壑粉蝶飞。
奔波访友随云去，摇韵携琴伴月归。
翌日出洋八万里，弄潮驭浪显神威。

七律·香蒲

摇曳风姿绿若烟，挺拔常伴水中仙。
穗燃蜡炬偕修定，茎拧香团载坐禅。
牛角挂篮读道悟，蒲鞭示吏诫仁传。
粉身碎骨躯为纸，书写丹青万万年。

绝句·求知若禅（配画诗）

立业若修禅，做人似为虫。
仰高攀大树，羽化放声鸣。

侯峻山：字秀水、号桃子、斋名双楫楼。中国美术家协会会员、中国书法家协会会员、中国传媒大学邓福星花鸟画博士研究生，中国科普有突出贡献作家；河北省科普作协副理事长、河北省诗词协会会员。1958年生于河北邯郸。出版著作《画说检务公开》《画说廉政准则》《中华孝道》《峻山书画诗文》等46部。

江阴秋色（题画）（外四首）

作者：李瑞英

江阴秋水鉴飞霞，烟树晴空闻暮鸦。
满目青山醉夕照，丹枫似火胜春花。

七律·纪念抗战七十周年

七十年前风雨磐，卢沟烽火漫硝烟。
大刀挥舞月光暗，壮士长歌易水寒。
碧血横流浸热土，黄河怒吼卷狂澜。
八年鏖战传捷报，四亿人民展笑颜。

忆秦娥·梦回故乡

思乡切，今宵独步西湖月，西湖月，年年柳色，为谁伤别？

少年旧梦青梅结，而今已是音书绝，音书绝，梅香犹在，残留秋叶。

行香子·记游泰国水上市场

店铺排行，货品琳琅。酒旗风，流水桥旁。暮春天气，乘兴徜徉。看鱼虾鲜，果蔬美，客商忙。

波平影湛，烟树苍茫。凭栏处，无限春光。轻舟破浪，水阔天长，正风儿爽，人儿醉，鸟儿翔。

水调歌头·贺祖国六十华诞

稻菽丰登日，十月艳阳天。欣逢祖国华诞，万里乐喧阗。放眼长城内外，云淡秋高气爽，景色正斑斓。六秩风云过，沧海变桑田。

天路通，海桥跨，港澳还，直航两岸，改革开放谱新篇。抗震全球共济，探月神州奏凯，奥运梦终圆。惠雨熏风暖，花好月婵娟。

李瑞英（若水），甘肃临洮人，定居河北。中华诗词学会会员，北京诗词学会会员，中国老年书画研究会会员，河北省工笔画学会会员。作品散见于《中国核工业报》《北京娱乐信报》《通州时讯》等报刊杂志及微刊。曾获第二届新视点全国诗词大赛金奖，2008 年度中华诗词华表奖。绘画作品曾参加海峡两岸及国内外展赛并获奖，部分作品被收藏。

读书偶拾（外三首）

作者：穆涛

（一）

寻章摘句浮生趣，吟诗作赋万里路。
衔来范本七八篇，拾得珠玑三两句。

（二）

不识句读著华章，暂凭直觉涌潮浪。
吟哦些许记文思，拾得氤氲入诗囊。

（三）

寻芳游春浸脑蠹，闲来阅本解忧愁。
百日憋闷一时有，拾得小诗沌然出。

（四）

书经开卷苦缘它，撷珠摘玉风吹沙。
梦里忆书千百遍，作诗酿酒趁年华。

（五）

芬芳零落碾作泥，碎石犹可筑路基。
玉带纵横铺宛市，万物妆成哺大地。

生查子

（一）凉夜

撵身微风冷，轻纱玉簟凉。
溽热之六月，心宽天地广。
帘幕随风舞，寒气侵院厅。
夜凉生诗意，俯拾得馨香。

（二）微雨

开轩自然风，微雨润院厅。
雀儿翩飞忙，仙人花正旺。
纳凉靠空调，醉眼读书经。
微信传雨讯，风清一日凉。

（三）暑日

溽暑艳阳天，烈日与汗裳。
小觑流火日，撸袖加油忙。
汗泪心相悦，诗意满篇章。
不记炎炎日，缓观是清爽。

（四）闲适

捧本阅书卷，纳凉避暑天。
渴有果蔬饮，饥餐家常饭。
功名均错过，华盖是笑谈。
无意图破壁，难酬亦好汉。

（五）偶感

歧路花难开，晦气鹊不来。
日记早年事，往事不堪提。

梅花贵高洁，清香兼正气。
人生浮沉录，幸而逢盛世。

（六）致君

触景拾氤氲，动辄挥彩笔。
文刊以载道，取舍问君意？
凉天暑热时，时有灵感至。
在此遥致君，常怀感恩意。

（七）写文

写景以言情，托物以喻人。
身为初笔吏，余亦能高吟。
言彼未及意，箴言藏三分。
只敢低声语，方能悦天人。

长歌行弄潮踏浪抒豪情

漫漫长路舞翩跹，凄风冷雨正迷茫。
尝尽百味终不悔，踌躇壮志路何方？
创业艰难从无始，叵耐百战应有终。
过眼烟云昨日事，跋山涉水又一程。
由来相伴征战地，豪情不减志气壮。
仕途弃我如敝帚，筚路蓝缕由天幸！
梨花漫舞喜饮雪，五谷充饥忍融冰。
人间冷暖终有时，风霜坎坷伴征程。
落花枯木朽逢春，跪乳反哺饱深情。
点点暖意入胸怀，片片温存人更醒。
壮志柔情兼时运，时势更造英雄种。
若能得助五铢钱，他年商海必问鼎！
今日聊为歌一曲，奋笔疾书写衷肠。
而后阙歌长短行，诗词歌赋过路卿。
长歌一曲载重任，佳作赋与众人听。
豪气与长路共长，月季开遍红四方。
弄潮踏浪抒豪情，弃政舞文从贾商。

白雪行

（一）

絮絮飞雪洒满天，悠悠天地雪中玄。
寒风呼啸冷相凝，铲冰击镐莫相劝。
墙外冰棱挂三尺，羽绒棉絮不知暖。
白雪皑皑满世界，银装素裹衬豫宛。
万家烟火曈曈日，都是枕边梦中人。
冰雪浩气向阳开，愿化成水在人间。

（二）

犹记昔年飞雪日，堂前檐下挂冰棱。
年末天寒正飞雪，此景迥乎去年同。
仰望天地漫无边，环视宇内盖四方。
枝上积雪风吹落，雪上空留踏印踪。
白雪有意似无情，艳阳有心还多情。
大雪七日渐解冻，冰雪化水有新章。
便签轻输写风雪，快意聊表歌艳阳。
又是一曲壮歌行，仍见万家烟火香。

穆涛，男，河南南阳市人。爱好文学，代表作《寻海》《致亲爱的你》等，作品多见于网络报刊。

听风（外九首）

作者：李文涛

凭窗静立听风语，摇柳轻飏对谁歌？
梳尽尘间多少事，空留岁月感蹉跎。

垂钓

垂竿摇曳入池塘，坐岸逍遥观四方。
哪管鱼儿游且看，银钩钓得好风光。

禅心

山风吹拂清凉境，居岭常生欢喜心。
参破禅机仙鹤唱，何妨弹断俗音琴。

题欧阳修谪滁州

天朝半纸贬滁州，识得仙师话寂忧。
百念入亭皆落尽，一文绝唱释风流。

蛙声

入耳蛙鸣赋谁忧，声声催叫欲何求。
撩人长夜凄凉起，难解诗心不尽愁。

芍药花

粉妆入画蕊葱笼，媚态芳心映目瞳。
学得牡丹容似玉，画栏依处醉春风。

咏竹

身青潇洒对天摇，叶绿轻扬入镜骄。
亮节傲霜生冷艳，虚心沐雨舞清标。
千寻根立随风劲，百尺竿头拂雾飘。
君子淡然名士喜，七贤逸聚任逍遥。

夜读

暑热无眠走笔驰，轻风有意入笺宜。
层楼灯火堪罗雀，弦月幽光映小诗。
偶有蝉鸣话夜呈，尽教柳叶舞枝随。
忽来警句情心乐，搜典成文趁韵怡。

观荷所思

荷蕊粉妆已远春，堤边静坐滤浮尘。
心知灯下无清供，身寄风前有妙循。
平仄搜寻思古假，字词细阅写清真。
春声犹记难回觅，且趁红霞入九垠。

话莲

翠盖红花映水塘，一池盛景溢芬芳。
蝶追倒影风云梦，蛙鼓曲声锦鲤翔。
绿叶翩翩浮雨露，粉苞脉脉动晨光。
冰心高格凭诗赞，只作莲神遣暗香。

李文涛：男，号慧海居士，1962年出生，1980年至1984年在空军某部服役，退伍后曾任纸箱厂、食品厂厂长，1993年到滁州琅琊寺工作，从此与佛结缘，历任琅琊寺寺管会副主任、滁州市佛教协会秘书长、副会长。

贺冷家乡樱花节（新韵）（外五首）

作者：陈厚炳

春光明媚艳阳天，五家沟村樱花妍。
上百小车缓行进，数千游客接踵肩。
乡村振兴万众赞，生活幸福民欢颜。
精心打造致富道，攻尖脱贫锦绣添。

采风·邻水五华山（风景区组诗三首）

（一）行进在铁索桥上

两峰顶架铁索桥，游人踏上倍觉飘。
从容行走荡韵步，犹如秋千空中摇。

（二）登玻璃栈道

峰顶悬空建栈道，登上观光景色娇。
透明惊险游人赞，心怡坦然显荣耀。

（三）赞老君石像

独自伫立悬崖上，稳重凝视眺远方。
雨雪风霜无所惧，越过千年显荣光。

讴歌时代新时尚（新韵）

帅哥靓妹多时尚，裤管挖洞亮腿棒。
社会进步多元素，思想更新正能量。
改革开放不停步，未来追求光永放。
叟妪思维多开化，创新进步赞歌唱。

赞柑子镇万亩李子园（新韵）

漫坡成片李金黄，硕果满枝披新装。
采摘人群添喜悦，脱贫项目民赞扬。

陈厚炳，男，笔名光明行，四川邻

水人，1948年8月生，大专文化，曾任县粮食局局长，系副县级退休干部；曾参与四川省财贸管理干部学院孙和平主持《公文大辞典》的编写，由四川大学出版社出版。是诗词爱好者，广安市诗词学会会员，邻水县诗词学会常务理事；有诗词在多家微刊刊载，还有诗词被入选10多部《诗集》中。

五律·大寒（外八首）

作者：孟德亮

寒雀待雪天，西风动门闩。
河堤眠野草，檐下躲冰帘。
暖炕开心坐，茶花碗底翻。
酒香留远客，诗画醉新年。

七律·运河吟（新韵）

长堤一路向京城，日夜欢歌伴客行。
雨打层林云霁绕，风吹小巷雾迷蒙。
东西集镇人财旺，南北村街业振兴。
袤广粮田如彩画，运河古道唱清平。

七律·中华神笔（新韵）

狼毫竹杆巧相连，宣纸遨游日月天。
湖海江河飘远客，林花鸟兽逗童顽。
草真传世八方热，篆隶流芳万众欢。
神笔一支留墨迹，中华瑰宝亮无间。

七绝·绿梅

遥望梅开绿翠芳，条条彩链似佛光。
鹅毛大雪无声处，缥缈春音唤旭阳。

七绝·小城集日（新韵）

雨霁长空露水清，欣逢集日赶晨星。
货真价实公平秤，市易繁华小镇情。

【双调·水仙子】小城冬夜

小城夜色赛天堂，盏盏霓虹闪烁忙。
顶楼阵阵烟花放，邻家着艳装，
酒茶香、碗筷叮当。
梅枝颤，撒夜光，残月儿迷茫。

【正宫·塞鸿秋】梅兰竹菊

老梅骨傲花鲜艳，幽兰着色香飘散。
妃竹滴泪千年怨，金菊九月八方见。
笔痕翰墨香，神韵云霞灿。
君子万代人称赞。

【双调·水仙子】雪夜戏墨

西风吹雪舞蹁跹，沽酒香茗笔墨旋。
朱磲缥缈梅花艳，情温冰冻暖。
夜无眠、醉写云山。
古松下，老衲欢，剑指林间。

【双调·沉醉东风】踏雪寻梅

踏雪寻梅路长。冰凌腊月芬芳。

云在飘，西风唱。秀双羽、灵鹊翱翔。

缥缈天边艳艳香，春神到、寒潮怅惘。

孟德亮，河北省东光县人，出生于新中国“大跃进”年代。中共党员，在东光县一中退休。喜爱诗词写作，现任河北省诗词协会会员，省散文协会会员。近十年来，在各种报刊杂志刊登诗歌散文游记等百余篇。

怀乡（外二首）

作者：万长林

阿里山上林间茶，长风过后有人家。
老叟倚石隔海望，谁知长安尽故涯。

登墅山遇老人聊天记

幽篁路边拾刺黎，铁拐枣杖日已稀。
儿孙尽为红尘客，隔海常寄好消息。

游合肥散记

庐州古有大东门，出门尤见逍遥津，
包公河水无流意，将军跃马向西行。

万长林：笔名：万一。行伍出身，自幼热爱文学，一生蹉跎，直到退休后才渐入学门；现有少量诗文散见网刊。

隐居（新韵）（外九首）

作者：杨玉萍

古林溪水甜，日月伴心言。
醉卧云根处，独拥一寸天。

农闲

雨贱大田荒，风来处处香。
悠闲垂柳下，掐指算余粮。

晨雨（新韵）

清晨细雨落阶前，一股清凉入秀帘。
毛毯轻沾温旧梦，人生最贵是清闲。

傍晚登日光岩

日光岩上满惆望，卧石千年经雪霜。
忍顾厦门残照里，人间万象论沧桑。

无题

夜雨潇潇动客情，一怀思绪梦难成。
早知商场如征场，何不南山观蚁行。

酷热有题（新韵）

旱风翻滚麦苗黄，柳叶横飞瓜果糠。
最是鸡鸭愁午后，阴凉之处狗先藏。

梦乡（新韵）

墙院深深桃李香，亲朋畅饮过庭廊。
忽闻喜鹊声声叫，红日偷偷上小窗。

相聚

佳期相聚洛阳城，不尽心声欲五更。
月隐西窗幽竹后，离愁难遣梦难成。

一剪梅·雨后

烟雾蒙蒙入画丛，山也朦胧，水也朦胧。

庭前红紫影亭亭，翠叶晶莹，署避凉生。

人世匆匆四季中，来也空空，去也空空。

日升日落满山红，醉饮苍穹，笑饮苍穹。

赤枣子·乡愁

风软软，夜阑珊。乡思无限口难言，
总想此情随日断，醒来还是入眠难。

杨玉萍：居辽宁物阜地新之处，现内蒙古库伦旗。酷爱文学。中华民间实力诗人；《中国当代诗词精选》《大连文学》《辽宁文学》录有其作品。中华诗词网学会会员，当地文学会会员。

晨曲（外七首）

作者：罗道贵

杨柳低垂弱无力，春风拂面沐晨曦。
渠水湲湲起微澜，碧空悠悠荡神怡。
啁啾鸟鸣催人早，淅沥雨来添寒意。
路边小贩数钱忙，孩童拾书上学去。

水漫渠江

是谁胆大捅破天，炎凉颠倒暑微寒。
两岸烟雨云雾重，一江洪流天际远。
玉帝渎职不作为，龙王生事起祸端。
女娲休停炼顽石，夸父懊悔折弓箭。

雨后初晴

雨过风停晴方好，天高云淡望九霄。
目穷千里碧如海，稻浪万畴绿滔滔。
山清不见尘埃染，水秀未觉腐臭啸。
曲径园内少行人，静听鸟鸣栖树梢。

游桂湖公园

湖面似镜起微澜，喷泉如柱冲霄汉。
亭台廓榭隐碧海，荷莲草蔓映水天。
一叶扁舟止湖心，两个鸳鸯诉情缘。
风光迷离忘归路，入画仙景在人间。

巴州夜雨

滨江走廊少闲人，只因烈日玩娇情。
大桥长卧风波里，小船笛鸣江中行。
两岸杨柳翠欲滴，一江河水色黄浑。
巴州夜雨水来迟，不见洪峰伴水声。

雨湿残梦

雨湿残梦倦意浓，小楼昨夜又熏风。
帘卷新月分外明，凉袭黎明夜色空。
斜躺卧榻无晚韵，半支沙发朝霞红。
盛夏不觉暑气在，晨练依旧仍从容。

今又白露

群鸟养羞鸿雁来，芦花飘洒白露开。
枫叶嫩黄秋意浓，草木清瘦夏萌衰。
露含疏月笼烟雨，水流大江锁雾霾。
西窗停望情犹尽，凭栏无声泪满腮。

无题

自命登顶滕王阁，博览群书苦作舟。
谁知云墨风来急，岂料天暗雨不休。
漂泊江湖负重怨，重回书山释远忧。

杏坛耗尽半生缘，桃李无言写春秋。

罗道贵：笔名，语无邪兮（QQ及微信昵称）。四川渠县人，中学语文高级教师，作品多见于网络报刊。

黄鹤楼感怀（外六十五首）

作者：郑怀忠

久有临风愿，今登入梦楼。
风吹三镇雨，叶落两江秋。
辛亥惊华夏，兴邦动九州。
河山终一统，把酒意难休。

铜雀台怀古

弓觅东吴剑指刘，东瀛把盏放诗喉。
建安七子千篇赋，铜雀三台百尺楼。
天助东风公瑾悦，兵折赤壁魏王愁。
漳河哪管兴亡事，依旧扬波入海流。

重登澄海楼

曾浴东瀛水，重登澄海楼。
雄关连大漠，烽火忆诸侯。
燕赵英魂在，青山白骨留。
征人多少泪，潮浪打龙头。

北戴河鸽子窝观落日

联峰秀色染苍茫，碧海无涯忆始皇。
满目澄黄涂彩绘，一腔热血洒残阳。

读友人诗又忆西堤曾游

携手西堤廿六年，春秋冬夏总流连。
桃红柳絮情犹在，转眼清波又漾莲。

咏菊

不借新春势，含苞待月圆。
佳期君失信，风雨抱香眠。

赏秋

天碧千山翠，枫红万谷羞。
窗开西岭外，一览北方秋。

残荷

雾锁残荷几叶黄，曾经莛翠伴红妆。
王孙暗喜秋风早，把酒船头品藕香。

西堤游记

水阔天高燕子舞，风清云散远山空。

重游十里桃花路，看取千株菡萏红。
对句方知白居易，咏联又忆范文公。
得闲再上西山顶，俯瞰京城广厦中。

游海淀温泉太舟坞南山

君归故里欲偕行，邀我秋山续旧情。
古柏屈枝呼远客，群峰迎面列长营。
乌啼空谷惊尘事，雾隐层峦感不平。
枫叶萧萧天近晚，残阳西坠赤丸轻。

赠徐柏涛大师

京华艺苑老青松，铁笔羊毫各有功。
潇洒寒梅称绝唱，淋漓翰墨赞奇雄。
封泥八百传欧美，书法三千过海空。
紫禁城中金逊色，只缘宝印卧真龙。

居西班牙友人倪健仁

天涯浪迹别家园，几度思君抚玉蝉。
每见封门思丽水，常因佳刻忆青田。
茫茫沧海隔悠邈，每每相逢忆旧年。
不诉他方生计苦，感怀昔日故人缘。

绝句六首

（余偶得一古玉爵杯，牛耳处藏一幅天然微画，赋小诗数首以记）

（一）

贵胄王侯几代传？何人为此不成眠？
三生有幸方才睹，再握需修五世缘。

（二）

形取商周汉借纹，玉中魁首匠中神。
不知此玉出谁手，胜过子冈定有人。

（三）

牛耳藏珍渺似无，扁舟一叶隐平湖。
欲观此画先持镜，再赏烟波水墨图。

（四）

笔墨氤氲造化留，神工鬼斧亦难求。
琴家喜赞伯牙绘，我解东坡赤壁游。

（五）

心存江海万年涛，乱石冲云信手雕。
谁把良工擎美玉？津门圣手乃诚邀。

（六）

平生何事最风流？美玉随缘互作俦。
从此群芳难入眼，能藏此宝再无求。

填词八首

念奴娇

晴空玉柱，踏凌霄、玉魄凭栏游顾。纵览京华天地廓，俯首层楼无数。

缥缈颐和，依稀琼岛，不见西安路。皇城难觅，唯看烟霭轻雾。

感叹似水流年，吾青春已逝。华光飞度。白发青娥，相对饮，把盏悲欢难诉。岚锁西山，又云封古寺，忆曾游路。情长欢短，斜阳欣遇年暮。

清平乐

轻舟载渡，再踏颐和路。曾是残荷听雪处，已是春光满路。

东风十里桃花，柳丝绿遍天涯，庭院玉兰如雪，波横蓬岛烟霞。

水调歌头·观宁砥中先生秋山平远图长卷

落墨云烟起，展卷观秋容。何人能此画笔，挥墨写丹枫。千里云山缥缈，万顷烟波浩荡，山水韵无穷。不觉画图在，宛若在山中。

踏小径，观飞瀑，拜山翁。岭外长风顿起，林壑辨鸣钟。遥指云台玉宇，回首江潭茅舍，尽染一园红。一别登临客，极目送飞鸿。

西江月·颐和园西堤

雨后晨风旭日，湖光碧柳青松。
蹁跹飞燕舞当空，布谷声声传送。
林下绿荫铺地，花开万紫千红。
几番回首画图中，犹似匆匆一梦。

蝶恋花

淡月明星今挽手。似叙离情，似敬重逢酒。斗转苍穹难聚首，相思不止人间有。

长夜临窗凝望久。人海茫茫，屈指平生友。总信真情承不朽，天涯地角终相守。

如梦令·天津塘沽望海楼

望海楼头极浦，携旅金沙踱步。今日醉天涯，来伴一天鸥鹭。鸥鹭，鸥鹭，知否客来何处。

水调歌头·偶入滦州起义烈士陵园

春去飞花尽，初夏绿荫生。寻幽一别尘市，携侣碧山行。万里高天如海，满目层峦叠翠，风起若涛鸣。欲览摩崖刻，寻路漫山行。

丰碑耸，铭文敬，蓦然惊。江山曾洒热血，挥泪忆英名。且把一怀思绪，化作长萧一曲，吹与故人听。乱世多魑魅，风雨见真情。

临江仙·重游红叶谷赠友人

万善桥边昨夜雨，山村落尽梧桐。双泉寺外赏秋红。重游霜叶谷，无复旧时容。

莫道人生容易老，年年还复匆匆。但求知己再相逢。寒冬来浴雪，雪后踏春风。

傀东方大师对联：

石有千般美色，

刀生万种风情。

乐府（四十首）

咏玉（六首）

题玉牌

欲将雕琢比丹青，五德俱在不言功。

昆仑瑰宝谁曾佩？人在蓬莱第一峰。

玉人梁某琢蓬岛仙山图命题诗以记之

（一）

东海无涯逝远天，蓬莱梦境隐群仙。

一人掌上执美玉，遥指昆仑舞蹁跹。

（二）

阶前碧草染苍苔，翠柳红莲总系怀。

去岁曾识东海客，梦魂夜夜入蓬莱。

题金缕玉衣

（一）

自古君王喜自欺，金丝做线玉缝衣。

龙身转瞬成灰土，留下玉鳞笑君愚。

（二）

人玉合一本作全，高风比玉玉无颜。

荆轲上路不佩玉，如玉美名天下传。

咏新疆和田玉

高洁本性自昆仑，瀚海无涯不易寻。

历尽沧桑魂未改，五德可使玉琢人。

观玉山子张良纳履图

大风歌罢感何如，正史闲书满江湖。

玉人亦晓汉家事，琢做张良纳履图。

和田籽玉赞

踏遍昆仑十二峰，千沟无璞玉河空。
藏家若有金皮仔，何必雕镌索玉工。

赠笛子演奏家刘森

（一）

北风瑟瑟雁南飞，柴门日落人未归。
九曲黄沙望不断，别有悲欢一笛吹。

（二）

山村小景携春意，牧笛声声欲断魂。
北调南音千古有，能成此曲再无人。

赠瓷器李先生

道古说今论不休，官哥钧汝笔端收。
书生亦有英雄胆，敢借瓷陶捍史丘。

题陈伟明画师所绘军都山古长城

燕山秋色晚，落叶满长城。
深谷飘丝带，青峰伏巨鲸。
千弯通大漠，百曲入东瀛，
寄语南飞雁，归期对画鸣。

听李春华先生葫芦丝（太极）

历尽千辛志不移，终将芦管化神奇。
借筹天地人和意，融入洪荒演太极。

五十述怀

夺席争冠费思量，血汗佳肴愧断肠。
频窥风云终觉累，日易三主总嫌忙。
淡泊平生足自慰，清水知音暖心房。
冰心已付东逝水，大千世态任炎凉。

示光宇儿

三代捉刀尔最优，青春学艺老胜秋。
金石得法追秦汉，笔墨通神溯商周。
静穆庄严苦中觅，风流潇洒自修成。
行书切记莫潦草，字不惊人死不休。

读诗有感

芳草青青霜叶红，风花雪月古今同。
只缘悲喜因时异，才有诗词别样情。

赠龙泉工艺大师徐朝兴先生

寻踪千里到龙泉，名盛技湛传九寰。
白土生光金失色，梅青滴翠玉无颜。

跳刀万点千层锦，春水一弯百度环。
妙手通神呈古韵，奇思惊世越篱藩。
官哥虽可称绝世，均汝从来不可旋。
敢拓新风传旧业，中华瓷艺史无前。

过友人安君忆祥居

千家屋宇寂无声，钟鼓楼头落日红。
隐隐箫声传十刹，吹出秋色满京城。
少有诗才豪气高，凄风苦雨忆华凋。
不堪回首当年事，十刹桥边吹夜萧。

观德一君篆刻砚铭绘画展

熔秦铸汉化皖浙，金石神韵溢端歙。
感君绘出山水卷，闹市也能醉烟波。

赞新品印石“金纹绿”

莹莹欲滴满目新，谁将碧玉嵌黄金。
奇石印坛增异彩，佳色难求倍觉珍。

赞傀东方先生所刻金石文字二首

笔笔雄浑字字端，钢刀入石石乱翻。
劝君莫醉春秋作，铁画银钩别有天。
莫叹挥毫写临池，且看利刃走顽石。
字里行间皆神韵，千斤难求一字值。

赞傀东方先生“花好月圆”纪念邮票发行

明月照得方寸亮，菊随鸿雁万家开。
西施掩面过山口，嫦娥欲住惜石斋。

水晶砚砚铭二则

寒光飒飒气萧森，借取凌霄一片云。
当写红梅玉骨志，此砚犹有冰雪痕。
柔似青云比玉坚，当研朱墨做镜看。
习书当写丹心谱，临帖应学胆剑篇。

靳建民范制葫芦赞

（一）

走兽飞禽落笔端。人生苦乐起刀尖。
赏心何必鸣虫叫。此物足以博欣欢。

（二）

思今摹古虑心焦。精心绘样仔细雕。
夏伴蚊蝇冬伴雪。几番达旦到通宵。

（三）

金石神韵展华容。翰墨何须纸传情。
真草篆隶皆有法。请君刮目赏新铭。

（四）

春种秋收夏日耘。虫雹旱涝最伤神。

盼得秋来开模具。忧喜参半更牵魂。

游石门洞

瓯江水碧石门开，一泓清水天上来。
飞落凡间化细雨，谢诗斑驳不可猜。

拜访画师溥仙于卧佛寺

几度西山忆旧游，梅花别苑拜知俦。
相逢倍感光阴迫，把盏何言去岁愁。
枫叶飘丹爽路染，竹林滴翠入泉流。
来年春满盘山道，再饮清茶听雨楼。

山庄好

山庄好，好在雨初晴。杏林深处啼布谷，翠屏山外落彩虹，飞燕舞当空。

山庄好，喜在艳阳天。麦浪金黄铺满地，村前村后喜开镰，一时少人闲。

山庄好，夕阳落西山。牧人晚归牛羊叫，晚霞烧红半边天，户户起炊烟。

山庄好，长夜莫孤零。一夜喜雨山泉涨，雨后月照一天星，枕上伴泉声。

山庄好，只需侧耳听。金蛉伴着蝉声唱，黄莺啼过山雀鸣，乐声自天成。

山庄好，山民最淳情。村姑庄妇似曾见，牧夫林叟胜亲朋，笑把远客迎。

山庄好，秋来偶还家。长空万里送秋雁，霜染枫林叶似花，把酒话桑麻。

山庄好，果树庭院栽。城中稀客乡来少，枝头结果不能猜，想吃随意摘。

山庄好，黄叶飞漫天。乡情乡景浓似酒，燕山晚秋不觉寒，胜过桃花源。

登八达岭烽火台

敢塑飞龙上九霄，燕山乱刃落长绦。
晨藏嘉峪千山雪，暮浴东瀛万倾涛。
汩汩弹琴听血泪，萧萧白果忆弓刀。
狼烟不复八达岭，历经沧桑景最娇。

哀悼梁启超先生墓

昨日青山昨日人，任公隐处再度寻。
饮冰处处图变法，书课章章写民心。
思绪难平母亲树，壮怀催泪后世愤。
青山有幸埋忠骨，来日重游再拜君。

游百花山赠友人

山道弯弯九回肠，山高林茂野花黄。
身边云气洗心净，天外风来佛面凉。
松下蚁丘横似冢，草间野雉美如凰。
青石喜窃人间语，一别十年太久长。

百花山霞云岭赠友

霞云岭上霞云飞，满目山花罩彩辉。
藏入白云看不见，莫非游子不思归。

游京都第一瀑

不舍涓滴汇细流，千沟万壑聚源头。
终成天水腾空落，志在江河大海游。
悬崖挂上通天练，飞沫如云罩彩虹。
未曾江海掀波浪，先在山野演雷鸣。

游黑石头赠友

风雨洗浮尘，秋山处处新。
神驰滴翠谷，情醉黑石村。
涧水识君意，白云解我心。
早当结草舍，白首度光阴。

秋游香山二首

（一）

水映青山几度逢，烟柳丛中问钓翁。
野花含笑不肯采，山枣酸甜回味浓。
山鹊声中白鹳舞，蝴蝶影里蟋蟀鸣。
重游当在秋霜后，松柏苍苍栌叶红。

（二）

长风乍起雨初晴，秋到西山意不穷。
古柏欲迷朝阳洞，霜枫虚掩半山亭。
松蘑朵朵白云起，泉水叮叮山鸟鸣。
五百僧罗空喜怒，如何伴我绕山行。

题西山红叶（二首）

（一）

年年西山秋色浓，今秋佳色别有情。
从此不作秋山旅，也盼黄栌早日红。

（二）

无人能绘谁能织，热血浥透多少丝。
年年总随西风去，吹落深山有谁知。

赏秋纪实

法海石阶几度盘，欢欣一次又凄然。
三杆草舍不成梦，只有今朝换旧颜。
蔓草青黄石径斜，秋山到处染丹霞。
峰回路转无穷处，远峰缥缈挂天涯。
谷幽峰秀山道弯，秋霜无奈野花鲜。
天外风来秋意晚，崖上遥指妙峰山。
柏绿松青涧水兰，清溪指路溯泉源。
眼前忽见火炬树，株株赤烈叶欲燃。
雨后秋山景色佳，信步不觉夕阳斜。
烟柳丛中观垂钓，枫林如火叶如花。
阅尽秋山醉如神，松间小路最宜人。
飞身石阶三千度，双双携手快活林。
寒山远去落残红，屈指云游一日程。

四十余载登山乐，唯有今日得远行。

西山秋行

谁持彩笔绘丹青，画在京西天地中。
红溢高崖燃万壑，绿浮幽谷碧群峰。
云拂五塔铃摇乐，日照昆明水耀星。
百里登秋不辞远，来年再访醉山翁。

郑怀忠：居住北京。书法篆刻行业专家。民藏鉴宝家。五十年潜心研究玉石文化，主讲《老郑说玉》系列节目，普及和传承国玉文化。闲暇时最喜欢写诗，能吟诗赋，愿将生活过成一首首诗。

七律·无题（外七首）

作者：陈爱民

飞鸣布谷绕家转，垂柳飘丝美碧光。
振兴乡村佳气旺，脱贫致富笑声昂。
东风奏乐三农颂，春夏秋冬吐异芳。
田野诗书红杏苑，山川画卷绿洲扬。

七律·偶感

三月阳春瑞气添，和风细雨展雄颜。
写诗探韵研平仄，选谱填词究调拈。
老骥疾蹄拼毅力，宋词唐律引新篇。
斜阳金玉暮光曲，梦醉诗山自奋鞭。

七绝·爱成都

沿途微雨雾蒙蒙，水墨丹青绣远程。
我爱成都寻旧梦，你读新句展雄风。

七绝·夜梦

一盏孤灯映粉墙，十杯闷酒洗肝肠。
枕边海浪冲寒岸，床上明珠照四方。

七绝·丰收节

金穗翻腾万里浪，农民丰收满粮仓。
杂交品种袁研种，农技高科天下扬。

赞粉笔

品端圆体腰杆直，绘画书文形态清。
乐助园丁育花朵，毕恭奉献死灰生。

七律·教师节咏

为师奉献熬灯夜，育子勤劳握教鞭。
蜡烛燃烧光焰吐，孔丘离世学生贤。
精心浇灌花期水，桃李满园香蕊天。
要觅当今强国计，不忘教育是赢钱。

七绝·中秋——和涤余老师

皓月明珠北斗升，苍穹仙境杳无声。
平分秋色一轮玉，长伴天涯万载晴。

陈爱民，男，湖南邵阳人，退休教师。发表论文三十多篇，诗词数百余首。曾任中国教育教学研究会会员，发表《奖论文集》《为师》《师魂》等文集。2009 年 10 月共和国六十华诞百杰专家成就奖获得者，2016 年荣获“中国创新文化名人”的称号，2019 年荣获“第二届诗渊杯中华诗词大赛一等奖”。现为心潮诗友。

与妻缘（外四首）

作者：刘淑珍

似水年华一瞬倾，如花当忆少年行。
麒麟送子来天外，欢乐合家恩爱中。
夫妇同心情意重，勤劳协手利名兴。
三生石上立盟誓，下世还来过一生。

与妻缘

少是夫妻老来伴，牵手共济几十春。
风雨同舟无悔怨，来世还做连理人。

家和万事兴

父是天来母是地，孝敬父母要牢记。
夫妻爱来子女孝，家和比啥都重要。

七律·游家乡杏花坡

诗友相约赏杏花，欢歌一路笑哈哈。
满坡白雪飘香味，万树随风舞彩霞。
风景怡人心绪好，诗情画意大家夸。
人人都愿春常在，春驻心头不老花。

七绝·栗花香

不妒桃李绽满枝，花开五月正当时。
馨香四溢携风远，醉里观花尽是诗。

刘淑珍，河北唐山迁西人，退休教师，喜好文学与戏曲，著有《七绝·栗花香》等古诗，作品多见于报刊与网络。

七绝·故乡吟22首（外一首）

作者：王万春

（一）付家庄美（藏头）

付嘱殷殷思念长，家园富阜小村庄。
庄前又见桑槐树，美梦醒来是故乡。

（二）咏付家庄

村南岭上菜花开，麦浪庄西掩庙台。
最是阳河歌一曲，时时入我梦中来。

（三）题赠F诗奇（顶针藏头）

付氏付家来付诗，诗情诗逸有诗奇。
奇幽奇巧好奇妙，妙也妙哉真妙尼。

（四）咏春（新韵）

春雨春风又弄春，花开花落自芳芬。
今来古往擦肩过，六道轮回慧海深。

（五）咏风筝

月光如水水如天，梦里鸢飞北海边。
白浪河中翻白浪，浮烟山上绕浮烟。

（六）咏落花

夕阳西下水流东，细雨蒙蒙看落红。
今日等闲花别去，来年依旧笑春风。

（七）庆子曰诗社成立一周年

寿光子曰会群贤，喜庆盈盈网线牵。
蝶舞风荷花自放，弥河澮澮艳阳天。

（八）贺友人获文化奖

琼浆美馔百花香，大吕黄钟七步章。
笔下龙蛇桃叶渡，扬帆万里作慈航。

（九）咏荷

荷叶田田冉冉香，重重叠叠满池塘。
含苞待放陶陶醉，如画如诗映寿光。

（十）咏七夕

戚戚牛郎伤别日，凄凄织女断肠时。
银河漾漾尤无迹，天地悠悠孰有知。

（十一）秋日三首

（一）

停车漫步清渠畔，秋染农家递日深。
听罢短歌吟巷陌，最心动处是乡音。

（二）

风停雨过送清凉，滴泪花垂草泛黄。
骚客穷经寻妙句，庶民稽首颂尧唐。

（三）

有道天凉好个秋，秋波荡漾碧空流。
流光溢彩秋声赋，赋得秋收囤满愁。

（十四）咏巨淀湖

风轻水静白云飘，苇荡湖波柳拂桥。
凫鸭残荷秋色里，芳心永驻乐逍遥。

（十五）中秋节二首

（一）

淡淡清风稻黍香，蒙蒙细雨小池塘。
期期仰望中秋月，缕缕幽思念故乡。

（二）

秋去秋来秋气爽，中秋月照付家庄。
楹联誉满台头镇，诗赋蜚声醉寿光。

（十七）中秋节戏赠王蜚声

院里开花院外香，还须感谢燕她娘。
若无笤帚轮弯月，哪有诗人誉满乡。

（十八）冬日

梅开日落雪盈门，墨韵茶烟北海樽。
玉树琼枝风月里，千红万紫梦无痕。

（十九）咏大棚菜

大蒜芫荽油菜绿，幼苔莴苣韭苗黄。
莫言纤弱无丰骨，不惧风寒傲雪霜。

（二十）咏静山

嵯峨岱岳擎天立，恬默静山倚地齐。
旦日沧桑天地变，谁人敢与论高低。

（二十一）离乡（新韵）

花明柳暗五十春，田陌乡音处处新。
枕上卢生犹远梦，归来已是烂柯人。

（二十二）咏怀（新韵）

经天日月始如终，横地江河去复东。

万物兴衰由大道，人生起落自从容。

（外一首）七律·回故乡

日丽风和拂柳轻，亲朋兴会故园行。
村前岭上桃花落，庄后庙台麦浪生。
笑语乡音飞巷陌，香茶杜酒表心情。
悄然入梦阳河水，月色如银伴蜚声。

王万春：山东寿光人。早年入伍北京卫戍区司令部，后转业至青岛市公安局，三级警监，退休。长期从事文秘工作，酷爱读书、旅游，对诗词联赋有兴趣，常以写作、摄影、书法自娱。

乡村行（外四首）

作者：张妍

墙头鸡鸣破天光，庄户炊烟升灶房。
稚儿门前逐细犬，邻女村垄去采桑。
榴花新开犹未果，冬麦早耕已金黄。
久居闹市追名利，一返自然忘还乡。

冬雨落叶有感

连天冬雨落参差，千树红叶自此辞。
但愿从今无离恨，岁月悄声只相思。

雨后研磨

一方砚台细细划，情思缱绻面飞霞。
东风似知女儿意，催雨堂前来种花。

中元节祭奠先人有感

朝来寒雨暮成霜，人间天上两苍茫。
何须惆怅浮生短，寻常日月有情长。

贺老父四十年同学再聚首

岁雪新霁春意浓，四十年里行匆匆。
忆往阡陌同结伴，叹今天海各西东。
情浸心怀凭诗寄，风染霜鬓借酒红。
席前且将金樽满，莫问明朝山几重。

张妍：曾用笔名Z严锦。1988年生于山东省招远市。喜欢用手中的笔描绘生命中的每一场日月升落、四季更替。比起豪车洋酒，我更喜欢枕畔书做偶，三餐笔当粥的生活。人生匆忙、岁月悠悠，我愿手执一杆笔，写尽平生烟雨事。

卜算子·公路人

作者：徐渊

日行千里路，夜随星辰光。
春夏秋冬黄衣身，不惧风雨雪。
手磨千层茧，眼角堆沧桑。
苦辣酸甜人生味，不求功德显。

徐渊：甘肃武威人，笔名布衣先生，作品常见于网络报刊。人生格言：一身布衣行天下，书写人生五味陈。

簕杜鹃（外二十二首）

作者：杨博

簕杜鹃，紫茉莉系三苞片。菲红润，橙黄橘，乳白洒阑珊。热烈奔放绽璀璨。桑巴情怀，瑰丽风彩显。冬春炫笑颜。

珠江畔，流动织锦拨帷幔。似霞晕，如醇蜜，绮丽绣阁笺。晨曦素馨赛梳辫。花城觞韵，情满雕塑园。华章添蕴含。

游八排山所感

非工非匠原生态，三市交汇八排山。

晨曦清风，木叶豆腐肚肚填，与友人登览。曲径幽幽通云霄，竹海声声，松涛阵阵，惊起百鸟争鸣，听渗渗溪流回涧。

临顶八望四眺：沟沟壑壑，纵横交错。峰连峰，逶迤行远；岭叠岭，层层寻缘；茫茫苍翠滟艳，零星屋舍缀绿间；轻雾缥缈，胜似仙境，直上九重天。荡胸生情寰。

峦石矗脉头，镇邪除魔，保八方平安。漫山遍野，牛羊闲情逸致，游客同欢。恍惚忆童年。

顺坡腑视，八仙聚首天堂顶，百家姓氏膜拜，求财求嗣道新鲜。引万千信徒共勉。

织女庙前结心愿。随缘！

旗袍觞韵

（写在首届中国国际旗袍节暨盛京1636第三届沈阳旗袍节5.19开幕）

玉屏闲，风急柳丝拂晓。帘影卷春喜眉梢，一箪一瓢。浅妆薄袖罗翠翘，窈窈窕窕。

双鱼跃，仙子嬉戏浪潮。奉天盛世玉环缭，皎月笙箫。鹤鸣华厦擎九皋，诗韵旗袍。

梅花绣，礼仪世界生妙。千年文化铸情操，珊瑚旌褒。松涛多娇贯云霄，国粹昭昭。

荷塘听夏

轰轰轰，铿锵雷公。战歌擂鼓任西东，独显神通。

哗哗哗，民谣闺中。珠临玉盘涟漪涌，取意芙蓉。

唼唼唼，鱼儿欢蹦。酣畅淋漓捉迷踪，羞怯玲珑。

呱呱呱，青蛙馋梦。波光粼粼倾幽弘，似情非懂。

嘀嘀嘀，聆听帘陇。娇姿荷花拽清风，纱云飞鸿。

咿咿咿，锦麟簇拥。媚柳憧憬晒彩虹，赋诗吟诵。

帘幕幽情

雨敲帘幄又夜幕，鹨鹈叠翠柔姿舞。对镜贴花粉腮酥，嬉玉瀑。柳稍含笑琼液露，沁园玉湖。

两眼欲酸倚栏抒，清灯捉影问何处？电闪雷鸣斥莺鹉，酒盏误。去年梧桐泪无助，明朝申诉。

滨城芳园寄思

梅香荏苒，拾掇小芳园。风清气爽，枫叶尽染。一片翠绿润璀璨。临高俯瞰，飘撒橘红，几何变幻。舒展思绪舞翩跹。羞缨冠!

鹂影琴寰，恰逢雪漫天。银装素裹，撩拨心弦。一番雅韵揪湖畔。翻覆承欢，静拂云笺，秋波卷帘。玲珑樱唇透香汗。叠玉阑!

夜游新加坡

星洲岛，四小龙，马六甲域毗邻南。开放包容，引潮宾客游览。柔佛海峡岸。

大榴梿，摩天轮，滨海湾畔绽璀璨。整洁绚丽，午夜流光斑斓。鱼尾狮公园。

云松推枕

——岳父生病住院侧记

连日骤雨，洪涝漫街港。风吹湿帘幕，浊雾罩榻床。树长枝枯叶亦残，一脉相承，心满情惆怅。

云松推枕，滴滴透昏黄。众亲挂愁容，夜夜空潇湘。此痕未消彼迹现，华佗呈梦，弱柳拂鸠唱？

人生共勉

豆蔻年华竟潇洒，几度飞花英姿飒。
不慕红尘浪淘沙，鸥鹭振翅擎天涯。
璞玉半生细雕画，守得云开展风华。
毅然赋情争朝霞，桃面初心置高雅。

卷春怀思

杨柳婆娑年年复，玉容笑颜鸿雁处。
几度梦里怨菖蒲，溪涧沟壑乱飞渡。
清晨遥寄添情愫，乡音难全不胜数。
凭栏远眺荷塘绿，夕阳何改相思路？

咏梅

大寒恰逢春来报，金辉漫洒雪欲笑。
只为叠绿桃花俏，谁念梅香余树梢？

双飞燕

窗外春色无限好，池塘边里细柳飘。
双燕剪飞绕屋堂，共筑銮榻尽逍遥。

龙脊行所感

沟壑深深龙脊行，峭壁人家慕空灵。
层层梯田铸奇景，霞光万道苍生情。

梦醒情长

昨夜梦中欢，清晨依惆怅。
雪融梅香洒一片，剪燕春心乱方向。
为伊赋诗千千万，銮榻帏幄还丈量。
思无限，莫彷徨。
谁怨来生缘？情比流水长。

游青海湖小令

青海湖澄际圣洁，遍撒金黄映天惬。
驼峰引颈借古道，丽人寻欢卓玛喋。

游东江湖小令

雾漫东江朝霞醒，灯火渔家坠仙境。
玉犬船头话世间，一网人生捕风情。

西湖赏荷

蓑雨荷上寻思望，胜似仙子热泪迎。
不慕浮萍随波漾，蓓蕾闲眠晒风情。

梦醒情思

昨夜星辰探梦境，屋前盼君许归行。
西月苍穹笑无声，最是黄鹂还春鸣。

梅花颂

四季松竹共寒窗，梅剪飞雪品幽香。
不慕兰花置扶桑，奈何傲骨筛风霜。
惹恼紫荆诉鸳鸯，潇洒弄月影成双。
亦作黄菊避群芳，春起沉醉梦悠长。

凤舞陵园

青山绕湖醉华庭，春暖和熙抒阑珊。
凤枕鸳鸯赏风月，木棉枝头黄鹂盼。
半席銮被云雨散，绿柳弄影向谁边?
陵园无忌晒芳醇，引蝶写意涟漪添。

秋思

昨夜放春扰星辰，拉长相思追梦人。
晓风暗拂万里程，氤氲秋雨洗千尘。

春生缘

春起卉漫勤耕耘，遇景赋诗酒添韵。
浮生何需话碌为，闲情拾翠享芳醇。

古村写意

石碁古村榕柳飘，斜辉欲洒吹烟袅。
伫立桥头凭栏思，鹂莺啄眉闲着笑。

杨博，笔名温馨；字野云孤鹤。四川渠县龙凤人。较喜爱古诗词。已发表100多首。散见于《延河》《参花》《湛江文艺》《丹霞文艺》《江门文艺》《广州日报》等。自由职业。现定居于广州。

荷之韵（外五首）

作者：潘燕南

出泥不染尘，沾水未湿身。
清风落玉盆，节气藕连心。

修

劣根后天成，日久成绊羁。
不良宜早匡，匡于少年时。
纵观古圣贤，苦修方为师。
事事严律己，大器当可期。

五绝·岁月

经年是何期，过往如朝夕。
再见逾耄耋，怎堪忆曩昔。

五绝·梨花泪

梨花素若雪，楚楚烟雨阑。
冰肌落阡陌，玉骨恨江南。

立秋

其一

未感暑气央，却见桐叶黄。
一夜秋风至，万物始苍凉。

其二

昨别七夕殇，今又话秋凉。
天命知时节，人生几沧桑。

蓝逸太阳，原名潘燕南，广东新丰县人，广州一眼镜企业法人。凤凰诗社校园联盟广东阵线入驻诗人。业余时间爱好诗歌写作，作品发表于《诗歌中国》约两百首。用创作的灵感用于创新，在诗中寻找自信，励志。

七律·雪（新韵）（外四首）

作者：杜长福

八方天客碎云衣，聚作白宣墨未题。
缕缕清光辉仕道，澄澄玉色覆尘泥。
幽敲钟锈俗人悟，净滤清风傲树低。
当晓乾坤施舍物，无分贵贱隐玄机。

七绝·召唤（新韵）

春雷惊梦醒红尘，雨宴寒家倦旅人。
谁晓应天通运路？林鸣渴马是知音。

七绝·细雨山湖（新韵）

雨丝垂钓湖光色，翠黛峰峦似玉琼。
夺目荷花羞裸浴，碧涟鱼跃也学龙。

五绝·菊（新韵）

秋花开考课，落叶汇题笺。
大地揭红榜，菊花得状元。

七绝·军嫂

字落荧屏泪几行，遥思边地诉衷肠。

抚家孝老勤耕种，收获金心报界疆。

杜长福，网名山水情，山东临朐人，喜爱文学诗歌。农民，现从事铝合金门窗制作加工业务。

登东顾山感怀（外四首）

作者：孙珍宝

东顾灵山画中游，吾邑庐城一望收。
极目骚客怀古意，漫步潜川堪风流。
人物风华傲百代，才情气魄贯千秋。
岁月峥嵘任高远，中华繁盛逐潮头。

游西安感怀

故都西安饱览游，处处美景一望收。
汉武秦皇兵马俑，旧迹犹存碑堪稠。
华清池边赏唐韵，大雁塔前展旷幽。
观光且感中华美，唯有唐城胜一楼。

冬日登滕王阁感怀

观临久羡江南美，洪都名阁帝座遥。
多谢王郎传壮语，人物风华越多娇。

老家店桥赞

青山湖畔渔歌晚，欣看庐南别洞天。
代代精英闯四海，行行能手富万年。
铁矿罗河待举兴，高速合铜并肩穿。
稻香藕甜农家唱，小康百姓笑桃源。

赴衡水学习有感

吾邑潜川隅，衡水北国情。
仰止虚心看，励志高山行。

孙珍宝，笔名庐冰，又名湮雨江南，别署潜川一筆。安徽庐江人。池州市书法家协会会员，庐江县书法家协会会员，原巢湖市诗词楹联学会会员。文学作品曾散见于《池州日报》《求索》《百花园》《晨钟》《庐江诗词》以及中国知名微刊《同步悦读》等媒体刊物。

骑车山行有感（外四首）

作者：韩天吉

雨后斜阳蒿丛行，秋虫深林放歌声。
一阵香风疑花岁，江南竹海满山青。

山居秋夜

晚凉墙外笑语柔，蛐啾声嘶寂寞稠。
挥毫灯影虫入墨，独仰闻香旧梦幽。

月明深山思故乡

此时天涯月正圆，今夕似曾是少年。
客居深山乡愁远，何日归去笑童颜。

立秋晨兴抒怀

蝉声四起破晓梦，邻童抱蔬叩山翁。
儿女情长家国事，莫问花好几多重。

花池边晨游有感

墙角小花带露翩，一朵一姿妙不言。
老眼疑有蝴蝶落，蹑手拍成作画观。

韩天吉：男，1965 年生，籍贯河北永清县，党员，高级政工师，长期在国企从事基层党务工作。现为河北省书法家协会会员，河北省硬笔书法家协会主席团成员，中国电力书法家协会理事等职，还任河北省摄影家协会会员，高级摄影师，河北省观赏石协会理事等。

春城秋雨（外十首）

作者：李辉

雨打春城不识冬，阳洒池滇春又重！
花开四季远留客，只缘身在此城中！

农家之秋

云锁人山雨自嗨，一片黄叶弄风来。
炊烟人家闲不住，粮满一楼笑嘴歪！

父亲

一世辛劳义在先，忠孝两全勇挑肩。
七尺身躯弄红土，一把锄头敢斗天。

七夕七夕

千年故事话七夕，人仙共演一台戏！
世间太有殇离别，三杯李酒又依依！

夜泊故乡

沥沥小雨夜，簌簌落叶声。
甜梦一觉醒，薄雾锁半村！

游柳子庙感怀

写尽人生言万千，不及宗元诗一篇！
江雪渔翁千古留，独漏寅公在虎山！

寻根感怀

五赴丰沛寻祖根，只闻歌风不见成。
幸得陵园留忠骨，两片古石诉祖恩！

初秋

自古文章多赞秋，黄土背天也风流！
春华自应秋实果，会泽洋芋解乡愁！

思母

蟀鸣一夜秋，月光洗故楼。
梦枕潮湿泪，阴阳两相忧！

雄都夜宿

蟀鸣一夜村，雄都有故人。
仙鹤抱蛋处，官道转乾坤。

兰

夏日伞阳人留芳，忽得一兰韵更长。
莫是光阴催人老，寸草寸心为天荒！

李辉，《云南日报》编辑记者。当过兵，扛过枪；从过警，为民站岗。后弃武从文，任《云南日报》子报《春城晚报》新闻记者，各大媒体发表作品20000余篇。编辑采写了数万篇时政及政法报道，其间，采写云南德宏州禁毒等20篇稿件获中国好新闻奖，50余篇政法稿件获云南省好新闻奖。

七绝·田园八月（平水韵）（外二首）

作者：王军武

风来一阵田园过，绿波翻天水满河。
地广天高云几朵，锄禾热汗影婆娑。

七绝·夏日回故里·走在山庄村头上（平水韵）

禾苗遍地心潮涌，热泪村旁话可亲。
又见黄鹂鸣树上，何曾忘却这童真。

七绝·秋日晨光中的露珠（平水韵）

清凉点点丛中亮，默默含秋在自惭。

似泪颗颗藏苦痛，光明一阵不心甘。

王军武：山西霍州市人，中国电影家协会、中国电视艺术家协会、中华诗词学会会员，中国散文诗作家协会会员，《中国当代诗歌大辞典》特聘签约诗人，国家一级导演。诗歌作品散见《临屏精华诗词赏析》《中国当代诗坛名家代表作》等选本，北京、上海都市头条及中国诗歌网发表诗歌1000首。现为燕京文化艺术交流协会、传世图书文化策划出版中心等签约作家。

秋钓伊洛河

作者：汪永定

勿问昨日事，江湖自释怀。
坐守时光过，握竿等鱼来。

汪永定，男，出生于1983年，河南省信阳市固始县人。家后有一片松林绵延无际，少时常邀好友去林中游玩，故号松林野子。毕业于河南财经政法大学，现居于郑州。

牖外小趣（外三首）

作者：老草根

牖外偏隅拓垦坪，莺萝蔬果巧经营。
九嶷云送陶公种，水伯汲滋瀛海泓。
稚幼习研贪采摘，耄昏坐倦恋华菁。
祁寒蜩噪何须怨，泥土芳香亘古情。

晚年乐

七十葫芦提历多，醅浇曲埋乐蹉跎。
瘦驴倦鸟安萧索，罄竹空囊享泰和。
慕向师雄梅下醉，学从庄梦幻成蛾。
尚存几度残年兴，呼起春酲杜宇歌。

元日

暖阳紫气映中华，融冻春风入万家。
跨海穿山踏归路，互联网络聚天涯。
经年数月奔波苦，今日此间滋润茶。
阅尽大千风采事，灶头酒后说桑麻。

七夕

瑶池凝结织梭凉，寂寞清空碧夜光。
横断长河情薄绝，纵观天地义蛮荒。

人间喜鹊几多只，仙界牛皮仅一张，
愿得有缘常相聚，斯文不再旧多伤。

老草根：实名范吉三，男，安徽籍，生于一九四九年十月，一九六八年应征入伍，曾先后在兰州医学院、西安医学院、第一军医大学学习和进修，一九九一年退役到唐山工人医院工作，先后任内科医生、科主任、医务处主任及副院长等职，二〇〇九年底退休。

五月初五（外四首）

作者：王忠兴

清晨出步露润颊，艾香寻尽棕情发。
千古哀期当肃日，何来颜面尽桃花？
屈身一跃随水去，抛下骚歌万世华！
后人随解其中意，错把苦瓜作蜜瓜！

又见英文老师

中兴纵有才千斗，朽木横前举步艰。
但得来方重咿语，还拜师门学不颠！

向前

坦途当欢步步连，偶有坎坷也泥丸。
冰雪集齐滑冰场，顽石拾起筑厕砖！

献给开锁孔师傅

朝科路上马蹄急，囊中满满砚缘欺。
他日皇前知书礼，墨洒科台泪不及。

难得一息

难此兄弟吼一回，得高就低醉千杯。
一宵肆意何妨事，息旗罢鼓次岁归。

王忠兴，男，48岁，初中文化。整木制作安装工人。从小喜爱读书看报，尤爱古诗词。作品散见于网络平台。

鹊桥仙·七夕问情(外三首)

作者：王骥

金风玉露，鹊桥星渡，
银汉佳期序至。
年年悲悦一相逢，怎次第、光阴金咫。

人间天上，流年似水，
一夕难酬相思。
悠悠凄美两分离，恁情问、何谈艰易。

调笑令·首迎农民丰收节

秋分，秋分，田畴盈香弥珍。
万穰入仓时令，贺丰举国喜庆。
庆喜，庆喜，新节赋章农炽。

一剪梅·慈母十年祭

天地阻隔已十年，思之无减、念之无减。往事依梦初醒现，牵手无处，闭目暗潸。

岁月难泯心底田，情之依然，忆之依然。且予灵犀通云烟，天上人间，何论缺圆。

如梦令·梅

向与雪乡依伴。一袭红妆俏剪。
玉蕊眷琼晶，独展霜天清婉。
香衍，洁衍，馨懿曼萦春绚。

王骥，笔名清风居士，汉族，甘肃文县人。现为中华诗词学会会员、中国诗歌网、中华诗词网注册诗人，《作家前线》签约作家、《大西北诗人》签约作家并以重磅诗人推介，文学与艺术、世纪诗典等六大平台评为“2018 中国诗歌年度人物”，聘为 2019 中华文化形象大使、文化学者、文化使者。

六趣（外三首）

作者：陈然

一壶清茶醉堪言，两盏烈酒行淖谈。
三尺龙泉书万卷，四海云水诗千年。

贺章广星先生七十寿辰

心如静水笔藏锋，异曲新声诧同工。
神形翰墨书雅韵，道化丹青育精英。
风骨峭峻人未老，岁月流逝鬓已星。
桃李满门堪笑慰，学有所成寿章翁。

九寨风光

静湖粼粼浮波翠，幽谷芊芊芝兰香。
竹海成诗怡然乐，梅林行律傲骨昂。
夏雨冬雪丹青艳，春花秋叶五彩芳。
元煦建峰无墨画，惠风辰光亘古长。

江城子

花谢花纷又今朝。路迢迢，水滔滔。往事情怀，怒放满枝梢。而今吾辈当努力，再回首，胜鲲雕。

千重万险逞英豪，恨天高，乐逍遥。

几跃龙门，难上九重霄。巍巍庙堂排盛宴，饮琼浆，品蟠桃。

陈然，男，经济学硕士，现居河北省石家庄市。河北省诗词协会会员、河北省文学艺术研究会会员，中华辞赋社社员。作品散见《河北文学》月刊、《河北当代书画》《大众文艺》等。

渔家傲·北风有感（外五首）

作者：何敬文

北风凛冽山河碎，野草枯黄人憔悴。
苍天低垂氤氲飞，
问与谁，霜降残叶透骨椎。

大风滚滚说刘季，五百英豪齐欢聚。
传首田横天下惊，
何相虑，人心一度随风去。

渔家傲·我家有雪

冰雪茫茫暗月生，波涛清冷海豚惊。
身似悠闲多自在，
花与月，胸中自有豪气冲。

诉暨人生各不同，年轻绿叶老来红。
当是花节元气转，
烟与梦，鲲鹏素在蝶舞中。

如梦令·重阳

秋叶，黄花，绿树，斑驳几多柔情。
织衣度秋冬，兄弟茱萸乡路。
敬老，敬老，品德中华民族。

如梦令·巍巍江山如画

巍巍江山如画，翡翠玉珠泪下。
伴与虏西厢，麦被夜来图腊。
图腊，图腊，思月清宵之下。

柳初新·百里奚

易水浪寒事不回。鸡已尽，盼君归。
虢国享奉，楚国牛马，方知蹇叔言语。
人生琢磨是罢。五羊皮，俊杰无价。

致君缪公五霸，荐蹇叔，由余谋划。
鲸吞千里，太阴山下，声明遍传天下。
一曲词，相公惊诧。擒三将，不必嗟呀。

渔家傲·春节

丁酉除夕已昨日，戊戌一百八十年。

曾经沧海难为水，
兴旺念，艰难困苦化飞烟。

金睛火眼看明朝，前路无敌胜百韬。
打开一片光明路，
抬眼看，万马奔腾朋辈高。

何敬文，吉林省松原市扶余市三骏乡冯家村人，祖籍山东省济宁市汶上县寅泗乡何湾。农民工，爱好文学。作品多见于网络平台。

七绝·春至窗外（平水韵）（外九首）

作者：杜文星

梅影留香放嫩晴，柳风入户伴流莺。
倚窗四望皆春色，倾听新芽出土声。

七绝·贵州地质文学《杜鹃花》杂志创作基地挂牌双河有感（中华新韵）

雨催山野杜鹃红，地质文学不放松。
采获古今踏陌上，春华百卉写年丰。

七绝·吟春

——和清·高鼎《村居》韵（平水韵）

红梅吐绽笑春天，几只游凫戏水烟。
何处飘来香草味，暖阳习习舞风鸢。

七绝·第二届国际（双河）溶洞诗会有感（中华新韵）

（一）

相遇双河已放晴，清幽会场巧然成。
墨魂缥缈岩留迹，入耳欣闻咏颂声。

（二）

诗篇汗漫洗心情，骚客成群洞里鸣。
放目斑斓皆好景，胸怀自在咏歌声。

七绝·迎客松吟（平水韵）

——为杜家村落成石雕“迎客松图”题

绝岭苍松咏杜诗，石雕古树展身姿。
葱菁翠柏枝条茂，夜半蛙鸣圣得知。

七律·又见菊花黄(中华新韵)

百花凋谢匿踪时，又见黄菊绽满枝。
炬焰燃烧妆淡月，凝霜雅丽点秋思。
缤纷锦簇怡神志，秀异鲜莹赋律诗。
良友出题描画意，墨林因醉赞花痴。

七律·赴双河诗会（中华新韵）

聚贤会众赶时间，唯有文华似鼓帆。
师傅喜诗飞逸韵，书生爱水舞群山。
暮程千里抒奇志，朝上一同发偶言。
雅士点睛皆圣品，风骚杜李续鸿篇。

五律·汇善谷书院诗词大赛征稿感吟（平水韵）

诗联赛事多，汇善笔挥戈。
索句神宏迈，题词静观摩。
气吞清秀骨，胸涌碧澜波。
花落谁人手，新茶对酒歌。

七律·百里杜鹃赞(平水韵)

四月鹃花早盛开，宇寰眷慕落瑶台。
金坡送走尊游客，普底招来靓女孩。
蕊放千姿飞燕影，蕾苞万片洗尘埃。
斜阳急下绳牵短，达达香芳至沓来。

杜文星：男，汉族，1962年9月生，贵州省绥阳县人，大专文化，医师，敬业喜文学，绥阳县诗词楹联学会会员，遵义市诗词楹联学会会员，贵州省诗词楹联学会会员，作品散见《中国诗乡》《诗乡诗词》《贵州诗联》等刊物，平时所写诗词收录于自编诗集《枫叶杂哼》里。

夏日雨至（外十一首）

作者：柏庆珍

远山积翠横城舍，疏忽风急骤雨狂。
袅袅柳杨失颜色，滢滢沙堤变河塘。
风流名士今何在？建安风骨是他乡。
挥斥方遒书生气，提笔蘸墨写文章。

岛城随感

岛城夜半听涛声，孤灯对影品香茗。
清晖万里传尺素，浊酒一杯诉征鸿。
文章不朽千秋事，青春易度百年空。
寒枝拣尽难肯栖，敢笑黄巢非英雄？

城市感怀（临沂故郡三章）

其一

人间阆苑声名传，晓霁春波相与连。
偏爱虹霓莫笑侬，香凝翰墨润桑田。

其二

儒风雅集栖凤凰，勤学倾盖问政忙。
乡风仁浸钟灵秀，爱润民情正风扬。

其三

沂曲春波水漫城，仙苑画舫自峥嵘。
汉墓竹简留惊叹，疏柳莺啼叠翠峰。

漫步潍城

其一

鸢都漫步史风浓，树绿芽发春意葱。
寄梦圣贤书往事，板桥故里有政声。

其二

疏雨荷塘慰远客，曲水流觞怜瘦影。
莫言沉郁顿挫吟，英雄肝胆自倾城。

卜算子·秋夜感怀

秋风摇劲草，羁旅知夜寒。提笔且诉平生愿，苍生俱饱暖。

霜影转庭梧，北斗阑干远。扁舟共济谁与同？金樽清酒浅。

采桑子·冬夜

冉冉光阴冬夜寒，雾笼阑干。俯仰流连，夙夜邸勤岁月晚。

凝眸归路故园远，绸缪宛转。逸怀浩气，临风拓境谋新篇。

菩萨蛮·重阳

潺潺秋水苍穹远，琅琅风动意阑珊。何必思年少，清梦因岸暖。莫道登临晚，菊黄且把盏。翠微凝眸处，荏苒迎露寒。

踏莎行·沂河之畔

东夷胜境，先秦智慧，甲骨余韵耐回味。

风轻日暖寒气散，疏柳凝翠几轮回？

河畔青荷，湖中鸭戏，怡然成趣物华催。

萋萋蒹葭生水湄，且待涅槃共春晖。

寻迹京城

盛世寻迹京城中，钟鼓楼外听秋声。
卢沟千年霜落迟，霁门残垣唱晚钟。
蓼岸疏影漏月明，钟灵毓秀叠翠浓。
辽阔江天知音稀，万丈豪情奉苍生！

书拔云兰，原名柏庆珍，生长于沂蒙山红色根据地，琅琊故地的山东临沂，从事教师工作，喜欢文学，作品散见于网络平台。

七绝·农家乐（外九首）

作者：程波

一场暮雨润桑麻，垄坂田间罩碧纱。
禾壮风和农伯乐，廊檐笑坐品温茶。

七绝·吟荷泥

红花绿叶竞夭妍，引惹骚人作美篇。
没有污泥培老藕，哪来香国水中仙。

七律·农夫

晨兴夜寐且安然，四季繁忙履陌阡。
镰子锄头常在手，匡箩扁担不离肩。
头撑烈日辛耕地，脚踏污泥苦溉田。
汗水掩眉浇瘦骨，几多劳瘁换丰年。

七律·山乡

晴空雨后风更爽，信步闲游过岭岗。
花艳叶飘迷沃野，果香枝曳醉山梁。
燕莺逗玩缭青陌，鹅鸭嬉娱绕翠塘。
园圃田畴皆秀景，清溪婉转唱山乡。

七律·重阳

逍遥乐道话重阳，风洗金英遍地香。
飞鹤裁云嬉露野，游鳞剪水闹霜塘。
朝霞绮丽装晨景，夕照斑斓扮晚妆。
望远登高唯一笑，人间无处不风光。

七律·秋情

物换星移季转凉，乡间原野泛秋黄。
金英映日山坡美，稻谷迎风垄坂香。
林果圃园招雀舞，菱花塘库引鱼翔。
丰登不负农夫汗，踏露披星没白忙。

五绝·野花

细叶随风舞，纤花迎日开。

豪园门拒进，屋角伴苍苔。

五绝·游吴城

天高云淡淡，地厚草茫茫。
古道留陈迹，荒城隐断墙。

五律·叹夏

六月热难当，熏风沐炙阳。
焦枝莺雀噪，瘦草蝶蜂狂。
避暑禽飞树，寻凉兽入塘。
孩童争戏水，农伯懒锄秧。

五律·秋

阵雨驱残暑，微风送湛凉。
鸟飞惊败叶，鱼跃破霜塘。
旷野金英艳，田坪稻谷香。
居高瞻远际，极目揽秋光。

程波，江西庐山市人。退休干部，曾在乡镇基层党委、政府和县直机关领导岗位就班。在国内多家刊物发表过诗歌作品，并在多次诗歌大赛中获奖。五百余首诗作已与各地诗友作品结集出版发行。

念奴娇·孝敬父母（外四首）

作者：王保群

人生在世，敬严慈、应是该当之事。
孝顺父母合大理，尊老睦尧亲自。
公廨匆忙，高堂勿忘，牵念无歇日。
循环递次，美德传颂后嗣。

碧落日月星辰，伴随四季，荏苒光流逝。
须把育养庇荫记，恩报不可抛掷。
侍奉躬身，温和相待，怎奈情缘挚。
卧冰求鲤，感天动地留史。

行香子·秋恋

银汉星宗，月卧苍穹。倚栏望南向等虹。
坦陈胸臆，香气萦笼。
桂影摇风，唯牵念，跨长空。

山河震动，海深情浓。是余汝知己结盟。
终生挚爱，美眷尊崇。
尽隐心中，共有梦，梦同逢。

洞仙歌·十里桃花

春风拂面，引桃花开遍。
游客如织近眼看。
老陈枝，更显香蕾新颜。
簇拥处，蜂舞蝴蝶正恋。

幽幽韶苑内，芬蕊馨兰。
十里桃园画图展。
锦绣美娟妍，醉了人间。
可怎奈，夕阳坠晚。次日落英一又增添。
枉自叹人生，几多如愿？

苏幕遮·明月坠相思

碧云天，明月坠。
冬色萧条，唯有松竹翠。
修夜无眠难入睡。
牵念为谁？犹似沉沉醉。

话投机，言语对。
吉梦追回，知己一同寐。
欲罢不能今日会，
酒入愁肠，化作相思泪。

满庭芳·意绵绵

二月春风，剪刀犹同。裁出万象娇容。
几分期盼，欣喜入眉丛。
凝望远方情动，只听得，爱语重重。
心正虑，悠悠旧梦回荡在绕萦。

闲循芳草地，双蝶飞舞，俦燕颉空。
盼伊人，挽臂欣赏葱茏。
日日相思独钟，情缱绻，本是初衷。
谐和语，诺言不负，共度夕阳红。

王保群，1956年出生，河南上蔡人。喜爱文学、诗词。现居住北京。作品散见于《中华诗词月刊》《河南老年诗词》《中国世纪文学诗词》和网络微信平台等。河南老年诗词研究会会员、驻马店老年诗词协会会员、上蔡老年诗词学会会员、中国世纪文学会员等。

人月圆·成都中秋（外二十一首）

作者：宋大忠

狂风暴雨迎中秋，何惧路行难。

东湖雾浓，沙河潮涌，情系心牵。
吴刚美酒，广阙寒宫，千里婵娟。
海上明月，天涯此时，万家团圆。

南歌子·夏雨

昨夜风如电，今晨霞似火。
雨打芭蕉水滴河。
蟠桃珍珠梨园、树满果。

秧苗长田野，黍豆种山坡。
万物生长好快活。
天露滋养人寰、地丰硕。

卜算子·小暑

毒日煮红湖，酷暑烤黄土。
虫鱼鸟兽躲荫时，蝉蛙和鸣舞。
冬冷忙收藏，夏热多动锄。
春花秋月好风光，享甜先吃苦。

立秋

天高气爽荻竹新，早露晚凉蒲葵轻。
一池菡萏蛙声响，满阶梧桐蟋蟀吟。
清风至，白露生。夏去虎伏扰人心。
原野大地稻粱熟，春华秋实欢歌声。

赞双林

——多次参加A十骑游活动有感

A十户外多灵活，双林带队添快乐。
领骑扫尾守路口，前后照顾笑声多。

刮风下雨晒太阳，默默无闻背包托。
长途短距巧安排，帮助众友爬山坡。

七夕

织女天河望牛郎，喜鹊搭桥会七娘。
一年一度一刻短，七月七日七夕忙。
巧绣云霞着彩衣，把盏银烛饰靓妆。
月胧星稀蟠桃熟，天高气爽稻黍香。

中伏大暑

中伏酷热柳枝阴，大暑忘食烧炙昏。
日照苍穹豕羊壮，月明大地犬蝉吟。
数条闪电降暴雨，万里蓝天飘碧云。
南北东西敌旱涝，四方八面护人民。

成都天空

蓝天白云艳阳照，绿树红花柳丝飘。

朵朵玫瑰迎笑脸，串串葡萄压弯腰。
蛙啼蝉鸣展歌喉，燕舞莺飞乐逍遥。
成都平原气象新，天府蜀都风光好。

咏葵花

蒸蒸日上向太阳，硕硕银盘秀菊黄。
美人近观胭脂粉，蜜蜂飞采花心藏。
雷鸣闪电更挺拔，风和细雨巧梳妆。
功过是非咏千古，坚定信仰放光芒。

感恩嘉祥

天地君亲谢师恩，东西南北育新人。
小学升初千日前，嘉祥攻读三年整。
德智体美全发展，文理各科大长进。
家校合力不懈怠，再战冬夏获全胜。

凤楼春（中年群六周年庆）

——祝贺成都中年骑游群成立六周年

原野泛清风，骑兴正浓。
雨雾蒙，队伍整齐如彩虹。
大地亲，似长龙。
爬山涉水何所惧，美美畅享中。

经波浪，花絮漫空。
大路小道，欢声笑语，争先恐后称雄。
四季交替，驾驭春夏游秋冬。
凯旋归来，其乐融融。

立夏

雨泽苍穹柳絮飘，露润大地蝼蝈叫。
暮春轻风绿叶靓，立夏艳阳枝头照。
清清荷塘菡萏生，漫漫青山牛羊跑。
布谷鸣笛收获忙，农民耕作产量高。

江城子·五一游辑庆

轻车飞骑到辑庆，越平原，翻岗岭。
一路奔忙，大地草木青。
油麦果熟香万里，盛款待，好热情。

青白江涌兴隆镇，石垭子，银冯村。
芍药花艳，云淡又风清。
漫山游人如浪潮，遇暴雨，疾归程。

谷雨春雷

一阵惊雷震大地，万道闪电凝空气。
黑云翻滚遮日月，狂风大作降暴雨。
单车疾行渡江东，两轮奔驰避河西。
凉透周身湿上下，滋养原野润高低。

朝三暮四

时光荏苒三月天，和风细雨润甘甜。
大地生辉千山绿，树枝发芽百花艳。
梨杏花，桃李鲜，蜂飞蝶舞满人间。
城乡繁忙春来早，巧手编织幸福年。

赏梨花

冰清玉洁靓苍穹，洁白无瑕露华浓。
群蜂上下采花忙，舞蝶起伏追春梦。
足下春风暖意生，群山似画香雪涌。
游客如云赏梨霜，秋后硕果谢粮农。

阳春三月

惊蛰到来醒万物，春分时节绿千树。
樱珠摇曳似堆雪，杏花含笑如画图。
玉梅冰清迎风展，梨霜无暇带雨露。
人面桃花分外红，阳春三月通坦途。

行香子·葛仙山 李花

树绕山冈，水满池塘 。
借东风，骑行前往。
遍地堆雪，无限春光。
看碧桃红，玉梅白，
菜花黄。远远高峰，浅浅淡香。
飘黄旗，雾漫村庄。
乘此雅兴，辗转脊梁。
恰百鸟鸣、蝴蝶舞、蜜蜂忙。

醉春

百花齐放三月天，万物萌动五彩澜。
阳光明媚照大地，蜂蝶飞舞耀尘寰。
千山翠绿争春色，一江清波照无眠。
踏歌漫游享太平，风调雨顺满人间。

鹧鸪天·凯江回头湾

德阳凯江回头湾，群山簇拥水连环。
汹涌澎拜捣东海，傲视苍穹锁大川。
峡谷深、稳如山，滚滚浪淘胜甘甜。
两岸百花齐开放，一河清波醉无眠。

蝶恋花·杏花村

雨过天晴杏花村，龙泉山幽，蓝天现白云。
梢头蓓含似火星，枝桠苞开如明月。
蜜蜂飞舞忙采蕊，漫山香雪，碧水映红尘。
晓带轻烟喜相迎，晚凝深翠醉酩酊。

春来到

红梅朵朵春来到，绿草茵茵暖阳照。
柳丝迎风燕雀舞，樱桃怒放牛羊跑。
工厂轰鸣造机器，田野犁耙育秧苗。
干事创业勤努力，前程似锦步步高。

宋大忠，笔名忠诚，男，四川成都，研究生，诗歌爱好者。在出版物《中国当代诗词精选》中任副主编；在《中国当代诗人诗选》中任主编；在《中国当代诗坛名家代表作》《大国传世诗人》《当代百家经典》（二）、《齐鲁文学》《似水年华》《暮雪》等文学刊物发表诗歌200余首；在“今日头条”等网刊发表近三百余首诗歌。先后在《中国建设报》《国防时报》《四川日报》《城市论坛》等十多种报刊杂志发表数十篇论文、散文及诗歌。作品曾获得国家行政学院、中国管理科学院、中国区域发展研究院等机构单位颁发的奖项，并出版。曾获市级科技进步三等奖。入选全球华语“最具影响力诗人”作家榜。